D1857223

MIRA®

Alle Rechte, einschließlich das des vollständigen oder auszugsweisen Nachdrucks in jeglicher Form, sind vorbehalten.

Der Preis dieses Bandes versteht sich einschließlich der gesetzlichen Mehrwertsteuer.

Umwelthinweis:
Dieses Buch wurde auf chlor- und säurefreiem Papier gedruckt.

Jillian Hunter

Frivole Geheimnisse einer Lady

Roman

Aus dem Amerikanischen von
Ralph Sander

MIRA®

MIRA® TASCHENBUCH
Band 25539
1. Auflage: August 2011

MIRA® TASCHENBÜCHER
erscheinen in der Cora Verlag GmbH & Co. KG,
Valentinskamp 24, 20350 Hamburg
Geschäftsführer: Thomas Beckmann

Copyright dieser Ausgabe © 2011 by MIRA Taschenbuch
in der CORA Verlag GmbH & Co. KG
Deutsche Taschenbucherstausgabe

Titel der nordamerikanischen Originalausgabe:
The Seduction of an English Scoundrel
Copyright © 2005 by Maria Hoag
erschienen bei: Ballantine Books

This edition is published by arrangement with Ballantine Books,
an imprint of Random House Publishing Group,
a division of Random House, Inc.

Konzeption/Reihengestaltung: fredebold&partner gmbh, Köln
Umschlaggestaltung: pecher und soiron, Köln
Redaktion: Bettina Steinhage
Titelabbildung: Harlequin Enterprises S.A., Schweiz
Satz: Buch-Werkstatt GmbH, Bad Aibling
Druck und Bindearbeiten: CPI – Ebner & Spiegel, Ulm
Printed in Germany
Dieses Buch wurde auf FSC®-zertifiziertem Papier gedruckt.
ISBN 978-3-89941-879-8

www.mira-taschenbuch.de

Werden Sie Fan von MIRA Taschenbuch auf Facebook!

1. KAPITEL

Mayfair, London 1814

Die Hochzeit von Sir Nigel Boscastle und Lady Jane Welsham wäre das gesellschaftliche Ereignis des Jahres gewesen – sofern sich der Bräutigam die Mühe gemacht hätte, dort zu erscheinen. Nigel glänzte jedoch bei seiner eigenen Vermählung durch Abwesenheit, während der Vater der Braut die geduldige Lady Jane zum Altar führte, wo sie im Kreise ihrer aufgeregten Brautjungfern wartete … und wartete.

„Nach der Zeremonie werde ich mir den Hohlkopf vornehmen", grollte der ehrwürdige siebte Earl of Belshire, während seine Tochter dastand, den bestürzten Gästen den Rücken zugewandt. „Dieser Idiot wird noch zu seiner eigenen Beerdigung zu spät kommen!"

Nachdem minutenlang Unsicherheit geherrscht hatte, entschieden der Geistliche und die Eltern der Braut, Janes älterer Bruder Simon, der Viscount Tarleton, könnte bis zum Eintreffen des Bräutigams als vorübergehender Ersatzmann einspringen. Und so standen der Bruder und die sitzengelassene Braut da und warteten … und warteten.

Zunächst zweifelte niemand daran, dass Nigel früher oder später auftauchen würde, um Jane aus dieser peinlichen Situation zu retten. Vorausgesetzt, er konnte sich daran erinnern, welcher Tag es war, wie ein Gast in der dritten Reihe anmerkte.

Immerhin war Sir Nigel in der Stadt nicht für seinen überragenden Intellekt bekannt, auch wenn seine Großzügigkeit ihm eine Schar treuer Freunde beschert hatte.

Die künftige Braut hatte nicht in der beliebten St. George's Church am Hanover Square heiraten wollen. Als angesehene junge Dame, die noch nie in einen Skandal verwickelt gewesen war, gehörte es zu ihren Gepflogenheiten, möglichst wenig Wind um sich zu machen. Heute jedoch hatte sich die feine Gesellschaft in der bis auf den letzten Platz besetzten privaten Kapelle eingefunden – die an der Park Lane auf dem Anwesen des Marquess of Sedgecroft gelegen war – weil sie einer Hochzeit beiwohnen wollte, die allem Anschein nach gar nicht stattfinden würde.

Lady Jane Welsham – da waren sich die Gäste einig – erinnerte an eine blaublütige Prinzessin. Sie strahlte förmlich in ihrem eierschalenfarbenen Satinkleid, das sie über einem Mieder aus elfenbeinfarbenem Stoff trug. Der geschwungene Saum ihres Kleides legte sich zart um ihre mit Perlen besetzten Schuhe. Ein wallender Schleier aus Honitonspitze lag über ihrem Gesicht und verhüllte sehr zur Enttäuschung des hingerissenen Publikums jedwede Gefühlsregung, die ihr Mienenspiel sonst hätte verraten können.

Das Bukett aus weißen Rosen, das sie in Händen hielt, glänzte von der Goldfarbe, in die man die Blüten getaucht hatte. Weiße Glacéhandschuhe umhüllten ihre schlanken Hände, die bemerkenswert ruhig blieben, während Jane eine der schlimmsten Demütigungen erlitt, die es im Leben einer jungen Frau geben konnte – nämlich vor dem Altar stehen gelassen zu werden.

Was konnte nur geschehen sein?

Jeder in London wusste von der Absicht der Eltern beider Brautleute, Jane und Nigel miteinander zu verheiraten, seit die gemeinsam im Sandkasten gespielt hatten. Mehr als einmal war in den Gesellschaftsgazetten darauf hingewiesen worden, wie gut das einander versprochene Paar zusammenzupassen schien.

Was war schiefgegangen?

„Diese Blumen werden sicherlich zu einem Duftkissen vertrocknen, wenn Nigel noch länger benötigt“, ließ Lady Caroline, die Schwester der Braut, bitter verlauten. „Ich könnte ihn dafür erwürgen."

Ihre jüngere Schwester Lady Miranda schüttelte mitfühlend den Kopf. „Der arme Nigel. Glaubst du, er könnte sich verirrt haben? Jane sagte, er benötige einen Stadtplan, um seine Kutsche zu finden."

Caroline kniff ihre goldbraunen Augen nachdenklich zusammen. „Sie hält sich angesichts dieser Erniedrigung passabel aufrecht, nicht wahr?"

„Würdest du von einer Welsham etwas anderes erwarten?", erwiderte Miranda im Flüsterton.

„Ich weiß nicht", gab ihre Schwester zurück. „Aber ich wage zu behaupten, ein solch schändliches Verhalten ist für einen Boscastle wohl typisch. So liebenswürdig sein Auftreten sonst auch ist, stammt Nigel trotz allem aus einer der berüchtigtsten Familien von ganz England. Sieh dir doch nur unseren Gastgeber Sedgecroft dort drüben an, wie er dem König der Salonlöwen gleich auf seiner Bank thront, umgeben von seinen Gespielinnen."

„Seinen *was?*", fragte Miranda in empörtem Tonfall.

„Ich kann das Wort wohl kaum brüllen, Miranda. Diese Frau im altrosefarbenen Kleid ist Lady Greenhall, seine neueste Geliebte."

„Und er bringt sie hierher auf Janes Hochzeit?"

„Falls die überhaupt stattfindet."

„Von seinen Brüdern sagt man, sie seien keinen Deut besser", fügte Miranda an. „Sie alle sollte man auf der Stirn mit einem H für Halunke brandmarken."

„Ich möchte zu gern wissen, wie Sedgecroft darüber denkt", murmelte Caroline. „Er macht nicht gerade eine erfreute Miene, nicht wahr?"

Der Gastgeber, den sie meinte, war zugleich der Eigentümer der Kapelle, Grayson Boscastle, der fünfte Marquess of Sedgecroft. Er saß da und dachte darüber nach, dass die Braut den attraktivsten Po besaß, den er seit Langem zu sehen bekommen hatte. Nicht, dass es ihm gewohnheitsmäßig nach jungen Frauen in Hochzeitskleidern gelüstete, doch inzwischen starrte er seit über zwei Stunden auf diese Körperpartie der Braut. Es ließ sich nicht vermeiden, dass ein normaler, gesunder Mann wie er darauf aufmerksam wurde. Und worauf hätte er seinen Blick sonst richten sollen? Er fragte sich, ob der Rest wohl genauso ansprechend war.

Außerdem ignorierte er ganz bewusst die Gäste in den Bankreihen, in denen seine Verwandten Platz genommen hatten: verschiedene Cousins, ein paar dösende Onkel, zwei ehemalige Geliebte, von denen eine ihre ungezogenen Söhne mitgebracht hatte, dazu seine drei jüngeren Brüder, die in völliger Missachtung der heiligen Zeremonie auf ihren Sitzen lümmelten.

Vorausgesetzt natürlich, dass diese Zeremonie jemals ihr unglückseliges Ende finden würde, das einen weiteren Mann in die Falle der Ehe locken sollte.

Sein Bruder, Lieutenant Colonel Lord Heath Boscastle, beugte sich von der Bank hinter ihm nach vorn. „Was meinst du?", fragte er amüsiert. „Sollen wir Wetten abschließen, ob er noch auftaucht?"

„Er sollte besser auftauchen, sonst werde ich ihn zur Rede stellen", antwortete Grayson mit finsterer Miene. „Ich starre schon den halben Tag auf … nun … auf etwas, was den Augen eines Ehemanns vorbehalten sein sollte, wenn ich das so ausdrücken soll." Nigel war ein Cousin von ihm, zudem ein Boscastle, den Grayson tatsächlich leiden konnte, auch wenn ihm im Augenblick mehr danach war, diesen Tölpel zu verprügeln.

Heath begann breit zu grinsen. „Das letzte Mal, dass ich so viele Boscastles in einer Kirche sah, dürfte auf Vaters Beerdigung gewesen sein. Wer hat die Geliebten eingeladen?"

„Das dürfte wohl ich gewesen sein", sagte Grayson und unterdrückte ein Gähnen. „Ich sitze weiß Gott schon so lange hier, dass mir mein Gehirn eingeschlafen ist."

„Du hast sie zu einer Hochzeit eingeladen?"

„Zum Glück ist es nicht meine Hochzeit."

„Immerhin ist es deine Kapelle."

„Folglich lade ich ein, wen ich will."

„Jemand hätte daran denken sollen, den Bräutigam einzuladen."

Grayson, der eine anthrazitgraue Jacke mit langen Rockschößen trug, verschränkte die Arme vor der Brust. „Das Ganze geht jetzt bereits so lange, dass ich mich versucht fühle, die Frau selbst zu heiraten."

„Sag, dass das nicht wahr ist."

„Das ist nicht wahr", gab Grayson zurück und lachte kehlig.

„Übrigens", meinte Heath, der selbst ein Lachen unterdrücken musste, „ich war gezwungen, gestern Abend eine Einladung für uns beide bei Audrey auszuschlagen. Wo zum Teufel warst du, als ich bei dir vorbeischaute?"

Grayson gab ein mürrisches Brummen von sich. „Ich musste Drake und Devon aus der Spielhölle zerren, damit wir bei dieser Hochzeit wenigstens so *tun* können, als werde sie von der ganzen Familie gutgeheißen."

„Ich dachte, bei Trauungen wirst du immer nervös."

In Graysons blauen Augen war ein teuflisches Aufblitzen zu sehen. „Der eingeschworene Junggeselle in mir stirbt mit jeder Minute ein wenig mehr."

Heath hörte auf zu grinsen. „Und der Soldat in mir spürt, dass das Unheil gerade erst seinen Lauf genommen hat. Wie geht es der heißblütigen Hélène?"

„Deutlich abgekühlter, seit ich sie das letzte Mal sah, zumindest mir gegenüber. Wir konnten nicht zu einer Einigung gelangen."

„Ah. Hast du denn schon ein Auge auf eine andere Dame geworfen?"

„Das habe ich nicht."

„Nicht, Gray? Oder *noch* nicht?"

Grayson sah sich um. Zwei seiner früheren Geliebten schienen damit beschäftigt, sich frostige Blicke zuzuwerfen – so frostig, dass der Ausbruch offener Feindseligkeiten durchaus möglich war.

Seine jüngeren Brüder Drake und Devon sowie einer von Drakes verrufenen Freunden aus dem Kreis der Glücksspieler waren in eine Diskussion über eine bestimmte junge Frau von zweifelhaftem Ruf vertieft, der sie am Abend zuvor begegnet waren. Diese Diskussion drohte zu einem Streit zu eskalieren, weil das Trio gerade herausgefunden hatte, dass die Frau sich jedem der drei versprochen hatte. Eine Schlägerei schien unvermeidbar.

Chloe, die jüngere von Graysons zwei Schwestern, beugte sich auf ihrer Bank nach vorn, um den Brautjungfern etwas zuzuflüstern, die allesamt verärgerter dreinblickten als die Braut selbst.

Mitten zwischen diesen drei Parteien saß eine ausgesuchte Gruppe der Oberschicht. Politiker, Aristokraten, Debütantinnen sowie deren Mütter, die ihre Töchter verheiraten wollten und dabei Grayson wie eine Festung begutachteten, die es einzunehmen galt.

Er schob einen Finger unter sein Halstuch, als könne er so verhindern, dass sich der Strick mit Namen Ehe um seinen Hals zuzog. All das hier machte ihm zu schaffen: die bevorstehende Eheschließung seines Cousins, die sich bekriegenden Geliebten, die streitbaren Brautjungfern, die Verantwortung, die ihm fast über Nacht in den Schoß gefallen war. Niemand – und erst recht nicht er selbst – hätte damit gerechnet, dass sein Vater so plötzlich sterben könnte, als er im Jahr zuvor erfuhr, dass sein jüngster Sohn Brandon in Nepal ums Leben gekommen war. Grayson fühlte sich noch immer schuldig, weil er nicht da gewesen war, um diese Nachricht selbst zu überbringen.

Wie ein schweres Tuch war die Last der Verantwortung für seine Familie auf seinen breiten Schultern gelandet. So viele Fragen hatte er seinem Vater noch stellen wollen, doch nun war es zu spät. Seinen egoistischen Zerstreuungen, die für ihn immer eine Freude gewesen waren, fehlte mit einem Mal jeglicher Reiz. Das Leben, wie er es bislang geführt hatte, bereitete ihm kaum noch Vergnügen.

Er mochte den Mann nicht, zu dem er geworden war, doch in letzter Zeit stellte er sich immer häufiger die Frage, ob er sich je wieder würde ändern können.

Und nun musste er sich auch noch zum ersten Mal als Patriarch des Boscastle-Clans bewähren, was ihm dadurch erschwert wurde, dass er sich in irgendeiner Weise der Braut annehmen musste, die dieser Hohlkopf von einem Cousin vor dem Altar hatte stehen lassen.

„Was macht man in einer solchen Situation?“, fragte er sich leise.

Heath schüttelte ratlos den Kopf. „Zu schade, dass unsere Emma im fernen Schottland weilt. Sie wüsste genau, was zu tun wäre.“

Emma, die ältere der beiden Schwestern, war seit Kurzem verwitwet und erteilte nun der Elite von Edinburgh Unterricht in Etikette, um die Zeit totzuschlagen.

Grayson widmete sich wieder seinem gemächlichen und viel angenehmeren Zeitvertreib, den herzförmigen Allerwertesten der Braut zu betrachten. Wirklich sehr hübsch, dachte er. Diese Frau war keine schlechte Wahl, wenn man schon wählen musste. Aber natürlich hatte bereits Nigel seinen Anspruch auf sie erhoben. Nur schade, dass er nicht erschienen war, um sie zur Ehefrau zu nehmen. Aber wer wusste schon, was hinter dem Schleier lauerte? Eine Schönheit oder ein Biest? Eine Sirene oder eine Xanthippe?

Seine Träumerei nahm ein jähes Ende, als Heath ihm auf die Schulter tippte und fragte: „Die Braut sieht recht hübsch aus, findest du nicht?“

„Hmm.“ Er stützte sein Kinn auf die gefalteten Hände, während er eine neutrale Miene wahrte. „Damit habe ich mich nicht beschäftigt, aber ich nehme an, es ist so. Das gehört nicht zu den Dingen, auf die ich achte.“

„Du dreister Lügner, Grayson“, meinte Heath amüsiert. „Deine blauen Augen erfassen bestimmt jedes kleine Detail bis hin zu ihren Strumpfbändern.“

Einige seiner weniger bewundernswerten Eigenschaften hatten sich offenbar nicht geändert. Er war immer noch ein Mann, auch wenn er sich in allen anderen Dingen längst nicht mehr sicher war.

„Eine ziemlich unpassende Bemerkung für eine Kapelle, Heath“, sagte er mit gespielter Entrüstung, während sein Blick zu seiner einstigen Geliebten Mrs. Parks wanderte, die am anderen Ende der Bankreihe zwischen ihren beiden unbändigen Kindern saß, die aus einer früheren Liaison hervorgegangen waren. Sie war eine erfolgreiche Manteau-Näherin gewesen, als sie sich vor drei Jahren mit Grayson eingelassen hatte. Durch seine großzügige Pension war sie für den Rest ihres Lebens gut versorgt, und sie war ihm seitdem nach wie vor freundschaftlich verbunden. „Oder muss ich dich daran erinnern, dass wir uns hier an einem geweihten Ort befinden?“

„Bist du zum ersten Mal hier, Grayson?“, wollte Heath amüsiert wissen.

„Zum zweiten Mal“, flüsterte der Marquess, dann musste er sich räuspern.

Wieder sah er sich in der Kapelle um. Eine der Brautjungfern war inzwischen in Tränen aufgelöst. Die Gäste wurden spürbar unruhiger und rutschten ungeduldig auf ihren Plätzen hin und her, ihr Tuscheln drehte sich eindeutig um die Frage, was nun geschehen sollte. Nicht mehr lange, dann würde Grayson zur Tat schreiten und sich irgendeinen lächerlichen Vorwand für Nigels Verhalten ausdenken müssen. Im Geiste begann er bereits zu üben.

So unwahrscheinlich es auch war, konnte er nicht ausschließen, dass dieser Trottel von Cousin mit seinen Satinhausschuhen auf der Treppe ausgerutscht und so unglücklich gestürzt war, dass er das Bewusstsein verloren hatte. Die Gäste, die Nigel kannten, würden das gar nicht mal für so abwegig halten.

Er konzentrierte sich wieder auf die ansprechende Figur der jungen Frau, die da vor ihm mit hoch erhobenem Kopf vor dem Altar stand. Ein Mann musste schon ein Herz aus Stein haben, wenn er kein Mitleid mit ihr empfand und nicht den Wunsch verspürte, sie vor dem Schmerz zu bewahren, den Nigel ihr bereitete.

Leise sagte er zu Heath: „Man muss es schon bewundern, dass sie weder vor Hysterie in Tränen ausbricht, noch in einem Wutanfall ihren Brautstrauß zerfetzt. Andere Frauen, die ich kenne, hätten so etwas längst gemacht." Bei diesen Worten sah er zu Lady Greenhall und Mrs. Parks, die beide nicht für ihre Unterwürfigkeit bekannt waren.

In einer Bankreihe war ein ältlicher Abgeordneter des Unterhauses soeben von seiner Frau aufgeweckt worden, woraufhin er in einem Augenblick der Verwirrung ausrief, ob die verfluchte Hochzeit denn nun endlich vorüber sei.

„Sie hat noch gar nicht begonnen", ließ Mrs. Parks ihn in verlegenem Flüsterton wissen. „Der Bräutigam wird offenbar vermisst."

Der Gentleman schüttelte den Kopf und schaute mitfühlend zu der einsamen Gestalt vor dem Altar. „Sie hält sich gut, würde ich sagen", meinte er schroff. „So stoisch wie ihr Vater.

Sie ist aus dem gleichen Holz geschnitzt. Eine Welsham lässt sich eben nicht unterkriegen."

„Die Ärmste muss am Boden zerstört sein", murmelte Mrs. Parks schniefend, um gegen ihre Tränen anzukämpfen. „Von einem Mann versetzt zu werden, den sie ihr Leben lang geliebt hat. Ich möchte nur wissen, was ihr in diesem Moment durch den Kopf geht."

Was Lady Jane Welsham in diesem Moment durch den Kopf ging, hätte man vor Gesellschaft wohl kaum laut wiederholen können. Vor allem wollte sie nach Hause eilen und sich des Seidenkorsetts entledigen. Die stählernen Stäbe, die ihm Halt gaben, pressten ihr förmlich die Luft aus dem Leib. Sie hatte ganz sicher lange genug dagestanden und gelitten, und inzwischen musste auch der Letzte erkannt haben, dass sie versetzt worden war.

Ihre nächste Sorge betraf ihre Mutter, eine zerbrechliche Blüte der Weiblichkeit, eine Frau, die keiner so robusten Linie entstammte wie ihr Vater. Ihre Mutter schien außer sich zu sein, da sie nicht verstehen konnte, dass eine junge Frau – allen voran ihre eigene Tochter – eine solche öffentliche Schmach über sich ergehen lassen musste.

„Die einzige akzeptable Entschuldigung ist die, dass Nigel ums Leben gekommen ist", ließ Lady Belshire voller Inbrunst jeden wissen, der es hören wollte.

Der Earl erwiderte darauf: „Dazu wird es spätestens dann kommen, wenn ich ihn in die Mangel habe nehmen können!"

„Aber sie sind sich seit Ewigkeiten versprochen gewesen", sagte seine Frau unter Tränen. „Am Tag ihrer Geburt waren wir alle der Ansicht, eine gemeinsame Zukunft erwarte sie. Und jetzt dieses … dieses Debakel!"

Jane stieß einen tiefen Seufzer aus und vergrub die Nase in ihrem Brautstrauß. Die gesellschaftliche Schmach konnte sie ertragen, doch es schmerzte, ihre Mutter so bekümmert zu sehen, weil aus dem sorgsam geplanten Märchen mit einem Mal der auserkorene Prinz verschwunden war.

Den entmutigten Seufzer deuteten die meisten Gäste so, dass die Braut mit ihren Nerven am Ende war. Ihr zartes junges Herz war so heftig gebrochen worden, dass man fast glauben wollte, es sogar hören zu können. Wer sollte es ihr verdenken? Wie konnte Sir Nigel bloß dieser jungen Frau so etwas antun, die von Kindheit an seine stetige Gefährtin gewesen war?

Natürlich wurden hier und da auch ein paar gehässige Meinungen laut, insbesondere in den Reihen der Debütantinnen, die schon immer gegen Janes gesellschaftlichen Stand eingestellt gewesen waren wie auch gegen ihre intellektuellen Neigungen und ihre Weigerung, das zu tun, was alle taten. Und da war …

Janes gebrochenes Herz machte unerwartet einen Satz. Ihr Blick hatte soeben ein blaues Augenpaar entdeckt, dessen hitziger Blick ihr einen höchst beunruhigenden Schauer über den Rücken laufen ließ. Sie musste nach Luft ringen, während sie verstohlen zwischen den golden schimmernden Blüten ihres Buketts hindurch den Mann betrachtete, zu dem diese Augen gehörten. Ach du liebe Güte, *das* war also der skandalumwitterte Sedgecroft. Dieses prachtvolle und zugleich gefährliche Exemplar eines Mannes konnte niemand anderes sein als der berüchtigte Cousin, von dem Nigel so herablassend gesprochen hatte. Es war stets Janes heimliche Hoffnung gewesen, diesen Mann kennenzulernen, wenngleich nicht unter solchen Umständen.

„Kopf hoch“, flüsterte ihr Vater ihr ins Ohr. „Wir werden das überleben.“

„Die Welshams haben schon weitaus Schlimmeres über sich ergehen lassen“, fügte ihr Bruder an und gab ihr einen verlegenen Klaps auf die Schulter.

Ihre Schwester Caroline drehte sich zu ihm um. „Aber nicht in diesem Jahrhundert."

Jane nickte langsam, ohne wirklich ein Wort wahrzunehmen. Es war das erste Mal, dass sie ihren Gastgeber, den Marquess of Sedgecroft, leibhaftig zu Gesicht bekommen hatte. Ein Mann, der beeindruckende sechs Fuß groß war. Oder waren es noch einige Zoll mehr? Der Anblick ließ sie ein wenig schwindlig werden. Aber vermutlich lag das an ihrem Korsett, das verhinderte, dass sie genügend Luft bekam.

„Das ist doch Sedgecroft, der da in der ersten Reihe sitzt, stimmt's?", flüsterte sie hinter dem Bukett Caroline zu.

Über das zart geschnittene Gesicht ihrer Schwester legte sich ein Schatten. „Lieber Himmel, Jane, sieh bloß nicht in diese Augen! Du könntest sonst den Fluch der Boscastles auf dich ziehen!"

Jane wagte einen weiteren Blick. „Was redest du denn da?"

„Es heißt", wisperte Caroline weiter, „wenn eine Frau zum ersten Mal in diese Augen schaut, dann ... ach, was rede ich denn da? Du hast dich doch bereits in einen Boscastle verliebt. Schlimmer als jetzt kann es nicht mehr kommen. Ich fühle ja so mit dir mit, Jane. Ich muss sagen, du schlägst dich wirklich bewundernswert."

„Es ist eine Qual, Caroline."

„Das kann ich mir gut vorstellen. Drei Brüder von Sedgecroft sind anwesend, und trotzdem ist bisher niemand zu einem Duell gefordert worden. Es grenzt an ein Wunder, dass die Wände der Kapelle nicht eingestürzt sind. Ich wüsste nicht, wo man fernab des Olymps eine solche Ansammlung imposanter, aufrührerischer Wesen antreffen kann."

Jane musste lächeln. Sie und ihre Schwestern zeigten einen Hang zum Dramatischen, wenn sie großen Belastungen ausgesetzt waren. Und doch stimmte, was sie sagte: Die vier gut aussehenden Männer überragten die körperlich weniger gesegneten Gäste um einen Kopf und mehr. Die drei jüngsten redeten und lachten, während sie sich gemächlich auf ihrer Bank flegelten und der Marquess mit all seiner löwenartigen Herrlichkeit über dem Ganzen thronte.

Sie musste schlucken, da ihr wieder eine Gänsehaut über den Rücken lief. Sedgecrofts Körperhaltung ließ keinen Zweifel an seiner Verärgerung, doch das war auch kein Wunder. Immerhin war er so gastfreundlich gewesen, auf seinem Grund und Boden die Hochzeit seines Cousins auszurichten. Seiner Miene nach zu urteilen, würde Nigel es noch sehr bereuen, nicht erschienen zu sein. Jane konnte nur hoffen, längst in Sicherheit zu sein, wenn der Marquess die Beherrschung verlor. Sie würde sich so bald wie möglich zurückziehen.

„Soll ich für dich nach einem Riechfläschchen suchen?", wollte Miranda besorgt wissen.

„Wofür denn ein Riechfläschchen?" Sie löste ihren Blick von dem beeindruckenden Gastgeber mit seinem goldblonden Haar.

„Weil du auf einmal recht blass aussiehst."

Das ist allein Sedgecrofts Schuld, dachte Jane verärgert. Selbst aus dieser Entfernung konnte sie spüren, dass er ein Mann war, der es nicht schätzte, wenn man ihm Unannehmlichkeiten bereitete. Der Himmel möge ihr beistehen, sollte er persönlich Nigels Verschwinden untersuchen wollen, auch wenn sie ein solches Vorgehen für unwahrscheinlich hielt.

Er schien mehr als genug damit zu tun zu haben, die Kontrolle über seinen eigenen Clan zu wahren, ganz zu schweigen von den beiden attraktiven Frauen, die ihm auf eine Art und Weise etwas zuflüsterten, die den Gedanken nahelegte, dass es zwischen ihnen eine enge persönliche Verbundenheit gab.

„Heb das Riechfläschchen lieber für Nigels Mutter auf", erwiderte sie. Ihre Wangen begannen auf einmal zu glühen, denn ihr wurde klar, dass Sedgecroft und seine beiden Geliebten Zeugen ihrer gescheiterten Eheschließung geworden waren.

„Ich glaube, sie ist in der letzten Stunde mindestens fünfmal ohnmächtig geworden."

„Mir kommt es vor, als würde sie sich dieses Desaster viel mehr zu Herzen nehmen als du, Jane", sagte Caroline nachdenklich.

„Jane kann ihre Gefühle einfach nur besser verbergen", konterte Miranda leise.

Schweigen machte sich breit. Abermals sah Jane verstohlen zu Sedgecroft, der so rastlos wirkte, wie sie sich fühlte. Dann fragte Simon: „Und wie lange sollen wir noch warten?"

Jane bückte sich, um den Saum ihres Kleids unter dem Schuh ihres Vaters hervorzuziehen. Ihr war, als würde das Gewicht ihres Hochzeitskleids sie zu Boden drücken. Gesellschaftlich betrachtet, war sie aber natürlich bereits tief gesunken.

Vermutlich wollte kein Mann, der etwas auf sich hielt, sie jetzt noch heiraten. Nur jemand, der sie wirklich von Herzen liebte, würde diesen Schritt wagen. Ihre Eltern würden ganz sicher keine weitere Ehe für sie arrangieren wollen. Wahrscheinlich waren sie nun auch nicht mehr daran interessiert, sich in die Angelegenheiten von Janes Schwestern einzumischen, womit Caroline und Miranda vor unglücklichen Eheschließungen sicher waren. Jede von ihnen war nun gezwungen, sich selbst einen Mann fürs Leben suchen.

Jane musste sich zusammenreißen, damit sie nicht ihren Brautstrauß hochwarf und einen Freudenschrei ausstieß.

Endlich verzogen sich die düsteren Wolken, die monatelang über ihrer Verlobung gehangen hatten, und die ersten Sonnenstrahlen brachen durch. Sie hatte es geschafft: Sie war tatsächlich dem Schicksal entronnen, vor dem sie sich so sehr gefürchtet hatte.

„Drei Stunden", murmelte ihr Vater nach einem ungläubigen Blick auf seine goldene Taschenuhr. „Das ist mehr als genug. Simon, hilf mir, sie zur Kutsche zu begleiten. Du gehst dort neben ihr, ich hier – für den Fall, dass sie vor Scham in Ohnmacht fällt."

Lady Belshire machte eine entsetzte Miene. „Nicht in der Öffentlichkeit, Howard. Denk nur an all die Bürgerlichen da draußen, die darauf warten, einen Blick auf das Hochzeitspaar zu werfen. Und dann bekommen sie nur eine … eine schamrote Braut zu sehen!"

„Ich werde ganz allein hinausgehen", erklärte Jane leise, die sich ein wenig schuldig fühlte, dass die Träume ihrer Eltern sich zerschlagen hatten … auch wenn es für sie selbst die Wiedergeburt ihrer eigenen heimlichen Hoffnungen bedeutete.

Diese Eheschließung war niemals *ihr* Traum gewesen, und auch nicht der von Nigel.

Vermutlich ging Nigel in diesen Minuten mit der Frau den Bund fürs Leben ein, die er seit vier Jahren heimlich begehrte: die stattliche Boscastle-Gouvernante, die ein Jahrzehnt ihres jungen Daseins darauf verwendet hatte, den wilden Clan auf dem Landsitz zu beaufsichtigen. Jane beneidete die beiden um ihre Zukunft. Auch wenn der Vater ihm sicherlich jegliche finanzielle Unterstützung verweigern würde, hatte Nigel nun die Frau an seiner Seite, die er wirklich liebte.

Jane war für ihn nie diese Frau gewesen. So sehr sie ihn auch mochte, hatte sie ihn dennoch niemals geliebt. Nigel zu heiraten wäre für sie damit vergleichbar gewesen, einen leiblichen Bruder zu ehelichen. Keiner von ihnen hatte eine solche Verbindung gewollt, auch wenn es ihnen trotz etlicher Versuche einfach nicht gelungen war, ihre Eltern davon zu überzeugen.

„Was treibt Nigel bloß, während wir hier herumstehen wie eine Gruppe vollkommener Idioten?", fragte sich ihr Bruder und griff nach ihrem Arm, um sie zur Kutsche zu begleiten.

„Nimm deine Hand fort", befahl sie ihm. „Ich bin in meinem ganzen Leben noch nicht ohnmächtig geworden."

Ein Schatten schob sich über den Altar, und wieder kehrte

in der Kapelle völlige Stille ein. Sogar das Flüstern endete jäh. Ein unangenehmes Gefühl überkam Jane, das von den entsetzten Mienen ihrer Schwestern noch verstärkt wurde.

„Oh“, flüsterte Caroline, die auf einmal so blass war wie das Hochzeitskleid. „*Er* ist es. Mein Gott!“

„Er?“, gab Jane genauso leise zurück, die dunkelgrünen Augen weit aufgerissen. „Welcher *er?*“

Ihr Bruder zog sich zurück und ließ ihren Arm so plötzlich sinken, als handele es sich um eine geladene Waffe, von der er sich unter allen Umständen trennen wollte. Auch er starrte den Schatten an, sein Gesicht zeigte eine Mischung aus Furcht und ... *Respekt.*

Sie hielt den Brautstrauß wie einen Schild an ihr Dekolleté gedrückt, während sie sich langsam umdrehte, um sich ihrem Schicksal zu stellen. Und dann sah sie ... direkt in das unanständig schönste Gesicht, das ihre Augen je erblickt hatten.

Er. Der höchst ehrbare Marquess of Sedgecroft.

Sedgecroft, dessen Schatten sich von Kopf bis Fuß über sie gelegt hatte. Sedgecroft mit den wilden blauen Augen und dem gestählten Körper, mit dem Ruf eines Halunken und dem Lebensstil eines Freigeistes. Sedgecroft, der charmante Schurke, dessen Eskapaden der skandalverliebten Gesellschaft immer den besten Gesprächsstoff boten. Der Mann, in dessen Kapelle sie gehofft hatte, ihren mutigen Plan in die Tat umzusetzen. Sedgecroft, der peinlich berührt schien, und ...

Was um alles in der Welt wollte er bei ihr am Altar?

Sie fühlte das wilde Pochen ihres Herzens, das sich bis in die Blätter der Rosen fortzusetzen schien, die sie fest umklammert hielt. Höchst sonderbare Gedanken gingen ihr durch den Kopf. Ein Bildhauer würde seine helle Freude haben, Sedgecrofts Gesicht in Marmor zu meißeln – all diese ausgeprägten Züge, der kantige Kiefer, das Kinn mit seiner tiefen Spalte ...

Ganz zu schweigen von diesem sündhaft attraktiven Mund,

von den männlichen Schultern. Jane versuchte sich vorzustellen, wie viel Stoff ein Schneider wohl benötigte, um diesen Mann einzukleiden. Und sie fragte sich, ob es stimmte, dass er und seine jüngste Geliebte sich einmal im Tower geliebt hatten?

Mit seiner tiefen Stimme holte er sie aus ihrem äußerst unpassenden Tagtraum. „Ich bin zutiefst beschämt."

Beschämt? *Er* war beschämt? Zwar mochte er hundert gute Gründe für dieses Geständnis haben, doch keiner davon hatte aus Janes Sicht etwas mit ihr zu tun. Verwirrt sah sie kurz zu ihren Schwestern. „Ich bitte um Verzeihung. Sie sagten, Sie seien ..."

„Beschämt. Wegen des Verhaltens meines Cousins. Kann ich irgendetwas für Sie tun?"

„Tun?"

„Ja. Wegen dieser", er machte eine ausholende Geste, „dieser traurigen Angelegenheit."

„Ich glaube, ich komme auch so zurecht", erwiderte sie und fügte an: „Aber es ist nett von Ihnen, dass Sie sich anerbieten."

Seine angenehme Stimme ließ ihr Blut auf eine ganz eigenartige Weise in Wallung geraten. Sie hatte erwartet, dass ein Mann von seinem Ruf jegliche Verantwortung an der Situation von sich weisen, ganz sicher aber nicht seine persönliche Unterstützung antragen würde. Jane fragte sich, ob er diese erfreulich besorgte Art auch gegenüber seinen zahlreichen Geliebten und Bewunderinnen an den Tag legte. Es war eine wirkungsvolle Methode, um das Herz einer Frau dahinschmelzen zu lassen.

Ihr Vater schob sich zwischen die beiden. „Wir stehen vor einem taktischen Problem, Sedgecroft. Wie bekommen wir sie durch die Menge draußen zur Kutsche?"

Der Blick des Marquess war abschätzig auf Jane gerichtet. Es war ein erfahrener Blick, der bis tief in ihre Seele zu schauen und alle ihre dunkelsten Geheimnisse, ihre intimsten Hoffnungen und Ängste zu erfassen schien. „Das ist kein Problem. Sie kann die Tür der Sakristei nehmen und eine meiner Kutschen benutzen. Es sei denn, Sie möchten aus irgendeinem Grund Ihre Droschke nehmen.“ Er hielt kurz inne, wobei er Jane weiterhin betrachtete. „Ich könnte sie auch persönlich durch das Tor begleiten oder sie sogar tragen, sollte das erforderlich sein. Dann hätte das Volk wenigstens ein Gesprächsthema.“

Caroline schnappte nach Luft, Miranda riss amüsiert und ungläubig zugleich die Augen auf. Jane griff nach Simons Arm und klammerte sich so voller Panik an seinem Handgelenk fest, dass er sie verständnislos ansah.

„Hilfe“, flüsterte sie schwach.

„Ich dachte, du bist noch nie ohnmächtig geworden“, murmelte er ihr zu.

Sie hob das Bukett, um unbemerkt erwidern zu können: „Heute könnte der Tag sein, an dem ich eine Ausnahme mache. Ob er es ernst meint?“

In Simons Augen blitzte ein Funke Bewunderung auf. „Bei Sedgecroft kann man sich nie sicher sein. Ich habe schon erlebt, wie er beim Kartenspielen geblufft und so ein Vermögen gewonnen hat.“

Erneut sah sie verstohlen zu diesem prachtvollen Mann. Die Lachfältchen in seinem Gesicht deuteten auf einen gesunden Humor hin, den er aber jetzt unterdrückte, wohl aus Sorge um ihre Gefühle. Wieder war sie angenehm überrascht. Immerhin kursierten in den Salons der gehobenen Gesellschaft seit Jahren Gerüchte, die sich um das unwirsche Auftreten seiner Familie drehten.

„Ich glaube, es wird nicht nötig sein, mich zu tragen“, sagte sie, obwohl eine Frau unter anderen Umständen durchaus hätte versucht sein können, sein Angebot anzunehmen.

„Nicht?“

Mit Entsetzen erkannte sie, dass sie heftig errötete, als sie in seine blauen Augen sah und sich von einer sinnlichen Anziehung gefesselt fühlte, die ihm einfach im Blut zu liegen schien. Jane wäre von diesem männlichen Charme womöglich überwältigt gewesen, hätte sie es nicht so eilig gehabt, diese Situation endlich hinter sich zu bringen.

Als ob sie sich von ihm zur Kutsche tragen lassen würde! Einen besseren Skandal könnte sie wohl kaum auslösen! Allerdings war es für einen Mann mit so breiten Schultern ganz sicher kein Problem, sie … o nein, wie konnte sie so etwas überhaupt nur denken? Dies hier war alles andere als der Ort, an dem sie vor einem attraktiven Fremden zusammenbrechen würde.

„Ich bin wirklich in der Lage, zur Kutsche zu gehen und mich der Menschenmenge zu stellen“, erklärte sie.

„Selbstverständlich.“ Er klang höflich und rücksichtsvoll.

Lord Belshire warf dem Marquess einen nervösen Blick zu. „Ich darf wohl annehmen, dass Sie nicht wissen, wo sich Nigel aufhält?“

Kühle Entschlossenheit zeichnete sich auf Graysons Gesicht ab. Seine Antwort traf Jane mitten ins Herz.

„Es ist meine Absicht herauszufinden, was heute geschehen ist, das können Sie mir glauben.“ Er sah Jane an, als wolle er den Schleier durchdringen, der ihr Gesicht bedeckte. „Ich weiß, es ist für Sie eine schwierige Zeit, aber sagen Sie mir bitte, ob Sie und Nigel womöglich einen Streit hatten.“

Langsam schüttelte sie den Kopf. Sie und Nigel hatten sich als Freunde getrennt, im gegenseitigen Einvernehmen, dass sie nicht als Ehegatten füreinander geschaffen waren. „Nein, es gab keinen Streit.“

Sedgecroft schürzte die Lippen, als vermute er, dass ihre Antwort nicht ganz ehrlich sein könnte. „Keine Meinungsverschiedenheiten, die Ihnen vielleicht entgangen sind? Keine Missverständnisse?“

Mit ihrer Antwort ließ Jane sich einen Augenblick Zeit. „Nigel und ich haben uns bestens verstanden."

„Dann muss er tot sein", sagte Lady Belshire, die ihren Blick betrübt durch die Kapelle schweifen ließ. „Jane, es wäre bestimmt gut, Sedgecrofts freundliches Angebot anzunehmen."

Ihre Tochter sah sie erschrocken an. „Mama, ich werde mich nicht durch die Menge tragen lassen wie ein … ein Spielzeug."

Lady Belshire fächerte sich Luft zu, da ihre Wangen vor Verlegenheit eine leichte Rötung aufwiesen. „Ich meinte sein Angebot, das die Kutsche betrifft, Jane. Meine Güte, es ist doch nicht nötig, dass das gewöhnliche Volk über uns herzieht."

„Mach dich lieber darauf gefasst, Athena", meinte Lord Belshire mit einem finsteren Lächeln auf den Lippen. „Die Geschichte wird mit all ihren unschönen Einzelheiten in den Abendausgaben der Gazetten zu finden sein. Wir sollten uns so ungerührt wie möglich geben. Sedgecroft?"

Der Marquess rührte sich nicht, als überlege er, wie es hatte geschehen können, dass er persönlich in dieses Familiendrama hineingezogen worden war.

„Einer meiner Brüder wird Ihre Tochter nach Hause eskortieren. Ich kümmere mich um dies hier", antwortete er. „Die Gäste können gern noch zum Hochzeitsfrühstück bleiben." Er straffte seine beeindruckenden Schultern, in seinen Augen loderte ein blaues Feuer, das Jane den Atem raubte. „Ich werde das ins Reine bringen", fügte er leise an. In seiner Stimme schwang die gesamte Arroganz seiner aristokratischen Herkunft mit.

Einen Moment lang hätte Jane beinahe laut aufgelacht. Da stand sie am Altar, an ihrer Seite ein berüchtigter Halunke, der in seinem ganzen Leben noch keine zwei Worte mit ihr gewechselt hatte, und ausgerechnet er wollte ein Unrecht wiedergutmachen, das ihr in Wahrheit nie angetan worden war.

Das Versprechen sollte wohl dazu dienen, sie zu beruhigen, und es kam von einem Mann, der vermutlich in seinem ganzen Leben keine Zurückweisung erfahren hatte. Doch auf Jane hatte es keinesfalls die beabsichtige Wirkung: Anstatt sich getröstet zu fühlen, warnte ihre Stimme sie eindringlich, sich vor dem Mann in Acht zu nehmen.

Sie hatte ihre eigene Hochzeit scheitern lassen, weil sie glaubte, so in Sicherheit zu sein. Doch vor ihr stand nun eine Gefahr, die weitaus tückischer war, als sie es sich hätte vorstellen können. Ihr Plan, der sie hatte retten sollen, hatte sie womöglich geradewegs vor die Pforten der Hölle geführt ... wo der Teufel persönlich darauf wartete, ihre Seele für sich zu beanspruchen.

2. KAPITEL

Weed, dem Rang nach erster Diener in Sedgecrofts Londoner Residenz, meldete sich nicht ganz eine Stunde später bei seinem Herrn in der großen Empfangshalle. Hier in diesem Raum mit der kuppelförmigen Decke wurde das Hochzeitsfrühstück serviert, das mit funkelndem Kristall, teurem Porzellan und silbernem Besteck auf strahlend weißen Damasttischdecken aufwartete. Nach kurzem, verlegenem Zögern waren die Gäste schließlich über den Hummersalat und den Champagner hergefallen, als sei alles in bester Ordnung.

Und als böten die leeren Chippendale-Stühle, die für das Brautpaar reserviert waren, keinen traurigen Anblick.

Und als wohne der verschlossene Gastgeber der Feier nicht auf die gleiche Weise bei wie ein mittelalterlicher Kriegsherr, der seinen Vasallen befohlen hatte, sich die Zeit zu vertreiben, während er Rachepläne schmiedete.

„Ich habe getan, worum Sie mich baten", sagte Weed leise zu seinem Herrn, während er sich so vorbeugte, als wolle er lediglich Graysons Champagnerglas auffüllen. „Unser Vogel ist ausgeflogen."

Graysons Miene versteinerte sich gefährlich. Er hatte kein Verständnis für einen Mann, dem es am Mut fehlte, ein Versprechen einzuhalten, selbst wenn er es anschließend für einen Fehler hielt. Erst recht galt das, wenn dieser Mann auch noch ein Verwandter war, der Graysons Kapelle dazu missbrauchte, um seine schändliche Tat zu begehen. „Sind Sie sich ganz sicher?"

„Schrank und Schubladen sind alle leer geräumt, mein Lord. Die Dienerschaft behauptet, von seinen Plänen nichts zu wissen. Sein Kammerdiener berichtete, das Bett sei unbenutzt gewesen, als er ihm heute Morgen das Wasser für seine Rasur bringen wollte. Da Sir Nigels Kutsche noch auf dem Anwesen war, nahmen alle an, er würde einen Morgenspaziergang unternehmen, um seine Nerven zu beruhigen.“

„Und von diesem Spaziergang ist er nie zurückgekehrt“, fügte Grayson voller Verachtung an. Seine Achtung für seinen Cousin sank mit jeder Minute, die verstrich. Es wäre wirklich besser gewesen, hätte eine Droschke Nigel überfahren, damit es wenigstens irgendeine alberne Entschuldigung dafür gab, dass die junge Braut vor dem Altar stehen gelassen worden war.

„Es besteht wohl immer noch die Möglichkeit, dass sich ein Verbrechen zugetragen hat“, sagte Weed, klang allerdings von seinen eigenen Worten nicht so recht überzeugt.

Graysons Bruder Heath kam langsam auf sie zugeschlendert. „Was ist geschehen?“, fragte er leise, während er die Gäste anlächelte, die ihn beobachteten. Die anwesenden Mütter deuteten auf ihn als einen möglichen Kandidaten für ihre ledigen Töchter, da sie annahmen, sein Herz *müsse* sich früher oder später einfangen lassen, so sehr es sich dagegen auch zur Wehr setzte. Der Marquess stand natürlich ganz oben auf ihrer Liste, doch keiner zu ihm passenden jungen Frau war es je gelungen, sein Interesse auf sich zu lenken, selbst wenn sich viele von ihnen alle erdenkliche Mühe gegeben hatten.

Den Boscastle-Clan zu bändigen und anschließend in den Hafen der Ehe zu lenken, war für viele Damen der Gesellschaft eine Herausforderung, die sie nur zu gern annahmen. All der Reichtum, das blendende Aussehen, die Großzügigkeit gegenüber den wenigen Menschen, die den Boscastles wirklich wichtig waren …

„Nigel ist verschwunden“, antwortete Grayson.

„Verschwunden?“ Heath lachte zynisch. „Mitten in London an seinem Hochzeitstag? Das kann ich mir nicht vorstellen.“

Grayson zog eine Augenbraue hoch. „Ich auch nicht. Tatsache ist aber, dass er unauffindbar ist. Die Frage lautet: Warum?“

„Wir werden Hilfe von offizieller Seite benötigen“, meinte

Heath, der die Arme vor der Brust verschränkte.

„Nein." Grayson fühlte sich hin und her gerissen zwischen seiner Loyalität gegenüber der Familie und dieser seltsamen Verantwortung, die er wegen dieser unglücklichen Angelegenheit verspürte. Hätte Belshires Tochter einen Wutanfall bekommen oder hemmungslos geweint, wäre ihm Nigels Verrat vielleicht nicht so nahegegangen. Doch ihre gefasste Haltung forderte ihn geradezu heraus, sie zu beschützen. Wieso dem so war, vermochte er nicht zu sagen. Vielleicht lag es daran, dass dem Anschein nach niemand sonst diese Rolle übernehmen wollte.

„Wenn der Schurke tatsächlich seine Zelte abgebrochen hat und nicht tot in irgendeiner Gosse liegt, dann ist das eine Familienangelegenheit, und so soll es auch bleiben."

„Ja", stimmte Heath ihm zu. „Also schweigen wir ... zumindest soweit wir es noch können, wenn man bedenkt, dass halb London bereits weiß, was er getan hat."

Grayson kniff die Augen zusammen. Er hatte für die Engstirnigkeit der Gesellschaft noch nie Verständnis aufbringen können. Sie weckte in ihm das Verlangen, sich von seiner schockierendsten Seite zu zeigen, nur um zu betonen, dass es ihn in keiner Weise kümmerte. Das Problem bestand jedoch darin, dass er nicht länger der verlorene Sohn war, der sich benehmen konnte, wie er wollte.

„Mit Klatsch geht man am besten um", sagte er schließlich, „wenn man ihn ignoriert. Seine Eltern sind am Boden zerstört, von der Braut ganz zu schweigen. Ich schätze, es ist an mir, für die Familie die Wogen zu glätten."

„Gray, du als Friedensstifter? Das kommt ja wie aus heiterem Himmel. Aber ich glaube, es gefällt mir."

Keinem der sechs Geschwister war es bislang möglich gewesen, sich tatsächlich an die drastische Veränderung in der Boscastle-Hierarchie zu gewöhnen, die das letzte Jahr mit sich gebracht hatte. Bis zwei Monate vor seinem Tod war ihr Vater in einer so guten gesundheitlichen Verfassung gewesen, dass jeder geglaubt hatte, der alte Tyrann würde noch Jahrzehnte leben.

Doch so unglaublich wie sein Tod war auch die Nachricht gewesen, dass der jüngste Bruder Brandon umgekommen war, als er britische Interessen in Nepal zu verteidigen versuchte. Es erschien ihnen allen ein Ding der Unmöglichkeit, einen so gesunden, kräftigen jungen Mann niemals wiederzusehen.

Die Familie hatte sich von diesen beiden schrecklichen Todesfällen noch nicht erholt. Die Verantwortung war Grayson förmlich in den Schoß gefallen, ehe er so ganz verstanden hatte, wie ihm geschah. Genau genommen war er auf dem Weg nach China gewesen, als ihn die Nachricht vom vorzeitigen Tod des Vaters erreichte.

Praktisch über Nacht war er gezwungen gewesen, seine privaten Interessen hintanzustellen und all seine Energie auf die Verwaltung der großen Anwesen zu verwenden. Das Boxen und das Trinken, die Jagdrennen und die Geschäftsreisen in exotische Länder würden warten müssen, stattdessen verbrachte er seine Zeit mit den Finanzen, den Angelegenheiten der Familie, kümmerte sich um die Pensionen für seine kränklichen Tanten und um die zahllosen wohltätigen Einrichtungen, die von seinen Eltern unterstützt worden waren.

Dazu kam noch der Boscastle-Clan: drei Brüder, die keine Mäßigung kannten, eine Schwester, die es ihren Brüdern nur zu gern gleichgetan hätte, eine weitere in Schottland, die die Familie praktisch verleugnete. Außerdem waren da noch etliche Cousinen und Cousins, zu denen der verschwundene Nigel zählte – wobei auch die anderen nichts von Schicklichkeit zu halten schienen. Ein Boscastle zu sein, hieß für sie offenbar, sich über alle Grenzen und Konventionen hinwegsetzen zu können.

Hätte jemand vor einem Jahr zu Grayson gesagt, er werde

bald die Welt aus der Sicht seines Vaters betrachten, nicht aber mit seiner üblichen Unbeschwertheit, die nur den jeweiligen Augenblick kannte, wäre er in schallendes Gelächter ausgebrochen.

Jetzt hing das Überleben dieser Familie ganz allein von ihm ab. In den letzten Wochen war er zudem durch langes und schmerzhaftes Nachdenken zu der Erkenntnis gelangt, dass seine jämmerliche Familie ihm doch recht viel bedeutete. Der Verlust eines Bruders und des Vaters innerhalb kurzer Zeit hatte ihn zu dieser erschreckenden Einsicht gebracht. All diese Erkenntnisse änderten aber nichts daran, dass Verantwortung auf einen Lebemann immer wie ein Schock wirkt.

„Und was machen wir nun?“, fragte Heath und lächelte flüchtig einer attraktiven jungen Frau zu.

Grayson lehnte sich amüsiert zurück. „Kannst du dich lange genug von den Frauen fernhalten, um mir eine Hilfe zu sein?“

„Ich? Und das sagt mir ausgerechnet der Mann, der darauf wartet, dass seine beiden letzten Verflossenen über ihn herfallen. Aber im Ernst: Ich werde dir helfen.“ Heath war ernst geworden und sah Grayson eindringlich an.

Grayson nickte. Nur wenige wussten von Heaths Arbeit für den britischen Geheimdienst während des Krieges. Nicht mal Grayson kannte Details, aber er würde seinen Bruder auch nicht bedrängen, darüber zu reden. Tatsache hingegen war, dass sich hinter seinem ruhigen Charme und seiner gewinnenden Art ein schneller Verstand und eine fast schon erschreckende Missachtung jeglicher Gefahr verbargen. Insgeheim wünschte sich Grayson, etwas mehr von seinem jüngeren Bruder zu haben. Dann hätte er sich jeden Schritt erst einmal gut überlegt, anstatt überhastet zu handeln und es anschließend zu bedauern.

„Such für mich nach Nigel.“

Heath trank sein Glas Punsch aus. „Betrachte es als erledigt. Und was passiert, wenn ich ihn gefunden habe?"

„Dann zerren wir die reuige Ratte zum Altar, um diese Angelegenheit zu Ende zu bringen. Nimm Devon mit, wenn du willst. Auf diese Weise kann er sich wenigstens keinen Ärger einhandeln." Grayson ließ seinen Blick über den Tisch schweifen, als ihm plötzlich auffiel, dass die beiden für seine jüngeren Brüder reservierten Plätze leer waren. Drake war nicht zurückgekehrt, seit er die sitzengelassene Braut nach Hause begleitet hatte. „Wo *ist* Devon überhaupt?"

Heath korrigierte den Sitz seiner Manschetten. „Er ist mit einigen alten Freunden unterwegs, denen er letzte Woche in Covent Garden begegnet ist. Sie haben ihn dazu überredet, vor Penzance nach einem Piratenschatz zu suchen. Eine Zigeunerin hat das in ihrer Kristallkugel gesehen."

„Gott steh uns bei", meinte Grayson. „Diese Familie ist auf dem direkten Weg in die Hölle."

„Und du bist unser erhabener Anführer", sagte die schwarzhaarige Lady Chloe Boscastle, die nur ein Stück entfernt neben ihm saß und die ganze Zeit über an ihrem Champagner genippt hatte. „Schließlich folgen wir nur dir als unserem Vorbild, mein lieber Bruder."

Grayson gestattete sich ein Seufzen. Die Familie war wirklich dem Untergang geweiht, wenn sie sich an ihm ein Beispiel nahm. Aber was sollte er machen? Reue empfinden? Heimlich sündigen? Wie lange konnte ein Mann so tun, als würde sich sein Handeln nicht auf andere auswirken?

Der Himmel möge ihm beistehen. War er etwa ernsthaft in Gefahr, zu einem Mann zu werden, der sich um Moral scherte?

Er sah über die Schulter zu dem Diener, der an der Wand Stellung bezogen hatte und auf seinen Befehl wartete. Auf einmal erschien es Grayson leichter, sich mit den Sünden der anderen zu befassen anstatt mit seinen eigenen. Eine Ablenkung würde ihm helfen, sich nicht länger über seinen eigenen Charakter Gedanken zu machen. „Ist meine Kutsche schon zurück, Weed?"

„Seit ein paar Minuten, mein Lord."

„Und welchen Eindruck machte unsere einsame Braut?"

„Wie ich gehört habe, wollte sie so schnell wie möglich ins Haus und dann in Ruhe gelassen werden."

„Sie hat sich tapfer geschlagen", sagte Heath. „So etwas bewundere ich zutiefst."

Grayson versuchte, sich den unscheinbaren Nigel an der Seite dieser liebreizenden jungen Frau vorzustellen. Es war schwierig, ja, sogar ein wenig beunruhigend, die beiden als Paar zu sehen.

Chloe schüttelte mitfühlend den Kopf. „Wahrscheinlich wird sie ihr Zimmer nie wieder verlassen. Ich an ihrer Stelle würde Trost darin finden, über den Kontinent zu reisen und mir gut aussehende Liebhaber zu nehmen, die mein gebrochenes Herz heilen können."

Der Marquess sah seine hübsche Schwester vorwurfsvoll an. „Dann wollen wir doch hoffen, dass die junge Dame sich nicht in eine so absurde Rache hineinsteigert."

„Das ist mein Ernst, Gray", erwiderte sie mit leidenschaftlichem Tonfall. „Was ihr heute widerfuhr, ist einfach zu schrecklich. Eine Schulfreundin ist in die Themse gesprungen, weil ein Mann sie am Altar stehen ließ. Eine Frau erholt sich niemals ganz von einem so schweren Verrat. Es bleibt immer eine sehr schmerzhafte Wunde zurück."

In Gedanken sah Grayson wieder den anmutigen Rücken, die zarten Hände, die in den mit Perlen besetzten Handschuhen steckten, ein Gesicht, das zum Teil hinter dem Schleier verborgen geblieben war – klassische Gesichtszüge, eine zart geschnittene Nase, ein voller, verführerischer Mund. Zum Glück hatte die Braut keine Träne vergossen, sondern stattdessen eine Gelassenheit ausgestrahlt, die ihm fast wie eine Aufforderung erschien, ein Unrecht wiedergutzumachen, das er niemals begangen hatte.

Nachdenklich zog er seine dichten Augenbrauen zusammen. „Die Dame machte auf mich nicht den Eindruck, verzweifelt genug zu sein, um sich das Leben zu nehmen.“ Vor allem nicht wegen eines Trottels wie Nigel, ergänzte er stumm.

„Aber es ist ihr gesellschaftliches Todesurteil“, beharrte Chloe. „Du musst etwas unternehmen, um das wiedergutzumachen. Du bist das Oberhaupt der Familie. Wenn du das nicht tust, wird sich Jane nie wieder in der Öffentlichkeit zeigen können.“

Grayson dachte an die verführerische junge Frau mit dem honiggoldenen Haar und daran, wie sie den Rest ihres Lebens in Trübsal verbrachte. Welch eine Verschwendung! „Ich beabsichtige ja, etwas zu unternehmen.“ *Was* das sein würde, wusste er allerdings noch nicht. Er konnte nur hoffen, dass sein Eingreifen nicht alles verschlimmerte. Immerhin war er nicht gerade für seinen Eifer bekannt, Gutes zu tun. Und doch hatte sich Grayson stets dazu angetrieben gefühlt, sich für die einzusetzen, die mit Füßen getreten wurden – vermutlich aus Schuldgefühl, weil er sich sein Glück nicht hatte verdienen müssen.

Er sah auf. „Heath?“

„Ich mache mich in einer Stunde auf den Weg.“

„Prügel die Verantwortungslosigkeit aus ihm heraus, aber hinterlass keine sichtbaren Verletzungen.“

„Warum nicht?“

Grayson lächelte düster. „Ich möchte, dass er ordentlich aussieht, wenn er vor den Altar gezerrt wird.“

3. KAPITEL

Eine Dreiviertelstunde später ritt Grayson durch das prachtvoll verzierte Tor, das zum Wohnsitz des Earl of Belshire am Grosvenor Square führte. Während man sein Pferd in den Stall brachte, fiel ihm auf, dass die Vorhänge an den Fenstern des Gebäudes zugezogen waren. Ein verdrießlich dreinblickender Diener begleitete ihn in eines von fünf elegant eingerichteten Empfangszimmern. Der Besuch in Nigels Stadthaus hatte keine Hinweise darauf ergeben, wo der verlorene Bräutigam abgeblieben sein mochte.

Mehrere Minuten lang stand er da und beobachtete, wie die Dienerschaft auf Zehenspitzen durch das Haus schlich, um ja kein Geräusch zu verursachen. Über dem ganzen Gebäude lag eine so düstere Stimmung, als sei überraschend ein Mitglied der Familie gestorben. Er fragte sich, wie man wohl seine impulsive Idee werten würde, die ihn hergeführt hatte. Wie würde die sitzengelassene Braut reagieren, wenn er ihr sein Angebot unterbreitete, vorübergehend als ihr Beschützer aufzutreten? Als Stellvertreter für seinen dummen Cousin? Mit ein wenig Glück tauchte Nigel noch auf, bevor Grayson seinen Plan in die Tat umsetzen konnte, von dem er nicht einmal wusste, wie er überhaupt anfangen sollte. Doch jemand musste den unvermeidbaren Skandal von Jane und ihrer Familie abwenden.

Als Oberhaupt der Familie musste er davon ausgehen, dass ihm diese zweifelhafte Ehre zufiel. Immerhin war er mächtig und beliebt genug, um ihr zu helfen, zudem würde es für ihn eine neue Erfahrung sein, zur Abwechslung einmal als der strahlende Ritter aufzutreten.

Allerdings handelte er nicht völlig selbstlos. Zum einen hoffte er, auf diesem Weg vermeiden zu können, dass der Name seiner Familie in eine Klage hineingezogen wurde. Zum anderen wollte er dem selbstzerstörerischen Verhalten ein Ende setzen, zu dem er und seine Geschwister fast von Natur aus neigten.

Lord und Lady Belshire wirkten ein wenig irritiert, als Grayson in ihren Salon geführt wurde. Lady Belshire hatte soeben eine halbe Flasche Sherry getrunken, und das schwarze, stellenweise angegraute Haar des Earls war zerzaust, außerdem saß das Halstuch schief. Davon abgesehen gelang es ihm aber, sich dem unerwarteten Besucher gegenüber von seiner gewohnt aristokratischen Seite zu zeigen.

„Sedgecroft! Trinken Sie doch etwas. Sagen Sie, haben Sie den Lump gefunden?"

„Noch nicht." Grayson schaute über die Schulter zu zwei attraktiven jungen Frauen, die auf dem Sofa saßen und so taten, als seien sie mit ihren Stickereien beschäftigt. Die eisigen Blicke, die sie ihm zwischen zwei Stichen zuwarfen, hätten ihn zu Stein erstarren lassen sollen – als sei er persönlich dafür verantwortlich, dass einer seiner Verwandten ihre Schwester vergebens vor dem Altar hatte warten lassen.

„Mein Bruder Heath ist auf der Suche nach ihm, er wird sehr diskret vorgehen", fügte er an. „Sollte Nigel noch leben, wird Heath ihn zurückbringen, damit er seiner Pflicht nachkommt."

Lady Belshire musste aufstoßen und hielt sich rasch die Hand vor den Mund. „Ich gestehe, ich hoffe darauf, dass man ihn tot findet. Wenigstens wäre das eine annehmbare Entschuldigung für das, was er meiner Tochter heute angetan hat."

„Herzensbrecher", murmelte eine der beiden jungen Frauen auf dem Sofa.

„Halunke", ergänzte die andere schroff.

Aus dem Augenwinkel beobachtete Grayson die beiden und konnte sich des Eindrucks nicht erwehren, dass sie sich nicht ausschließlich auf Nigel bezogen. Man konnte seinem Cousin einige Fehler vorwerfen, vor allem Dummheit, doch

Nigel wurde nie der Ruf eines Frauenhelden nachgesagt.

Das machte es für Grayson noch rätselhafter, dass dieser Trottel eine Schönheit wie Lady Jane einfach am Altar hatte stehen lassen. Aber vielleicht hatte sich der Narr auch von ihrer eleganten Würde abschrecken lassen. Nigel war letzten Endes sogar zuzutrauen, dass er mit einem Mann durchgebrannt war. Das wäre keineswegs so absurd, wie es sich anhören mochte. Immerhin tat Grayson ja auch etwas völlig Absurdes, indem er versuchte, etwas zu bereinigen, was er nicht zu verantworten hatte.

Er sah wieder zum Earl, der sich in einen Sessel hatte fallen lassen und auf dessen Schoß sich prompt ein übergewichtiger Spaniel niederließ. „Ich würde gern mit Ihrer Tochter reden, Belshire. Unter vier Augen, wenn Sie gestatten. Jemand muss im Namen der Boscastles eine Entschuldigung aussprechen."

Grayson beabsichtigte nicht, Belshires Erlaubnis auch für das einzuholen, was er darüber hinaus plante – jedenfalls so lange nicht, wie die sitzengelassene Braut noch nicht eingeweiht war. Wenn Jane ablehnte, konnte er sich immerhin sagen, dass er es versucht hatte. Es war nicht nötig, ihre Eltern jetzt schon einzuweihen. Außerdem machten weder ihre Mutter noch ihr Vater den Eindruck, als seien sie momentan fähig, vernünftige Entscheidungen zu treffen. Immerhin hatte das unerwartete Desaster an diesem Morgen wie ein vernichtender Schlag auf sie gewirkt.

Die beiden jungen Frauen erhoben sich bei seinen Worten prompt vom Sofa, wie um zu demonstrieren, dass sie hinter ihrer Schwester standen. Grayson betrachtete sie. Eine hatte mahagonifarbenes, mit Blond durchsetztes Haar, die andere war eine bezaubernde Brünette. Den Frauen in dieser Familie war das gute Aussehen gemeinsam – was auch für ihr recht beunruhigendes Selbstvertrauen galt.

„Was wollen Sie denn von Jane?“, fragte die dunkelhaarige Schwester.

„Angesichts dessen, was Ihr Cousin ihr heute antat“, fügte die andere an, „ist sie kaum in der Verfassung, Besucher zu empfangen.“

„Das kann ich gut verstehen“, erwiderte er mit sanfter Stimme.

„Ich glaube nicht, dass sie Sie sehen möchte“, legte die Brünette nach.

Grayson zuckte mit den Schultern. Ein Gefühl sagte ihm, dass sie sich irrte. „Ein Versuch kann nicht schaden.“

„Sie haben für Ihren Besuch einen schlechten Zeitpunkt gewählt“, ließ Lord Belshire gereizt verlauten. „Vielleicht können Sie sich ja an einem anderen Tag bei ihr entschuldigen.“

„Wenn man vom Pferd gefallen ist“, gab Grayson vorsichtig zurück, „dann ist es am besten, wenn man gleich wieder aufsitzt.“

Lady Belshire knallte ihr Sherryglas auf den Beistelltisch und musterte ihn interessiert. „Was sollen wir unter ‚wieder aufsitzen‘ verstehen, Sedgecroft?“

Grayson zögerte, während er sich eine Antwort zurechtlegte, die nicht falsch ausgelegt werden konnte. „Den größten Fehler, den Ihre Tochter jetzt begehen kann, ist der, sich aus der Gesellschaft zurückzuziehen. Sollte sich Nigel nirgends auffinden lassen, wird sie sich nach einem anderen Ehemann umsehen wollen.“ Vorzugsweise einen, ergänzte er im Geist, der über genug Verstand verfügt, um das zu schätzen, was sein Cousin unverständlicherweise hatte links liegen lassen.

„Wollen Sie sich anbieten, meine Schwester zu heiraten?“, fragte die größere der beiden jungen Frauen in einem Ton, der nach einer Mischung aus Hoffnung und Entsetzen klang.

„Nein“, sagte er rasch, über den Gedanken selbst entsetzt.

„Das will ich nicht. Es ist lediglich meine Absicht, sie so bald wie möglich in die Gesellschaft zurückkehren zu lassen. Je länger sie wartet, umso problematischer wird sich diese Rückkehr gestalten."

„Da hat er recht, Howard", meinte Lady Belshire leise. „Wenn Jane sich auf Dauer zurückzieht, wird sie bald als alte Jungfer gelten und schließlich ganz aufhören zu existieren. Außerdem ist Sedgecroft in der Gesellschaft gut angesehen."

Der Earl legte ein in Essig getränktes Tuch auf seine Stirn und schloss die Augen. „Ach, was soll's denn, Sedgecroft! Tun Sie, was Sie können, um ihr zu helfen. Jane hat seit Monaten kein freundliches Wort mehr mit mir gewechselt. Immer wieder sprach sie von ihren Zweifeln, was die Ehe mit Nigel anging, aber habe ich etwa auf sie gehört? Ich dachte, die beiden würden sich insgeheim anhimmeln. Aber ihr jungen Leute heutzutage seid völlig … ach, verdammt. Was weiß ich schon von der Liebe?"

„Wer weiß denn überhaupt irgendetwas von der Liebe?", gab Grayson zu bedenken. Sobald er sich wieder zu den beiden Schwestern umdrehte, starrten die ihn an, als stünde der Leibhaftige vor ihnen.

„Und was glauben Sie, wie lange dieser … dieser Neuanfang dauern wird?", wollte Lady Belshire wissen.

Er zuckte mit den breiten Schultern. „Nicht lange. Ich beabsichtige, Jane in der Gesellschaft zu begleiten, bis sich einige Männer für sie zu interessieren beginnen, die sich als Heiratskandidaten eignen. Wenn man ihr ein wenig Zeit lässt, wird sie sich sicher so weit erholen, dass sie ihr altes Leben wieder führen kann."

„Die Tatsache, dass ein Marquess sie begehrenswert findet, wird fraglos das Interesse der Gesellschaft wecken", meinte Athena nachdenklich. „Ich sehe, worauf Sie hinauswollen, Sedgecroft. Es ist äußerst ehrenhaft von Ihnen, sich Gedanken über ihre Zukunft zu machen. Ohne Hilfe wird Jane wohl ein hoffnungsloser Fall werden."

„Ich möchte dem Rest meiner Familie mit gutem Beispiel vorangehen", erwiderte er, auch wenn der Himmel wusste, dass ein solches Opfer keineswegs in seiner Natur lag. Und das galt auch für die Komplikationen, die selbst mit einer oberflächlichen Werbung einhergingen. „Ich habe zwar noch nie eine Frau gebeten, mit mir vor den Altar zu treten", fuhr er fort. „Aber ich habe auch noch nie eine Frau dort stehen lassen. Ich bin kein völlig unmoralischer Mensch, wenngleich manche Leute so über mich zu denken scheinen."

Lord Belshire machte ein Auge auf. „Mit gutem Beispiel voranzugehen ist schön und gut, mein Freund. Aber ich muss einen kleinen Vorbehalt anmelden, da Ihnen auch ein wenig der Ruf eines Lebemanns anhängt."

„Ein wenig?", riefen die beiden Schwestern gleichzeitig aus.

„Was ihn als Verehrer für Jane noch attraktiver erscheinen lassen könnte", überlegte Lady Belshire. „Nur eine Frau von beträchtlichem Charme kann die Aufmerksamkeit eines Mannes wie Sedgecroft auf sich lenken. Eurer Schwester würde es wohl kaum schaden, wenn man so von ihr denkt."

Lord Belshire schürzte die Lippen. „Verzeihen Sie, Sedgecroft, wenn ich das so sage, aber wie kann es Janes Ruf helfen, wenn sie von einem Lebemann begleitet wird?"

Seine Frau schüttelte resignierend den Kopf. „Ich weiß nicht mal, ob ihr Ruf je wieder gerettet werden kann. Unsere einzige Hoffnung besteht darin, dass sie einem jungen Mann begegnet, der sich nicht um den Skandal schert."

Grayson lächelte sie an. „Genau das denke ich auch. Was geschehen ist, können wir nicht ungeschehen machen."

Athena erwiderte das Lächeln. „Aber wir können es überspielen."

„Wen kümmert schon meine Meinung?", brummte Lord

Belshire. „Fragen Sie sie selbst, Sedgecroft. Sie hält sich in der Roten Galerie auf, in der diese abscheulichen römischen Statuen stehen. Wundern Sie sich aber nicht, wenn sie Ihr Angebot ablehnt. Sie ist ein willensstarker Wildfang."

Grayson wandte sich zur Tür und musste angesichts der Warnung grinsen. Natürlich würde er sich wundern, wenn sie sich weigerte. Keine Frau hatte jemals einem männlichen Boscastle einen Korb geben können, wenn der fest entschlossen gewesen war. Immerhin würden sie beide von seiner hilfsbereiten Geste profitieren. Wem sollte das schaden?

4. KAPITEL

Die Galerie erstreckte sich über einen großen Teil des ersten Stocks – ein weiter, sonnendurchfluteter Raum, der mit roten Seidentapeten geschmückt war und eine Sammlung wertvoller italienischer Statuen beherbergte. Eine ganze Wand wurde von einem kunstvoll gearbeiteten Kamin beansprucht, der groß genug war, um einer vierköpfigen Familie Unterschlupf zu gewähren. Ein Feuer war nicht entzündet worden, doch auf dem Gitterrost lagen mehrere in Stücke gerissene Briefe, die offenbar jeden Moment verbrannt werden sollten.

Jane lag längs auf einem mit Quasten verzierten karmesinroten Sofa in der Ecke, in einer Hand einen zur Hälfte verzehrten Pfirsich aus dem Treibhaus, auf dem Schoß einen Stapel alte Briefe.

Zweifellos Liebesbriefe, dachte Grayson, während er in der Türöffnung stand und für einen Moment von seiner eigentlichen Aufgabe abgelenkt war, da Janes Pose eine gewisse Sinnlichkeit ausstrahlte. Bestimmt hatte sie sich noch einmal die faden poetischen Ergüsse durchgelesen, die Nigel ihr über die Jahre hinweg geschickt hatte. Mit einem blassen Arm stützte sie ihren Kopf, sodass ihre vollen Brüste vorgeschoben wurden und für eine sehr verlockende Silhouette sorgten. Die bloßen Füße baumelten über die Armlehne am anderen Ende des Sofas. Die Schönheit, deren Herz gebrochen worden war, trug noch immer ihr Hochzeitskleid.

Er nahm sich Zeit, um sie genauer zu betrachten, solange sie ihn nicht bemerkt hatte. Ihre Augen waren geschlossen, die seidigen schwarzen Wimpern warfen lange Schatten auf ihre zarten Wangen. Die schlanken Zehen waren in ständiger Bewegung, während sie sich zu entspannen versuchte. Einzelne Strähnen ihres glänzenden honigfarbenen Haars fielen ihr über die Schultern und reichten zum Teil bis hinunter auf den Fußboden. Grayson stellte sich vor, wie er sein Gesicht in diesen Haaren vergrub, während er mit den Händen ihre Kurven nachzeichnete. Allein dieser Gedanke genügte, um sein Blut in Wallung zu versetzen.

Wenn er nur daran dachte, dass Nigel sich in seinem Bett an all dem hätte erfreuen können … Was war sein Cousin bloß für ein Idiot! Doch dann wurde Grayson eines klar: Er kannte Jane überhaupt nicht. Vielleicht besaß sie irgendeinen verborgenen Mangel, obwohl … ein solcher Mangel hätte schon sehr verborgen sein müssen, um ihm nicht aufzufallen. Allein schon dazustehen und sie anzusehen, weckte in ihm ein gefährliches Verlangen.

„Darf ich Sie für einen Moment stören?"

Die tiefe Stimme riss Jane aus ihrem tranceähnlichen Zustand.

Sie setzte sich so abrupt auf, dass ihr die Briefe vom Schoß rutschten und sich zu ihren Füßen auf dem Boden verteilten. Die Nachmittagssonne und die Anspannung während der unvollendet gebliebenen Hochzeitszeremonie hatten sie schläfrig werden lassen, und sie war in Tagträume versunken gewesen, als sie darüber nachgedacht hatte, wie sie die nächste Phase ihres Plans in die Tat umsetzen sollte.

Welch wunderbare Freiheit Nigel ihr geschenkt hatte! Die Freiheit, sich selbst einen Ehemann zu suchen, nach Herzenslust zu flirten und sich so leidenschaftlich zu verlieben, wie es Nigel mit seiner Gouvernante ergangen war. Oder sich eben *nicht* zu verlieben, wenn ihr der perfekte Mann nicht über den Weg laufen wollte.

In ihren Tagträumen hatte sie auch spekuliert, wie es wohl sein würde, wahre Leidenschaft zu erfahren, jene Art von Leidenschaft, die völlig impulsiv war, die ihren Leib von den Haarspitzen bis zu den Zehen kribbeln ließ, die sie vollkommen in ihrem Griff hatte … bis diese tiefe Stimme sie dabei unterbrach.

Ihr Herz begann vor Vorfreude heftig zu schlagen. Ein Schatten fiel in die Ecke des Zimmers, in die sie sich in einem Anflug von Selbstzufriedenheit zurückgezogen hatte.

Ein Schatten, der ihr aus der Kapelle vertraut war und ihr einen Unheil verkündenden Schauer bereitete. Nein! Das konnte unmöglich sein. Nicht hier, nicht in ihrem Zuhause, ihrer Zuflucht …

„Lord Sedgecroft, das ist eine … eine unerwartete Freude."

„Unerwartete Freude" beschrieb nicht einmal im Ansatz jene beunruhigenden Empfindungen, die sein Auftauchen auslöste. Die Sonne beschien sein Gesicht, und sie ließ das weizengoldene Funkeln in seinem Haar aufleuchten, als hätte ein Künstler zum Pinsel gegriffen.

Und dazu diese Figur… dieser schlanke Körper mit den breiten Schultern, die von der kohlengrauen Jacke betont wurden, dazu die schmalen Hüften in der eng anliegenden schwarzen Hose! Die Statuen der römischen Götter ringsum hätten beim Anblick dieses Mannes eigentlich vor Neid erblassen müssen.

Sie erhob sich vom Sofa und bemerkte zu spät, dass sie in keiner Weise wie eine Göttin aussah, die diesem Mann eine ebenbürtige Partnerin hätte sein können. Auf ihrem Rock fand sich ein frischer Fleck aus Pfirsichsaft. Ihre Beine waren nackt, sie hatte ihre Strümpfe unter einem Kissen versteckt. Was suchte Sedgecroft hier? Auf einmal war ihre Kehle wie ausgedörrt. Konnte er schon von Nigels heimlicher Hochzeit erfahren haben? Nein, unmöglich!

„Kann ich irgendetwas für Sie tun, Mylord?", fragte sie ruhig und verbarg alle Bedenken hinter einem spröden Auftreten.

Er nahm ihren Ellbogen und ließ sie einen Schritt nach hinten machen. „*Ich* bin derjenige, der etwas für *Sie* tun möchte."

Abrupt sank Jane auf das Sofa, weil seine Erwiderung sie so verblüfft hatte. Er setzte sich zu ihr, allerdings wesentlich eleganter als sie, da sie sich einfach hatte fallen lassen. Seine Präsenz hatte etwas Übermächtiges, sein kraftvoller Schenkel drückte gegen ihr Knie. Sie konnte sich nicht vorstellen, dass ihr Vater ihn zu ihr geschickt hatte, damit er … was eigentlich?

„Ich bin mir nicht sicher, ob ich verstehe, was Sie meinen."

„Diese ganze Angelegenheit muss Sie doch auf das Äußerste verstört haben."

„Ziemlich." Aber längst nicht so sehr wie eine Heirat mit Nigel.

„Ich muss zugeben, ich fand es bewundernswert, wie gefasst Sie waren."

Hätte er den wahren Grund gewusst, warum sie so gefasst war, würde diese Unterhaltung jetzt wohl kaum stattfinden. „Danke."

„Es muss schwierig gewesen sein."

„Sie können es sich nicht vorstellen." Wie bemerkenswert. Er machte einen recht netten Eindruck. Was wollte er ihr wohl sagen?

„Allein die Tatsache, dass jeder Sie anstarrte", fuhr er fort und schüttelte mitfühlend den Kopf.

„Davon bekam ich kaum etwas mit."

„Und dass alle tuschelten, während Sie so völlig gedemütigt dastanden."

„Es war nicht angenehm, aber ich lebe noch."

„Die Zielscheibe von Schande zu sein, von Spott, von Mitleid."

Jane warf ihm einen mahnenden Blick zu. „Soll das etwa bewirken, dass ich mich besser fühle?"

„Man muss sich den Tatsachen stellen."

Warum, hätte sie am liebsten gefragt, war jedoch zu sehr von diesem Frage- und Antwortspiel fasziniert, um es zu unterbrechen. Was wollte er eigentlich von ihr? „Ja, das muss man."

„Und es kommt einen teuer zu stehen, wenn man eine junge Frau demütigt."

„Ja, das … Sagen Sie, wie teuer kommt einen so etwas zu stehen?"

„Überlassen Sie das ruhig mir. Sie sollen nur wissen, dass Nigel sich für das wird verantworten müssen, was er Ihnen antat."

„Vielleicht hat er ja eine Entschuldigung."

„Wagen Sie es nicht, diesen elenden kleinen Schuft auch noch zu verteidigen."

Jane räusperte sich. „Ihre Wortwahl, Mylord."

„Oh, verzeihen Sie. Manchmal geht mein Temperament mit mir durch."

„Ja, natürlich", murmelte sie. Schon häufig hatte sie von seinem Temperament gehört, sich jedoch nie vorstellen können, es einmal so hautnah zu erleben.

„Sie sind sich doch darüber im Klaren, dass die Gazetten jedes noch so peinliche Detail des heutigen Vorfalls aufgreifen werden, nicht wahr?"

Jane zögerte, da der Anblick seiner kraftvollen, gepflegten Hände sie ablenkte. Diese Ablenkung war jedoch nichts im Vergleich zu dem Schock, den sie verspürte, als eine dieser Hände nach ihren Fingern griff. „Die Gazetten … was … was machen Sie da?"

Er wollte wohl ihre Finger auf eine tröstende Art drücken, doch die Wirkung seiner Berührung war eine ganz andere, denn ein beunruhigend starkes, angenehmes Kribbeln jagte durch ihren ganzen Körper. „Die Gazetten werden schreiben, dass wieder mal ein Lebemann aus dem Hause Boscastle einer Dame das Herz gebrochen hat", sinnierte er. „Viel Aufhebens wird man um die Tatsache machen, dass meine früheren Geliebten in der Kapelle anwesend waren.“

Sie zog eine Augenbraue hoch, als wolle sie damit andeuten, dass eine solche Reaktion der Gazetten nicht weiter verwunderlich war. Doch angesichts dessen, dass sie ihre eigene Hochzeit verhindert hatte – und dass sein Daumen in einer so wunderbar verwirrenden Weise über ihre Knöchel strich –, entschied sie, es sei besser, den Mund zu halten.

Sedgecroft seufzte. „In diesem Moment erholt sich einer meiner Brüder von der Schlägerei, die er beim Hochzeitsfrühstück wegen einer Frau von zweifelhaftem Ruf vom Zaun gebrochen hatte.“

„Oh, der Ärmste.“ Sobald er seine blauen Augen auf sie richtete, bekam sie ein seltsames Gefühl in der Magengegend, so als würden tausend Schmetterlinge mit ihren Flügeln schlagen – als seien ihr mit einem Mal an Händen und Füßen Flügel gewachsen, die sie in einen dunklen, warmen Nebel aufsteigen ließen.

„Meine Schwester Chloe redet davon, sich auf dem Kontinent als Kurtisane zu verdingen“, fügte er an.

„Das meint sie bestimmt nicht ernst.“ Jane erinnerte sich an die bezaubernd aussehende schwarzhaarige Frau, die sich für eine Vielzahl wohltätiger Zwecke engagierte.

Nein, dachte er. Wahrscheinlich nicht. Aber Grayson wollte auf etwas Bestimmtes hinaus, und eine kleine Überspitzung der Wahrheit würde nicht schaden, hatte er doch vor allem Janes Wohl im Sinn. Er musste daran denken, dass Nigel sich jetzt in diesem Augenblick mit Jane im Bett vergnügen könnte, hätte er nicht vor der Hochzeit die Flucht ergriffen. Grayson war noch nie einer Frau wie ihr begegnet. Ihre Hände waren unglaublich zart. Ihr Hochzeitskleid, das ganz und gar zerknittert war, hätte sie sittsam und rein aussehen lassen müssen, bei ihm allerdings bewirkte es das genaue Gegenteil. Der Teufel in ihm hätte zu gern gesehen, was sich unter der Spitze verbarg.

„Devon, ein weiterer meiner Brüder, hat sich mit den Taugenichtsen, mit denen er befreundet ist, auf die Suche nach einem Piratenschatz gemacht“, fuhr er mit düsterer Miene fort.

„Einem Piratenschatz?“ Jane konnte sich bei dem bezaubernden, aber leichtsinnigen Gedanken ein Lächeln nicht verkneifen.

„Ich schätze, wir haben uns unseren Ruf mehr als verdient“, räumte er ein und erwiderte ihr Lächeln. „Allerdings können wir die meisten unserer Sünden wiedergutmachen. Ausgenommen das, was Nigel sich heute herausnahm. Noch nie hat einer von uns eine junge Dame absichtlich in eine solch peinliche Situation gebracht.“

Jane stieg immer höher in diese undefinierbare Sphäre auf, von diesem über alle Maßen attraktiven Mann völlig in den Bann geschlagen. Worauf wollte er bloß hinaus? Halunken wie Sedgecroft lauerten außerhalb jener Kreise, in denen sich eine junge Frau wie Jane in der Gesellschaft bewegte, auch wenn sie eine gewisse Neugier weckten.

Nigel hatte sie immer wieder gewarnt, sie solle einen großen Bogen um die anderen Boscastle-Männer machen, und Nigel war ihr bester Freund. Natürlich hatte sie seinen Ratschlag nicht infrage gestellt, zumal sie sich seit jeher für klug genug hielt, einer Verführung zu widerstehen. Allerdings hatte sich bis dahin auch noch nie ein wirklich anziehender Mann bemüht, sie zu verführen. War das … Ein unerhört schmeichelnder Gedanke ging ihr durch den Kopf.

„Wollen Sie mich verführen?“, fragte sie mit ernster Miene.

„Natürlich nicht.“

„Aha. Also natürlich nicht.“

In seinen Augen funkelte schelmisches Vergnügen. „Schauen Sie doch nicht so entrüstet drein. Ich wollte Ihnen eigentlich ein Kompliment machen. Niemand von uns nimmt es auf die leichte Schulter, wenn er erfahren muss, wie grausam das Leben sein kann. Sie haben das heute auf eine denkbar schlimme Weise erfahren müssen. Meine Liebe, wenn ich Sie verführen wollte, würden wir nicht hier sitzen und Händchen halten."

Unwillkürlich fragte sich Jane, was sie denn *stattdessen* tun würden, hätte sie es mit einer klassischen Boscastle-Verführung zu tun. Die Antwort darauf würde sie zweifellos bis in die frühen Morgenstunden wach liegen lassen. Ihre Fantasie war ausgesprochen lebhaft, und Sedgecroft würde ihre Gedanken auf Monate hinaus anregen.

„Lord Sedgecroft, wenn dies keine Verführung sein soll", sagte sie schließlich so höflich, wie es ihr möglich war, „was genau soll es dann sein? Eine weitere persönliche Entschuldigung Ihrer Familie?"

„Das und mehr." Er hob ihre Hände an sein Kinn, während er warmherzig und mehr als nur ein wenig frech lächelte. „Es soll ein Antrag sein."

„Ein Antrag?"

„Nein, nicht, was Sie denken. Ich kann gut verstehen, wie Sie sich nach der Demütigung fühlen müssen, die Ihnen heute widerfuhr. Noch nie habe ich mich mehr für meine Familie geschämt als an diesem Morgen in der Kapelle." Noch nie hatte er aber auch so klar und deutlich Notiz genommen von den Verfehlungen, die andere Mitglieder seiner Familie begingen. Viel zu sehr war er bislang mit seinen eigenen Sünden beschäftigt gewesen.

„Lassen Sie es mich geradeheraus sagen, Jane."

„Ich fürchte, ich werde Sie nicht davon abhalten können."

„Eine Frau in Ihrer unangenehmen Situation läuft Gefahr, wie eine Aussätzige behandelt zu werden. Nur ein Mann von starkem Charakter würde Sie heute noch heiraten. Ein Mann, der stark genug ist, die Meinung anderer Leute zu ignorieren. Ich will damit nicht sagen, dass ein solcher Mann nicht existiert, aber es gibt nur wenige von dieser Art."

Vor Ärger liefen ihre Wangen leicht rot an. Soeben hatte er den Mann ihrer Träume beschrieben, den Mann, den sie im seichten Gewässer der Gesellschaft vermutlich niemals finden würde. Sie fragte sich, ob er überhaupt existierte oder ob sie einsam sterben musste, weil er niemals in ihr Leben trat. „Es war aber wohl kaum mein Verschulden."

„Genau. Und deshalb sollten Sie auch nicht die Leidtragende sein. Aus dem Grund möchte ich um Sie werben, natürlich nur, um aller Welt zu zeigen, dass Sie nach wie vor eine begehrenswerte Frau sind."

Ihr fehlten die Worte. Was für eine grausame, unerwartete Wendung. Natürlich hatte sie mit einer regelrechten Verbannung aus der Gesellschaft gerechnet, nachdem sie vor dem Altar stehen gelassen worden war. Sie ging durchaus davon aus, für einige Zeit verspottet, bemitleidet oder ignoriert zu werden.

Aber dass ein bekannter Schwerenöter wie Sedgecroft sich ihrer annehmen würde? Dass dieser über alle Maßen des Anstands hinaus attraktive Mann sich dafür einsetzen wollte, sie eben jenem Heiratsmarkt wieder zuzuführen, dem sie mit so viel Anstrengung entkommen war? Das hätte sie nie erwartet. Sie vor den Folgen ihres eigenen Intrigenspiels beschützen zu wollen, war schrecklich eitel, aber auch äußerst reizvoll. Die Frage war nur, wie sie darauf am besten reagierte.

„Mir ist klar, dass es für Sie ein Schock sein muss. Finden Sie, ich bin für unsere kleine Darbietung zu unattraktiv?"

Oh, er hatte ja keine Ahnung! In ihren Augen war er so unglaublich anziehend, dass sie kaum noch einen klaren Gedanken fassen konnte – was aus Janes Sicht natürlich ein Problem darstellte. „Nun, Sie sind recht … ähm …"

„Erfahrener als Sie?"

„Unter anderem", murmelte sie.

Er rückte etwas näher an sie heran. „Meine Erfahrung wird nur zu Ihrem Vorteil sein."

„Ich frage mich, warum ich an diesen Worten zweifle."

„Nun, alle wissen, dass ich äußerst erfahren bin, Jane", erwiderte er und sah sie eindringlich an.

„Dessen bin ich mir sicher."

„Wenn Nigel nicht zurückkehrt, um das Unrecht wiedergutzumachen, werde ich Ihnen helfen, einen anderen jungen Mann zu finden, der dazu bereit ist." Er zwinkerte ihr zu, seine Stimme nahm einen freundlichen Klang an. „Das persönliche Boscastle-Gütesiegel – wie klingt das?"

Was sie nun gar nicht gebrauchen konnte, war schon wieder jemand, der sie verkuppeln wollte. Sie räusperte sich und suchte nach den geeigneten Worten, um diesen unerwünschten Plan abzuwehren. „Das ist zu freundlich von Ihnen, aber ..."

Sein wunderschön geformter Mund verzog sich wieder zu einem betörenden Lächeln. „Ich handele nicht völlig selbstlos. Es ist weiß Gott an der Zeit, dass wenigstens ein Boscastle wie ein Erwachsener auftritt." Er hielt inne, in seinen Augen funkelte etwas Spitzbübisches. „Natürlich hätte ich nicht gedacht, ich könnte derjenige sein."

Ihre Gedanken überschlugen sich. Wo war sie da nur hineingeraten? Sie wurde von Sedgecroft umworben? Für ihn würde es nur ein Spiel sein, ein Plan, um seine unbändige Sippe dazu zu bringen, einen Anschein von Disziplin zu wahren. Doch sie war sich nicht sicher, ob ihre Gefühle es mit einem solchen Mann aufnehmen konnten. Nach einem Abend in seiner Gesellschaft würde sie zweifellos an Herzklopfen sterben. Hinzu kamen Probleme aller Art, über die sie gar nicht erst nachzudenken wagte.

Bedenklich lange spielte sie mit dem Gedanken, ihm die Wahrheit zu gestehen. Allerdings würde sie damit nicht nur den Eid auf die Bibel brechen, den sie gegenüber Nigel abgelegt hatte, sie lief auch Gefahr, sein Leben zu ruinieren. Seine Eltern würden von ihm verlangen, die Ehe annullieren zu lassen. Seiner neuen Ehefrau drohte die Entehrung, und das galt auch für das Kind, das sie in sich trug. Und Janes Eltern würden sie wegen dieser Schande auf der Stelle enterben. So würde ein Plan, der mit den besten Absichten für alle Beteiligten ausgearbeitet worden war, auf einmal etwas Gemeines bekommen und Janes Verfehlungen vor einer Welt offenlegen, die kein Erbarmen kannte. Wer würde schon ihren Wunsch verstehen, ihr Schicksal selbst in die Hand zu nehmen?

„Lord Sedgecroft …"

„Ach, kommen Sie schon, Jane. Sehen Sie mich nicht so finster an wie eine Gouvernante. Es wird ein Spaß werden. Ob es Ihnen bewusst ist oder nicht, aber Sie *sind* eine sehr reizende Frau."

„Tatsächlich?"

„O ja."

Sie seufzte. Dieser Mann strahlte die pure Verführung aus, ohne etwas davon zu ahnen. Vermutlich flirtete er sogar im Schlaf, und er beherrschte sein Metier. Allein neben ihm zu sitzen, bescherte ihr eine Gänsehaut und ließ ihr die Knie weich werden. Ihr Verstand versagte offenbar in Sedgecrofts Gegenwart ebenfalls – wie konnte es sonst zu erklären sein, dass ihr kein plausibler Grund einfallen wollte, um sein Angebot abzulehnen? Niemand würde ihr abnehmen, dass sie einen Mann wie den Marquess für sich hatte interessieren können.

„Ich glaube, ich … die Wahrheit ist, ich bin zu schüchtern, um ein solches Täuschungsmanöver überzeugend zu spielen."

Er sah ihr tief in die Augen. „Dann übernehme ich das für uns beide."

Als er seine Hände auf ihre Schultern legte und sie kraftvoll und sanft zugleich drückte, stockte ihr der Atem. Wäre Nigel auf die Idee gekommen, so mit ihr umzugehen, hätte sie lauthals gelacht. Doch als Grayson sie berührte, wollte sie am liebsten die Augen schließen, sich ihm hingeben und … einfach nur genießen.

Ein Schauer lief ihr über den Rücken, sobald er über ihre Wange strich. Er verstand es, einer Frau das Gefühl zu geben, attraktiv zu sein – was wohl zum Teil seine Anziehung ausmachte. „Was tun Sie da?“, flüsterte sie. Die Neugier war stärker als ihre Abneigung.

„Ich überzeuge Sie“, antwortete er mit seiner tiefen Stimme.

Jane wusste kaum noch, was sie denken sollte, als er ihr Gesicht in beide Hände nahm. Während ihr Verstand vor Neugier in eine Art Starre verfallen war, reagierte ihr Körper mit sehnsüchtiger Begierde und freudiger Erwartung. Sie glühte förmlich, als er schließlich langsam und verführerisch mit seinem Mund über ihre Unterlippe strich. Ihr Herz pochte so kraftvoll, dass jeder Schlag wie eine kleine, schmerzhafte Welle verebbte.

„Sie überzeugen mich?“ Ihre Stimme schien aus weiter Ferne zu kommen, als sei sie nicht länger ein Teil ihres Körpers. „Wovon?“

„Hmm“, machte Grayson. Der Kuss hatte ihn verwirrt. Einige Augenblicke lang wusste er tatsächlich nicht, was er tun sollte – für seinen reichen Erfahrungsschatz etwas Neues. Irgendwie entwickelte sich die ganze Situation anregend interessant. Für eine Frau ihres Standes wirkte sie ausgesprochen scharfsinnig. Ob zu ihrem Vor- oder Nachteil, vermochte er nicht zu sagen. Aber das war ihm auch egal.

„Hören Sie, Jane. Es war nicht meine Absicht, meine Argumente auf diese Weise zu untermauern. Aber von einem Wolf kann man nicht erwarten, dass er sich wie ein Schaf benimmt, wenn er unter Schafen ist. Etwas an Ihrer Art weckt das unbeherrscht Männliche in mir. Was ich sagen will“, fuhr er ruhig fort, „ist Folgendes: Wenn Sie denken, Sie könnten nicht mehr begehrenswert sein, wüsste ich verschiedene Wege, um diesen Irrtum zu widerlegen."

„Ich …"

„Auch wenn es nur ein Spiel ist."

„Ein Spiel?", wiederholte sie mit zittriger Stimme.

„Ein Spiel, das ein wenig Vergnügen nicht ausschließt, richtig?", fragte er leise. „Ihre Zukunft ist nicht vorüber, nur weil Sie heute allein vor dem Altar gestanden haben."

Außerdem ist ihr verführerischer Körper wie geschaffen dafür, zu lieben und einen Mann völlig zu verwirren, dachte er. Sein Pulsschlag beschleunigte sich noch ein wenig mehr.

Als Jane sich bewegte, versteifte sich Grayson unwillkürlich am ganzen Leib. Ihr weiches Haar unter seinen Fingern, die geschmeidige Sanftheit ihres Mundes, all das entfesselte in ihm eine Lust, die alle Vernunft einfach beiseite wischte. Ohne es überhaupt darauf angelegt zu haben, machte sie seine ganze Abwehr zunichte. Prickelnde Vorfreude durchrieselte ihn.

„Oh", wisperte sie erstaunt und hob eine Hand, um ihn wegzuschieben, ließ sie dann aber schlaff auf ihren Schoß sinken.

Mit seiner Zunge fuhr er über ihre Unterlippe, woraufhin Jane in kurzen, leisen Stößen atmete, die auf ihn noch erregender wirkten. „Wagen Sie nicht, sich zu bewegen", warnte er sie sanft. „Ich bin noch nicht fertig."

Er hielt sie fester als zuvor und stöhnte verhalten, als er fühlte, wie sich ihre vollen Brüste gegen seinen Oberkörper drückten. Langsam ließ er eine Hand zu ihrem Rücken gleiten und zeichnete ihre Rippen nach. Es war klar, dass dies nicht genügen konnte. Jede wilde männliche Faser in seinem Leib trieb ihn dazu an, Jane tiefer in die Sofakissen zu drücken.

„Lord Sedgecroft …"

„Schhht. Es ist wirklich nicht höflich, mich zu unterbrechen, wenn ich Sie küsse."

Sie lachte nervös. „Sie wagen es, von Höflichkeit zu sprechen, wenn …"

„Sie unterbrechen mich schon wieder."

„Einer von uns muss etwas Selbstbeherrschung an den Tag legen."

Grayson lächelte sie an. „Ah, ja. Die Hochzeitsgäste sprachen über die Selbstbeherrschung, die Sie heute Morgen bewiesen haben."

„Ich vermute, sie sprachen auch über Sie. Aber von Selbstbeherrschung wird da wohl nicht die Rede gewesen sein."

Ihre direkte Art brachte ihn zum Lachen. Die Dame war also nicht so scheu, wie es den Anschein gehabt hatte. Das war eine angenehme Überraschung, die seine Aufgabe noch erfreulicher gestalten würde. Ein Glück, dass er nicht eine furchtsame Miss durch die Stadt führen musste. Wieder strichen seine Lippen über ihre, sodass sie nach Luft schnappte. Seine Zungenspitze glitt ein Stück weit in ihren Mund, und er spürte, welche Begierde er damit in ihr entfachte. Zwar ermutigte sie ihn nicht gerade, aber sie widersetzte sich ihm auch nicht. Er hatte Gefallen daran, wie sie schmeckte – ein Hauch von Pfirsich. Und ihm gefielen die üppigen Kurven ihres Körpers, der warme, sanfte Druck ihrer Brüste an seiner Schulter. Sanft und verlockend. Er ballte die Hand zur Faust, um sich davon abzuhalten, ihre Brüste zu berühren.

„Sie sind noch nicht fertig, oder?", fragte sie mit schwacher Stimme.

„Nicht ganz."

„Gut. Dann machen Sie weiter."

Mit diesen Worten lehnte sie sich zurück. Sofort drückte er sie mit seinem muskulösen Körper auf das Sofa. Zwar gab sie sich ganz gelassen, doch ihm entging nicht ihr rasender Puls, den er an ihrer Halsschlagader fühlen konnte.

Er kostete ihre feuchten, geschmeidigen Lippen, nahm jeden Seufzer auf, der ihr entglitt, und genoss ihren Mund mit Beharrlichkeit und Geschick, bis er merkte, dass die Lust sie unwillkürlich erschauern ließ.

Diese wundervolle junge Frau in ihrem zerknitterten Hochzeitskleid erregte ihn selbst viel mehr, als er es für möglich gehalten hatte. Ihm gefiel, dass sie nicht in Tränen aufgelöst war oder Rache forderte. Mit einem Seufzer gab er ihren Mund frei. Seine Hand schob sich von ihrer Schulter nach unten, strich über ihren Ellbogen und legte sich dann fest um ihre Taille.

„Nun denn“, sagte sie, als sie wieder durchatmen konnte. „*Nun denn.*“

„Es gibt Momente im Leben, da muss man einem Impuls den Vorrang vor einem Plan einräumen“, erklärte er ruhig, während er die Begierde erstickte, die ihn allzu fest im Griff gehabt hatte.

Jane sah ihn tadelnd an. „Was aber nicht heißt, dass man unbedingt jedem Impuls nachgeben sollte, der sich regt.“

„Wäre das der Fall, würden wir nicht hier sitzen und darüber diskutieren.“

„Was würden wir denn … oh, schon gut. Ich sollte das besser nicht fragen.“

„Ich hätte nichts dagegen“, meinte er lächelnd.

„Dessen bin ich mir sicher.“ Jane seufzte leise. Seine Augen wirkten mit einem Mal so dunkel wie die Nacht, selbst wenn in ihnen noch das Verlangen loderte – der Inbegriff sündiger Verführung. „Sie werden sich wohl auch nicht entschuldigen, oder?“

„Wofür?“, wollte er amüsiert wissen.

„Wenn ich es erst noch erklären muss, hat es wohl keinen Sinn, das Thema weiterzuverfolgen.“

Welches Thema, hätte Grayson fast gefragt, da er nicht wusste, ob er sie nun womöglich vor den Kopf gestoßen hatte oder nicht. Ihre Reaktion auf die Ereignisse dieses Tages entsprach nicht ganz seinen Erwartungen. Es erleichterte ihn, dass sie akzeptierte, was geschehen war, anstatt unnötige Gefühle ins Spiel zu bringen. Dennoch schien irgendetwas nicht so ganz zu stimmen. Vielleicht hatte er sie ja mit seiner Art in Verlegenheit gebracht. Ja, das musste es sein. Die Boscastles neigten dazu, andere in Verlegenheit zu bringen.

„Das ist genau das, was Sie zu einem Lebemann macht", sagte sie plötzlich nachdenklich.

„Wie bitte?"

„Ihre schamlose Art, immer nur das Vergnügen zu suchen."

„Ach, *das* meinen Sie." Er starrte auf ihre Lippen, die von seinen Küssen noch immer feucht und voll waren. Es war wirklich schwer, Jane zu durchschauen. Sie schien von dem, was sich eben zugetragen hatte, nicht besonders beeindruckt zu sein. „Habe ich Sie gekränkt?"

„Gekränkt nicht, Mylord, aber verblüfft. Ich vermute, es wird einige Tage dauern, ehe ich mich erholt habe. Warum haben Sie mich überhaupt geküsst?"

Er schlug sich aufs Knie, ein wenig verblüfft über die unumwundene Frage. „Aus mehreren Gründen, wenn Sie es genau wissen möchten. Erstens konnte ich nicht hinnehmen, dass sich eine reizende Frau so über meinen Cousin aufregt, der einfach nur ein Dummkopf ist."

„Ja, aber …"

„Zweitens wollte ich Ihnen beweisen, wie attraktiv Sie sind." Er ließ seinen Blick über ihren Körper wandern. „Drittens war mir danach, Sie zu küssen, und ich habe einfach nur diesem Impuls gehorcht."

Ein wenig unsicher erhob sie sich vom Sofa. „Ich denke, es ist besser, ich ziehe mich jetzt in mein Zimmer zurück und werde für eine Weile ohnmächtig."

Grayson lehnte sich zurück und strich mit dem Daumen über seine Oberlippe, der noch ihr Geschmack anhaftete. Mit jeder Minute wirkte sie weniger wie ein schwaches, wehrloses Wesen. „Einverstanden. Rechnen Sie damit, dass ich Ihnen einen Besuch abstatte, wenn Sie sich erholt haben.“

„Das ist alles sehr überwältigend, Sedgecroft.“

Er betrachtete sie mit halb geschlossenen Lidern. Eine überwältigende Wirkung auf eine Frau zu haben, war etwas, womit er sich auskannte. Er verspürte eine gewisse Erleichterung, da er wusste, wie damit umzugehen war. „Mein Cousin hat offenbar keine Ahnung davon, welch großartige Frau er verloren hat. Aber wenn ich ihn zur Rechenschaft gezogen habe, wird es ihm noch leidtun.“

Konsterniert wandte sie sich dem Fenster zu, als Grayson sich zu ihr stellte. „Ich weiß nicht, was über uns gekommen ist“, murmelte sie. „Ein solches Verhalten. Das war wie … nein, ich kann diesen Kuss mit nichts anderem vergleichen, was ich je erlebt habe.“

„Nicht?“ Auf eine sonderbare Weise war er froh, dass er nichts von seinem Talent verlernt hatte.

„Die einzige Erinnerung, die mir in den Sinn kommt, betrifft das eine Mal, dass ich meinem Vater nicht gehorchte und mich aus dem Haus schlich, um seinen noch nicht zugerittenen Hengst zu reiten. Der Sturz presste mir die Luft aus den Lungen. Ihr Kuss hat bei mir eine ganz ähnliche atemberaubende Reaktion ausgelöst.“

Grayson runzelte die Stirn. Es waren zwei grundverschiedene Dinge, ob eine Frau von einem Kuss überwältigt wurde oder ob sie auf dem Boden landete und vor Schmerzen nach Luft schnappte. „Ich weiß nicht, ob ich mich nun geschmeichelt fühlen soll.“

Sie machte eine halbe Drehung zu ihm hin und sah ihn nervös an, weil sie bemerkte, dass er sich ihr weiter genähert hatte. „Ich weiß Ihre Absicht zu schätzen, mir zu helfen. Ich hege aber Zweifel an Ihrer Methode.“

„Wie ich sagte“, entgegnete er mit einem Schulterzucken, „helfe ich damit auch meiner eigenen Familie.“

„Und was würden Sie sagen, wenn ich mich weigere, mir von Ihnen helfen zu lassen?“

„Dann würde ich erneut versuchen müssen, Sie zu überzeugen. Aber ich denke, Sie haben bereits zugestimmt, nicht wahr?“

„Wie arrogant Sie sind.“

„Das ist keine Frage der Arroganz, Jane“, gab er zurück, seine Stimme verriet keine Reue. „Noch nie ist eine Frau in der Lage gewesen, sich einem Boscastle-Mann zu verweigern, sobald er ihr seinen Stempel aufgedrückt hat.“

„Seinen Stempel aufgedrückt?“ Verblüfft zog sie die Augenbrauen hoch. „Wie reizend. Ein Brandzeichen auf dem sprichwörtlichen Kuhhintern.“

Er wandte sich zum Sofa und musste sich ein Grinsen verkneifen. „Schwaches, wehrloses Wesen“ – hatte er das nicht gedacht? Nun, vielleicht stand sie unter Schock und war nicht sie selbst. „Ich werde Sie morgen besuchen kommen.“

„So bald schon?“, fragte sie beunruhigt. Im selben Moment wurde ihr bewusst, dass er ihre Frage durchaus als Einverständnis zu seinem Vorschlag werten konnte.

„Es führt zu nichts, in Altjüngferlichkeit zu versinken“, wandte er erbarmungslos ein. „Außerdem haben Sie sich lange genug Ihrem Selbstmitleid hingegeben. Weg mit dem Trauergewand, wenn ich bitten darf.“

„Wie bitte?“, platzte es aus Jane heraus.

„Das Trauergewand dort, das wie Leichenkleidung wirkt“, erklärte er etwas sanfter. „Die Hoffnung, die Sie mit diesem Tag verbunden haben, ist gestorben. Auf ein Neues! Verbrennen Sie die Briefe, meine Liebe. Und tragen Sie etwas Gewagtes, wenn ich Sie besuchen komme.“

Sie sah ihn verächtlich an. „Ich habe überhaupt nichts Gewagtes in meiner Garderobe, Sedgecroft."

„Das wird sich ändern müssen", meinte er und erwiderte ihren Blick.

„Und was ist, wenn ich nicht will, dass sich etwas ändert?" Sie stemmte aufgebracht die Hände in die Hüften.

„Jede Frau möchte begehrenswert sein", meinte er nur schulterzuckend.

„Vielleicht gilt das für die Frauen, mit denen *Sie* sich umgeben. Ihr Harem ist mir in der Kapelle nicht entgangen."

„Mein Anstand gebot es mir, sie einzuladen."

„War es auch Ihr Anstand, mit dem Sie sie in Ihr Bett holten?", fragte sie, noch bevor sie sich davon abhalten konnte.

Er grinste sie breit an. „Mein Anstand verbietet es mir, darauf zu antworten."

„Das kann ich mir gut vorstellen." Vor Janes geistigem Auge tauchten Bilder auf, die Sedgecroft von seiner verruchten Seite zeigten, wie er sich ungehemmt mit seinen Geliebten vergnügte. Auf einmal wurde ihre Neugier geweckt. „Werden sich Ihre Geliebten nicht daran stören, wenn Sie mich begleiten?"

„Sie haben Glück, Jane. Ich unterhalte momentan keine Liaison."

„Ich habe Glück", wiederholte sie leise.

Vor der Tür im Flur knarrte ein Dielenbrett. Jane errötete bei dem Gedanken, jemand könnte ihr Gespräch mit Grayson belauscht haben. „Sie sind völlig anders als Nigel", sagte sie mit gedämpfter Stimme.

Er lachte kurz, ehe er sich der Tür zuwandte. „Ich bin mir sicher, dass diese Tatsache für Sie von Vorteil sein wird."

5. KAPITEL

Einen Moment lang zog Grayson es in Erwägung, einfach so zu tun, als würde er die beiden Frauen nicht bemerken, die vor der Tür knieten. Doch als sie aufstanden und ihm den Weg versperrten, konnte er sie natürlich nicht mehr ignorieren. Wenn er ein regelmäßiger Besucher in diesem Haus werden sollte, musste er sich die zwei vornehmen.

„Entschuldigen Sie", er räusperte sich, um einen gespielt ernsten Ton anzunehmen, „aber belauschen Sie immer die privaten Gespräche Ihrer Schwester? Oder gilt Ihr Interesse etwa meiner Person?"

Die Art, wie er seine Frage formulierte, und sein gezielt anzüglicher Tonfall ließen die Schwestern heftig erröten.

Caroline fasste sich als Erste und bückte sich rasch, um das Buch aufzuheben, das sie vor Schreck hatte fallen lassen. „Wir … ähm … wir haben eine Spinne gejagt …"

„Ja, eine sehr große braune Spinne, die die ganze Treppe hinaufgelaufen ist", fügte Miranda hastig an.

Caroline fuchtelte ihm mit dem Buch vor der Nase herum, um ihre Worte zu unterstreichen. „Sie schien geradewegs in die Galerie laufen zu wollen. Wir hatten gehofft, sie zu fangen … Jane hat Todesangst vor Spinnen."

„Und wenn Sie die Kreatur gefangen haben, was beabsichtigen Sie dann?" Er bekam ihre Hand zu fassen, bevor sie ihn mit dem Buch am Kinn treffen konnte. „Werden Sie ihr eine Gute-Nacht-Geschichte vorlesen?"

„Wir sind nur um Janes Wohl besorgt", sagte Caroline und gab damit das Schauspiel auf.

Grayson beugte sich vor und sah ihr tief in die Augen. „Gibt es einen besonderen Grund, weshalb Sie glauben, *ich* könnte Ihren guten Absichten im Weg stehen?"

„Na ja", erwiderte Miranda leise. „Sie sind ein Boscastle."

Caroline nickte bestätigend. „Und es war ein Boscastle, der ihr das Herz brach."

„Weshalb es auch ein Boscastle sein muss", konterte er, „der Ihrer Schwester neuen Mut macht."

„Wie wollen Sie das erreichen?", fragte Caroline.

„Ich glaube nicht, dass Sie das etwas angeht. Ich habe die Zustimmung Ihrer Eltern."

„Unsere Eltern wissen nichts darüber, was für uns das Beste ist", rief Miranda heftig. „Sie hätten auf Jane hören sollen, als die von ihren Vorbehalten gegenüber einer Heirat mit Nigel sprach."

Grayson zögerte. „Es scheint doch, dass Nigel derjenige mit Vorbehalten gegen eine Heirat war."

„Vielleicht ist das auch eine Eigenart der Boscastles", platzte Caroline heraus, ehe sie sich bremsen konnte. „Die Männer Ihrer Familie sind notorische Junggesellen."

Er verzog die Mundwinkel zu einem einschüchternden Lächeln. „Vielleicht könnten Sie zwei jungen Damen sich darauf konzentrieren, dieses ärgerliche Problem für mich zu lösen, anstatt mich zu belauschen."

Miranda errötete erneut, während sie über seine Worte nachdachte. Ihre Schwester stieß ihr den Ellbogen in die Rippen. „Das Problem", gab Caroline in schneidendem Tonfall zurück, „besteht darin, dass Jane extrem verwundbar ist. Und Sie sind …"

Er schaute sie unschuldig an. „Ja, ich höre?"

„Nun", fiel Miranda endlich ein, „Sie sind ein wenig überwältigend. Jedenfalls für eine Frau in einer so empfindlichen Verfassung."

Die beiden sind zu amüsant, dachte er belustigt. Zwei selbstgerechte Kätzchen, die nie die raue Wirklichkeit erlebt hatten. Vielleicht sollte er ihnen einen wohlmeinenden Schrecken einjagen, damit sie wieder zur Vernunft kamen. „Ich bin mir nicht sicher, dass ich Ihnen folgen kann."

Caroline drückte das Buch an ihre Brust. „Wie soll man das am behutsamsten formulieren? Sehen Sie, da ist diese gefährliche Kraft, die Sie umgibt und die junge Frauen anzieht."

„Eine gefährliche Kraft?", wiederholte er mit gespielter Bescheidenheit. „Das hätte ich nie für möglich gehalten."

„Und unsere Schwester", fügte Miranda betreten an, „könnte in ihrer momentanen Verfassung vielleicht nicht in der Lage sein, sich dieser Kraft zu widersetzen."

Grayson tat so, als müsse er erst einmal über dieses Dilemma nachdenken. Eine gefährliche Kraft? Das war zumindest etwas Originelles. „Ich bin ein wenig mit der Gefühlswelt der Frauen vertraut."

„Das haben wir auch schon gehört", murmelte Caroline, mit einem Hauch von Sarkasmus in der Stimme.

„Aber Sie denken doch nicht", flüsterte er mit entsetzter Miene, „ich würde Ihre Schwester *verführen* wollen, nachdem sie heute diese Demütigung über sich hat ergehen lassen müssen, oder etwa doch?"

„Natürlich nicht!", rief Miranda.

„Gütiger Himmel, nein", stimmte Caroline mit ein, obwohl sie genau das dachte. „Das wollten wir Ihnen auf keinen Fall unterstellen!"

Er lehnte sich gegen die Tür und kniff die Augen zusammen, als würde er angestrengt überlegen. „Und *was* haben Sie dann damit gemeint?"

Caroline schürzte die Lippen. „Nun ... zunächst einmal ... Sie könnten versuchen, nicht so ... so anziehend zu wirken, wenn Sie sich in ihrer Gesellschaft befinden."

„Und wie soll ich das anstellen?"

„Es würde helfen", warf Miranda unbeholfen ein, „wenn Sie sich nicht ganz so – so männlich gebärden würden."

Mit gesenkter Stimme und besorgter Miene erwiderte er:

„Ich wusste nicht, dass ich auf das andere Geschlecht so Anstoß erregend wirke. Das ist äußerst beunruhigend."

„Das haben Sie falsch verstanden", sagte Caroline rasch, nachdem sie zu ihrer Schwester geschaut hatte.

„Wirklich?"

„O ja", fuhr sie fort. „Ihr männliches Auftreten ist zwar überwältigend, aber nicht zwangsläufig anstößig."

„Oh, so ein Glück." Er stieß einen erleichterten Seufzer aus.

„Genau genommen", ergänzte Miranda, „ist Ihr Auftreten das exakte Gegenteil davon."

Caroline nickte nachdrücklich. „Das ist ja das eigentliche Problem."

„Aah, ich verstehe", sagte er bedächtig, während er Mühe hatte, noch länger ernst zu bleiben. „Wie es scheint, werde ich meine grässliche ... ‚Männlichkeit' irgendwie unterdrücken müssen."

„Meiner Ansicht nach", kam auf einmal eine gefasste Stimme durch den Türspalt hinter ihm, „ist nicht Ihre ‚Männlichkeit' an sich das Problem. Ich glaube, es liegt vielmehr daran, wie Sie sie einsetzen."

Grayson stieß sich leicht von der Tür ab, damit Jane in den Flur kommen konnte. Vor Schreck standen ihre beiden Schwestern wie erstarrt da, als sie ihnen gegenübertrat.

„Wir wollten ...", begann Caroline hastig.

„Ich habe gehört, was ihr wollt", unterbrach Jane sie. „War der heutige Tag nicht schon schwierig genug?"

Grayson nickte zustimmend. „Ich würde sagen, der heutige Tag reicht für ein ganzes Leben."

Jane warf ihm einen verärgerten Blick zu.

Leider hatten ihre Schwestern durchaus recht. Die Ausstrahlung dieses Mannes hatte auf eine normale Frau verheerende Wirkung, doch zum Glück war Jane nicht die Kontrolle über ihre Regungen entglitten. Zumindest war das vor wenigen

Minuten noch der Fall gewesen.

„Wenn ihr zwei dann damit fertig seid, die Probleme Seiner Lordschaft zu lösen, würde ich mich gern in mein Zimmer zurückziehen und mich eine Weile hinlegen."

„Benötigen Sie Hilfe?", fragte Sedgecroft einschmeichelnd.

Erneut bedachte sie ihn mit einem wütenden Blick. Er fing schon wieder damit an! Vermutlich konnte er einfach nicht anders. Allein die Luft, die ihn umgab, schwelte verführerisch. „Ich wurde am Altar im Stich gelassen, Mylord, nicht tödlich verletzt."

„O Jane", sagte Miranda mit Tränen in den Augen. „Wie weh dir das tun muss! Und wie tapfer du bist!"

Tapfer und rätselhaft, überlegte Grayson und musste an ihren Kuss und an Janes höchst merkwürdige Reaktion denken. Es sollte nicht allzu schwierig sein, sie seinen Cousin vergessen zu lassen, für den Fall, dass Nigel nicht wieder auftauchte. Je schneller sie ihn vergaß, umso besser. Die Trauer um eine unerwiderte Liebe würde Jane auf einen anderen möglichen Ehemann nicht so anziehend wirken lassen, wie sie es in Wirklichkeit war.

„Jane", erklärte er ernst und neigte den Kopf. „Ich werde jetzt gehen, damit Sie sich von der heutigen Tortur erholen können."

Sie seufzte verhalten. Die verpatzte Hochzeit hatte ihr nicht mal halb so viel zu schaffen gemacht wie Graysons Auftritt. „Danke", murmelte sie. „Das ist zu freundlich von Ihnen."

Zu freundlich und zu reizend. Und zu verführerisch. Und zu gut aussehend. Und zu …

„Ruhen Sie sich aus", wies er sie an. „Die Früchte unseres Plans werden die Mühe wert sein, allerdings beabsichtige ich, ein anspruchsvoller Begleiter zu sein."

Allein der Gedanke daran, welche Ansprüche er wohl stellen könnte, ließ ihren Puls wieder rasen. „Ich habe diesem Plan noch nicht zugestimmt, Mylord“, konterte sie ein wenig rebellisch, während er sich abwandte.

Als er sie über die Schulter ansah, funkelten seine blauen Augen. Dieser Mann war so von sich eingenommen, dass es einer besonderen Anstrengung bedurfte, um ihn vor den Kopf zu stoßen. „Ich halte Sie für eine intelligente Frau. Sie werden zustimmen.“

„Vielleicht werden Sie sich noch wundern“, sagte sie leise.

„Für eine Herausforderung bin ich immer zu haben.“

Janes Augen weiteten sich. „Ich bin mir nicht sicher, wie Sie das meinen.“

Ein anzügliches Lachen kam über seine Lippen. „Einer Frau zu helfen, ihren Ruf wiederherzustellen, wird eine Erfahrung sein, die noch kein Boscastle zuvor gemacht hat.“

Mit diesen beunruhigenden Worten ließ er Jane und ihre Schwestern allein, und damit überließ er es ihnen auch, sich zu fragen, welche Art von Herausforderung er wohl erwartete. Die drei sahen ihm mit einer Mischung aus Entsetzen und Bewunderung nach.

Es war bereits spät in der Nacht, als Jane den Federkiel in das Tintenfässchen tauchte, um im Schein einer einzelnen Kerze einen Brief zu schreiben.

Liebster N.,
ich darf annehmen, dass ich dir und deiner Braut gratulieren kann. Unsere ‚Hochzeit‘ lief so wie geplant, allerdings haben wir bei unserem Plan einen Faktor übersehen.

Sein Name ist Sedgecroft.

Muss ich das weiter ausführen?

Mach dir um mich keine Sorgen. Ich werde mit ihm schon irgendwie zurechtkommen.

„Zumindest hoffe ich das“, murmelte sie und legte erregt den Federkiel zur Seite. Sie stand auf und ging im schwachen Licht der Kerze über den Axminsterteppich. Ihr Leinennachthemd raschelte in der Stille der Nacht, ihr Blick war von Sorge erfüllt.

Es war nicht ihre Art, sich zu beklagen. Schließlich hatte sie sich mehr als bereitwillig auf diesen Plan eingelassen. Dennoch erschien es ihr etwas unfair, dass sie nun allein die Konsequenzen der fehlgeschlagenen Hochzeit tragen sollte, während Nigel ungestört die Ehe mit seiner Braut genießen konnte.

Die Konsequenzen, die in erster Linie durch dieses Paradebeispiel gefährlich attraktiver Männlichkeit, den Marquess, verkörpert wurden, erschienen ihr längst viel schlimmer als das Schicksal, dem sie sich hatte entziehen wollen.

Wie ging man Sedgecroft aus dem Weg?

Offenbar war das gar nicht möglich. Jedenfalls nicht, ohne dafür zu bezahlen. Allein das Lächeln dieses Mannes konnte alle weibliche Gegenwehr zunichte machen. Hinter seiner weltmännischen Fassade schlug das Herz eines erfahrenen Eroberers. Warum musste er sich ausgerechnet sie aussuchen? Es gab doch genügend andere Damen in Not, denen er hätte helfen können! Und wenn dieser Mann unbedingt Wiedergutmachung für seinen verruchten Lebenswandel leisten wollte, warum rettete er dann nicht ein paar Waisenkinder vor einem Leben im Elend? Dass er es nicht tat, lag an Nigel.

„Jane?“, hörte sie auf einmal ein Flüstern hinter sich.

Erschrocken wirbelte sie herum und sah Caroline in der Tür stehen. Einen Moment lang war sie sich sicher gewesen, Sedgecroft habe in ihrem Zimmer Gestalt angenommen, nur weil sie an ihn gedacht hatte.

„Musst du mir einen solchen Schreck einjagen?“, fragte sie leise.

Behutsam schloss Caroline die Tür. „Ich wusste, du würdest heute Nacht nicht schlafen können. Ich war besorgt um dich."

Schnell setzte Jane wieder die Maske der von der Liebe bitter enttäuschten Braut auf, die sie den ganzen Tag über zur Schau getragen hatte. „Mir geht einiges durch den Kopf. Immerhin teile ich mit Nigel viele Erinnerungen."

„Unter anderem."

Jane wurde unruhig, als sich ihre Schwester dem Schreibtisch näherte. „Wie bitte?"

„Ihr beide habt auch Geheimnisse geteilt, nicht wahr?"

„Ja, ein paar, aber ..." Sie eilte zum Tisch, um ihren verräterischen Brief vor ihrer Schwester in Sicherheit zu bringen. „Den wollte ich verbrennen."

Langsam sah Caroline zu ihr auf und begann zu verstehen. „Das ist ein Brief an Nigel, richtig?"

„Ja, aber darüber musst du dir keine Gedanken machen." Sie wandte sich um und warf den Brief auf die glühenden Kohlen. Hatte sie denn in diesem Haus gar keine Privatsphäre mehr? „Mit der Zeit wird mein gebrochenes Herz heilen."

„Ich würde sagen, es besitzt eine bemerkenswerte Heilkraft", meinte Caroline ironisch.

Jane sah vom Kamin auf, dessen Flammen soeben den Brief verzehrten. „Du weißt, wie ich bin. Ich stelle meinen Kummer nie zur Schau."

„Du hast einen ganzen Monat lang geweint, als dein Spaniel starb."

„Ja, aber das war ja auch ein Haustier. Hier ... hier geht es um Nigel. Eine Dame zeigt nicht in aller Öffentlichkeit ihre Gefühle."

Carolines Blick schien sie förmlich zu durchbohren. „Wir sind hier nicht in der Öffentlichkeit, Jane."

„Ich möchte den Schmerz lieber für mich behalten, wenn du nichts dagegen hast."

Mit den Fingerspitzen berührte Caroline ihren Arm. „Spuck es schon aus."

„Spuck …? Was?"

„Ich habe den Brief gesehen. Du hast Sedgecroft erwähnt, dem du nie zuvor begegnet bist. Also war es ein neuer Brief."

„Den ich aber nie abschicken wollte", erwiderte Jane mit einer Geschwindigkeit, die sie unglaubwürdig klingen ließ.

„Lügnerin."

Misstrauisch sah sich Caroline im Zimmer um. Eine Obstschale stand auf Janes bequemem Bett, daneben lagen einige Zeitschriften und ein paar Romane.

„Wie lange willst du noch die tragische Heldin spielen?", fragte sie in verschwörerischem Tonfall.

Erschrocken blinzelte Jane, fühlte sich zugleich aber auch erleichtert, sich endlich jemandem anvertrauen zu können. Noch nie war sie fähig gewesen, ein Geheimnis über längere Zeit vor ihren Schwestern zu wahren. Die beiden quälten sie mit ihrer unablässigen Neugier, und sie steckten immer wieder ihre Nase in Dinge, die sie nichts angingen. Es kam einem Wunder gleich, dass sie ihre Abmachung mit Nigel so lange für sich hatte behalten können. „Ich tat es für uns", brach es schließlich aus ihr heraus, „damit keine von uns eine arrangierte Ehe würde hinnehmen müssen."

„Du hast …" Carolines Augen weiteten sich vor Bewunderung. „Das war ein abgekartetes Spiel! O Himmel, ich habe es gewusst. Ich *habe* es gewusst, dass ihr beide in all den privaten Gesprächen irgendwas geplant habt. Miranda dachte, ihr zwei würdet … na, es ist egal, was sie dachte. Natürlich hat sie sich geirrt."

Jane ließ sich erschöpft auf ihr Bett sinken. „Ja, es war ein abgekartetes Spiel, und es wäre vielleicht alles glatt gelaufen, hätte nicht dieser Schuft von Sedgecroft auf einmal einen moralischen Sinneswandel durchgemacht und entschieden, stellvertretend für seine Familie mit gutem Beispiel voranzugehen.“

Caroline sah sie besorgt an, machte aber gleichzeitig den Eindruck, als wolle sie nur zu gern Teil dieser Verschwörung werden. „Was wirst du machen?“

„Was kann ich denn schon machen? Die Wahrheit kann ich ihm nicht anvertrauen. Er würde toben, und ich könnte mich nirgendwo mehr sehen lassen.“

„Ich vermute, dir bleibt nichts anderes übrig, als lange genug mitzuspielen, bis er glaubt, dass er bewiesen hat, was er beweisen wollte. Ewig kann das nicht so gehen. Immerhin kursieren Gerüchte, dass eine gewisse Französin namens Hélène Renard seine nächste Eroberung werden soll.“

„Er dürfte eine ganze Sammlung an Eroberungen haben“, sagte Jane und schüttelte traurig den Kopf. „Ich werde das nicht überleben.“

„Komm schon, Jane. So schlimm ist er doch auch nicht.“

„Nein, er ist so gut – als Schuft, meine ich.“

„Du bist die willensstärkste Frau, die ich kenne, vielleicht einmal von mir abgesehen“, gab Caroline zurück. „Ich habe noch nie erlebt, dass du dich in Versuchung führen lässt, erst recht nicht mehr, seit du mit Papas Hengst davongeritten bist.“

„Die Versuchung war allerdings auch noch nie so groß.“

Caroline zog grübelnd die Augenbrauen zusammen, dann sah sie ihre Schwester entsetzt an. „Fühlst du dich von Sedgecroft in Versuchung geführt?“

„Natürlich nicht“, antwortete Jane so prompt, dass nicht mal sie selbst sich geglaubt hätte. „Und selbst wenn, es wäre egal. Ich habe meinen Ruf geopfert, um meine Freiheit zu erlangen. Die werde ich nicht aufgeben, nur weil mich ein Halunke küsst.“ Selbst wenn es die erotischsten Küsse waren, die sie je erlebt hatte und die sie bis zum Ende ihres Daseins verfolgen würden.

„Er hat dich wirklich geküsst?“

„Natürlich hat er das. Er kann ja nicht anders."

„Und was ist mit dir?"

„Ich konnte auch nicht anders", gab Jane kleinlaut zu und legte die Hände vors Gesicht, als könnte sie so die Erinnerung wegwischen.

„Oh, meine Liebe. Ich kann wohl nicht annehmen, dass es dir gefiel."

„Doch, es hat mir gefallen." Sie nahm die Hände herunter und seufzte leise.

„Tja", meinte Caroline nach langem Schweigen. „Ich nehme an, du hast recht. Sedgecroft scheint nicht der Typ Mann zu sein, der lange an einer Frau interessiert ist. Ich meine damit eine Frau, die nicht …"

„Ich fürchte, ich weiß, was du meinst", unterbrach Jane. „Ich bin nicht die Sorte Frau, die sein Interesse dauerhaft fesseln könnte."

„Das schließt aber nicht aus, dass aus dir noch eine solche Frau wird", versuchte Caroline sie aufzumuntern.

„Als ich mir diese Bescherung eingebrockt habe, war es aber ganz und gar nicht meine Absicht, eine derartige Frau zu werden."

„Was würde Nigel dazu sagen?", dachte ihre Schwester laut nach. „Sedgecroft ist immerhin sein Cousin."

„Ich bezweifle, dass Nigel im Augenblick Zeit zum Denken hat", gab Jane ironisch zurück. „Er genießt jetzt seine Flitterwochen."

„Seine Flitterwochen?" Caroline bekam den Mund nicht mehr zu.

„Mit Esther Chasteberry."

„Nigels Gouvernante?" Carolines Stimme wurde höher. „Die kräftige, keusche und zur Züchtigung neigende Miss Chasteberry? Die gemeine Frau mit der Rute?"

„Kräftig ist sie immer noch, jedenfalls Nigel zufolge.

Keusch soll sie allem Anschein nach nicht mehr sein."

„So was", rief Caroline aus und ließ sich neben ihrer Schwester aufs Bett fallen. „Wer hätte das gedacht?"

„Die beiden lieben sich", sagte Jane lächelnd. „Es ist wirklich rührend, wenn man hört, wie er von ihr redet."

„Na ja, für Nigel ist das ja alles schön und gut, aber was ist mit dir?" Caroline betrachtete ihre Schwester bedrückt. „Wie willst du dich in der Gesellschaft verhalten?"

„Die Gesellschaft kümmert mich nicht", erwiderte Jane mit Nachdruck. „Nur, wie soll ich mit Sedgecroft verfahren? Hast du gehört, was er sagte? Er versprach, ein anspruchsvoller Begleiter zu sein. Hast du eine Vorstellung, was er damit meint?"

Fasziniert schlug Caroline die Augen nieder. „Mir gehen alle möglichen unanständigen Gedanken durch den Kopf. Was wirst du mit Sedgecroft machen?"

Jane machte eine beunruhigte Miene, während sie flüsterte: „Diesen Teil des Plans habe ich mir noch nicht überlegt."

6. KAPITEL

Als Sedgecroft am folgenden Morgen nichts von sich hören ließ, hegte Jane die vage Hoffnung, er könne es sich mit seinem überhasteten Angebot noch einmal überlegt haben. Vielleicht hatte er sie längst vergessen, da er mit seinen eigenen Angelegenheiten beschäftigt war. Immerhin hatte er selbst gesagt, sein Verhalten sei impulsiv. Hatte er erst einmal eine Nacht darüber geschlafen, stand dieser arrogante Mann womöglich ganz anders zu seinen Worten.

Eine geruhsame Nacht hätte ihr sicher ebenfalls geholfen, doch sie war von einem sehr lebhaften Traum aus dem Schlaf geholt worden. In diesem Traum lag sie hingestreckt auf dem Sofa in der Galerie, als auf einmal eine der Statuen zum Leben erwachte und sich splitternackt über sie beugte.

Eine Statue, die aussah wie Sedgecroft.

„Tragen Sie etwas Gewagtes, wenn ich Sie besuchen komme", flüsterte er ihr zu und war so nah, dass sie seinen Atem an ihrem Ohr spürte.

Sie setzte sich hastig auf, ihr Gesicht brannte vor Entrüstung und Neugier. „Sie könnten selbst etwas tragen! Sie sind völlig nackt!"

„Bin ich das? Wie nett von Ihnen, das zur Kenntnis zu nehmen ..."

Was er weiter sagte, wusste sie nicht, weil sie die Arme um seinen Hals schlang und seinen nackten Leib an sich zog, um seine Wärme und sein Gewicht ganz auszukosten.

Nach diesem Traum war es ihr natürlich nicht mehr möglich gewesen, wieder einzuschlafen. Sobald sie die Augen schloss, sah sie einen unbekleideten, muskulösen Schuft, der sich über sie beugte, einen verführerischen Blick in den blauen Augen, einen schattenhaften Halunken, der ihre Träume verhöhnte.

Sie schüttelte sich, um das verwirrende Bild zu verdrängen,

und stand auf, entschied sich aber, nicht ihre Zofe zu rufen. In aller Ruhe widmete sie sich ihrer Toilette, dann sah sie die Kleider durch, die in ihrem Schrank hingen. Schließlich wählte sie ein Kleid aus unscheinbarer grauer Seide aus, dessen Ärmel mit Knöpfen aus Onyx besetzt waren und das an der Taille gekräuselt war. Wenigstens für einige Wochen musste sie nach außen hin den Eindruck erwecken, ihr Herz sei gebrochen. Plötzlich fiel ihr Blick auf ein Kleid aus hauchdünner Gaze in Rosa mit schmalen Bändern unter der Taille. Sie griff danach, erstarrte jedoch mitten in der Bewegung, weil ihr wieder heiß wurde.

Im Geiste sah sie erneut das kantige Gesicht mit den betörenden blauen Augen vor sich. O nein, nicht schon wieder, dachte sie entsetzt. Seine strahlend weißen Zähne hatte er zu einem wilden Lächeln gebleckt. Jane starrte in den Schrank und erwartete, dass Sedgecroft ihr jeden Moment in voller Nacktheit entgegensprang.

Tragen Sie etwas Gewagtes.

Das trübselig graue Seidenkleid würde niemals seiner Forderung entsprechen, dennoch zog sie es an. Dabei fiel ihr auf, dass im Haus Grabesstille herrschte.

Sie ging nach unten und grüßte freundlich das Dienstpersonal. Die traurigen Seufzer und die bedauernden Blicke erinnerten sie daran, dass eine am Altar stehen gelassene Braut nicht mit fröhlicher Miene durchs Haus spazierte.

Augenblicklich wurde sie langsamer, senkte den Kopf und dachte an den Hund, den sie verloren hatte, da sie hoffte, so zumindest ein Gefühl von Traurigkeit auszustrahlen.

„Wo sind denn alle, Bates?“, fragte sie den großen Butler mit dem hageren Gesicht, der darüber wachte, dass andere Bedienstete die Messingbeschläge im Flur ordentlich polierten.

„Ihre Schwestern erhalten Unterricht im Sommerhaus“, sagte er ernst. „Seine Lordschaft hat eine Verabredung in der St.

James's Street. Lady Belshire kümmert sich um den Garten."

„Danke, Bates", erwiderte sie und wandte sich ab.

„Im Namen des Personals, Lady Jane", erklärte er, als halte er eine Grabrede, „möchte ich Ihnen unser tiefstes Mitgefühl für Ihren Verlust aussprechen."

Sie zögerte und fühlte ihre Schuldgefühle wegen des Täuschungsmanövers wie kleine Nadelstiche. „Das ist sehr nett von Ihnen, Bates." *Unnötig, dennoch nett.*

„Das gilt auch für mich, Lady Jane", fügte eine grauhaarige Frau an, die sich am anderen Ende des Flurs aufhielt.

Jane drehte sich steif in ihre Richtung und lächelte der zierlichen Haushälterin zu, die sich mit dem Schürzenband eine Träne wegtupfte. O Gott, mit einer so peinlichen Situation hatte sie nun wirklich nicht gerechnet. „Kopf hoch, Mrs. Bee. Wir sind die Belshires."

„Ja, in der Tat. Das sind wir, Mylady", meinte Mrs. Bee schniefend.

Nachdem ihre gute Laune einen leichten Dämpfer erhalten hatte, begab sich Jane in den üppig blühenden Garten. Gerade rückte ihre Mutter dem Unkraut zwischen den Lupinen mit einer Nähschere zu Leibe, angetan mit einem Strohhut und einem hellblauen Kleid. Diese häusliche Szene strahlte etwas Tröstendes aus. Ganz gleich, welche Komplikationen es da draußen gab, das Leben im Garten ging ungerührt weiter.

„Hallo, mein armer Schatz." Lady Belshire betrachtete aufmerksam das Gesicht ihrer Tochter, um einen Hinweis auf deren gebrochenes Herz zu entdecken. „Hast du überhaupt schlafen können? Ich habe allen gesagt, sie sollen so ruhig wie möglich sein."

„Ich konnte schlafen …" Jane hielt inne, weil sie an den Traum denken musste, der sie hatte wach werden lassen. Zu ihrer heimlichen Bestürzung war das Abbild des nackten Marquess ein wenig undeutlich geworden. Bestimmt würde sie nie wieder unbefangen eine römische Statue bewundern können, doch wenn ihr die Erinnerung an den unbekleideten Sedgecroft abhanden kam – dann konnte sie sich auch dieses erregende Zwischenspiel nicht mehr in allen Einzelheiten ins Gedächtnis zurückrufen.

„Liebes, fühlst du dich nicht wohl?“

Jane zuckte zusammen, als sie bemerkte, dass ihre Mutter mit einem Lupinenstiel vor ihr hin und her wedelte. „Nein, mir geht es gut. Hat Sedgecroft zufällig etwas von sich hören lassen? Nicht, dass ich es wirklich möchte …“

„Er konnte nicht wie geplant heute früh herkommen, Jane“, erklärte Lady Belshire mit einem schweren Seufzer. „Ich hoffe, das ist für dich nicht eine weitere Enttäuschung. Allerdings glaube ich, dass dein verletztes Herz nach dem gestrigen Tag eine solche Kleinigkeit wohl kaum zur Kenntnis nehmen würde. Sedgecroft ist aufgrund einer familiären Angelegenheit verhindert. Er hat eine Nachricht geschickt, dass er …“

„Es ist schon gut, Mama. Ich hatte auch nicht damit gerechnet, dass er sein Versprechen halten würde. Sicher bedauert er längst, dieses Angebot unterbreitet zu haben. Ich werde bestimmt nicht auf seine Worte pochen.“ Jane eilte um die Steinbank herum und fühlte sich vor Erleichterung ganz schwindlig. Ein Aufschub! Eine Chance, ihr Gleichgewicht zurückzuerlangen. Selbstverständlich war nicht mit Sedgecroft zu rechnen. Was würde er auch schon mit der langweiligen Lady Jane anfangen wollen, die man vor dem Altar hatte stehen lassen? Dennoch *war* es ihm gelungen, dass sie sich ein paar Minuten lang für begehrenswerter hielt, als sie es sich je erträumt hätte. Aber im Grunde bewies es nur, dass sie von Anfang an recht gehabt hatte.

„Sind meine Schwestern noch bei Madame Dumas?“, fragte sie, während sie sich von ihrer Mutter entfernte.

„Ja, aber …“ Lady Belshire sah ihrer entfliehenden Tochter verwirrt nach. „Jane, meine Güte! Du hast mich nicht mal seine Botschaft ausrichten lassen."

Jane musste sich zusammenreißen, damit sie nicht ins Sommerhaus stürmte, um Caroline die erfreuliche Neuigkeit zukommen zu lassen. Sie und Miranda lasen – mit einem fürchterlichen französischen Akzent – aus Molières *Tartuffe* vor. Madame Dumas hörte ihnen zu und hatte zwei schmale Finger an ihre Nase gelegt, als habe sie Schmerzen.

„Darf ich kurz stören?", fragte Jane amüsiert.

Madame Dumas schauderte, dann klappte sie ihr Buch laut zu. „Bitte sehr. Ihre Schwestern richten mit meiner Muttersprache gerade ein Massaker an."

Miranda sprang auf und umarmte Jane inbrünstig. „Caroline hat mir alles erzählt", sprach sie leise. „Ich platze vor Bewunderung – und vor Entsetzen", fügte sie schnell hinzu. „O Jane, was hast du da nur getan?"

„So viel zu der Bitte, ein Geheimnis zu wahren", murmelte Jane und zog beide Schwestern nach draußen in die Sonne. „Ich untersage euch, irgendwem davon zu erzählen!"

„Keiner Menschenseele", versprachen die zwei mit ernster Miene.

„Und ich will auch hoffen, dass ihr das nicht vor Madame Dumas diskutieren werdet. Sie hält mich jetzt schon für einen hoffnungslosen Fall, weil ich Italienisch statt Französisch lerne. Dabei tue ich das nur, weil ich es so beklagenswert finde, dass so viele Freunde im Krieg gefallen sind."

Caroline vertrieb einen Schmetterling, der sich auf ihrem vollen goldbraunen Haar niedergelassen hatte. „Ich hörte, wie die Dumas zu Mrs. Bee sagte, du würdest vielleicht einen Franzosen heiraten müssen, da dich wohl kein englischer Aristokrat mehr haben möchte."

Ehe Jane darauf etwas erwidern konnte, wurden sie von einer atemlosen Lady Belshire unterbrochen, die durch den Garten gelaufen kam.

„Er ist hier!“ Mit einem untypischen Anflug von Verärgerung zog sie Jane von ihren Schwestern fort. „Und du bist nicht einmal angemessen gekleidet.“

„Angemessen gekleidet? Für was?“ Irritiert sah sie sich im Garten um. Von den beiden Gärtnern abgesehen, die die Pappeln beschnitten, war nirgends ein Mann zu entdecken. Die zwei konnten nicht der Grund für die Aufregung ihrer Mutter sein, was ihre unangenehme Vorahnung nur weiter verstärkte.

„Wer ist hier, Mama?“

„Sedgecroft. Wer denn sonst?“ Lady Belshire legte eine Hand auf ihr Herz, als sie die bestürzte Miene ihrer Tochter sah. „Oh, Liebes, du hast geglaubt, ich rede von Nigel, nicht wahr? Nein, wie nachlässig und dumm von mir! Natürlich hoffst du immer noch, der Taugenichts könnte mit einer überzeugenden Erklärung für sein unzumutbares Verhalten auftauchen.“

Jane starrte ihre Mutter an, während sie den kindischen Wunsch verspürte, ihr den Strohhut vom Kopf zu reißen, auf den Boden zu werfen und darauf herumzutrampeln. „Du weißt doch, welcher Ruf Sedgecroft anhängt, Mama. Bist du denn in keiner Weise besorgt, er könnte auf mich abfärben?“

Lady Belshire blieb kurz stehen, um eine wild wuchernde Pflanze herauszuzupfen, die sich zwischen den Steinplatten eingenistet hatte. „Sei nicht albern. Alle meine Töchter wissen, wie sie einer Versuchung widerstehen. Bei deinem Bruder ist das dagegen ein ganz anderes Thema. Ich wollte dir vorhin erklären, dass Sedgecroft heute Morgen wegen einer Familienangelegenheit verhindert ist. Er sagte, er werde am späten Vormittag vorbeikommen.“

„Am späten Vormittag?“

„Ja, *jetzt,* Jane“, sagte ihre Mutter aufgeregt. „Es war seine

Kutsche, die durch die Straße fuhr."

„Welche Kutsche?"

„Das ist jetzt nicht wichtig", flüsterte sie Jane zu und packte sie an den Schultern, um ihre Tochter so zu drehen, dass sie zum Haus sah. „Er ist jetzt hier. Ach, sieh dir doch bloß dieses Kleid an, das du dir ausgesucht hast!"

Janes Blick wanderte zu dem hochgewachsenen Mann, der über den Rasen schlenderte und sein Gesicht von der Sonne bescheinen ließ. Der teure Schnitt seines dunkelblauen Cut und die braune Hose unterstrichen seine elegante Männlichkeit – obwohl die ganz bestimmt nicht noch hätte unterstrichen werden müssen. Er könnte sogar völlig nackt dastehen, und trotzdem … o nein! Nicht schon wieder dieses Bild, und erst recht nicht, wenn sie ihm in die Augen sehen musste.

Er verlangsamte seinen Schritt ein wenig und schenkte ihr ein sinnliches Lächeln, das bei ihr einen leichten Anflug von Panik auslöste. All diese Männlichkeit, und dazu noch im strahlenden Sonnenschein. Das war für eine Frau einfach zu viel. Als sie sich endlich von seinem Anblick erholt hatte, wollte sie sich am liebsten hinter der Buchsbaumhecke verstecken. Doch ihre Erziehung verlangte es von ihr, nicht von der Stelle zu weichen, während er wieder etwas Tempo aufnahm und sich ihr näherte.

„Da sind Sie ja", sagte er freundlich und nahm ohne Zögern ihre Hände in die seinen. „Ich hatte schon befürchtet, Sie könnten sich versteckt haben. Das ginge natürlich nicht."

Und dabei war eben *das* ihr Wunsch gewesen!

Unter dem Druck seiner Finger begann ihre Haut zu kribbeln. Wiederholt versuchte sie dezent, ihre Hände zu befreien, doch er nahm davon keine Notiz. Verlegen sah sie zu ihrer Mutter und ihren Schwestern, die vergebens vorzutäuschen versuchten, nicht jede seiner Bewegungen zu beobachten.

„Hören Sie, Sedgecroft", sagte sie mit gedämpfter Stimme,

entschlossen, diesem Dickschädel endlich klarzumachen, was sie wollte.

„Natürlich."

Oh, seine Augen waren so eindringlich, so lebendig ... und so einladend. Wen kümmerte seine maßlose Überheblichkeit, die alles überbot, was sie bislang erlebt hatte? Seine gute Laune war dafür viel zu ansteckend. „Ich habe über Ihr großzügiges Angebot nachgedacht, Sie als meine Eintrittskarte zurück in die Gesellschaft zu benutzen."

Er lächelte breit und gab ihr so den Eindruck, als sollte sie sich von seiner Einmischung geschmeichelt fühlen. „Gut", gab er zurück und nickte, als habe sie alles gesagt, was zu sagen war.

„Und ich bin zu dem Schluss gekommen ..."

Ihre Gedanken wurden förmlich in alle Winde zerstreut, als er auf einmal ihr Handgelenk fasste und sie zu dem alten Holztor in der Gartenmauer dirigierte. Sie spürte seinen kräftigen, gestählten Körper in ihrem Rücken, und sie genoss dieses Gefühl.

„Ich glaube, auf diesem Weg gelangen wir auf die Straße, richtig?", fragte er, ohne ihr eine Chance zu geben, darauf zu antworten. „Meine Kutsche ist dort abgestellt. Welch ein Verkehr auf den Straßen! Ich musste mich gegen Kühe und Obsthändler durchsetzen, um herzukommen."

Erschrocken hob sie die Stimme: „Ich glaube, ich muss ablehnen."

Sedgecroft führte sie zwischen den Pappeln hindurch und sah zu den Gärtnern, deren Scheren mitten in der Bewegung erstarrt zu sein schienen. Sein leicht missbilligender Ausdruck ließ sie ihre Arbeit sofort wieder aufnehmen. Er war eben ein Mann, dem andere auf der Stelle gehorchten. „Das können wir unterwegs besprechen. Unter vier Augen."

Mit einer Mischung aus Verärgerung und Ehrfurcht sah sie ihn an und fragte sich, wie es einem Menschen möglich war, sich mit einer solch beharrlichen Arroganz einen Weg durch diese Welt zu bahnen. „Sedgecroft, ich bin noch nicht bereit, mich in der Öffentlichkeit zu zeigen!"

„Unsinn." Er blieb stehen, um sie genauer zu betrachten. „Sie sehen gut genug aus, um … um heute ausgeführt zu werden. Allerdings muss ich zugeben …" Abrupt verstummte er.

„Was müssen Sie zugeben?"

„Nicht so wichtig." Er warf einen Blick über die Schulter zu den drei Frauen, die ihnen mit einigem Abstand gefolgt waren. „Ich nehme an, es macht nichts aus", meinte er und zuckte flüchtig mit den Schultern. „Es ist jetzt ohnehin zu spät, um daran noch etwas zu ändern."

Jane blieb stur stehen. Mit seiner Andeutung, etwas stimme nicht mit ihrem Erscheinungsbild, hatte dieser attraktive Rohling ihre weibliche Eitelkeit auf den Plan gerufen. Vielleicht sollte sie ihm sagen, wie *er* in ihrem Traum in der letzten Nacht ausgesehen hatte.

„Es macht sehr wohl etwas aus", erklärte sie entschieden. „Jedenfalls bin ich mir sicher, dass es der Fall sein würde, wenn Sie mir freundlicherweise erklären könnten, was an meinem Erscheinungsbild Ihnen nicht zusagt."

Nachdenklich tippte er sich ans Kinn, dann trafen sich kurz ihre Blicke. „Es ist nur … nein, ich möchte Sie nicht verärgern. Erst recht nicht nach gestern."

Sie kniff die Augen gereizt zusammen. „Nur zu, verärgern Sie mich."

„Nun gut." Seine Stimme wurde leiser, fast so, als sei Sedgecroft ihretwegen peinlich berührt. „Ist *das* Ihre Vorstellung von einem gewagten Kleid?"

Aha! „Was stimmt denn nicht mit meinem Kleid?", fragte sie, insgeheim verärgert darüber, dass seine Meinung sie überhaupt kümmerte.

„Es ist nichts zu sehen. Außer diesen grauen Kräuseln an der Vorderseite." Er schnitt eine Grimasse, und dann drückte er zu ihrem Entsetzen die Brust raus, um sie zu imitieren. „Es erinnert an eine Taube. Eine *attraktive* Taube, selbstverständlich“, fügte er hastig an, als er ihren Blick bemerkte.

Sie kniff die Lippen zusammen. „Es soll auch nichts zu sehen sein, Sedgecroft.“

„Warum denn nicht?“, fragte er.

„Ich bin keine dieser Frauen von zweifelhaftem Ruf, in deren Begleitung Sie sich sonst befinden.“ Sie verschränkte die Arme vor der Brust.

Offenbar bereitete ihm dieser Wortwechsel Vergnügen. Mit einem Räuspern entgegnete er: „Das sind Sie ganz gewiss nicht.“

Jane fragte sich, warum ihr seine Äußerung wie eine Beleidigung erschien. Eine anständige junge Dame wäre stolz darauf gewesen, wie eine ... eine Taube zu erscheinen. „Es handelt sich um mein Lieblingskleid.“

„Meine Großmutter hatte ein Paar Salonvorhänge im gleichen Farbton.“

„Mussten Sie da auch an eine Taube denken?“

„Das nicht, aber ich werde unseren Nachmittag nicht genießen können, wenn ich jedes Mal an meine Großmutter denken muss, sobald ich Sie ansehe.“

„Es ist ein sittsames Kleid, Sedgecroft. Und dazu ist es modisch.“

„Vielleicht, wenn man die achtzig überschritten hat.“ Er machte eine Geste in Richtung der drei Frauen, die nach wie vor Abstand hielten. „Lady Belshire, wie lautet Ihre ehrliche Meinung über dieses Kleid?“

Jane verdrehte die Augen. Dieser Lump! Ihre Mutter nach einer ehrlichen Meinung zu befragen, war in etwa so, als würde man einen Radikalen bitten, vor dem Parlament eine gesittete Rede zu halten.

„Schon gut, Mama“, sagte Jane mit eisiger Stimme. „Wir

müssen dich damit nicht behelligen."

„Liebes, es macht mir doch nichts aus." Ihre Mutter schien sich geschmeichelt zu fühlen, dass er sie in die Unterhaltung einbeziehen wollte.

„Geh zurück zu deinen Blumen, Mama", flüsterte Jane. „Der Garten braucht dich."

„Das Kleid, Lady Belshire." Mit einer lässigen Geste bedeutete Grayson ihr, sie solle näher kommen. „Wie denken Sie darüber? Lassen Sie uns an Ihrer Weisheit teilhaben."

Ihre Ladyschaft trat vor und musterte schweigend ihre Tochter, schließlich sagte sie: „Um ehrlich zu sein, ich habe es noch nie gemocht, wenn die Mädchen Grau tragen, es sei denn, die Umstände erfordern es. Grau sollte nur von Gouvernanten und Haushälterinnen getragen werden, ausgenommen lediglich die hellsten Grautöne. Silberfarbenes wiederum ..."

„Ist das hier eine Verschwörung?", fiel Jane ihr ins Wort.

„Aber keineswegs." Grayson begann unwillkürlich zu grinsen, als er Janes beleidigte Miene bemerkte. „Vielmehr scheint es sich um einen Meinungsaustausch zu handeln. Ich finde, Sie sollten sich umziehen, vor allem im Hinblick darauf, dass dort, wo wir hingehen, auch getanzt werden wird."

Ungläubig schüttelte sie den Kopf. Ihr kam es vor, als sei sie einem geschickten, gut aussehenden Jäger in die Falle gegangen. Wenn sie nicht gerade eine Szene machen wollte, blieb ihr kaum etwas anderes übrig, als sich seinem Wunsch zu beugen. Erst recht nicht, wenn ihre Mutter diesem Teufel auch noch den Rücken stärkte. Meine Güte, was für ein lästiger Mann. Und was für eine Bescherung.

„Getanzt?" Janes Lippen wurden mit einem Mal schmal. „Nach dem Tag, an dem ich ... nun gut, Sedgecroft, ich werde mich umziehen. Möchten Sie gern die Größe der Knöpfe bestimmen? Oder die Innennähte meiner Handschuhe inspizieren? Haben Sie irgendeine farbliche Vorliebe?"

Etwas Unheilvolles blitzte in seinen Augen auf, etwas Verlockendes und zugleich Unwiderstehliches. „Ich bevorzuge Rosa, aber die Entscheidung liegt natürlich ganz bei Ihnen."

„Nein, das ist nicht der Fall", zischte sie und begab sich zum Haus. „Denn ich bevorzuge Grau."

Grayson bereute beinahe seinen Vorschlag, sie solle sich umziehen. Denn als sie eine halbe Stunde später wieder aus dem Haus kam, schmiegte sich eine durchscheinende rosafarbene Gaze so eng an ihren kurvenreichen Körper, dass sich alle seine schlafenden Dämonen versucht fühlten. Ihm war durchaus bewusst, dass sie ihn absichtlich hatte warten lassen, doch beklagen wollte er sich deswegen nicht.

Und ganz besonders dann nicht, wenn das Resultat so sehr seine Sinne berauschte, dass er sich schuldig hätte fühlen müssen, weil er sie begehrte. Er wusste nur zu gut, dass sie für Verführungsversuche besonders empfänglich war, nachdem sein Cousin sie so brutal im Stich gelassen hatte. Aber er würde ihre Lage nicht ausnutzen, oder etwa doch?

Einen Augenblick lang nahm er sich die Freiheit, das zu genießen, was er zu sehen bekam. Dieser Anblick war das lange Warten mehr als wert. Janes Kurven machten wirklich Appetit auf mehr – ihre vollen Brüste, die schwungvollen Hüften, die schlanken Beine. Ihm blieb kurz die Luft weg, während er sich lässig gegen die Mauer lehnte und sie betrachtete. Sie hätte Nigel vor dem Altar stehen lassen sollen, nicht umgekehrt.

Insgeheim war ihm längst bewusst geworden, dass es nicht nur eine rein edelmütige Absicht war, die ihn zu diesem Plan veranlasst hatte. Zwar könnte er seinen niederen Motiven niemals freien Lauf lassen, doch es war sinnlos, sich als Boscastle etwas vorzumachen. Jane war eine attraktive Frau, die ihn zudem faszinierte, obwohl ihm der Grund dafür nicht klar war. Auf jeden Fall machte diese Anziehungskraft es für ihn leichter, ihr zu helfen – und es verlieh ihrer Beziehung einen Hauch von Gefahr.

„Das ist schon deutlich besser", erklärte er höflich, während er einen Tonfall wahrte, der nicht verriet, dass er sie in Gedanken bereits entkleidet und in sein Bett entführt hatte. Einen Augenblick lang war er ihrem Zauber erlegen, der ihn hilflos gegenüber ihrer Schönheit machte, und Grayson wusste nicht, was er davon halten sollte.

„Wirklich?"

Ihr verärgertes Stirnrunzeln konnte nicht die lustvollen Bilder zerstören, die ihm durch den Kopf gingen. Ein wenig erschreckte ihn seine Reaktion, doch er hatte vor langer Zeit gelernt, seine Gefühle nach außen hin zu verbergen, sonst hätte er Jane noch zu Tode erschreckt.

„Ich würde niemals lügen", versicherte er und hielt ihr seinen Arm hin.

Widerstrebend hakte sie sich bei ihm unter. „Es mag sein, dass Sie nicht lügen, aber Sie setzen ganz ohne Zweifel stets Ihren Willen durch."

„Das stimmt auch", murmelte er und zog sie an sich, damit er das in die Mauer eingelassene Tor öffnen konnte.

Ihre Körper berührten sich, und Jane schaffte es nur mit Mühe, einen genießerischen Seufzer zu unterdrücken. Sie atmete seinen Duft ein, eine Mischung aus Wolle und spanischer Seife, dem warmen Geruch seiner Haut und einer so reinen Männlichkeit, dass sie sich behütet und verwundbar zugleich fühlte. Ein Teil von ihr wollte sich noch enger an ihn drücken, um die Lust zu stillen. Gleichzeitig war ein anderer Teil ihres Ichs darauf bedacht, möglichst viel Abstand zu wahren. Nur weil sie eine ungeheure Sünde begangen hatte, musste das doch nicht bedeuten, dass sie nun dazu bestimmt war, in Dekadenz abzugleiten, oder etwa doch?

Tief in ihrem Inneren fühlte sie sich wie Kerzenwachs, das

man an eine lodernde Flamme hielt. Die Hitze, die Grayson ausstrahlte, reichte, um sie verglühen zu lassen. Sie hob den Blick und sah in seine Augen, die sie verführerisch musterten und dabei unverhohlene Sinnlichkeit ausstrahlten. Dann klappte er wie beiläufig den Riegel hoch, zog die Tür auf und führte Jane auf dem schmalen gepflasterten Weg in Richtung Straße. Sie atmete heftig aus. Der Himmel allein wusste, was er in diesem Moment dachte und warum sie sich überhaupt auf diesen Plan einließ, in den er sie noch gar nicht eingeweiht hatte.

Erst da wurde ihr bewusst, wie sehr sie sich von ihm hatte betören lassen, sodass ihr zunächst nicht einmal aufgefallen war, auf welchem Weg sie das Anwesen verließen. Sie blieb stehen und fragte: „Warum nehmen wir nicht den Vordereingang? Ich dachte, wir wollen gesehen werden."

„Das wollen wir auch." Er zog sein weißes Halstuch gerade und meinte verschwörerisch: „Aber da vorn wartet ein besonders abscheulicher Reporter auf Sie, den ich wohl eines Tages noch umbringen werde, weil er so lästig ist. Sie, meine Liebe, sollten nicht ihm und Leuten von seiner Art zum Fraß vorgeworfen werden."

„Oh." Sie hatte gar keinen Gedanken daran verschwendet, die Morgenausgaben der Gazetten zu lesen. „Sind die Meldungen sehr gehässig?", fragte sie zaghaft.

Seine harte Miene nahm nun einen etwas sanfteren Zug an. „Brutal."

„Dann weigere ich mich, dies hier zu tun."

Mit seiner freien Hand gab er dem Diener ein Zeichen, der an der Bordsteinkante wartete, mit der anderen hielt er Jane davon ab, sich davonzumachen. „Sie müssen wieder aufsitzen, Jane."

„Ich soll … was?", rief sie aufgebracht. „Lassen Sie mich los, Sedgecroft, sonst … sonst werde ich Sie schlagen."

„Ich tue das für Sie", sagte er und führte sie an den Schaulustigen vorbei, die darauf gehofft hatten, einen Blick auf die sitzengelassene Braut und ihren berüchtigten Begleiter zu werfen.

Sie drückte sich an seine Schulter und flüsterte: „Wir werden von allen angestarrt."

„Dann hören Sie auf, sich mir zu widersetzen", erwiderte er mit einem gelassenen Lächeln auf den Lippen.

„Dann lassen Sie mich los."

„Aber, aber, mein kleiner in Ungnade gefallener Engel. Was, wenn Sie hinfallen?"

„Hinfallen?"

„Die Straße ist mit Kuhfladen übersät."

„Ich würde sagen, dieses Risiko muss ich wohl eingehen."

„Nicht in meiner Gegenwart. Ich würde niemals zulassen, dass einer Frau Schaden zugefügt wird, die sich in meiner Begleitung befindet."

„Würden Sie denn zulassen, dass diese Frau Ihnen Schaden zufügt?"

Amüsiert blitzten seine Augen auf. „Das kommt darauf an. Woran dachten Sie denn?"

„Wahrscheinlich nicht an dasselbe, woran Sie soeben gedacht haben."

Er musste leise lachen, bevor er Jane enger an sich zog. „Lächeln Sie unserem Publikum zu, Jane. Denken Sie daran, dass ich Nigels Platz in Ihrem Herzen eingenommen habe. Es würde uns nicht helfen, wenn man uns gleich am ersten Tag dabei sieht, wie wir uns mitten auf der Straße streiten."

Obwohl sie diesem Plan zu keiner Zeit zugestimmt hatte, färbte etwas von seiner Unbeschwertheit auf Jane ab. Er klang so, als würde er etwas Derartiges jeden Tag machen und als sei es ein fantastisches Abenteuer.

„Ich kann nicht fassen, wieso meine Mutter es zulässt, dass

Sie mich so ganz allein mitnehmen dürfen", murrte sie.

„Wir haben eine Begleitung." Er dirigierte sie zu der eleganten schwarzen Kutsche, die hinter ihnen vorgefahren war, und nickte zufrieden, weil Jane sich fügte. „Ihr Bruder wartet dort auf uns."

„Simon?"

Er beugte sich zu ihr vor, in das Verspielte und Spöttische in seinem Blick mischte sich etwas Verheißungsvolles. Fasziniert betrachtete sie sein Gesicht, während sie spürte, wie ihr Hals rot anlief, und sündige Vorfreude ihren Körper erfüllte.

„Was machen Sie da?", hauchte sie.

„Drehen Sie sich nicht um, meine Liebe, aber dieser Reporter, von dem ich sprach, kommt gerade um die Ecke."

„Darf ich ohnmächtig werden?"

„Erst wenn Sie in die Kutsche eingestiegen sind." Er war so nah, er musste nur flüstern, um von ihr verstanden zu werden. Seine beherrschte Stimme erinnerte sie daran, dass er den Umgang mit Skandalen gewohnt war. „Ah, gut, er ist in die andere Richtung davongegangen. Warten wir ein wenig, um Gewissheit zu haben."

Sein Atem auf ihrer Haut war eine Verlockung für ihre Sinne. Seine breiten Schultern blockierten ihre Sicht, während sie nichts anderes mehr wahrnahm als Hitze, Verwirrung und seine berauschende Gegenwart. Er hob den linken Arm, als wolle er Jane damit ablenken, und sie spürte plötzlich, wie sein Mund ihre Haut berührte. Es war nur ein kurzer Kontakt seiner Lippen mit ihrer Wange, die auf einen zufälligen Beobachter so wirken musste, als würde er ihr lediglich etwas ins Ohr flüstern. Doch Jane fühlte die sinnliche Macht, die er über sie hatte.

Ihr Herzschlag beschleunigte sich, während sie dastand und ein lustvolles Kribbeln verspürte. Es hätte sie nicht gewundert, wäre er auf die Idee gekommen, sie noch einmal zu küssen, diesmal aber mitten auf der Straße.

„Ähm, Jane", sagte er so unverhofft, dass sie hochschreckte.

Sie blinzelte wiederholt: „Was ist?"

„Steigen Sie in die Kutsche ein", wies er sie lachend an. „Ich glaube, Sie lenken soeben ganz allein die Aufmerksamkeit unseres Publikums auf sich."

„Ich?"

„Ja, deshalb wäre es vielleicht besser, wenn Sie jetzt in die Kutsche einsteigen."

Sie schüttelte den Kopf, um sich von der Faszination zu befreien, die sich ihrer bemächtigt hatte. „Die Kutsche."

„Stimmt etwas nicht?" Er sah sie amüsiert an.

„Nun, für einen Augenblick dachte ich … ich dachte …"

Grayson tat so, als sei er entsetzt. „Sagen Sie nicht, Sie dachten, ich würde Sie vor Ihrem Haus *küssen!*"

Ein Schreck fuhr ihr durch die Glieder, dass dieser Mann so scharfsinnig war. „Ich habe nie …"

Mit einem Finger fuhr er unter ihrem Kinn entlang. „Sie sind eine Dame, Jane. Ich bin darum bemüht, Ihren guten Ruf wiederherzustellen. Wenn Sie natürlich den Wunsch verspüren, von mir geküsst zu werden, dann werde ich Ihnen in der Kutsche gern zu Diensten sein."

Obwohl er sich über sie lustig machte, änderte es nichts an dem Begehren, das durch seine Berührung geweckt wurde. „Ich glaube, das wird nicht nötig sein."

„Schade."

„Für Sie vielleicht, aber nicht für mich", konterte sie und bekam sich endlich wieder in den Griff. „Warum starren diese Leute auf der anderen Straßenseite mich so an?"

Er gab dem Diener ein Zeichen. „Ich weiß nicht. Es könnte sein, dass die Sie auch küssen möchten."

Jane gab einen erstickten Laut von sich, als sie seine kraftvolle Hand in ihrem Rücken spürte, weil er sie in die Kutsche zu drängen versuchte. Es war ihr zu peinlich, ihn zurechtzuweisen, doch ein Blick auf die zwei Diener, die zu beiden Seiten der Klappstufe standen und wie Statuen starr geradeaus blickten, genügte Jane. Offenbar waren sie an das schamlose Verhalten ihres Herrn gewöhnt.

„Niemand hat mich je in der Öffentlichkeit geküsst“, flüsterte sie ihm zu, weil sie keine Zweifel aufkommen lassen wollte. „Ich habe daher nicht den Wunsch, von Ihnen geküsst zu werden.“

„Aber falls Sie Ihre Meinung ändern sollten …“

Sie musste sich zwingen, nicht zu lachen. „Wenn Simon dieses Gespräch mithört, wird er Sie zur Rechenschaft ziehen.“

Das Aufblitzen in seinen Augen hätte sie warnen sollen. Sie stieg in die geräumige Kutsche ein, doch dann schaute sie verzweifelt auf den Mann, der reglos auf der gegenüberliegenden Sitzbank lag. Ein toller Aufpasser! Ihr Bruder lag da und schlief den Rausch der letzten Nacht aus. Von ihrem Dilemma bekam er genauso wenig mit wie von allen anderen Dingen, die sich um ihn herum abspielten. Zu allem Überfluss schnarchte er auch noch herzhaft.

„Das ist kein Hüter der Moral“, beschwerte sie sich. „Das ist … ein Toter!“

Grayson versetzte ihr einen sanften Schubs, damit sie sich setzte. „Er erfüllt seinen Zweck, und darauf kommt es an.“

Amüsiert beobachtete er, wie Jane versuchte, sich zu ihrem Bruder zu setzen. Schließlich erkannte sie, dass es ein sinnloses Unterfangen war, sodass sie letztlich resigniert neben Grayson Platz nahm. Er selbst verspürte in zunehmendem Maß eine seltsame Unruhe und fragte sich, was der Grund dafür sein mochte.

Er hatte die Gesellschaft vieler attraktiver Frauen genossen, aber dabei niemals eine solche Verwirrung erfahren. Vielleicht lag es daran, dass ihm die Rolle des edlen Ritters nicht vertraut war. Oder daran, dass er sich zum ersten Mal in seinem Leben über jeden Schritt Gedanken machen musste, ehe er ihn unternahm. Die ganze Sache mit Jane stellte wirklich ein Problem dar. Was sollte er nun tun, wo er wusste, wie anziehend sie ihn fand? Sollte er so tun, als fühle er sich nicht geschmeichelt? Sollte er all seine vertrauten männlichen Regungen und Bedürfnisse ignorieren?

O ja, er würde sich jeden Schritt überlegen müssen, und das nicht nur aufgrund der öffentlichen Meinung. In der Vergangenheit war er oft genug Gegenstand von Klatsch und Tratsch aller Art gewesen. Es würde den Lästermäulern recht geschehen, wenn es ihm gelang, sie zu überlisten. Üble Nachrede hatte seiner Familie mehr als einmal geschadet, und er sollte verdammt sein, wenn Jane noch mehr Schmach erleiden müsste, als sie ohnehin schon über sich hatte ergehen lassen müssen.

Jane drückte sich gegen ihn. Sofort schwanden all seine sorgenvollen Gedanken und ließen nur reines Begehren zurück. Er vermutete, seine Bestrebungen, sich tugendhaft zu geben, würden nicht von langer Dauer sein.

Im grellen Licht auf dem Pfad der Verantwortung zu wandeln, war für ihn noch ungewohnt. Sich geschmeidig durch die Nacht zu bewegen … das war eine ganz andere Sache.

Jane hatte recht. Er war kurz davor gewesen, sie auf der Straße zu küssen. Doch er bezweifelte, dass sie sich in ihrer Fantasie ein Bild davon machen konnte, wie weit er am liebsten gegangen wäre. Der Kuss … der wäre nur der Anfang gewesen.

7. KAPITEL

„Ich bin zu einem Entschluss gekommen“, verkündete Jane, nachdem sich die Kutsche in Bewegung gesetzt hatte.

„Und zwar, Jane?“, fragte Sedgecroft freundlich.

„Ich werde so tun, als hätte diese Unterhaltung auf der Straße nie stattgefunden.“ Sie räusperte sich. „Und das Gleiche gilt auch für den gestrigen Vorfall in der Roten Galerie.“

Er griff nach der Gazette, die zwischen ihnen beiden lag. „Wie Sie wollen.“ Ein flüchtiges Lächeln huschte über sein Gesicht. „Falls es Ihnen gelingt.“

„Ich habe es bereits vergessen“, erklärte sie nüchtern und legte die Hände in den Schoß.

Sedgecroft ließ die Gazette sinken. Offenbar war er nicht gewillt, die Angelegenheit auf sich beruhen zu lassen. „Soll ich Ihre Erinnerung auffrischen?“

„Vielleicht sollten wir zuerst Ihre Umgangsformen auffrischen.“

Sie hatte soeben entschieden, wie sie mit ihm umgehen musste. Unangenehme Angelegenheiten konnten eine Welsham nicht nachhaltig aus der Ruhe bringen, und so selbstverständlich wie für Sedgecroft das Flirten war für sie als Tochter eines Earls die Selbstbeherrschung. Die Situation erforderte schlicht, dass sie sich mit Anstand und Würde aus der Affäre zog.

„Nun, Mylord, Sie machen heute einen ausgeruhten Eindruck. Hatten Sie eine erholsame Nacht?“

Eine kurze Pause schloss sich an, und Jane fragte sich unwillkürlich, ob er wohl ihre Frage als Aufforderung missverstehen würde, in allen Details seine nächtlichen Aktivitäten zu schildern. Innerlich machte sie sich bereits darauf gefasst, eine Darstellung sündiger Eskapaden über sich ergehen zu lassen.

Das Funkeln in seinen Augen ließ sie einen Moment lang den Atem anhalten. „Lassen Sie mich überlegen. Wenige Stunden, nachdem ich Sie verlassen hatte, erwischte ich Chloe, wie sie sich mit ihren Freundinnen, diesen Damen aus dem Club zur sozialen Reform, aus dem Haus schlich. Sie fielen förmlich über mich her, als ich Chloe untersagte, sich auf irgendeine unvernünftige Mission zu begeben. Ich musste sie tatsächlich in ihrem Zimmer einschließen."

„Soziale Reformen am Abend scheinen mir wirklich eine gefährliche Beschäftigung zu sein", stimmte Jane ihm zu.

„Und das war erst der Anfang. Anschließend suchte ich überall in den Vauxhall Gardens nach meinem Bruder."

„Um welchen Ihrer Brüder handelte es sich denn?" Sie musste an die Gruppe gut aussehender Kerle denken, die am Tag zuvor in der Kapelle zusammengesessen hatten.

„Ich hielt Ausschau nach Drake, der, wie sich herausstellte, zu der Zeit damit beschäftigt war, die Stiefel auszuwählen, die er für sein Duell heute Morgen tragen wollte."

„Er hat ein Duell ausgetragen?", fragte sie beunruhigt.

„Zum Glück nicht." Er seufzte niedergeschlagen. „Wenige Minuten, bevor es zum Duell kommen sollte, entschuldigte sich sein Gegner öffentlich."

„Meine Güte, Sedgecroft."

Er legte den Kopf in den Nacken, sein blondes Haar fiel über den Kragen. „Es war beileibe keine ruhige Nacht. Verantwortung zu tragen hat seinen Preis."

Das kann man auch von Täuschungsmanövern behaupten, überlegte Jane voller Unbehagen, während Sedgecroft eine bequemere Sitzhaltung einnahm und seine Knie gegen ihre drückte. Seine beeindruckende Statur machte es für Jane umso deutlicher, auf welch wackligen Beinen ihre Beziehung stand. Sie wunderte sich, dass er so völlig anders war als sein Cousin Nigel. Warum hatte sie nicht ihm zuerst begegnen können?

Aber natürlich hätte er mit einer Geliebten an jedem Arm von ihr gar keine Notiz genommen, und sie hätte gar nicht erst versucht, auf sich aufmerksam zu machen.

Ihr Blick schweifte zum Fenster ab, während sie darüber nachdachte, welch sonderbare Wege das Schicksal manchmal einschlug.

Die Kutsche kam zum Stehen, da sie in den Verkehrstrubel des späten Vormittags geraten waren, der stets zu Stockungen und Behinderungen führte. Ochsenkarren und Kutschen standen dicht an dicht, Fußgänger eilten von einem Bürgersteig zum gegenüberliegenden, Straßenkehrer säuberten die Straße vom übel riechenden Mist. Jane schnappte nach Luft, als Sedgecroft aufstand, ihren Arm packte und sie von ihrem Platz zog.

Hilflos sah sie zu ihrem Bruder, der noch immer schlief. „Simon, wach sofort auf, du Taugenichts!"

Simon antwortete mit einem unwilligen Grunzen, dann drehte er sich auf die andere Seite um.

„Wohin bringen Sie mich, Sedgecroft? Da draußen stehen Leute, die Ihre Kutsche beobachten."

„Ich weiß", erwiderte er ohne Gewissensbisse. „Dort an der Ecke steht einer meiner Bankiers zusammen mit seiner Frau, einer berüchtigten Klatschbase."

„Und was soll ich tun?"

Er half ihr aus der Kutsche auf den Fußweg. „Vergnügen Sie sich." Mit gesenkter Stimme fuhr er fort: „Lassen Sie es zu, von mir verwöhnt zu werden. Und hören Sie auf, immer so finster wie eine Eule dreinzublicken. Tun Sie so, als seien Sie erfreut."

„Was sollte mich erfreuen?"

„Unsere Romanze, Liebling, die sich langsam entfaltet." Er winkte zwei Blumenverkäuferinnen an der Ecke zu und warf eine Handvoll Münzen in ihre Körbe. Die beiden älteren Frauen mit ihren Strohhüten erröteten und dankten ihm überschwänglich. Jane stellte gerade fest, dass sie ihn dabei mit seinem Namen anredeten, da wurde sie mit wundervoll duftenden, kleinen Sträußen regelrecht überschüttet. Wie hinreißend!

Sie biss sich auf die Unterlippe, ihre Handflächen waren mit einem Mal feucht. Die Frau des Bankiers erkannte sie, das besagte unzweifelhaft deren empörte Miene. Oh, war das peinlich! Als hätte der gestrige Tag nicht genügt. Dennoch bereitete es ihr Vergnügen, in aller Öffentlichkeit verwöhnt zu werden.

„Was werden die Leute denken?“, flüsterte sie.

„Vermutlich, dass ich mich zu Ihnen hingezogen fühle“, erwiderte er scheinbar gelassen.

„Wieso?“, fragte sie. Gegen ihren Willen faszinierte sie dieser Gedanke.

„Nun, zum einen sind Sie eine wunderschöne und reizende Frau.“

„Das stimmt nicht. Ich bin vielmehr recht durchschnittlich.“

Er musste lachen. „Na gut. Sie sind auf jeden Fall bescheiden.“

„Und ganz London soll glauben, dass Sie mir Blumen kaufen, um meine bemerkenswerte Bescheidenheit zu ehren?“

Sein langsames, betörendes Lächeln bereitete ihr eine Gänsehaut. „Jeder wird glauben, dass da mehr zwischen uns ist.“

„Mehr?“

„Ein ernsthaftes Werben“, antwortete er achselzuckend.

„Also wirklich, Sedgecroft. Niemand wird glauben, Sie könnten ... ich könnte ...“

„Warum denn nicht?“, erwiderte er nun so ernst, dass sie fast dahinschmolz.

Mit zwei Fingern streichelte er ihr Kinn, und Jane fühlte, wie ihr Herz sofort schneller zu schlagen begann. Zwar verfügte sie nicht über eine ähnlich große Erfahrung wie er, doch sie konnte sich gut vorstellen, wie sich eine Frau insgeheim wünschte, von diesem Mann umworben zu werden. Und genauso gut konnte sie sich auch vorstellen, welche Lust und welcher Trennungsschmerz folgen würden.

„Sedgecroft, Sie halten mein Gesicht fest."

„Ich warte darauf, dass Sie mir danken."

„Oh … danke."

„Das ist kein bisschen überzeugend."

„Nicht?"

Er schüttelte den Kopf. „Versuchen Sie, mir mit mehr Enthusiasmus zu danken. Ich bin ein großzügiger Verehrer. Die Blumen sind nur das Vorspiel zu den Perlen, die Ihnen heute Abend übergeben werden. Darüber darf man sich in der Gesellschaft dann ereifern."

Perlen? Sie fragte sich, was wohl danach kommen würde. Über sich selbst erstaunt, stellte sie sich auf die Zehenspitzen und gab ihm einen hastigen Kuss auf die Wange. „Danke", flüsterte sie und fühlte, wie ihr bei der Berührung heiß wurde. Was war da gerade eben geschehen? Sie hatte ihn *geküsst,* nachdem sie sich nur Minuten zuvor noch über dieses Thema aufgeregt hatte?

„Das war sehr schön, Jane, aber es fehlte immer noch ein wenig an … Begeisterung."

Sie schenkte ihm ein künstliches Lächeln, hielt die Blumen an ihre Brust gedrückt und rief mit theatralischem Tonfall: „Oh! Oh, Sedgecroft! Was für eine Überraschung! Perlen! Und Blumen! Für *mich?*"

Sedgecroft zuckte zusammen, hüstelte verlegen und dirigierte Jane zurück zur Kutsche. „Ich glaube, Sie brauchen mehr Übung. Die Enten in meinem Teich können das ja besser als Sie!"

Um ihr Lachen zu verbergen, vergrub sie ihr Gesicht im Jasmin. „Erst eine Taube, dann eine Eule! Und jetzt eine Ente!

An welchen Vogel werde ich Sie wohl als Nächstes erinnern?"

„Vermutlich an eine Gans."

Sie nahmen wieder ihre Plätze ein, Simon lag auf dem Rücken, die Arme auf der Brust verschränkt. Grayson betrachtete sie mit Wohlgefallen, woraufhin ihre Wangen wieder erröteten. Er war wirklich ein schamloser Mann. „Und an was erinnere ich Sie?"

Jane legte die Blumen neben sich auf den Platz, sodass sich in der Kutsche der zarte Duft von Levkojen verbreitete. „An einen Löwen, würde ich sagen. An eine gebieterische Bestie."

„Eine Bestie?", wiederholte er verblüfft. „Sie haben Mut, mir das ins Gesicht zu sagen. Kommen Sie, rücken Sie näher an mich heran."

„Näher?", rief sie belustigt aus. „Dies hier ist die Brook Street, Sedgecroft, kein Bordell."

„Ich mag es, Sie dicht neben mir zu spüren", kam seine ruhige Antwort. „Außerdem bin ich nicht dafür bekannt, ein Heiliger zu sein, Jane."

„Heißt das dann, Sie sind der Satan?"

Er nahm eine Blüte vom Sitz und steckte sie zwischen Simons Finger. „Das werden Sie selbst herausfinden müssen." Lange sah er sie an. „Und falls ich zu teuflischen Methoden greife, dann nur für Sie, Jane. Auf jeden Fall so lang, wie es erforderlich ist, um diese Situation wieder ins Lot zu bringen. Ob Gut oder Böse, ich werde auf Ihrer Seite kämpfen."

Sie bogen nach rechts ab in die David Street. Die Kutsche hielt vor einem Herrenhaus im georgianischen Stil am Berkeley Square an, dessen Fassade Reihe um Reihe mit spiegelnden Fenstern gesäumt war. Fröhliche Musik drang aus den schräg abfallenden Gärten zu ihnen, die von Platanen begrenzt wurden.

Eine Gruppe junger Kerle lungerte an den Stufen zum Eingang herum. Die Gespräche verstummten, als sie die elegante schwarze Kutsche bemerkten, die von schneeweißen Pferden gezogen wurde.

„Das ist Sedgecroft“, rief einer von ihnen.

„Da ist eine Frau bei ihm“, stellte ein anderer fest und reckte den Hals, um besser sehen zu können.

„Natürlich“, gab sein Freund zurück und griff nach seinem Monokel. „Was denkst du denn?“

„Wer ist sie?“

„Sie trägt Rosa, mehr kann ich nicht erkennen.“

„Mein Bruder sah heute Morgen, wie Sedgecrofts Sekretär am Ludgate Hill Perlen ausgesucht hat.“

„Ah, dann muss es etwas Ernstes sein. Ich frage mich, ob sie schon in Verhandlungen getreten sind.“

„In den Gazetten stand nichts darüber. Da ging es nur um die Belshire-Braut, die gestern von Nigel Boscastle am Altar im Stich gelassen wurde.“

„Wer ist denn Nigel Boscastle?“

„Sedgecrofts dämlicher Cousin. Glaubst du …“

Die Gruppe eilte die Stufen hinunter, um die mysteriöse Frau in der Kutsche besser sehen zu können. Der Marquess of Sedgecroft hatte einen Maßstab gesetzt, den viele junge Männer zu erreichen versuchten. Es galt mittlerweile als Coup, wenn man auf einer Party dabei gesehen wurde, wie man sich mit einer seiner früheren Geliebten unterhielt.

Dieser auserwählte Kreis von Frauen blieb allerdings ihrem edlen Geliebten gegenüber bemerkenswert loyal und schwieg sich über frühere Beziehungen aus. Die Gründe für diese anhaltende Treue waren immer wieder Gegenstand von Spekulationen.

Bezahlte Sedgecroft sie für ihr Schweigen? War er ein so geschickter Liebhaber, dass die in ihn vernarrten Geliebten darauf hofften, er würde die Beziehung zu ihnen wieder aufnehmen? Oder war das in aller Heimlichkeit bereits geschehen? Teilte sich der Mann das Bett mit drei oder vier heißblütigen Schönheiten, ohne dass die eine etwas von der anderen wusste?

Seine Erfolge auf sexuellem Gebiet wurden von jüngeren Männern bewundert, die sich nicht darum scherten, ob es sich um Tatsachen oder Fantasien handelte.

„Was glaubt ihr, warum er Rosa so bevorzugt?“, fragte ein ungestümer Gentleman. „Weil es ihn an die Farbe nackter Haut erinnert?“

Sein Bruder lachte herablassend. „Nein, sondern weil es ihn an Gartennelken erinnert, du Idiot!“

In der Kutsche saß Jane und errötete vor Wut, obwohl sie nur ein paar Wortfetzen dieser Unterhaltung mitbekam. „Ist Ihnen klar“, wandte sie sich in resignierend gedämpftem Tonfall an Grayson, „dass diese jungen Männer über mich reden, und das auf eine alles andere als schmeichelhafte Weise?“ Nach dem, was sie und Nigel gestern veranstaltet hatten, sollte sie sich aber wohl besser an solchen Klatsch gewöhnen. Sie hätte allerdings niemals erwartet, für die feine Gesellschaft interessant zu sein. Der arme Nigel hatte genau diese Gesellschaft mit seiner Vorliebe für Hunde und alte französische Literatur stets zu Tode gelangweilt.

Grayson sah aus dem Fenster und betrachtete die Gruppe genauer. „Überlassen Sie das ruhig mir, Jane. Ich werde mich ihrer annehmen.“

Sie schluckte, da ihre Kehle vor Nervosität wie ausgedörrt war. „Ich habe beschlossen, dass ich nicht aus dieser Kutsche aussteigen werde.“

Sein Lächeln war das eines Mannes, der noch nie im Leben einen Finger hatte rühren müssen, um eine Frau für sich zu interessieren, und den es nicht kümmerte, für wie viele Skandale er sorgte. „Soll ich dann das Frühstück an die Kutsche bringen lassen? Und ein Streicherquartett bestellen, während wir essen?“

Statt einer Antwort lächelte Jane nur. Die Belustigung, die seine Augen widerspiegelten, sorgte dafür, dass ihr abwechselnd heiß und kalt wurde. Freudige Erwartung lief ihr wie eine Gänsehaut über den Rücken, während er ihre Hand nahm und ihre Innenfläche durch das butterweiche Ziegenleder des Handschuhs hindurch streichelte. „Ich habe noch nie einer Menschenmenge gegenübertreten müssen, die sich ausschließlich für mich interessiert“, sagte sie leise.

„Sind Sie bereit, es jetzt zu tun?“ Seine Frage klang wie eine Herausforderung.

„Bereit? Bereit, mich dem Skandal zu stellen und dem mitleidigen Lächeln der Leute?“ Sie drehte ihre Schulter zur Tür hin und stieß einen tiefen Seufzer aus. „Wenn es denn sein muss.“

„Kommen Sie schon, Jane. Erlauben wir uns einen kleinen Spaß mit ihnen. Wir werden sie verrückt machen, indem wir sie überlegen lassen, was wir einander bedeuten.“

„Das frage ich mich ja selbst.“

Eine Hand schob er unter ihren Ellbogen, hielt Jane so fest und zog sie praktisch auf seinen Schoß. Sein Herz schlug schneller, und die Heftigkeit dieser Reaktion jagte ihm einen Schreck ein. Worauf hatte er sich da nur eingelassen? Vermutlich war es besser, gar nicht genauer drüber nachzudenken, da es für eine Umkehr längst zu spät war. „Warten Sie“, wies er sie an, ohne sich über den Grund dafür im Klaren zu sein. Wollte er Zeit schinden? Oder lag es einfach daran, dass es ihm so sehr gefiel, sich mit ihr zu unterhalten?

„Aber sie beobachten uns. Sie werden denken, dass wir … dass wir uns küssen. Oder Schlimmeres noch!“

Mit dem Zeigefinger schnippte er gegen den Perlmuttknopf an ihrem Ellbogen. „Gar keine schlechte Idee, jetzt, wo Sie das sagen. Aber ich werde im Moment weder Ihren noch den lüsternen Interessen des Publikums nachgehen."

„Es war nicht mein Vorschlag, Sie … Sie unwiderstehlicher Teufel!"

„Unwiderstehlicher Teufel?" Er machte eine zufriedene Miene und meinte dann spöttisch: „Das klang ja fast wie ein Kompliment."

Sie lächelte widerwillig. „Ich vermute, dass Sie auf Ihre eigene Weise nur versuchen, behilflich zu sein."

„Richtig", antwortete er, obwohl ihm dieser Gedanke völlig unglaublich erschien. „Und nun machen Sie, worum ich Sie bitte. Ich werde den Strolchen schon Ihren Status klarmachen."

„Ein Lebemann mit Gewissen", meinte sie nachdenklich. „Ein Lebemann, dessen verderbtes Herz noch eine Spur von Güte besitzt."

Er lachte spöttisch, fühlte sich aber in seiner Rolle gar nicht wohl. „Sagen Sie es bitte nicht weiter. Ich möchte mir nicht meinen wohlverdienten Ruf als gewissenloser Schurke verderben, nur weil ich Ordnung in Ihr Leben gebracht habe."

Mit verschränkten Armen lehnte Jane sich zurück, um ihn eingehender zu betrachten. „Mal ernsthaft gefragt, Sedgecroft: Haben Sie noch nie eine Ehe in Erwägung gezogen?"

Übertrieben heftig zog er die Augenbrauen zusammen. „Mal ernsthaft geantwortet, Jane: Nein."

„Warum nicht?"

„Warum sollte ich?", wollte er wissen.

„Man kann nicht sein Leben lang ein Lebemann sein, erst recht nicht in Anbetracht der Verantwortung, die auf Ihnen lastet."

„Ich kann es aber versuchen", gab er zurück, obwohl ihn genau dieser Gedanke in jüngster Zeit verfolgte. „Früher waren meine männlichen Vorfahren klug genug, eine Heirat zu vermeiden, bis sie auf dem Schlachtfeld verstümmelt worden waren und zu nichts anderem mehr als zur Ehe taugten."

„Deren Frauen müssen vor Dankbarkeit ja außer sich gewesen sein", kommentierte Jane ironisch. „Was für eine Ehre, sich um einen verstümmelten Boscastle kümmern zu dürfen."

Er grinste nur verwegen. Einen Moment lang verunsicherte ihn die Erkenntnis, dass Jane schon jetzt mehr über ihn erfahren hatte als alle seine Geliebten oder seine alten Freunde. „Es ging darum, meine aufsässige Dame, dass eine weitere Generation flegelhafter Boscastles erst dann gezeugt werden sollte, wenn alle anderen Möglichkeiten für Abenteuer erschöpft waren. Meine Vorfahren haben diese angenehme Aufgabe bis zum letzten Atemzug vorbildlich erfüllt."

„Tatsächlich?", fragte sie schwach.

„Ja, tatsächlich, Jane", antwortete er und genoss ihre Reaktion. „Ihre Frauen haben sich nie beklagt, sondern sind ihrer ehelichen Pflicht nachgekommen, indem ..."

„Jede weitere Erklärung erübrigt sich, Sedgecroft."

Er hielt inne und überlegte, wie weit er zu gehen wagte und warum es ihm so sehr gefiel, sie zu provozieren. „Verzeihen Sie mir. Ich dachte, es würde Sie interessieren."

Ein verräterisches Rot zeichnete sich auf ihren Wangen ab. Der Gedanke, einen Boscastle-Erben zu zeugen, brachte eine ganze Reihe unaussprechlicher Bilder mit sich. Wie hatte sich ihre Unterhaltung nur in diese Richtung entwickeln können?

„Vermutlich hört mein Bruder uns zu", flüsterte sie mahnend.

„Ja, so wie jeder Leichnam es an seiner Stelle tun würde."

Sie wandte sich zur Seite, damit sie Simon wach rütteln konnte. Amüsiert sah Grayson ihr zu, wie sie ihren Bruder nahezu wach prügelte. Hinter ihrer zurückhaltenden Art verbarg sich eine wunderbar bissige Ader.

„Wach auf, du Tunichtgut!", rief sie ernst. „Mach dich nützlich!"

Tatsächlich reagierte Simon, öffnete die blutunterlaufenen

Augen und sah sich ungläubig um. „Sedgecroft. Jane. All die Blumen.“ Er stützte sich auf einen Ellbogen auf. „Ist jemand gestorben? War … o Gott, wurde Nigel gefunden? Sind wir etwa auf dem Weg zu seiner Beerdigung?“

Wütend betrachtete Jane seine hoffnungslos zerknitterte Kleidung, während er verkniffen ins Licht blinzelte. „Niemand ist gestorben, Simon“, sagte sie betont. „Du bist als mein Aufpasser hier, selbst wenn du in dieser Funktion völlig nutzlos zu sein scheinst.“

Er fuhr sich durch sein zerzaustes braunes Haar. „An deiner Stelle würde ich nicht so reden. Dieses Kleid ist sehr gewagt für …“ Der warnende Blick, den Sedgecroft ihm sofort zuwarf, ließ ihn den Satz abbrechen. „Hat denn irgendwer etwas von Nigel gehört?“

„Kein Wort“, gestand Sedgecroft mit verbissener Miene. „Ich stelle immer noch Nachforschungen an, doch es sieht so aus, als sei er spurlos aus London verschwunden.“

Simon seufzte, dann fragte er: „Wohin sind wir denn dann unterwegs?“

„Zum Frühstück beim Duke of Wenderfield“, erwiderte Grayson.

Jane beugte sich vor, um einen weißen Seidenstrumpf aus der Weste ihres Bruders zu ziehen. „Lieber Gott, Simon, wo hast du dich bloß letzte Nacht herumgetrieben?“

„Ich kann mich nicht erinnern“, meinte er mit einem hilflosen Schulterzucken. „Ich weiß ja nicht mal, wie ich hierher gelangt bin.“

„Sie haben einen mitternächtlichen Maskenball besucht“, sagte Grayson beiläufig, während er Jane die Hand hinhielt, um ihr hochzuhelfen. „Ihr Kutscher fand Sie halb bewusstlos zwischen einer Nonne und Kleopatras Dienerin.“

„Waren wir drei …“

Grayson räusperte sich. Das amüsierte Funkeln in seinem

Blick sprach Bände. „Ich denke, wir sollten diese Unterhaltung ein anderes Mal zu Ende führen, Simon."

Angewidert warf Jane den Strumpf auf den Boden. „Und ich denke, die Antwort auf diese Frage ist leider offensichtlich."

Grayson machte sich nicht die Mühe, die jungen Männer auf den Stufen zum Eingang zu begrüßen. Ihre große Neugier bei Janes Anblick machte ihn wütend. Einer aus der Gruppe hatte sie tatsächlich erkannt.

„Sedgecroft", sagte sie. Ihre Stimme klang fest, doch es war ein verzagter Unterton herauszuhören.

„Schon gut, Jane", erwiderte er kühl. „Lächeln Sie, aber bleiben Sie nicht stehen. Die werden es schon begreifen."

Sie riefen ihn, sie warfen sich in die albernsten Posen, nur damit er sie wenigstens zur Kenntnis nahm. Zum Teufel mit ihnen, dachte Grayson, dessen Blick nichts verriet. Zum Teufel mit ihrer frechen Art, Jane auf eine Weise anzustarren, als sei sie eine Frau von zweifelhaftem Ruf. Am liebsten hätte er jedem Einzelnen von ihnen diesen verschlagenen Ausdruck vom Gesicht gewischt.

„Ich habe es Ihnen ja gesagt", hörte er Jane sagen.

Trotz der leicht zitternden Stimme wirkte sie völlig gefasst. Er war so daran gewöhnt, die öffentliche Meinung zu ignorieren, dass ihn sein schlechter Ruf vermutlich nicht weiter gestört hätte, wäre er mit einer anderen Frau unterwegs gewesen. Mrs. Parks etwa hätte als Reaktion auf dieses Theater lediglich gut gelaunt zu einer beleidigenden Geste ausgeholt.

„Es könnte Ihnen sehr helfen, Jane", murmelte er ihr zu, „wenigstens einmal nicht ganz so reserviert zu sein."

„Ich glaube, dafür ist die Welt noch nicht bereit", erwiderte sie zu seiner Verwunderung.

Einer der jungen Männer hob sein Monokel hoch, um Jane

genauer anzusehen, doch als er den mörderischen Blick des Marquess sah, ließ er es gleich wieder sinken.

Sekundenlang überlegte Grayson, ob er in Aktion treten, diesen dreisten Kerl packen und die Treppe hinab hinter sich her zerren sollte, um ein Exempel zu statuieren. Doch ein weiterer Skandal würde Jane nicht helfen. Es war das erste Mal, dass er seinen Zorn hinunterschluckte und über die möglichen Folgen seines Verhaltens nachdachte.

Einige Anstrengung war erforderlich, um den Fallstricken auszuweichen, die die Gesellschaft für Jane bereithielt. Er würde auf der Hut sein müssen, um sie zu beschützen, damit niemand sie beleidigte oder sich ihr auf unschickliche Weise näherte. Das war ihm bereits klar gewesen, als er ihr seine Hilfe angeboten hatte.

Allerdings hatte er nicht damit gerechnet, dass er selbst sie so leicht vom rechten Weg würde abbringen können.

„Was denken Sie gerade, Jane?“, fragte er leise.

„Das kann ich Ihnen nicht sagen, Sedgecroft. Sie wären schockiert.“

„Aber ich doch nicht, meine Liebe.“ Bei seinem Lebensstil war ein solcher Gedanke einfach nur lächerlich. Als könnte eine anständige junge Frau wie Jane seine Vergangenheit in irgendeiner Weise überbieten. „Nichts, was *Sie* sagen oder tun können, würde mich schockieren.“

8. KAPITEL

Der Duke und die Duchess of Wenderfield führten sie durch den Garten und stellten sie den ausländischen Ehrengästen vor, die die Party beehrten. Simon entdeckte ein herrenloses Glas Champagner und tauchte mit Lady Damaris Hill im Gedränge unter. Ihre geflüsterte Bemerkung über einen fehlenden Strumpf ließ Jane ahnen, wer die Nonne auf dem Maskenball der vergangenen Nacht gewesen war.

Auf dem Rasen spielte das Orchester neben einem klassischen Pavillon, der am anderen Ende des weitläufigen Parks stand. Eine Tanzfläche war angelegt worden, und viele jüngere Gäste hatten sich dorthin zurückgezogen. Die pastellfarbenen Kleider der Damen schwirrten wie Schmetterlingsflügel, während sie sich elegant zur Musik bewegten.

„Sind Sie hungrig?", fragte Grayson, der seine Hand auf ihre Schulter gelegt hatte, an Jane gewandt. Die Berührung war zwar nur leicht, aber unverkennbar besitzergreifend.

„Ich bin wie ausgehungert." Sie zögerte. „Allerdings muss man Nerven wie Stahlseile haben, wenn man etwas essen will, während man von allen angestarrt wird."

„Die Blicke nehme ich gar nicht wahr."

„Wie können Sie das?"

„Vielleicht, weil es mich einfach nicht kümmert", erklärte er überzeugt.

„Nun, dann soll es mich auch nicht kümmern."

Er hielt inne und sah sie an, während ein wissendes Lächeln seine Lippen umspielte. „Natürlich kümmert es Sie. So etwas kümmert jede Frau."

„Nur die, die auf der Suche nach einem Ehemann sind", erwiderte sie seufzend.

„Was bei Ihnen der Fall sein könnte."

„Nein, ich ..." Sie biss sich auf die Zunge und hielt sich

vor Augen, welchen Eindruck sie vermitteln sollte. „Ich bin noch nicht bereit dazu, schon wieder auf die Suche nach einem Mann zu gehen.“ Nicht im Moment, und vielleicht sogar nie wieder, fügte sie stumm an.

„Sie müssen wieder aufsitzen, Jane“, erklärte er mit einem unerbittlichen Lächeln. „Ein Sturz aus dem Sattel bedeutet für Sie noch nicht die Altjüngferlichkeit.“

Sie hätte ihn dafür zwicken mögen, dass er ihr kompliziertes Leben auf einen so simplen Nenner brachte. „Ich wünschte, Sie würden damit aufhören, meine Situation mit der einer Reiterin gleichzusetzen.“

„Ich vergesse immer wieder, wie empfindlich Sie auf dieses Thema reagieren“, sagte er entschuldigend.

„Sedgecroft!“ Der freudige Ausruf einer Frau hinderte Jane an ihrer Erwiderung, auch wenn sie eigentlich gar nicht wusste, was sie außer einer mehr oder minder dreisten Lüge hätte sagen sollen.

Sie und Grayson drehten sich gleichzeitig um und erblickten eine zierliche Frau in brauner Seide, in einer Hand ein Champagnerglas. Jane musterte sie kritisch und war sich nicht sicher, ob sie es mit Mrs. Audrey Watson zu tun hatte, jener beliebten Kurtisane und ehemaligen Schauspielerin, deren literarischer Salon sie zu einer Berühmtheit in Halbwelt und Gesellschaft gleichermaßen gemacht hatte.

„Audrey“, sagte Grayson voller Wärme, nach Janes Meinung sogar ein wenig zu warmherzig, als die beiden sich kurz umarmten.

„Sedgecroft, es ist ja schon eine Ewigkeit her, seit …“ Audrey ließ den Rest ihrer Begrüßung unausgesprochen und bedachte Jane mit einem so ehrlichen Lächeln, dass sie nicht anders konnte, als die Frau sympathisch zu finden.

„Die schöne Tochter der Belshires, die Älteste, nicht wahr?“, fragte sie ein wenig irritiert. „Was macht sie denn in

Ihrer Gesellschaft, Sedgecroft?“

Graysons Blick in Janes Richtung ließ diese prompt erröten. Hätte sie es nicht besser gewusst, dann wäre sie jetzt davon überzeugt gewesen, dass er von ihr ernsthaft betört war. Oh, er machte das wirklich gut, dieser Teufelskerl. Vielleicht sollte sie ihm für seine schauspielerische Leistung applaudieren.

Er zog Jane zu sich. „Hatten Sie schon die Ehre, einander vorgestellt zu werden, Audrey?“

„Nein.“ Audrey betrachtete aufmerksam die junge Frau, die ihr gegenüberstand. Die Kurtisane täuschte nichts vor, sie versuchte nicht, jemanden zu beeindrucken. Ihre bodenständige Art war es auch, die ihr die treue Unterstützung von Politikern und Poeten gleichermaßen sicherte, während sie anderswo mit ihren unverblümten Äußerungen oftmals aneckte. „Ach, meine werte Dame, das ist wirklich tapfer von Ihnen, dass Sie nach dem gestrigen Vorfall schon wieder ausgehen. Und Sie, Sedgecroft, haben nicht eine Sekunde verstreichen lassen, um auf die Pirsch zu gehen, nicht wahr?“

Auf die Pirsch zu gehen? Jane fühlte sich auf eine amüsante Weise vor den Kopf gestoßen. Offenbar galt sie nun als einfache Jagdbeute.

„Genau genommen“, wandte Jane ein, als offensichtlich wurde, dass er sich nicht mit der Absicht trug, diese Sicht der Dinge richtigzustellen, „ist Lord Sedgecroft nur …“

„Nur ein Mann, der verhext worden ist“, sagte er leise und klang dabei so höflich und so von sich eingenommen wie jeder beliebige Jäger. Oh, dieser begabte Schurke! Seine hervorragende Darbietung bescherte ihr eine Gänsehaut, obwohl sie doch genau wusste, dass sie ihm nicht glauben musste.

Mit dem Ellbogen stieß Jane ihn in die Seite. „Um ehrlich zu sein, unsere Beziehung ist gar nicht so skandalös, wie es vielleicht scheint. Nigel und Grayson sind …“

„Rivalen“, fiel er ihr ins Wort und drückte ihre schmale

Hand so fest, dass sie ihm einen zornigen Blick zuwarf. „Des einen Verlust, des anderen Gewinn, nicht wahr? Insgeheim habe ich Jane schon seit Langem aus der Ferne bewundert, und ich wollte nicht, dass irgendein anderer sich die Gelegenheit zunutze macht."

Audrey nippte an ihrem Champagner und sah von der klassisch schönen jungen Frau zu dem sündhaft attraktiven Schuft, der – wie ihr auffiel – Janes Hand auf eine äußerst besitzergreifende Weise festhielt. „Wie Sie meinen, Sedgecroft, aber", ihre Miene hellte sich auf, „das heißt, ich kann Sie beide gemeinsam zu einem Abendessen in meinen Salon einladen."

„Das wäre sehr nett", erwiderte er, während Jane überlegte, was ihre Eltern wohl von dieser Entwicklung halten würden. Selbst ihre weltoffene Mutter war sicherlich nicht damit einverstanden, dass ihre Tochter der Halbwelt einen Besuch abstattete. Oder vielleicht doch? Dieser Plan hatte sich in eine gänzlich unvorhersehbare Richtung entwickelt. Jane begann allmählich zu glauben, sie sei vom Regen in die Traufe geraten – eine Entwicklung, gegen die Sedgecroft ganz eindeutig nichts einzuwenden hatte.

„Ich glaube, ich habe dort am Tisch eine alte Freundin gesehen", sagte Jane, die sich aus seinem Griff lösen wollte. „Würden Sie beide mich für einen Moment entschuldigen?"

Grayson hob ihre Hand und küsste sie auf den Stoff ihres Handschuhs, der ihre Finger umhüllte, dann flüsterte er verliebt: „Aber nur für einen ganz kurzen Moment, ja?"

Es war geschauspielert. Ihr Verstand sagte ihr das, dennoch konnte sie sich kaum dem verführerischen Versprechen in seiner dunklen Stimme entziehen. „Ja", erwiderte sie, beunruhigt über die Erkenntnis, dass er sich seiner verwirrenden Wirkung auf sie sehr wohl bewusst war. „Ich gehe auch nur hinüber zu den Tischen."

Langsam zog er sie an den Fingerspitzen zu sich, ihre Knie

berührten sich. Ein sündiges Flattern regte sich tief in ihrem Inneren. Für wen hielt er sich eigentlich?

„Kommen Sie schnell zurück." Fast gebieterisch sah er sie an.

Dann endlich ließ er sie los. Sie stieß den Atem aus, den sie gebannt angehalten hatte, und wandte sich ab, um in der Menge unterzutauchen.

Nachdenklich sah Grayson ihr nach. Nur beiläufig war er sich der Tatsache bewusst, dass er von der anderen Frau an seiner Seite aufmerksam beobachtet wurde. Den verliebten Verehrer zu spielen, fiel ihm viel leichter, als er erwartet hatte. Allein Janes Nähe ließ ihn Verlangen nach zügellosem Sex verspüren. Zugleich wurde er daran erinnert, dass er schon länger keine Geliebte mehr gehabt hatte, als ihm lieb war.

Vielleicht war es ihre Unnahbarkeit, die ihn so herausforderte, doch er vermutete mehr dahinter. Sie war intelligent, praktisch veranlagt, ihm bei einer Unterhaltung ebenbürtig. Ihre sorgfältig gewahrte Würde amüsierte ihn, und er war überzeugt, dass es Seiten an ihr gab, die sie noch nie vor jemandem zu enthüllen gewagt hatte. Vermutlich hätte es ihm gefallen, diese Seiten zu erkunden, doch seine Aufgabe bestand darin, sie möglichst reibungslos in die Gesellschaft zurückzuführen.

Sein Blick folgte jeder Bewegung ihres Körpers, während sie hastig über den Rasen entkam. Auch wenn sie Schritte machte wie ein Soldat, konnte das nicht über den Schwung ihres wundervoll gerundeten Pos unter dem rosafarbenen Gazekleid hinwegtäuschen. Rosafarben wie ihr ganzer Leib, dachte er, während Erregung seinen Körper durchflutete. Rosafarben und cremefarben. Süß genug, um in einem Biss verspeist und genossen zu werden. Aber er würde sie nicht auf einmal verschlingen, sondern langsam und zärtlich an ihr knabbern …

Lieber Himmel! Streng rief er sich zur Ordnung. Er wollte

wieder eine Frau aus ihr machen, die die Gesellschaft respektierte, nicht ihren Ruf völlig ruinieren.

„Ist es möglich, Sedgecroft", fragte Audrey leise, „dass *Sie* hinter dem gestrigen Skandal am Altar stecken?"

Er zögerte kurz, einen amüsierten Ausdruck auf seinem Gesicht. Dies war ein entscheidender Moment, eine Prüfung, ob er der Täuschung fähig war. Audrey kannte ihn seit Langem, und er wollte sie nicht belügen. Doch es bestand die große Gefahr, dass alles, was er ihr jetzt und hier anvertraute, schon am Abend in ganz London die Runde gemacht hatte. „Sie wissen, dass Sie mir eine solche Frage eigentlich nicht stellen müssen. Würde ich es zugeben, falls ich darin verwickelt sein sollte?"

„Das ist ein sehr ungewöhnliches Verhalten. Ich glaube, ich habe Grund zur Sorge. Wissen Sie, dass hinter vorgehaltener Hand bereits überall Lady Jane die Sitzengelassene genannt wird?"

Wut stieg in ihm auf. „Das sollte besser niemand in meiner Gegenwart sagen!"

„Es ist das erste Mal, dass ich Sie zusammen mit einer anständigen Frau sehe", fuhr Audrey fort und folgte ihm, als er sich wieder unter die Gäste mischte. „Seien Sie auf der Hut, Sedgecroft."

„Auf der Hut wovor?", erwiderte er mit einem beiläufigen Achselzucken. „Ich bin ein ehrbarer Mann. Kennen Sie irgendeine Frau, die jemals bedauert hat, mit mir befreundet gewesen zu sein?"

Sie griff nach seinem Handgelenk. „Ich bin um Sie besorgt. Ihr Herz lässt sich vielleicht nicht so schnell einfangen, doch wenn es einmal geschehen ist, dann ist es wohl für immer verloren. Ganz gleich, was ihr gestern widerfuhr, sie ist eine Frau, die für die Ehe bestimmt ist."

„Wieder das verfluchte Wort. Ja, ich weiß, sie ist für die Ehe bestimmt." Mit einem Stirnrunzeln bemerkte er, dass sich viele seiner Bekannten um den einen Tisch drängten, um sich Jane vorzustellen. Kleine Jungs, dachte er verächtlich. Sie lechzen praktisch schon nach ihr. Unmutig stellte er fest, dass er Janes Gesicht nicht sehen konnte und daher nicht wusste, wie sie darauf reagierte. Aber würde sie tatsächlich dort sitzen und etwas essen, während die Männer umherstanden und sinnloses Zeugs plapperten? „Hören Sie, wir müssen dieses angenehme Gespräch zu einem späteren Zeitpunkt fortführen. Die Wölfe sammeln sich gerade zum Rudel, und sie ist noch nicht in der Lage, sich gegen sie zur Wehr zu setzen."

Audrey folgte seinem Blick, um festzustellen, wovon er da redete. „Ihre besitzergreifende Seite ist wirklich faszinierend. Ich glaube, ich habe sie noch nie bei Ihnen beobachten können. Das heißt nicht ..."

Verärgert drehte er sich zu ihr um. Er hatte versprochen, Jane zu beschützen! „Es ist nicht so, wie Sie denken."

Audrey sah dem breitschultrigen Mann nach, wie er sich mit der üblichen Arroganz eines Boscastle zwischen seine Freunde drängte, um zu Jane zu gelangen. Ihr Herz schlug seltsam aufgeregt, obwohl sie sich schon seit Langem mit einer platonischen Beziehung zu dem faszinierenden Marquess zufriedengab. „Vielleicht ist es aber auch nicht so, wie *Sie* denken, mein Lieber", sagte sie wehmütig.

In einer Ecke des Gartens hatte man zahlreiche Tische aufgestellt. Auf den Damasttischdecken standen silberne Wärmepfannen, Karaffen mit Zitronenlimonade, dazu mehrere Kannen, damit man zwischen Kaffee, Tee und heißer Schokolade wählen konnte. Einer von Sedgecrofts Freunden hatte Jane einen Teller mit Erdbeeren und gezuckerten Mandeln gebracht.

Gerade eben nahm sie eine Erdbeere in den Mund, als sie *ihn* sah, wie er sich einem Schwert gleich durch die Gästeschar schnitt, um zu ihr zu gelangen. Beinah hätte sie sich verschluckt. Die anderen Frauen am Tisch brachen mitten im Satz ab und starrten zu Sedgecroft. Wirklich verwunderlich war das nicht, da seine männliche Vitalität viel zu kraftvoll war, als dass man sie hätte ignorieren können. Welche Frau sollte von einem solch anziehenden Wirbelwind nicht mitgerissen werden? Er wirkte wie ein frischer Windhauch in der abgestandenen Luft der Gesellschaft.

Seine Freunde klatschten ihm auf die Schultern und ließen bedeutungsvolle Blicke zwischen ihm und Jane hin und her wandern, als warteten sie darauf, der Dame vorgestellt zu werden. Aus unerfindlichen Gründen machte er aber keine Anstalten, genau das zu tun. Einige der jungen Männer kannte sie durch ihren Bruder. Sedgecroft warf ihnen und auch ihr wütende Blicke zu. Was für ein Schauspieler, was für ein Skandal!

„Da sind Sie ja", rief er so laut über den Tisch, dass sich alle nach ihm umdrehten. „Ich habe Sie schon überall gesucht. Laufen Sie mir nicht wieder einfach so davon."

Zu ihrem Schrecken bemerkte Jane, dass die anderen Gäste nun nicht mehr nur den Marquess, sondern auch sie interessiert musterten. Die Stimme versagte ihr, und sie verschluckte die Erdbeere in einem Stück. Ihre Wangen erröteten prompt. Sedgecroft mochte in diesen Dingen genug Übung haben, sie hingegen hätte sich am liebsten unter dem Tisch verkrochen. „Nun, ich war die ganze Zeit über hier." Er hatte doch genau gewusst, wohin sie gegangen war. „Bei Ihren Freunden."

„Bei meinen *Freunden?*" Abschätzig sah er zu den vier Männern, die hinter ihr standen. Sofort zog sich das Quartett zurück. Graysons Tonfall war für sie Warnung genug, ganz offensichtlich war Lady Jane verbotenes Terrain.

„Hm, wer hätte das gedacht?", murmelte einer von ihnen. „Nigels Sitzengelassene und Sedgecroft!"

„Vielleicht ist sie gar keine Sitzengelassene. Womöglich hatte Nigel gar keine andere Wahl.“

Die vier Männer blieben stehen und beobachteten weiter den Tisch, während ihnen der gleiche begierige Gedanke durch den Kopf ging. War die hübsche Tochter des Earl of Belshire im Begriff, Sedgecrofts Geliebte zu werden? Wer hätte ahnen können, dass sie für ein solches Arrangement zur Verfügung stehen würde? Oder deutete die Situation auf etwas viel Ernsteres hin? Sollte etwa ihr großes Vorbild an die Kette gelegt werden?

„Ich finde“, sagte Jane und schürzte die Lippen, als der Marquess an ihre Seite trat, „das war für diese frühe Tageszeit ein recht unnötiges Schauspiel.“

„Aber überzeugend, nicht wahr?“ Er grinste sie an. „Verzeihen Sie, aber ich hatte so ein Gefühl, dass Sie gerettet werden mussten.“

„Wovor? Vor dem Frühstück?“

Er nahm sie am Ellbogen. „Eine Dame kann niemals die Gefälligkeiten eines Gentlemans annehmen, ohne ihm auch etwas schuldig zu sein“, sagte er mit gespielter Strenge. „Heute das Frühstück, morgen das Bett.“

„Oh, also wirklich, Sedgecroft. Nur eine Fantasie wie die Ihre kann eine solche Verbindung zwischen Frühstück und Bett herstellen.“

„Beides passt sehr gut zusammen, das können Sie mir glauben.“

„Vielleicht in Ihrer Welt.“

„Sind wir denn etwa so verschieden?“, neckte er sie.

„Natürlich sind wir das.“

„Nun, es liegt mir fern, Sie zu schlechten Dingen zu verleiten.“

„Ich finde nicht, dass Sie so schlecht sind.“

Auf einmal sah er hoch und kniff ein wenig die Augen zusammen. Irgendetwas hinter ihr hatte ihn aufmerksam werden lassen. „Nicht?", fragte er in Gedanken. „Heißt das, es gibt noch Hoffnung?"

Jane sah sich um, konnte jedoch nicht erkennen, wen er so eindringlich anstarrte. Vielleicht eine andere Frau? „Ich würde kein Geld darauf wetten."

„Ich weiß, wie Männer denken", sagte er in überheblichem Tonfall. „Vor allem diese Männer."

„Diese Männer", flüsterte sie, während sie versuchte, noch eine Erdbeere zu fassen zu bekommen, bevor er ihren Teller zurück auf den Tisch stellte, „sind Ihnen ausgesprochen ähnlich. Diese Männer bewundern und *imitieren* Sie!"

Er führte sie fort von dem Tisch und über eine abfallende Rasenfläche, die mit Kamillen überwuchert war. „Deshalb weiß ich ja auch so genau, was sie denken. Und das ist der Grund, weshalb ich so besorgt um Sie war."

„Das verheißt nichts Gutes, was Ihren Charakter angeht."

„Ja, nicht wahr?" Plötzlich musste er lachen. Es machte Spaß, mit ihr zu diskutieren, aber es stellte auch eine Herausforderung für ihn dar. „Vielleicht hätte ich Sie besser das graue Kleid tragen lassen sollen."

„Ich habe versucht, Sie zu warnen."

Schweigend gingen sie ein Stück weit nebeneinander her. Jane vermochte nicht zu sagen, wie es ihm in diesem kurzen Augenblick gelungen war, seine Hand bis zu ihrem Kreuz wandern zu lassen, wo sie nun warm und besitzergreifend zugleich ruhte. Seine Finger ließen ein wohliges Kribbeln über ihren Rücken laufen. Zwar wusste sie nicht, wohin er mit ihr ging oder warum er so geistesabwesend wirkte. Nur eins war ihr klar: Sie vergnügte sich weit besser, als es ihr zu Gesicht gestanden hätte.

„Ich dachte, Sie wollten mich so schnell wie möglich auf das Spielfeld der Gesellschaft zurückführen."

„Ja, aber nicht, wenn dort Gladiatorenkämpfe ausgetragen werden. Und nicht, wenn Sie es selbst übernehmen. Wurden Ihnen persönliche Fragen gestellt?“

Sie blieb stehen und sah ihn ernst an, weil er sich auf einmal anhörte wie ihre Mutter oder ihr Vater. „Ja, solche Fragen wurden mir gestellt.“

„Zum Beispiel?“, wollte er wissen.

„Zum Beispiel, ob ich lieber Kaffee oder Schokolade trinke.“

Seine Miene blieb ernst, doch seine Augen leuchteten amüsiert auf. „Und was haben Sie geantwortet?“

„Weder noch.“

„Eine Frau voller Rätsel.“ Er gab einen gespielt enttäuschten Seufzer von sich. „Diese Rabauken werden das als Einladung zu Vertrautheiten auffassen.“

„Ich sagte ihnen, ich bevorzuge Tee“, fuhr sie fort. „Ich wüsste nicht, wie man das als eine Einladung zu *irgendetwas* auffassen kann, von Vertrautheiten ganz zu schweigen.“

„Für einen Mann auf der Suche genügt der Anflug eines Lächelns auf den Lippen einer Frau, um ihm Mut zu machen. Glauben Sie mir“, versicherte er ihr. „Diese Tatsache ist so unverrückbar wie jedes wissenschaftliche Prinzip.“

„Meine Lippen waren mit dem Essen beschäftigt, Sedgecroft, zumindest bis zu dem Moment, in dem Sie mir den Teller weggenommen haben. Ich bin hungrig.“

Leise lachend nahm er ihren Arm, um sie weiter den Hang hinabzuführen. „Hat Ihnen schon mal jemand gesagt, dass Sie sich mit Ihrer Ehrlichkeit eines Tages Ärger einhandeln werden?“

„Nur meine Mutter, und das von klein auf mindestens ein Dutzend Mal in der Woche.“ Ihr Magen knurrte, als sie sehnsüchtig über die Schulter zu den Frühstückstischen schaute. „Wohin gehen wir jetzt? Die Leute reden über uns.“

„Ich bin mir sicher, Sie haben einen vorteilhaften Eindruck hinterlassen, Jane."

„Das wage ich kaum zu hoffen. Ich sagte Ihnen doch, es ist noch zu früh für einen Auftritt in der Öffentlichkeit. Nigel und ich haben nie eine solche Szene verursacht."

„Abgesehen von gestern." Abrupt blieb er stehen, als sei ihm bewusst geworden, was er soeben gesagt hatte. „Das war nicht so gemeint, wie es sich anhörte."

„Aber es stimmt." Sie hielt inne und musste gegen ihre Schuldgefühle ankämpfen. Es war verwirrend, wie eine zerbrechliche Porzellanfigur behandelt zu werden. Sie wünschte, sie hätte diese Behandlung auch verdient. „Ich verfüge über eine gewisse innere Stärke, Sedgecroft."

„Ich wollte damit nur ausdrücken, dass die Gesellschaft von uns Notiz genommen hat", fügte er etwas vorsichtiger an. „Das war unser erstes Ziel, das wir erreichen wollten. Geben Sie mir wieder Ihren Arm."

Warum weigerte sie sich nicht einfach? Wäre er der Captain eines Piratenschiffs und würde mir befehlen, von Bord zu springen, würde ich ihm wohl auch gehorchen, musste sie sich zu ihrem Ärger eingestehen. Und irgendwie war sie nur allzu froh, sich an seinem muskulösen Unterarm festklammern zu können, ganz gleich welche Katastrophe auf sie wartete. Vermutlich war dies der Grund gewesen, dass ihre Eltern sie zu der Hochzeit mit Nigel gedrängt hatten – allein, um sie vor sich selbst zu beschützen.

„Sedgecroft, keinen Schritt weiter. Dieser Pavillon ist berüchtigt wegen all der Verführungen, die dort bereits geschehen sind."

Unbeirrt ging er auf das Bauwerk zu. „Ich bin mir dessen durchaus bewusst."

„Dann sollten Sie sich aber auch dessen bewusst sein, dass ich nicht hineingehen werde."

Langsam drehte er sich zu ihr um und betrachtete sie ungeduldig. „Hören Sie auf zu trödeln, Jane. Ich brauche Sie, und jetzt kommen Sie schon!“

„Wie bitte?“

„Wenn mich meine Augen nicht trügen, ist vorhin meine Schwester Chloe mit einem Kavallerie-Offizier dorthin entschwunden. Der junge Mann ist eine Spur zu forsch. Sie könnten mich davon abhalten, einen Gewaltakt zu begehen.“

„Sind Sie sich sicher, dass es sich um Chloe handelte?“

„Nein.“

Irgendwie war er viel zu sehr damit beschäftigt gewesen, Jane aus den Klauen der hungrigen Wölfe zu befreien, als dass er auf irgendetwas anderes hätte achten können. Eigentlich sollte Chloe heute gar nicht hier sein, und hätte sie sich tatsächlich in den Pavillion begeben, dann wäre das eine dreiste Missachtung seiner Anweisungen.

„Ich bin mir nicht sicher, dass sie es war“, fuhr er mit einem Anflug von Panik in der Stimme fort. „Aber ich möchte auch keine unnötigen Risiken eingehen.“

Jane sah zu dem aus roten Ziegelsteinen erbauten Pavillon mit seinen vier weißen Türmchen, die sich dem Himmel entgegenstreckten. Ein wenig erinnerte er an ein Märchenschloss aus alten Zeiten. „Die Gerüchte besagen, dass die Geheimgänge im Pavillon als perfekter Treffpunkt für liebesbedürftige Gäste des Dukes dienen.“

„Ja, Jane“, erwiderte er in einem leicht gönnerhaften Tonfall. „Es würde mich auch wundern, wenn Chloe sich dorthin zurückgezogen hat, um die Baukunst der Maurer zu bestaunen.“

„Augenblick“, sagte Jane plötzlich und schaute ihn argwöhnisch an. „Sie haben mir doch erzählt, Sie hätten sie in ihrem Zimmer eingeschlossen.“

„Ein abgeschlossenes Zimmer ist für einen Boscastle kein

Hindernis“, erwiderte er finster. Das angenehm duftende Gras nahm an einem breiten, gepflasterten Weg ein jähes Ende. „Es ist eine Herausforderung, ein Sprungbrett für gewagte Eskapaden.“

„Sie wirkte auf mich eher wie ein vernünftiges Mädchen“, meinte Jane kopfschüttelnd. „Als wir uns einmal im Findelhaus begegneten, fand ich sie recht sympathisch.“

„Vernünftig?“, schnaubte er. „Man weiß nie, was sich unter der Oberfläche verbirgt.“

Jane verkniff sich eine Antwort darauf. Sie konnte nicht in diese wachsamen blauen Augen blicken, wenn sie ein solches Geheimnis zu verbergen hatte. „Nun … ja … vermutlich nicht.“

„Das ist einer der Gründe, weshalb ich Sie mag, Jane“, sagte Sedgecroft. „Sie sind eine sehr direkte und vernünftige Frau.“

O nein! Wenn er wüsste, wie schlangengleich sie sich ihm gegenüber in den letzten zwei Tagen verhalten hatte.

„Ich wünschte, *Sie* hätten etwas Einfluss auf Chloe“, fügte er dann noch hinzu.

„Ich bin mir sicher, dass sie im Grunde vernünftig ist“, murmelte Jane.

„Das sagen Sie, weil *Sie* vernünftig sind.“

„Hören Sie auf, mich wie den Inbegriff der Vollkommenheit hinzustellen.“ Sie würde noch schreien, wenn er sie weiter mit unverdienten Komplimenten überschüttete. „Das macht mich ganz verlegen!“

„Das ist genau das, was ich meine“, gab er zurück und nickte bestätigend. „Ich kann mich nicht daran erinnern, je einer so ehrlichen Frau begegnet zu sein. Und ich schätze Ehrlichkeit“, fuhr er fort, als habe er seine Meinung noch immer nicht deutlich genug zum Ausdruck gebracht.

„Mir war nicht bewusst, dass eine Eigenschaft wie Ehrlichkeit etwas ist, was ein Mann wie Sie beim anderen Geschlecht bewundern könnte“, gestand sie leise.

„Nun, jedenfalls neben anderen Dingen.“ Sein verruchtes Lächeln ließ keinen Zweifel, welche anderen Dinge er damit meinte. „Vielleicht können Sie meiner Schwester als Vorbild dienen.“

„Ich halte das nicht für eine gute Idee.“

„Es gibt keine andere Frau, an deren Verhalten sie sich orientieren kann. Nicht mehr, seit Emma nach Schottland ging. Ich fürchte, in Sachen Moral bin ich für sie kein sehr gutes Vorbild.“

„Hmm“, machte sie, da sie nichts dagegen sagen konnte.

„Ich kann nicht einfach die Boscastle-Dynastie vor die Hunde gehen lassen“, fuhr er fort, wobei ihm durchaus klar war, dass er sich ihr abermals anvertraute. „Das Problem ist, ich dachte, ich hätte noch einige Jahre ausgelassener Eskapaden vor mir, ehe ich sesshaft werden muss.“

„Wie grausam, dass Ihre Sünden so ein jähes Ende nehmen müssen.“

Als er lachte, war es, als würde der dunkle Klang seiner Stimme lustvoll über ihre Haut gleiten. „Tja, das Leben kann hart sein, nicht wahr?“

Vom gegenüberliegenden Hang drangen die leisen Klänge des Orchesters zu ihnen herüber. Eine Reihe von Weidenbäumen warf ihren Schatten auf die Promenade und verdeckte sie fast völlig. Zwei Delfine aus weißem Marmor flankierten den Eingang zum Pavillon und schickten in hohem Bogen durchscheinende Wasserfontänen in die Luft. Grayson sah sich um. Keiner der Gäste konnte sie hier beobachten.

„Ich hörte, man nennt ihn auch den Lustpavillon“, murmelte Jane. „Ich habe mich immer gefragt, wie es wohl drinnen aussieht.“

„Sie müssen sich nicht länger fragen“, sagte Grayson, während er sie rasch vor sich her ins dämmerige Innere schob. „So.

Ich glaube, niemand hat uns gesehen."

„Sedgecroft, ich bin mir nicht sicher ..."

„Achten Sie darauf, wo Sie hintreten", warnte er sie. Seine Stimme schien von den verwirrenden Schatten fast verschluckt zu werden. „Der Boden ist feucht, und es ist hier drin so düster wie im Hades."

Die Erwähnung des Hades ließ ihr einen Schauer über den Rücken laufen, und ein wenig fühlte sie sich wie Persephone, während sie diesem Mann in die Unterwelt folgte. Wie hatte es nur dazu kommen können? Gestern erst war sie in Gedanken über ihre hart errungene Freiheit vertieft gewesen – und nun? Wer konnte schon sagen, welche Wendungen die Zukunft noch für sie bereithielt? Was musste sie tun, um seinen Plan zu vereiteln, ohne sich selbst zu verraten?

„Wie ich merke, waren Sie schon mal hier", deutete sie ironisch an.

„Ja, aber nur direkt nach der Fertigstellung des Pavillons, als der Duke uns herumführte."

„Uns?"

„Meinen Vater und mich." Er wandte sich ab. „Jane, ich war damals erst drei."

„Wirklich?"

Nach einem Räuspern sagte er: „Vielleicht auch dreizehn."

„Das hatte ich mir doch gedacht. Was könnte Ihre Schwester veranlasst haben, heute herzukommen?"

„Einmal dürfen Sie raten", brummte er und runzelte mürrisch die Stirn.

„Vielleicht hat sie Kopfschmerzen und wollte sich für einen Moment zurückziehen."

Er reagierte ziemlich schroff. „Nur ein Idiot würde eine solche Ausrede glauben. Seien Sie ruhig, Jane. Da kommt jemand."

Fahrig deutete er auf den Gentleman und die Dame, die soeben durch den schmalen Korridor kamen. Beide waren außer Atem und wirkten erschrocken darüber, dass man sie bemerkt hatte.

„Simon!", rief Jane fassungslos aus und blieb stehen.

„Jane?", gab er zurück und riss die Augen auf, als er sie erkannte. „Was machst du denn hier?"

„Ich …"

„Sie hat Kopfschmerzen und wollte sich für einen Moment zurückziehen", sagte Grayson ernst.

„O ja, richtig." Simon nahm den ungehaltenen Blick seiner Schwester überhaupt nicht wahr. „Der Pavillon hilft mir auch immer, wenn ich Kopfschmerzen habe. Am besten stellst du die Füße in eins der Wasserbecken. Wir sehen uns dann draußen, einverstanden?"

„Eine großartige Idee", warf Grayson ein, der Jane aus dem Augenwinkel beobachtete. „Warten Sie am Ende der Promenade auf uns."

„Und das soll mein Aufpasser sein", erklärte sie, während ihr Bruder Sedgecroft freundschaftlich auf den Arm klopfte und dann mit der kichernden Lady Damaris Hill in die entgegengesetzte Richtung verschwand.

„Zumindest wird es so aussehen, als wären wir alle gemeinsam hier gewesen", meinte Grayson kopfschüttelnd. Er deutete auf einen dunklen Gang zu ihrer Rechten. „Ah, das sieht nach einem Ort aus, der sich bestens für einen Moment der Leidenschaft eignet, nicht wahr?"

„Das kann ich nicht beurteilen."

„Nicht?", neckte er sie.

Unschlüssig folgte sie ihm durch einen schmalen Korridor, der überraschend zu einer Reihe tiefer sprudelnder Becken in der Form von Muschelschalen führte.

Sedgecroft drehte sich zu ihr um und betrachtete sekundenlang aufmerksam ihr Gesicht. „Was denken Sie gerade, Jane?"

Sie musste seufzen. Die feuchtschwüle Luft und die Abgeschiedenheit waren ihr offensichtlich zu Kopf gestiegen, denn noch bevor sie sich zurückhalten konnte, erwiderte sie: „Noch nie hat mich ein junger Mann an einen solchen Platz gelockt. Niemals."

„Das glaube ich Ihnen nicht", erklärte er lächelnd. „Ein oder zwei müssen es versucht haben."

Ihr Gesicht fühlte sich warm an, und ihr Kleid klebte durch die Feuchtigkeit eng an ihrem Körper. Bestimmt würde sie jeden Moment tief erröten. „Wirklich nicht. Niemand hat es versucht."

„Dann erlauben Sie", sagte er und hielt ihr seine Hand hin, während rings um ihn herum Dampfschwaden aufstiegen. „Kommen Sie her."

Bei diesem verführerischen Befehl begann ihr Herz schneller zu schlagen. Zu ihrem Erstaunen stellte sie fest, dass sie sich ihm näherte und seiner samtweichen Stimme gehorchte.

„Was wollen Sie?", flüsterte sie und hielt gebannt den Atem an.

„Ihr Wissen vertiefen." Er neigte sich leicht nach vorn, sodass seine blonden Haare ihre Wange berührten. „Da es offensichtlich Defizite gibt, werde ich mir einen Moment Zeit nehmen, um Ihnen eine Erfahrung zu vermitteln, die Ihnen bislang fehlt."

„Sie sind ein wahrer Gentleman."

„Sie müssen mir nicht dafür danken", sagte er mit funkelnden Augen.

Ihr war, als würde sie die Hitze seines Blicks bis in ihre Knochen spüren. „Ich bin davon überzeugt, dass das nicht klug ist."

Mit dem Zeigefinger strich er über ihre Wange und bescherte ihr damit eine Gänsehaut. „Es gibt Zeiten, da muss man klug sein, und Zeiten, da muss man verrucht sein. Was glauben

Sie wohl, welche Zeit dies jetzt ist?"

Der Blick seiner blauen Augen sorgte für eine eigenartige Schwäche in ihren Gliedern, während ihr Herzschlag noch einmal schneller wurde. „Ich glaube … ich …"

In den unergründlichen Tiefen seiner Augen loderte eine verheißungsvolle Flamme, und Jane konnte den Blick nicht abwenden, selbst wenn ihr Leben davon abgehangen hätte. Seine Stimme umschmeichelte sie. „Seien Sie nur ein einziges Mal ein klein wenig verrucht, Jane. Nur für einen Augenblick."

Er zog sie in seine Arme und neigte seinen Kopf. Noch bevor sein Mund ihren berühren konnte, fühlte sie sich desorientiert und schwindlig – wie auf einem Kinderkarussell. Sein Atem strich als verlockende Liebkosung über ihre Kehle. Höllenfeuer, ging es ihr durch den Kopf, während sie den Rücken durchdrückte. *Die Flammen des Verführers, und ich spaziere bereitwillig direkt in sein weiß glühendes Herz.*

Mit seiner Zunge zeichnete er die Konturen ihres Mundes nach, die sinnliche Liebkosung ließ Jane erbeben. Als er spielerisch in ihre Unterlippe biss, wollten ihr fast die Beine wegsacken. Tief in ihrem Inneren regte sich ein wildes Verlangen. Seine Zunge tauchte in ihren Mund ein, und sie musste aufstöhnen. Durch den Stoff seines Hemdes konnte sie sein Herz schlagen spüren, und die Hitze, die sein gestählter Körper ausstrahlte, entfachte in ihr ein Feuer, das sich in ihrem ganzen Körper ausbreitete.

Das war also der Grund, weshalb sich Nigel und seine Gouvernante gegen die Erwartungen der anderen gestellt hatten. Das war der Grund, warum aus einer vernünftigen eine unvernünftige Frau wurde.

„Hm", murmelte er mit belegter, verführerischer Stimme. „Ich hatte keine Ahnung davon, wie gut Sie in verruchten Dingen sind."

„Als hätte ich Ihnen den Weg gezeigt, Sie Dämon!"

Er lachte übermütig, seine Hände schlossen sich fester um sie. Sie war gewitzter, als es für sie selbst und auch für ihn gut war. Niemals würde sie glauben, dass er das nicht geplant hatte. „Sagen Sie, dass ich aufhören soll, dann höre ich auf", wisperte er ihr ins Ohr.

„Nicht … noch nicht."

„Noch nicht?", wiederholte er neckend. „Trägt meine gezierte kleine Taube irgendwo in ihrem Inneren Leidenschaft mit sich herum? Zeigen Sie es mir, Jane. Teilen Sie Ihre Geheimnisse mit mir."

Leise stöhnend drückte er sie gegen die Wand, dabei hielt er ihre Hände fest, sodass sie sie nicht bewegen konnte. Ihr Mund schmeckte wundervoll nach Erdbeeren, ihre Haut glühte vor Erregung. Er fragte sich, ob er jemals zuvor den Lebemann in sich so sehr hatte unterdrücken müssen wie jetzt, jenen Lebemann, der die Verführungen plante und der danach strebte, seinem sexuellen Appetit endlich freien Lauf zu lassen. Es erstaunte ihn, welch schmerzhaftes Verlangen Jane in ihm auslöste.

Wie absurd diese Situation doch war! Da wollte er ihren Ruf retten, aber stattdessen raubte er ihr einen Kuss nach dem anderen. Ein schöner Held war er, nur …

Nur war da auch irgendetwas, was sie mit ihm machte. Was es war, wusste er nicht, ihm war bloß klar, dass er machtlos dagegen war. Er konnte einfach nicht anders.

„Ich möchte Sie verschlingen", flüsterte er.

„Wirklich, Sedgecroft?", murmelte sie und drückte ihre Schultern gegen die Wand, um sich gegen das Gefühl zu behaupten, in ein schwarzes, hitziges Nichts zu stürzen.

„Ich bin verloren", erwiderte er. „Retten Sie mich, Jane?"

„Ich soll Sie retten?" Sie musste seufzen, weil sein Atem ihr einen heißen Schauer über die Haut laufen ließ, bis ihre empfindlichen Brustspitzen gegen den dünnen Gazestoff ihres

Kleids drückten. Ihre Augen spiegelten die Begierde wider, die von ihr Besitz ergriffen hatte. „Ich bin diejenige, die gerettet werden muss", widersprach sie schwach. „Ich fühle mich ..."

„Wunderbarer an als alles, was ich je berührt habe. Meine liebe Jane, glauben Sie keinen Moment daran, Sie könnten nicht begehrenswert sein."

Fasziniert betrachtete sie sein Gesicht, das Gesicht, das sicherlich ihren Niedergang bedeutete. Seine blauen Augen sahen sie mit unverhohlener Sinnlichkeit an. Blau wie der mitternächtliche Himmel – die Farbe der Sünde.

„Schließen Sie die Augen", sagte er belustigt. Langsam fuhr er mit dem Zeigefinger über ihre Unterlippe.

Sie gehorchte ihm, und wieder küsste er sie, nahm begierig ihr begeistertes Keuchen in sich auf, während seine Zunge ihr förmlich den Atem aus dem Leib lockte. Hitze strömte durch ihren Körper, ihre Knie knickten ein, doch sie wurde von seinen kraftvollen Schenkeln weiter gegen die Wand in ihrem Rücken gepresst. So fest sie konnte, schmiegte sie sich an Sedgecroft.

Grayson konnte nicht anders, als darauf zu reagieren, obwohl er wusste, dass Jane längst die Kontrolle über sich verloren hatte. Unwillkürlich drängte er sich fester an sie, bewegte rhythmisch seine Hüften, da er in seiner Fantasie längst in sie eingedrungen war. Er spürte den Schauer, der ihr über den Rücken lief, merkte, wie sich ihre Brustspitzen gegen seinen Oberkörper drückten. Mit den Händen strich er über ihre allzu verlockenden Kurven, ihre Rippen, das zarte Fleisch, das ihn unerbittlich in Versuchung führte. Am liebsten hätte er ihr mit den Zähnen das Kleid vom Leib gerissen.

Ihm kamen nicht sehr viele junge Damen in den Sinn, bei denen er sich schon bei einem Kuss kaum beherrschen konnte. Zwar gaben sich auch andere Frauen hinter verschlossenen Türen ihrer Lust hin, doch Jane verlieh diesem verbotenen Vergnügen eine verlockende Frische.

„Sedgecroft", sagte sie und atmete tief durch.

Er wich ein winziges Stück weit zurück und stieß einen Seufzer aus, der seiner heftigen Sehnsucht Ausdruck verlieh. „Ja?"

„Was machen wir hier?" Ihre Stimme zitterte.

Ursprünglich – so hielt er sich vor Augen – hatte er ihr das Gefühl wiedergeben wollen, eine begehrenswerte Frau zu sein. Sie hatte nicht länger denken sollen, dass Nigels Zurückweisung sie für andere Männer unattraktiv werden ließ.

Den Beweis dafür hatte er in einem demütigenden Maß erbracht. Sein eigener Körper glühte, das Blut kochte in seinen Adern, und die Lust, die er verspürte, übertraf alles Dagewesene. War es denkbar, dass Lady Jane unter der Schale des Anstands einen Hauch Verderbtheit versteckt hielt? Nein! Er verwarf diesen provokanten Gedanken gleich wieder. Derart düstere Gelüste waren Männern von seinem Schlag und seinen üblichen Geliebten vorbehalten, sie fand man nicht bei jungen Frauen von tadellosem Ruf. Es war zu schade – für ihn genauso wie für sie.

Ihr gedämpftes Flüstern brach den Zauber des Augenblicks. „Ich glaube, ich höre von oben Stimmen. Hören Sie."

Er legte den Kopf schräg und runzelte voller Selbstverachtung die Stirn. Großer Gott! Durch Jane hatte er Chloe völlig vergessen. „Ich glaube, Sie haben recht. Und wenn ich mich nicht irre, gehört eine dieser Stimmen meiner Schwester."

Jane strich ihr Kleid glatt, doch sie war noch viel zu aufgewühlt, um irgendwem gegenübertreten zu können. Noch nie in ihrem ganzen Leben hatte sie so viele beunruhigende Gefühle zugleich wahrgenommen. Sie benötigte etwas Zeit, um sich zu fassen.

„Beeilen Sie sich!", drängte er und griff nach ihrer Hand. Mit einem Mal strahlte er wieder seine gewohnte Arroganz aus. „Das ist ein entscheidender Moment."

„Ich höre niemanden um Hilfe rufen", flüsterte sie verärgert.

„Darum ist der Moment ja so entscheidend", gab er zurück und zog sie hinter sich her zu einer schmalen, von Fackeln erhellten Treppe. „Schweigen lässt auf Hingabe schließen."

„Das werde ich mir merken."

Über die Schulter warf er ihr einen raschen Blick zu. Er bezweifelte, dass ihr klar war, wie dicht er davor gestanden hatte, sie zu nehmen. „Ich wollte damit nicht *Ihr* Verhalten kritisieren. Wir wissen beide, Sie sind klug genug, um zu sagen, wann Schluss ist."

„Tatsächlich?", gab sie verhalten zurück, als sie hinter ihm in eine gemütliche Kammer gelangte, die so klein war, dass sie nur Platz bot für einen Offizier in einer blauen Militärjacke und Reitstiefeln sowie für eine vertraut wirkende, dunkelhaarige Frau, die so saß, dass ihr Kopf an seiner Schulter ruhen konnte.

„Verzeihung", sagte Grayson mit beherrschter Stimme, die in der Stille nachhallte. „Stören wir?"

Der Soldat sprang auf und sah mit ängstlicher Miene den großen, kräftigen Mann an, der sich vor ihm aufgebaut hatte. „Mylord, lassen Sie mich bitte erklären."

„Ich verstehe auch so genau, was hier abläuft", gab Grayson zurück und schob den entsetzten jungen Lieutenant aus dem Weg, als sei der nichts weiter als eine Fliege. „Außerdem sprach ich mit meiner missratenen Schwester."

Chloe erhob sich elegant, ihr Gesicht bekam etwas mehr Farbe, als sie hinter ihrem Bruder Jane bemerkte. „Was machst du hier, Grayson?"

„Was machst *du* hier?"

„Können wir später darüber reden?", fragte sie ruhig. Ihre Stimme war sowohl reumütig als auch aufsässig.

Der Offizier versuchte, sich zwischen die Geschwister zu stellen, doch Chloe drängte ihn zurück, sodass er auf die Récamiere niedersank, ehe Grayson ihm einen Schlag versetzen konnte. „Lass mich das regeln, William."

„Ich möchte nicht, dass du bestraft wirst", sagte er, schluckte aber, als Grayson einen Schritt in seine Richtung machte.

Jane bahnte sich ihren Weg um Grayson herum und setzte sich zu dem anderen Mann. „Sprechen Sie ihn ja nicht noch einmal an", flüsterte sie ihm zu. Diese Seite von Sedgecroft war so ganz anders als alles, was sie bei ihm bislang beobachtet hatte. Welch ein Temperament!

„Aber ich möchte sie heiraten", gab der Offizier zurück, der nervös mit seiner Mütze spielte. „Ich will ihn um Erlaubnis fragen."

Jane musste unwillkürlich lächeln bei so viel romantischem Mut. Der arme Narr hatte angesichts von Graysons Wut gar keine Chance. „Wie lange kennen Sie sich?", fragte sie mit gedämpfter Stimme.

„Seit ein paar Tagen." Voller Bewunderung sah er zu Chloe. „Ich habe bei keinem anderen Menschen jemals so empfunden wie bei ihr. Verstehen Sie, was ich meine?"

„Nun …" Janes Blick wanderte zum Marquess. Ihr Körper war noch immer von angenehmer Wärme erfüllt. Verstand sie es? Konnte man sein Herz verlieren, ohne es zu bemerken? Hatte man irgendeine Kontrolle darüber, oder geschah so etwas einfach?

Grayson und Chloe stritten sich unterdessen auf das Heftigste und ließen ihren Gefühlen dabei freien Lauf. Grayson drohte, Chloe aufs Land zu ihrer Tante und ihrem Onkel zu schicken, wenn sie sich nicht endlich benahm. „Tu es doch", gab sie zurück. „Ich habe ohnehin kein Leben, wenn du mir Tag und Nacht bei jedem Schritt über die Schulter schaust!"

Jane wusste nicht, auf wessen Seite sie sich stellen oder ob sie sich überhaupt einmischen sollte. Grayson lief aufgebracht hin und her, während er seiner Schwester eine Strafpredigt hielt.

Chloe war entweder sehr mutig oder sehr dumm, dass sie es wagte, ihm zu trotzen. Er schien fähig, seine Drohung in die Tat umzusetzen, sodass sich Jane zu dem jungen Lieutenant hinüberbeugte und ihm zuflüsterte: „An Ihrer Stelle würde ich von hier verschwinden, solange noch die Gelegenheit dazu besteht. Er ist äußerst wütend."

„Glauben Sie, Chloe würde es verstehen?"

Nach Janes Einschätzung war die aufbegehrende Chloe viel zu durcheinander, um zu wissen, was sie überhaupt wollte. „Ich glaube, sie kann diese Situation allein viel besser entschärfen", sagte sie leise. „Und ich glaube, sie möchte nicht Ihren Tod auf dem Gewissen haben, nur weil Sie sie verteidigen wollen."

Der Mann stand auf und suchte nach dem sichersten Weg, der ihn von den beiden streitenden Geschwistern fortführte. „Dann werde ich Ihren Ratschlag annehmen." Er schaute sie an, als würde er sie zum ersten Mal richtig wahrnehmen. „Wie selten man doch einer Frau wie Ihnen begegnet, die schön und zugleich vernünftig ist. Darf ich darauf rechnen, dass Sie Lady Chloe meine Entschuldigung weitergeben?"

„Gehen Sie", erwiderte Jane nur. „Der Marquess ist zweimal so groß wie Sie." Und mindestens zehnmal so beeindruckend.

Der Offizier nahm die Treppe nach unten, ohne dass sie ihn noch ein weiteres Mal dazu auffordern musste. Es geschah keine Sekunde zu früh, da Grayson in diesem Moment seine wütende Tirade beendet hatte. Chloe stand da und sah die Wand an, die Arme vor der Brust verschränkt, in den blauen Augen nicht vergossene Tränen der Demütigung.

Dass sich der junge Mann so Hals über Kopf in die schwarzhaarige Chloe verliebt hatte, überraschte Jane keineswegs. Alle Boscastles schienen jeden Moment ihres Lebens voller Leidenschaft zu leben, und offenbar beeinflusste das alle Menschen, denen sie begegneten.

Es handelt sich wirklich um eine sehr leidenschaftliche Familie, fand Jane, als sie zu Grayson sah. Sein wütender Blick begegnete ihrem, und die ungestümen Gefühle, die sie in diesen Augen entdeckte, ließen ihr Herz einen Satz machen. Sie wagte es nicht, auch nur ein Wort zu sagen, da sie fürchtete, er könne explodieren.

Sie konnte ihm sicher einiges vorwerfen, aber sie musste ihn loben, dass er sich so schützend vor seine Schwester stellte, auch wenn er es ein wenig übertrieben hatte. Vermutlich war jeder seiner Charakterzüge von seiner überschäumenden Lebenslust geprägt.

Das machte ihn zweifellos zu einer Herausforderung.

„Wo ist unser Verführer hin?“, wollte er wissen, als sein Blick auf den leeren Platz neben Jane fiel. Er schien enttäuscht, dass er niemanden zur Rechenschaft ziehen konnte.

„Ihm fiel ein, dass er noch einen Termin wahrnehmen muss“, antwortete sie ruhig.

„Sein Glück, sonst hätte er seinen nächsten Termin mit dem Totengräber vereinbaren dürfen“, sagte er mit schallender Stimme.

Jane räusperte sich. „Beruhigen Sie sich, Mylord. Er ist gegangen.“

Auf einmal wirbelte Chloe herum und sah mit Tränen in den Augen Jane an. „Was sucht *sie* nach gestern eigentlich hier? Grayson, sag nicht, du hast sie zu deinem nächsten Opfer auserwählt. Das ist wieder mal so typisch für dich, dass ich es nicht ertrage!“

Langsam erhob sich Jane. Sie hatte dabei das ungute Gefühl, dass ihr Gesicht einen intensiven Rotton aufwies. „Es gibt dafür eine völlig logische Erklärung."

„Die Chloe nicht zu hören bekommen wird", fiel Grayson ihr ungehalten ins Wort. „Tatsache ist, du hast dich meiner ausdrücklichen Anweisung widersetzt, Chloe. Gestern Abend und heute hat dein Verhalten gezeigt, dass du über keinerlei Urteilsvermögen verfügst. Keine anständige Frau würde sich in einem Pavillon mit einem Mann erwischen lassen!"

Jane riss den Mund ungläubig auf. Hatte sie das gerade richtig verstanden?

„Such den nächstbesten Diener und lass die Kutsche nach vorn bringen, Chloe", forderte er sie ernst auf. Die Hände hatte er in die schmalen Hüften gestützt. „Du hast genug Abenteuer für einen ganzen Monat erlebt."

Chloe ging um ihn herum und warf Jane einen mitfühlenden Blick zu. „An Ihrer Stelle würde ich davonrennen und mich nicht noch einmal umsehen."

„Die Dame ist nur hier, um deine Tugend zu beschützen", stellte er mit eisiger Stimme klar. „Beleidige sie niemals wieder."

„Es ist wahr, Grayson", redete sie weiter und straffte die Schultern. „Jane ist eine anständige junge Dame, die keine Ahnung hat, was aus ihr werden wird, wenn du erst mal entschieden hast, wie …"

„Das reicht, Chloe." Seine Augen glühten vor Zorn.

„Es ist wahr", beharrte sie trotzig.

Jane schüttelte den Kopf, da ihr beide leidtaten, und sah zu Boden. „Hören Sie auf damit, Sie beide. Sie sind viel zu aufgebracht, um auch nur einen klaren Gedanken fassen zu können."

„Fliehen Sie vor ihm, Jane", flüsterte Chloe ihr zu und wischte sich mit dem Handschuhrücken über die Wange.

Seine Miene verfinsterte sich. Jane hatte das Gefühl, dass er genauso verärgert war wie seine Schwester, wusste aber nicht, was sie dagegen tun sollte. Zwei Menschen mit unbändigem Temperament – und sie stand genau dazwischen. „Diesmal hast du mich wirklich an den Rand meiner Beherrschung getrieben“, murmelte er Chloe zu.

„Es tut mir leid“, sagte sie zu Jane und berührte deren Hand. „Es tut mir leid, dass ich Sie beleidigt habe. Aber noch mehr bedauere ich, dass Sie irgendwie in die Fänge meines Bruders geraten sind.“

„Chloe!“, brüllte er sie an.

Unverhofft rannte sie um ihn herum und stürmte die Treppe hastig nach unten, sodass ihre Schritte im Pavillon nachhallten. So bestürzt sah Grayson ihr nach, dass Jane ihn bedauert hätte, wäre er mit der Situation besser umgegangen.

9. KAPITEL

Grayson fuhr sich durchs Haar und machte einen etwas verlegenen Eindruck, nachdem die Konfrontation vorüber war. „Hm, was war das für eine Szene", sagte er in dem Bemühen, scherzhaft zu klingen. „Ist euch jungen Frauen eigentlich klar, welcher Einsatz erforderlich ist, um euch vor Schwierigkeiten zu beschützen?"

„Oh, ist das für Männer wie Sie denn mühsamer, als uns in diese Schwierigkeiten zu bringen?"

Er stutzte. „Was soll das heißen?"

„Nichts. Überhaupt nichts."

„Sagen Sie", fuhr er argwöhnisch fort, „verteidigen Sie auch noch meine leichtsinnige Schwester?"

„Ich weiß nicht." Sie biss sich auf die Lippe, damit sie ihm nicht sagte, dass er sich wie ein Tyrann aufgeführt hatte.

„Aber ja, das tun Sie!" Er war völlig verblüfft. „Oder etwa nicht?"

„Schon gut", gab Jane zurück. „Sie haben recht, ich bin auf Chloes Seite."

„Wieso?"

Sie ging an ihm vorbei zur Treppe und fühlte sich geschmeichelt, dass es ihn tatsächlich interessierte, was sie dachte – auch wenn sie denkbar ungeeignet war, wenn es darum ging, eine ehrliche Meinung zu äußern.

„Sie sind ziemlich grob mit Chloe umgesprungen, oder finden Sie nicht?", sprach sie über die Schulter zu ihm. „All dieser Unsinn, ich sei nur hier, um ihre Tugend zu beschützen. Und Ihre Drohungen, sie aufs Land zu schicken. Sie haben uns allen eine schreckliche Angst eingejagt."

Sedgecroft machte einen Schritt auf sie zu. Seine Wut bezog sie nun auch auf sie, doch es war eine beherrschte Wut. „Vergeben Sie mir, Jane", erklärte er kühl, „dass ich versucht habe, meine eigene Schwester daran zu hindern, sich selbst Schande zu bereiten."

„Ich finde einfach, Sie hätten die Angelegenheit eine Spur taktvoller handhaben können", gab sie zurück, entschlossen, nicht nachzugeben. Im nächsten Moment zögerte sie jedoch, als sie den verlorenen Ausdruck in seinen Augen sah, der ihr Herz anrührte. Wie konnte man einen Mann verurteilen, wenn er versuchte, für seine Geschwister Vater und Mutter zugleich zu sein, und dieser Aufgabe nicht gewachsen war?

„Ich sorge mich um sie, Jane", räumte er ein. „Ich stand ihr so nah, bevor unser Vater starb. Doch seitdem kommt es mir so vor, als würde ich sie überhaupt nicht kennen."

„Vielleicht geht es ihr nicht anders", gab Jane zu bedenken.

„Wie meinen Sie das?"

„Nun, vielleicht kennt sie sich selbst nicht mehr, Grayson. Womöglich sollten Sie ihr etwas mehr Freiheit gewähren."

„Jane, ich glaube, Sie sind diejenige, die die Situation nicht versteht", entgegnete er ernst. Er legte seine Hand um ihr Kinn und hob ihren Kopf an, während er sie mit dem Daumen sanft streichelte. „Würden Sie sich dabei erwischen lassen, wie Sie einen Mann küssen, den Sie kaum kennen?"

Seine Berührung ließ abermals ihren ganzen Körper beben. Langsam atmete sie ein. „Bis gestern hätte ich diese Frage sehr überzeugend beantworten können. Sedgecroft, Sie sind ein solcher Heuchler."

Verwundert sah er sie an: „Bin ich das?"

„O ja."

Er klang verlegen und amüsiert zugleich. „Das bin ich nicht."

„Doch, das sind Sie. Was glauben Sie, was *wir* noch vor ein paar Minuten da unten gemacht haben? Oder ist ein solch unüberlegtes Verhalten Ihnen bereits so in Fleisch und Blut übergegangen, dass Sie es gar nicht mehr bemerken?"

„Natürlich habe ich diesen Augenblick nicht vergessen", sagte er und kam ihr noch ein Stück näher. „Und ich glaube, Sie haben ihn auch nicht vergessen. Das war schon was, nicht wahr?"

„Würden Sie bitte nicht vom Thema ablenken? Es gehört zu einer höflichen Unterhaltung, dass man beim Thema bleibt."

Er verzog den Mund zu einem Grinsen, bei dem ihr das Herz stockte und das schon willensstärkere Frauen als Jane hatte schwach werden lassen. „Waren nicht Küsse das Thema?"

Zwar nahm er seine Hand von ihrem Kinn, doch sein sinnlicher Mund war auch weiterhin nur einen Atemhauch entfernt. Seine Anziehungskraft war verwirrend. „Dies ist ein Ablenkungsmanöver Ihrerseits, um mich vom eigentlichen Thema abzulenken."

„Ach ja? Und wie lenke ich Sie ab, wenn ich fragen darf?"

„Das eigentliche Thema ist", sagte sie mit Nachdruck, während sie innerlich darum flehte, der Versuchung widerstehen zu können, die der Anblick seiner Lippen für sie darstellte, „die Tatsache, dass Sie und ich uns der gleichen Sünde schuldig gemacht haben, die Sie Chloe und ihrem Offizier vorwerfen."

So, sie hatte es geschafft. Sie hatte ausgesprochen, was ihr auf dem Herzen lag, und gleichzeitig war sie standhaft geblieben, auch wenn sie das viel Kraft kostete. Sollte er doch jetzt ihre logische Schlussfolgerung widerlegen!

„Da besteht ein großer Unterschied", konterte er hochtrabend.

„Und was bringt Sie zu dieser überraschenden Erkenntnis?"

Seine Gelassenheit konnte einen zur Raserei bringen. „Zum einen übernehme *ich* die volle Verantwortung für meine Verfehlungen. Auch wenn allgemein eine andere Ansicht vorherrscht, ist es nicht meine Gepflogenheit, jede Frau zu verführen, die mir über den Weg läuft."

„Sind Sie etwa ein Schuft, der im Zölibat lebt?"

„Nein, sondern ein wählerischer“, gab er zurück. „Ich verstehe nicht, warum sich jedermann so sehr für meine wenigen Indiskretionen interessiert.“

„Immerhin brachten Sie zwei Ihrer früheren Geliebten zu meiner Hochzeit mit!“

„Aber hat irgendjemand gesehen, dass diese Frauen in meinen Armen lagen?“

„Natürlich nicht. Wir befanden uns schließlich auch in einer Kapelle.“

„Na bitte. Niemand hat irgendeinen Beweis vorgebracht, dass ich ein verkommenes Subjekt bin.“

„Nur weil die zivilisierte Welt Angst hat, Sie mit Ihren Sünden zu konfrontieren, bedeutet das nicht, dass Sie von ihnen freigesprochen sind.“

„Wo ist der Beweis, Jane?“ Sein tiefes Lachen ließ ihr eine Gänsehaut über den Rücken laufen. „Wo sind die Zeugen?“

„Darum geht es hier gar nicht“, hielt sie dagegen. Längst hatte sie gemerkt, dass es ihm gelungen war, das Gespräch in eine andere Richtung zu lenken. „Wenn Sie wollen, dass Chloe sich anständig benimmt, dann genügt es nicht, ihr Vorträge zu halten oder ihr zu drohen. Sie müssen mit gutem Beispiel vorangehen.“

„Deshalb helfe ich Ihnen doch, Jane. Deshalb will ich doch den Skandal ungeschehen machen, den mein Cousin Ihnen beschert hat! Ich will meiner Familie zeigen, wie sich ein Boscastle zu verhalten hat.“

„Und dazu gehört es auch, mich im Pavillon zu küssen?“

„Schon gut, ich gebe es ja zu. Das war ein kleiner Schlenker auf dem Weg, der zu meinen lauteren Absichten führt. Hat es Ihnen Schmerzen zugefügt?“

„Ach, hören Sie auf.“

Er musste lächeln. Er wollte Jane helfen, sie heilen. Sie war eine ungewöhnliche Frau, vermutlich zu eigensinnig, als dass

Nigel sie hätte bändigen können. Ob sich ihr Selbstbild durch Nigels Betrug verändert hatte? In seinen Armen hatte sie sich wehrlos und zerbrechlich angefühlt, doch ihr Verstand war alles andere als wehrlos. Sie verfügte über geheime Waffen, die einen Mann zu Fall brachten, noch bevor er einen schützenden Schild vor sich halten konnte. Es würde lange dauern, bis sie wieder jemandem vertraute. Würde sie ihm vertrauen? Das konnte Grayson noch nicht mit Gewissheit sagen.

„Ich hätte Sie tagelang küssen können", murmelte er bedauernd. Während er mit dem Daumen den Schwung ihres Wangenknochens nachzeichnete, musste er den Kopf schütteln. „Es würde Ihnen doch nichts ausmachen, oder?"

Die Berührungen drangen bis tief unter ihre Haut vor und setzten sich mit einem wohligen Zittern bis in alle Gliedmaßen fort. „Tagelang? Ist das nicht ein wenig übertrieben?"

Er lachte leise, während seine Finger von ihrem Hals bis hin zu ihrer Schulter wanderten. „Sogar Monate oder Jahre."

Ihr Atem stockte, als seine Mantelknöpfe bei dieser Bewegung über ihre Brüste strichen. Seine Finger beschrieben eine Spirale auf ihrer Schulter, seine Berührungen einzig dazu angetan, zu obsiegen und den Körper einer Frau willenlos zu machen. Jane musste einsehen, dass sie nicht stärker war als andere Frauen, wenn es darum ging, sich der Lebenslust eines Boscastle zu widersetzen.

„So zarte Haut", wisperte er. „Ich glaube, ich habe noch nie eine solche Versuchung empfunden. Seit dem Augenblick, da ich Sie vor dem Altar stehen sah, bin ich nicht mehr ich selbst. Plötzlich fühle ich mich unsicher, unsicher in meinen Handlungen und meinen Worten. Zudem weiß ich nicht, welche Erwartungen als Familienoberhaupt in mich gesetzt werden. Es ist mir nicht einmal klar, ob Sie mir überhaupt noch vertrauen sollten, Jane."

Fast berührte sein Mund den ihren. Sie fühlte seinen warmen Atem auf ihren Lippen ebenso wie die Kraft, die sein schlanker Körper ausstrahlte. Verlangen regte sich an ihren geheimsten Stellen. Wie leicht ich mich doch verleiten lassen könnte, überlegte sie. Wie sehr er sie in Versuchung führte, wenn er seine Gefühle mit ihr teilte. Nur von Unsicherheit war keine Spur zu entdecken.

Sie musste schlucken. „Schwebt Ihnen das hier vor, wenn Sie ein gutes Beispiel sein wollen?"

„Ja." Er verzog den Mund zum Ansatz eines Lächelns.

„Wie bitte?"

„Wären wir Chloe und ihr Offizier", erklärte er leise, ohne den Blick von ihr abzuwenden, „dann säßen wir immer noch auf diesem Sofa, und Sie würden mich nicht ausfragen. Stattdessen würden wir uns vielleicht schon lieben."

Sie senkte den Blick und fragte sich, ob er diesen Unsinn wirklich glaubte. Ihr eigener Körper schien genau das zu tun, wenn sie nach dem donnernden Schlagen ihres Herzens ging. „Ich denke nicht …"

„Ganz genau", flüsterte er. „Ganz gewiss würden Sie gar nichts denken, Jane. Und Sie würden sich auch nicht mit mir unterhalten. Sie wären viel zu sehr damit beschäftigt, mir zu gestatten, Ihnen zu Gefallen zu sein."

Ihr Blick wanderte wieder nach oben und fiel auf sein kantiges Gesicht. Seine Miene, die eben noch Belustigung und damit eine ganz eigene Schönheit gezeigt hatte, war nun von einem tiefen Verlangen geprägt. Ob er seine Worte ernst meinte oder ob er einfach nur wiederholte, was er bei einer früheren Verführung erfolgreich gesprochen hatte, wusste sie nicht. Ihr war nur eins vollkommen klar: Sie wollte ihn so unbedingt küssen, dass die Begierde durch jede Ader jagte. Unwillkürlich öffnete sie die Lippen und drückte ihre Brüste leicht gegen seinen muskulösen Oberkörper.

„Nein", gab sie zurück und klang dabei ganz wie eine anständige junge Dame, die verzweifelt versuchte, Vernunft zu bewahren. „Sie irren sich."

Seine Nasenflügel blähten sich auf, als würde er ihr Verlangen wittern. „Wirklich?", fragte er leise.

Als seine Lippen ihre berührten, kam das einer Explosion von Gefühlen gleich, die Jane genauso intensiv erleben musste wie er selbst. Er spürte, wie ihre Knie weich wurden und sie zu Boden zu sacken drohte. Tonlos fluchend bekam er ihre Arme zu fassen, ehe sie fallen konnte. Jener Teil seines Gehirns, der von seiner Erregung noch unbeeinflusst geblieben war, ließ ihn erkennen, dass er von seinem Plan abwich. Er musste aufhören, bevor er mehr Schaden anrichtete, als er überhaupt hatte wiedergutmachen wollen. Bisher hatte er nie begriffen, dass auch die besten Absichten erhebliche Probleme nach sich ziehen konnten.

Widerwillig wich er zurück und sagte mit bedauerndem Tonfall: „Und genau darin liegt der Unterschied."

Jane musste mit sich kämpfen, um wenigstens einen Anschein von Normalität zu wahren. Sie kam sich vor wie eine reife Frucht, die man vom Baum gepflückt und dann achtlos weggeworfen hatte. Nein. Ja. Ja! „Der Unterschied?", wiederholte sie verwirrt. „Ah, ich verstehe. Sie meinen den Unterschied zwischen Chloe und ihrem Offizier und uns."

Ihre Stimme bebte leicht, aber fiel es ihm auf? Sie zitterte, aber bemerkte er es? Oh, natürlich bemerkte er es. Immerhin hatte er diese peinliche Erregung verursacht, und jetzt stand er da, als würde ihn nichts davon kümmern.

„Der Unterschied zwischen ihnen und uns", fuhr er leicht überheblich fort, „liegt im Charakter."

Jane ging an ihm vorbei, um die restlichen Stufen zurückzulegen. Dabei klammerte sie sich an der Wand fest, weil sie Halt brauchte. Wie konnte er nur vom Charakter reden, wenn sie sich Augenblicke zuvor allein von ihren niedersten Instinkten hatten leiten lassen? Die Steine, aus denen dieser Pavillon gebaut worden war, mussten mit einem magischen Trank versetzt worden sein. Jane hoffte, draußen wieder einen klaren Kopf zu bekommen.

„Wir verhalten uns diskret", erklärte er, während er ihr folgte. „Chloe hat sich mir widersetzt und mich getäuscht, um sich heute mit diesem Mann zu treffen. Ich könnte mir nicht vorstellen, dass Sie jemals so etwas tun würden – oder sich in ein Täuschungsmanöver verstricken lassen. Könnten Sie sich das vorstellen, Jane?"

Sie murmelte hastig eine ausweichende Antwort, dann eilte sie aus dem Pavillon, ehe er zu einer Erwiderung ansetzen konnte. Sie verschloss ihre Ohren vor seiner Stimme und konzentrierte sich einzig und allein auf den Gedanken an ihre eigene Verdammnis, die ohne Zweifel in naher Zukunft bevorstand.

Er konnte sich nicht vorstellen, dass sie in ein Täuschungsmanöver verstrickt war.

Niemals durfte er die Wahrheit erfahren!

Grayson war von dem Zwischenfall nicht so unbeeindruckt geblieben, wie er vorgab. Er begleitete Jane aus dem Pavillon und beobachtete sie schweigend.

Wer hätte gedacht, dass die angesehene Lady Jane ihn in seinen Grundfesten erschüttern würde? Er überlegte, wie sie darüber dachte und ob sie überhaupt ahnte, welch entwaffnende Wirkung sie auf ihn hatte und wie sehr ihn die Situation faszinierte. Sie musste das bestgehütete Geheimnis der Gesellschaft sein. Welche Überraschungen hatte sie wohl noch zu bieten? Niemals zuvor war er innerhalb so kurzer Zeit so erregt und zugleich so gehörig zurechtgewiesen worden wie heute. Er schüttelte den Kopf, blinzelte ins Licht und ließ ihre in Rosa gehüllte Gestalt dabei nicht eine Sekunde aus den Augen.

Er musste daran denken, wie süß ihre Lippen geschmeckt hatten, wie sanft und hingebungsvoll sich ihr Körper angefühlt hatte. Sah man sie jetzt – so würdevoll und sittsam –, käme niemand auf den Gedanken, dass sie so reagieren könnte. Er würde alles geben, nur um zu wissen, auf was er gestoßen wäre, hätte er noch ein wenig tiefer graben können. Was für ein denkbar unerfreulicher Moment für ihn, dass er ausgerechnet jetzt sein Gewissen hatte entdecken müssen.

Als er sich umsah, stellte er beruhigt fest, dass Simon und Damaris am Ende der Promenade standen und auf sie warteten. Wenigstens war so der Anstand gewahrt, niemand konnte ihm und Jane etwas vorwerfen. Bei Chloe wiederum war das etwas anderes.

Am Ende des Wegs angekommen, blieb er stehen, um mit Jane zu reden. War er wirklich ein Heuchler? Ihr Vorwurf schmerzte ihn – wohl weil sie damit recht hatte. „Kann ich Sie für ein paar Minuten allein lassen?", fragte er beunruhigt. „Ich möchte nur Gewissheit haben, dass Chloe wirklich auf dem Heimweg ist."

Ihre Blicke trafen sich, und allein das genügte, um sein Herz wieder schneller schlagen zu lassen. Das leichte Rot ihrer Wangen stand ihr gut, und sie wirkte nicht ganz so würdevoll und anständig, wie er eben noch gedacht hatte. „Jane", sprach er sie an. „Ist alles in Ordnung mit Ihnen?"

„Natürlich ist mit mir alles in Ordnung. Warum auch nicht?"

Ihre knappe Erwiderung ließ ihn lächeln. Selbst wenn sie sich Mühe gab, gefasst zu erscheinen, wusste er, dass er ihr etwas zum Nachdenken gegeben hatte. So intelligent sie auch war, fehlte es ihr in gewissen Dingen einfach an Wissen. Was hatten sie und Nigel in all den Jahren bloß gemacht? Offensichtlich nicht geküsst, so viel stand fest. So absurd das auch war, gab dieser Gedanke doch seiner Laune Auftrieb, aber in

Zukunft würde er sich in ihrer Gegenwart sehr zusammenreißen müssen.

„Begleiten Sie Ihren Bruder“, wies er sie freundlich an, während er über ihren Kopf hinweg die Gäste beobachtete, die sich auf dem Rasen tummelten. „Er soll auf Sie aufpassen, bis ich wieder da bin.“

„Etwa weil er bislang als mein Begleiter schon so hervorragende Arbeit geleistet hat?“

Er wandte sich wieder ihr zu. „Vielleicht sollten Sie auf ihn aufpassen. Sie scheinen verantwortungsbewusster zu sein als er.“

„Nicht in allen Dingen“, murmelte sie.

„Was im Pavillon geschah, war nicht Ihr Fehler, sondern meiner.“

„Trotz allem“, erwiderte sie mit gesenkter Stimme, „ist es mir nicht möglich, Ihnen über längere Zeit böse zu sein. Ich nehme an, es wäre vergeblich, einen Mann korrigieren zu wollen, der von sich glaubt, der ganzen Welt überlegen zu sein.“ Sie hielt inne und seufzte ärgerlich. „Gehen Sie schon und vertragen Sie sich mit Ihrer Schwester. Mir passiert bestimmt nichts. Aber versuchen Sie, Ihrem Temperament Einhalt zu gebieten.“

„Dem Boscastle-Temperamt Einhalt zu gebieten ist schon unter normalen Bedingungen schier unmöglich“, entgegnete er und führte sie zurück auf den Weg. „Am Weihnachtstag muss man sich in unserer Familie an den Kronleuchter hängen, wenn man von den anderen wenigstens für einen Augenblick zur Kenntnis genommen werden will.“

„Das habe ich auch von Nigel gehört.“

Sie waren am Rasen angekommen, die Frühstückstische standen nur ein kleines Stück von ihnen entfernt. Simon und Damaris gingen langsam weiter, während Grayson mit zornigem Blick zu einer Gruppe junger Kerle schaute, die so taten, als würden sie Jane nicht anstarren. Was sein Entschluss, ein besserer Mensch zu werden, nur aus ihm gemacht hatte! Nun beschützte er junge Frauen vor jenen Spielchen, die er bislang selbst perfekt beherrscht hatte und die er jetzt zu gern mit Jane spielen würde.

„Eine Sache noch“, sagte er zögernd. „Mir fällt auf, wie oft die Sprache auf Nigel kommt. Das ist nur verständlich, aber ich glaube, Sie sollten sich mit dem Gedanken vertraut machen, dass er womöglich gar nicht mehr zurückkehrt, wenn Sie bis zur nächsten Woche nichts von ihm hören.“

„Dessen bin ich mir bewusst“, erklärte sie, wich dabei aber seinem Blick aus. „Ich habe mich beinah damit abgefunden.“

„Es gibt keinen Grund, sich mit irgendetwas abzufinden.“ Vielleicht war er zu direkt gewesen. „Wir finden für Sie bestimmt einen anderen Ehemann.“

„Aber ich will keinen … oh, sehen Sie! Das ist meine Freundin Cecily, dort hinten am letzten Tisch. Sie winkt mir zu. Bei ihr dürfte ich doch wohl sicher genug aufgehoben sein.“

Sicher genug vor … mir, fragte er sich mit einem ironischen Lächeln auf den Lippen. Hatte er ihr einen Schreck eingejagt? Würde sie ihm verzeihen können? Vielleicht war es sogar besser, wenn sie das nicht tat. Die Gefühle, die sie in ihm weckte, waren so ungewohnt, dass sie mehr darstellten als bloß eine Herausforderung seiner Selbstbeherrschung.

Sie war entschwunden, bevor er etwas sagen konnte. Nachdenklich sah er zu, wie sie von einer Gruppe junger Frauen freudig aufgenommen wurde. Einen Moment lang fühlte er sich versucht, ihr zu sagen, sie solle vorsichtig sein, doch sie war zuvor schon für Chloe eingetreten, ohne dass ihr etwas zugestoßen war. Ein weiteres Mal musste er sich über Nigels Dummheit wundern, der sie einfach hatte am Altar stehen lassen. Jane steckte voller Geheimnisse, die diesem Trottel offenbar nicht aufgefallen waren.

10. KAPITEL

Wieder ging ihr diese alte Redewendung „vom Regen in die Traufe“ durch den Kopf. Sie fühlte sich von dem Erlebnis mit Sedgecroft nach wie vor ein wenig benommen, und nun wurde sie gleich von vier sehr geschwätzigen jungen Frauen in Beschlag genommen. Insgeheim fragte sie sich, ob eine von ihnen eine Vorstellung davon hatte, wie heiß sich ihr Gesicht anfühlte, und ob sie ihr ansehen konnten, dass ihre Lippen noch immer von seinen Küssen zitterten.

Natürlich wussten sie alle, was ihr am Vortag widerfahren war. Ihre beste Freundin Cecily Brunsdale, Tochter eines Viscounts, war eine ihrer Brautjungfern und damit Augenzeugin des Geschehens gewesen. Welche Reaktion Jane von den anderen zu erwarten hatte, konnte sie nicht sagen.

Mitgefühl? Peinliche Verlegenheit? Oder würden sie einfach vortäuschen, der grässliche Zwischenfall habe sich nie ereignet?

Allerdings hatte sie nicht damit gerechnet, dass die fehlgeschlagene Hochzeit lediglich flüchtiges Interesse auslöste. Zwar war den jungen Frauen das gestrige Ereignis Mitleid und ein wohlmeinendes, aber unsicheres Lächeln wert, doch nach kurzer Zeit hatten sie sich einem neuen Thema zugewandt. Viel wichtiger erschienen den vier Frauen nämlich die Details dieser völlig überraschenden Romanze mit dem weithin bewunderten Marquess of Sedgecroft.

„Eine Romanze?“, sagte sie verwirrt, als die vier sie mit Fragen bestürmten. Nun war ihr Gesicht bestimmt feuerrot. „Wie kommt ihr auf die Idee, ich hätte eine Romanze mit ihm?“

„Was sollte es anderes sein?“, erwiderte eine von ihnen leise.

„Eine Frau muss nur den Raum betreten, in dem sich Sedgecroft aufhält, und fällt sofort seinem Charme zum Opfer“, erklärte Miss Priscilla Armstrong, nach drei ereignislosen Londoner Saisons in Folge eine selbsterklärte Expertin in derartigen Angelegenheiten.

Cecily, schlank, dunkelblond und mit leuchtend grauen Augen, stellte sich sofort schützend vor Jane. „Muss ich dich denn erst daran erinnern, Priscilla, dass Sedgecroft Nigels Cousin ist? Es ist seine Pflicht, sich als ihre Begleitung zur Verfügung zu stellen, bis Nigel …“

Bis Nigel … was? Diese Frage schienen sich die Freundinnen alle zu stellen. Schließlich blickten sie erwartungsvoll zu Jane, ob sie einen Hinweis darauf gab, was geschehen würde.

Jane weigerte sich beharrlich, irgendein Wort verlauten zu lassen. Damit befolgte sie zugleich Graysons Hinweis, dass die Gesellschaft mit noch mehr Interesse reagierte, sobald sie sich in Schweigen zu hüllen begann.

Zwar war ihr nicht daran gelegen, interessanter zu wirken, aber sie wollte sich auch nicht mit Sedgecroft anlegen. Wenn sein Verhalten in den letzten vierundzwanzig Stunden typisch für seine Entschlossenheit und Hartnäckigkeit war, hielt sie es für ratsam, sich nicht seinen Zorn zuzuziehen. Liebe Güte, es überforderte sie schon, mit ihm auf freundschaftlicher Ebene umzugehen, da wollte sie ihn ganz sicher nicht zum Feind haben.

„Ich habe zu dem Thema nichts weiter zu sagen“, stellte sie mit einem Nachdruck klar, der von Stunde zu Stunde mehr von Herzen kam.

Doch die anderen nahmen von ihrer Bemerkung kaum Notiz, sondern hörten gebannt Miss Evelyn Hutchinson zu, die soeben ihre Meinung über Sedgecroft ausplauderte. Wie es schien, hatte sie den Mann bereits seit einiger Zeit mit einem fast wissenschaftlichen Eifer beobachtet und analysiert.

„Wisst ihr, was das Dienstmädchen seiner früheren Geliebten gesagt hat?“

„Welche von ihnen?“, warf Lady Alice Pfeiffer ein, die sich bei dem Thema ebenfalls unüberhörbar auskannte.

„Mrs. Parks“, antwortete sie.

„Sag schon“, forderte Priscilla sie auf. „Jane hat ein Recht darauf, es zu erfahren.“

„Also, ich …“

„Du solltest die Wahrheit über ihn wissen“, unterbrach Cecily sie leise.

Jane war sich indes gar nicht so sicher, ob sie die Wahrheit wirklich wissen wollte. Sie reckte den Hals und suchte die Menge unbewusst nach ihrem mächtigen Störenfried mit den blauen Augen ab.

Hoffentlich schimpfte er nicht schon wieder seine lebhafte Schwester aus. Jane fand Chloes Lebenslust ausgesprochen attraktiv, und sie nahm unter der rebellischen Schale ein verwundetes Herz wahr.

O Gott, würde sie selbst jemals zur Zielscheibe seines löwengleichen Zorns werden? Ja, nämlich wenn er herausfand, was für einen durchtriebenen Plan sie in die Tat umgesetzt hatte.

Evelyn drückte ihren Fächer gegen das Kinn. „Mrs. Parks hat gesagt, eine Nacht mit Sedgecroft sei eine ausschweifende Orgie für die Sinne einer Frau.“

Jane wandte ihre Aufmerksamkeit wieder dem Gespräch zu. „Sicher hast du das falsch verstanden.“ Allerdings konnte sie sich gut vorstellen, dass es tatsächlich so war.

„Sie sagte auch“, fuhr Eveyln fort und nickte verschwörerisch, „dass eine Frau nach einer solchen Nacht in den nächsten zwei Wochen besser nicht ausreiten sollte.“

„Also bitte!“, rief Cecily empört aus, während die anderen Frauen das Gerücht mit Begeisterung aufnahmen. „An eine solche Enthüllung hatte ich eigentlich nicht gedacht, als ich dich zum Reden aufforderte."

„Außerdem", fügte Evelyn ungerührt an, „widmet er sich gewissen körperlichen Aktivitäten mit seinen Geliebten, während er die Morgenausgaben der Gazetten liest."

Priscilla beugte sich ungläubig vor. „Er setzt diese Aktivitäten auch am *Morgen* fort?"

„Am Morgen, am Mittag, am Abend", erklärte Evelyn wissend. „Er kommt jeder Laune einer Frau nach."

Schwermütige Seufzer kündigten ein langes Schweigen an, das nach einer Weile von Evelyn unterbrochen wurde: „Wenn man einige Zeit in seiner Gesellschaft verbringt, dann schlägt er einen in seinen Bann. Sedgecroft ist ein zielstrebiger Mann. Sobald er seinen Zug gemacht hat, ist das Ende unausweichlich."

„Welches Ende?", wollte Jane wissen, die einen Schauder kaum unterdrücken konnte.

„Das Ende der Tugend. Der Beginn des Lasters. Er verfolgt seine Strategie, lange bevor sein Opfer überhaupt merkt, was geschehen ist."

Cecily bedachte Evelyn mit einem ernsten Blick, der als Warnung dienen sollte. „Es reicht jetzt."

„Natürlich würde keine Frau, die von ihm geliebt wird, sich jemals für ein Opfer halten", legte Evelyn ein weiteres Mal nach. „Schon eher für einen kostbaren Schatz."

Wieder machte sich Schweigen breit.

Jane nutzte die Gelegenheit, um sich aus dem Kreis zu verabschieden. Für heute hatte sie von Sedgecrofts Können eindeutig genug gehört – und erlebt. „Wenn ihr mich entschuldigen würdet? Ich glaube, mein Bruder ruft nach mir."

Cecily eilte ihr nach und sagte leise und reumütig: „Ich wollte dich gestern Abend besuchen, aber deine Eltern haben dich abgeschirmt. Wie wirst du das nur überstehen?"

Janes Blick wanderte hin zu dem weitläufigen Park. Cecily

war eine ihrer ältesten Freundinnen, der sie fast so viel anvertraute wie Caroline und Miranda. Mit drei Jahren hatte Cecily vor einer kompletten Kirchengemeinde verkündet, sie habe den Vikar mit ihrer Tante im Weinkeller erwischt. Mit fünf Jahren schnitt sie sich ihr glänzendes, bis zur Hüfte reichendes Haar ab, damit sie mit ihren Brüdern Robin Hood spielen konnte.

Mit elf verkleidete sie sich als Junge, weil sie von zu Hause weglaufen wollte, um Jockey zu werden.

Es war kein Wunder, dass Jane sie so sehr bewunderte. Cecily hatte Rückgrat, und sie liebte den jungen Duke, den sie in Kürze heiraten würde, von ganzem Herzen. Doch nicht mal sie wusste, dass Jane und Nigel geplant hatten, ihre Hochzeit mit voller Absicht platzen lassen.

Umso mehr wünschte sich Jane, ihr die Wahrheit anvertrauen zu können, als Cecily ihre Hand nahm und ihr zuflüsterte: „Mir war vor Sorge um dich ganz übel. Hätte ich eine Waffe, würde ich Nigel persönlich ausfindig machen und ihn erschießen. Ob du's mir glaubst oder nicht, aber ich kann ganz genau verstehen, wie es dir geht. Es ist sehr tapfer von dir, heute herzukommen, aber … ist das auch klug, Jane?"

Es gibt Zeiten, da muss man klug sein, und Zeiten, da muss man verrucht sein.

„Die Gesellschaft wird so oder so über mich herfallen, Cecily. Je eher ich mich dem Klatsch stelle, umso besser."

„Ich bezog mich nicht auf die Gesellschaft."

„Sondern?"

„Auf Sedgecroft."

„Oh." Janes Blick wanderte umher, bis sie den atemberaubend gut aussehenden Mann entdeckte, der sich ihr zielstrebig näherte. Seine Bewegungen waren von einer mühelos wirkenden Eleganz. Als Sedgecroft sie ansah, machte ihr Herz einen Satz. Oh, was für ein wundervolles Ungeheuer!

Voller Bedauern sah sie erneut die nervös dreinschauende Cecily an. „Ich glaube, du musst dir um mich keine Sorgen machen."

„Jane, wir reden hier über Sedgecroft, den Lebemann schlechthin."

„Ich frühstücke nur mit ihm, weiter nichts."

„Wenn Sedgecroft mit einer Frau etwas essen geht", warnte Cecily sie, „dann ist die Frau meistens der Hauptgang."

Heute das Frühstück, morgen das Bett. Seine Worte hallten spöttisch in ihrer Erinnerung.

„Unsinn", konterte sie entschieden.

Cecily sah sich um, da sie gemerkt hatte, dass Jane durch irgendetwas abgelenkt war. Als sie den Marquess entdeckte, zog sie die Brauen hoch. „Wenn man vom Teufel spricht", sagte sie leise. „Jane, *bitte,* hör auf mich. Du bist im Augenblick äußerst verwundbar. Ich weiß, wie sehr Nigel dich verletzt hat. Aber ihn durch Sedgecroft zu ersetzen … findest du nicht auch, dass du ebenso gut mit verbundenen Augen an einer Klippe entlangbalancieren könntest?"

„Hallo, Cecily", begrüßte Grayson sie und stellte sich dann zwischen die beiden Frauen, den Blick auf Jane gerichtet. „Wie geht es Ihrem Vater? Ich habe ihn in letzter Zeit gar nicht mehr im Club gesehen."

Cecily sah ihn unterkühlt an. Als eine von Chloes Freundinnen wusste sie nur zu gut um den tödlichen Charme der Boscastles, und sie war stets auf der Hut davor. „Ihm geht es gut, danke der Nachfrage. Und Ihre Familie? Sie alle wirkten gestern in der Kapelle recht gesund."

„Gesund und den Kopf voller Flausen, wenn ich das so sagen darf." Er schaute kurz zu ihr, konzentrierte sich dann aber voller Sorge auf Jane, die wusste, dass es nur gespielt war. „Möchten Sie tanzen, Jane?"

„Jetzt nicht, danke", erwiderte sie kopfschüttelnd. „Ich …"

„Wie wäre es stattdessen mit einem Glas Champagner?", schlug er daraufhin vor und schob sie ein wenig von Cecily fort.

„Oh, Champagner wäre wunderbar", meinte Cecily, die bewusst nicht auf seine Geste reagierte. „Warum bringen Sie nicht jedem von uns ein Glas, Sedgecroft?"

Er grinste scheinbar arglos. „Aber das würde bedeuten, dass ich Jane allein lassen müsste, und so unhöflich kann ich einfach nicht sein. Warum sind Sie nicht so gut und suchen einen Diener, der uns etwas bringt? Eine Duchess kann nicht früh genug üben, Befehle zu erteilen, nicht wahr?"

Jane senkte ihren Blick, da sie fürchtete, in Gelächter, vielleicht sogar in Tränen auszubrechen. Dieser entsetzte Ausdruck auf Cecilys Gesicht! Sedgecroft zeigte sich einmal mehr als wahrer Teufel, indem er ihre arme Freundin dermaßen provozierte.

Das Lächeln auf Cecilys Lippen wirkte spröde. „Da fällt mir etwas ein, Jane. Hudson und ich werden am Dienstagnachmittag mit seinen Nichten und Neffen einen Ausflug in den Park machen. Möchtest du uns begleiten?"

„Das würden wir gern, nicht wahr, Jane?"

Graysons breites Lächeln sorgte dafür, dass Cecily ihn ihrerseits ungläubig anstarrte. „Ich meinte eigentlich …"

„Ich habe Hudson nicht mehr gesehen, seit wir in den Highlands auf Jagd waren", fuhr er ungerührt fort. „Vielleicht könnten wir ja alle vier diese Woche in die Oper gehen."

Cecily wusste nicht, was sie davon halten sollte. Sedgecroft war ein Musterbeispiel für Arroganz, doch das Schlimmste an all dem war, dass Hudson den Marquess durchaus leiden konnte.

Immer wieder sprach er davon, wie viel Spaß er mit Sedgecroft hatte.

Aber welche Absichten hegte er im Hinblick auf ihre

Freundin? Besaß er womöglich allen Ernstes einen Funken Ehre?

„Andererseits … halten Sie es wirklich für richtig, dass Jane schon wieder so aktiv am gesellschaftlichen Leben teilnimmt, nachdem … nun, nach gestern?“, fragte sie.

Mit einem sanften Lächeln wandte er sich Jane zu, als wolle er sie beschützen. „Ich glaube, ich kann sehr gut auf Jane aufpassen, auch wenn ich Ihre Loyalität in dieser … dieser schwierigen Zeit bewundern muss. Wir müssen jetzt gehen, doch zuvor werden wir Ihnen noch dieses Glas Champagner bringen, Cecily. Sie sehen so aus, als könnten Sie etwas Stärkendes gebrauchen.“

„Geht es uns nicht allen so?“, fragte Jane leise und blickte über die Schulter zu ihrer überrumpelten Freundin.

Einige Minuten später hatten sie sich verabschiedet und Simon ausfindig gemacht, dann wurde Jane durch den attraktiven Marquess von der Party weggebracht, ohne dass sie noch einen Bissen zu essen bekommen hatte.

„Sedgecroft, wie Sie Cecily behandelt haben, das war so … so …“

„Sie müssen mir nicht ausdrücklich dafür danken“, gab er zurück, während er sie zu seiner Kutsche drängte. „Ihre Dankbarkeit versteht sich von selbst.“

„Tatsächlich, Sedgecroft? Sie können sich nicht vorstellen, wie sehr mich das erleichtert.“

Er hielt inne und schürzte die Lippen. „Es steht mir nicht an, das Verhalten von Personen zu kritisieren, die nicht zu meiner Familie gehören, doch ich beginne mich zu fragen, Jane, ob mein Cousin sich nicht womöglich von Ihrer spitzen Zunge hat abschrecken lassen.“

Jane wusste nicht, was sie darauf erwidern sollte.

„Das hätte ich nicht sagen sollen“, meinte er mit sichtlichem Unbehagen. „Ich muss gestehen, dass ich diese Offenheit sogar als äußerst ansprechend empfinde."

Er fand es ansprechend, dass sie ihm trotzte? „Wie bitte?", brachte sie endlich heraus.

„Jedenfalls in einem gewissen Maß. Es tut mir leid, dass ich das Thema zur Sprache gebracht habe." Mit zerknirschter Miene fuhr er fort: „Und es tut mir leid, wenn ich heute den Eindruck gemacht habe, unaufmerksam zu sein."

Jane wandte sich ab, abermals wie vom Donner gerührt. Noch mehr Aufmerksamkeit von seiner Seite, und es hätte für sie keine Rettung mehr gegeben!

Als sie erneut seine tiefe Stimme vernahm, schien ein weiteres Mal ein Schauer durch ihren Körper zu jagen. „Es hat alles mit Chloes Aufsässigkeit zu tun", gestand er ihr und sprach damit das aus, was ihm die ganze Zeit über offensichtlich sehr zu schaffen gemacht hatte. „Ich kann nicht jeden ihrer Schritte überwachen, und ich fürchte, sie befindet sich auf einem Pfad, der zur Selbstzerstörung führt. Die Wahrheit ist, dass ich normalerweise nicht diese faden Zusammenkünfte am Tag besuche. Ich laufe erst in der Nacht zur Höchstform auf."

„Da habe ich aber Gegenteiliges gehört."

„Wie bitte?"

Sie spürte, dass er dicht hinter ihr war, während ihr durch den Kopf ging, was Evelyn gesagt hatte. „Es war nur so ein Gerücht", gab sie hastig zurück. „Es hieß, Sie würden morgens … ach, vergessen Sie einfach, dass ich jemals davon angefangen habe." Stimmte es? Las Sedgecroft die Morgenzeitung und liebte dabei eine Frau?

Er folgte ihr in die Kutsche und erwiderte mit spöttischer Miene: „Hören Sie nicht auf Gerüchte, meine Liebe."

Hastig warf sie einen Blick zu ihrem Bruder, der noch an den Stufen zur Kutsche stand. Allmählich begann sie zu verstehen, dass hinter Sedgecroft mehr steckte, als es der erste Eindruck vermuten ließ. „Wie meinen Sie das?“

„Finden Sie die Wahrheit selbst heraus.“ Er wartete, bis sie sich gesetzt hatte, ehe er sich lässig nach hinten lehnte und sie ungeniert betrachtete. „Wenn meine privaten Gewohnheiten Sie neugierig machen, müssen Sie mich nur dazu befragen.“

„Ich glaube kaum, dass ich das wagen würde.“

„Dann werden Sie es auch nie mit Sicherheit wissen.“

„In manchen Fällen kann Unwissenheit die bessere Lösung sein.“

„Aber nicht für Sie, Jane.“ Er stieß sie verspielt mit der Schulter an. „Ich habe so ein Gefühl, dass Ihre Neugier noch lange nicht gestillt ist.“

11. KAPITEL

Kaum war sie zurück zu Hause, schloss sich Jane in ihrem Zimmer ein, ohne auf die neugierigen Fragen ihrer Schwestern einzugehen. Sie musste nachdenken, auch wenn ihre Gedanken in erster Linie um Grayson kreisten – und das ausgiebig. Als sie mit ihm zusammen gewesen war, hatte sich ihr Gehirn offenbar darauf beschränkt, nur die unbedingt notwendigen Funktionen zu erfüllen.

Sie hätte heute nicht so viele Gedanken an ihn verschwendet, wären da nicht all diese Gefühle gewesen, die er hatte erkennen lassen, als er seine Schwester zurechtwies. Seine tiefe Liebe zu Chloe – und die blanke Panik eines Mannes, der sich der Einsicht stellen musste, dass er nicht die ganze Welt kontrollieren konnte.

Der aufgeblasene Grayson. Er meinte es eigentlich gut, auch wenn seine Methoden einiges zu wünschen übrig ließen. Jane konnte nicht verstehen, warum sie sich in seiner Gegenwart so wohlfühlte. Vielleicht lag es daran, dass er auf ihre Äußerungen nicht schockiert reagierte.

Aber was war mit diesem Plan, den sie und Nigel geschmiedet hatten? Würde dieses Geheimnis Grayson einen Schock versetzen?

Vermutlich ja, wenn sie sein Verhalten gegenüber Chloe zum Maßstab nahm. Seine liberalen Maßstäbe schienen nur so lange zu gelten, wie es das Fehlverhalten eines Mannes anging.

Doch ganz gleich, wie es enden würde, galt zumindest für den Moment, dass er ihr das Gefühl gab, um ihrer selbst willen geschätzt zu werden. Niemand – von ihren Hunden abgesehen – hatte ihr je zuvor dieses Gefühl gegeben.

Das Problem daran war nur, dass er nicht wusste, wer sie in Wirklichkeit war und was sie getan hatte. Wie würde er über sie denken, wenn er die Wahrheit erfuhr?

So überraschend angenehm der Tag mit Jane auch verlaufen war, verspürte Grayson keine Freude, wenn er an die unvermeidbare Konfrontation mit Chloe dachte, die ihn an diesem Abend erwartete. Von all seinen Geschwistern war sie diejenige, die ihm die ärgsten Sorgen bereitete und mit der er am heftigsten aneinandergeriet. Vielleicht lag es daran, dass sie beide sich zu ähnlich waren.

Sie waren arrogant und kühn, sie nahmen sich immer hoffnungsloser Fälle an, und sie zogen Ärger wie magnetisch an. Beide waren sie entschlossen, dass alles so lief, wie sie es wollten, ohne auf die Konsequenzen Rücksicht zu nehmen.

Er blieb vor der Tür zu ihrem Schlafzimmer stehen und wappnete sich für einen weiteren Streit. In Augenblicken wie diesem wünschte er sich, seine resolute Schwester Emma wäre hier, um ihm die Arbeit abzunehmen. Oder wenigstens Heath, dessen sanfte und zugleich eindringliche Art auf Frauen eine entwaffnende Wirkung hatte. Sogar Jane wäre ihm jetzt eine große Hilfe gewesen, selbst wenn sie ihn anschließend wieder ausschimpfen würde. Grayson musste sich eingestehen, dass er in persönlichen Angelegenheiten so viel Feingefühl besaß wie ein Rammbock. Doch es gab nun mal bestimmte Themen, bei denen man seinen Standpunkt vertreten musste, ohne von ihm abzuweichen. Er war jetzt das Oberhaupt der Familie, ob es ihm gefiel oder nicht. Was er sagte, wurde getan.

Warum nur musste sich Chloe ihm bei jeder Gelegenheit widersetzen?

Was sollte er nur mit ihr machen?

Als er die Tür zu ihrem Zimmer öffnete, hatte er noch immer keine Ahnung, wie er das Gespräch beginnen sollte.

Sie saß an ihrem Schreibtisch, das pechschwarze Haar lag über ihre Schultern, als hätte ein Rabe seine Schwingen ausgebreitet. Chloe sah jung und verwundbar aus, zugleich aber auch erwachsen. Als sie ihn hereinkommen hörte, versteifte sie sich unwillkürlich, drehte sich indes nicht zu ihm um. „Ah, mein Gefängniswärter ist da", sagte sie. „Stellen Sie Wasser und Brot bitte an der Tür ab."

„Chloe."

„Grayson."

Er setzte zum Reden an, hielt dann aber inne, als er die Skizze von Brandon auf ihrem Tisch bemerkte. Er war das Nesthäkchen der Familie gewesen, außerdem Chloes eifriger Fürsprecher sowie ihr Komplize in der Kindheit, wenn sie beide Streiche ausheckten. Sein Tod hatte sie zu einer Zeit getroffen, als sie sich auf eine Eheschließung hätte vorbereiten sollen.

Wieder verspürte Grayson Schuldgefühle, weil er nicht bei seinem Vater und Chloe gewesen war, als die Nachricht von Brandons Tod eintraf. Monatelang hatte Royden Boscastle seinen ältesten Sohn angefleht, für eine Woche auf den Landsitz der Familie zu kommen, um zu jagen und sich mit alten Freunden zu treffen. Grayson hatte die Einladung immer wieder auf einen späteren Zeitpunkt verschoben, ohne sich dessen bewusst zu sein, dass die verbleibende Zeit für ein Wiedersehen immer knapper wurde.

Hatte Royden Boscastle seinen Tod vorausgeahnt? Grayson überlegte, ob sein Vater wohl weitergelebt hätte, wäre er an seiner Seite gewesen, um ihm Trost zu spenden, als der Mord an Brandon bekannt geworden war. Chloe war bei Erhalt des Briefes mit ihrem Vater allein gewesen, und sie hatte Royden hilflos und verängstigt in den Armen gehalten, als der verstarb. Schock und Trauer hatten sie nachhaltig verändert.

„Was hast du dir heute nur gedacht?", fragte er sie leise.

„Ich will nicht darüber reden."

Er nahm auf der äußersten Kante ihres Liegesofas Platz. „Chloe, dreh dich um und sprich mit mir. Wir *werden* darüber reden."

Erst nach einem kurzen Zögern drehte sie sich tatsächlich

um. Ihre blauen Augen strahlten eisige Kälte aus und ließen erkennen, wie tief verletzt sie sich fühlte. Grayson seufzte, da ihn der Anblick schmerzte.

„Was hast du anderes von mir erwartet?“, fragte er verärgert. „Bei Gott, er war ein Soldat.“

„Wenn ich einen Duke geküsst hätte, wärst du dann etwa einverstanden gewesen?“

„Natürlich nicht“, gab er zurück. „Aber wenn es jemand von deinem Stand gewesen wäre und wenn du ihn wirklich lieben würdest, dann hätte eine Hochzeit denkbar sein können. Ich habe ihn ja nie zuvor zu Gesicht bekommen.“

Sie biss sich auf die Unterlippe. „Und was wolltest du damit bezwecken, Jane mitzubringen, damit sie auch noch Augenzeugin meiner Schmach wird?“

„Nur damit du es weißt: Jane hat sich sogar schützend vor dich gestellt.“

„Jemand sollte sich vor sie stellen, damit sie vor dir geschützt wird“, platzte es aus ihr heraus. Mittlerweile glühten ihre Augen vor Wut.

Grayson atmete tief durch, bis er das Gefühl hatte, auf diese Beleidigung nichts erwidern zu müssen. „Chloe, du willst mir doch nicht wirklich weismachen, dass du den jungen Mann liebst.“

„Vielleicht doch.“

Mürrisch schüttelte er den Kopf. „Mir gefällt diese wilde Art nicht, die du dir angeeignet hast. Und mir behagt auch nicht deine Arbeit im Findelhaus und im Frauengefängnis, bei all den kriminellen Frauen und den Huren!“

„Niemand sonst kümmert sich um sie, Grayson“, sagte sie mit einem Anflug von Leidenschaft in ihrer Stimme. „Sie haben keine Eltern, die auf sie aufpassen können.“

Keine Eltern.

Saß der Verlust so tief, dass sie sich bei diesen Frauen und

Kindern mehr zu Hause fühlte als bei ihrer eigenen Familie?

„Ich mache mir Sorgen um dich, Chloe“, gab er bestürzt von sich. „Wir alle tun das.“

„Dann lass mich mein Leben so führen, wie es mir gefällt.“

„Nicht, bis ich das gutheiße, was dir gefällt.“ Er stand auf und vergrub die Hände in den Taschen, während er hinter ihr auf und ab ging. „Vielleicht sollten wir dir einen Ehemann suchen, ich weiß es nicht. Jemanden, den Papa auch gutgeheißen hätte.“

Schmerz verfinsterte ihren Blick, doch sie überspielte ihn rasch, ehe er erkennen konnte, was mit ihr los war. „Papa hätte mich die Wahl treffen lassen.“

„Du weißt genau wie ich, dass das eine Lüge ist“, konterte er prompt. „Er war ein Tyrann, Chloe, selbst wenn wir ihn geliebt haben. Er konnte einem von Zeit zu Zeit sehr wehtun.“

„Sag so etwas nicht!“, rief sie aus und sprang entrüstet auf.

„Aber es stimmt. Es heißt nicht, dass ich ihn nicht geliebt hätte oder dass er mir nicht auch fehlt.“

„Ich will nach Nepal reisen“, erklärte sie aus heiterem Himmel.

„Was?“ Grayson glaubte, er habe sich verhört.

„Ich will nach Brandons Leichnam suchen.“

Er stieß einen von Herzen kommenden Seufzer aus. Dass die Aasfresser von den sterblichen Überresten vermutlich nichts übrig gelassen hatten, wollte er ihr nicht sagen, auch nicht, dass Brandon und seine Gefährten in einer Schlucht gestorben waren, nachdem sie von Rebellen in einen Hinterhalt gelockt worden waren. Soweit er wusste, hatte niemand Chloe in die blutigen Details eingeweiht. Trotz der Anstrengungen von Heath und Drake, die Wahrheit zu enthüllen, wusste keiner von ihnen über alle Einzelheiten der Tat Bescheid.

„Das kommt nicht infrage, Chloe“, sagte er und schüttelte

nachdrücklich den Kopf.

„Es war Papas Idee."

„Vielleicht hatte er sich auf die Reise machen wollen."

„Devon sagt, er würde mich begleiten."

„Dann werde ich diesem Teufel den Hals umdrehen, wenn er heimkommt." Der bloße Gedanke an die Gefahren, die mit einer solchen Reise verbunden waren, ließ seine sonst so tiefe Stimme etwas höher klingen.

Chloe starrte ihn an und kämpfte sichtlich gegen Tränen, die aus Trotz und Trauer geboren waren. „Eines Tages werde ich genau das tun, was ich sage."

„Nicht, wenn ich es verhindern kann." Er legte seine Hände auf ihre Schultern, doch sie versteifte sich und wich seinem Blick aus. „Triff dich nicht wieder mit diesem Soldaten", erklärte er und hörte sich dabei so sehr wie sein Vater an, dass er innerlich zusammenzuckte.

„Den hast du vermutlich für immer vergrault", murmelte sie.

„Ich will es hoffen."

Auf einmal sah sie ihn an. Ihre Augen funkelten amüsiert. „Vielleicht hast du ja Jane auch vergrault."

Grayson musste ein Lachen unterdrücken, als er daran dachte, wie Jane ihm nach der Begegnung mit Chloe den Kopf gewaschen hatte. Wurde sie eigentlich von jedem unterschätzt? „Sie hat sich auf deine Seite gestellt, damit du es weißt."

„Ich mag sie, Grayson", meinte sie seufzend. „Jane hat etwas sehr Nettes an sich. Tu bitte nichts, was ihre Situation noch verschlimmern könnte."

Überrascht blickte er sie an. „Chloe, es hat zum Teil mit dir zu tun, dass ich nun mit ihr befreundet bin. Du hast mich in der Kapelle überzeugt, es sei richtig, ihr zu helfen. Das hat mich zum Nachdenken gebracht. Es ist schon eigenartig, aber ich mag sie auch. Man kann sich so wunderbar mit ihr unterhalten."

„Versuch nur, diese Freundschaft nicht zu weit zu treiben“, fügte sie ruhig an.

Erleichtert atmete er aus und fühlte sich versucht, sie wie die kleine Schwester, die sie für ihn immer sein würde, in die Arme zu nehmen. Jane war also die Verbindung, die ihnen helfen würde, ihre Beziehung wieder zu normalisieren. Jane, die vernünftige Friedensstifterin und unwissentliche Verführerin.

„Ich glaube, Jane kann sehr gut auf sich selbst aufpassen“, meinte er. „Vor allem, wenn wir ihr gegenüber loyal bleiben.“

„Ich will es hoffen.“ Chloe ließ ein zaghaftes Lächeln erkennen. „Vielleicht fördert sie ja noch das Beste in dir zutage.“

„Du meinst das *Beste* in mir, und nicht etwa die *Bestie?*“

Seinem Charme konnte sie einfach nicht widerstehen, daher musste sie lachen. „Das will ich für Jane nicht hoffen.“

12. KAPITEL

Im Verlauf der nächsten fünf Tage spielte Grayson die Rolle des aufmerksamen Verehrers, der Jane zu Soireen, Vorlesungen und sogar zu einem spätabendlichen Essen mit einigen guten Freunden im Clarendon ausführte. Er machte sie mit den intellektuellen Vergnügungen seiner Welt vertraut, einem schillernden Reich, auf das sie zuvor nur einen flüchtigen Blick hatte werfen können. Anstatt in eine friedliche Anonymität einzutauchen, wie sie es sich erhofft hatte, feierte sie mit Lebemännern und Radikalen und freundete sich mit Schauspielerinnen, Glücksspielern und entthronten Künstlern aus Paris an. Sie besuchte die Docks, um zu sehen, wie Graysons jüngste Fracht aus China an Land geholt wurde. Mit jeder Sekunde, die dabei verstrich, wusste sie, dieses unrechtmäßige Vergnügen würde bald ein Ende nehmen.

Doch gerade das wollte sie nicht.

Sie hatte mit einem Mal begonnen, jeden Augenblick zu genießen, den sie in dieser skandalösen Gesellschaft verbrachte. Noch nie in ihrem Leben hatte sie so viel gelacht. Grayson war arrogant, aber auch aufmerksam, und sie fühlte sich so sehr zu ihm hingezogen, dass sie fürchtete, es nicht mehr lange verbergen zu können.

Heute hatte sie einen bemannten Ballon im Green Park aufsteigen sehen, und auf dem Heimweg hätte sie um ein Haar alles gestanden. Es fiel ihr immer schwerer, ihr Geheimnis vor einem so klugen Mann zu verbergen, vor allem, wenn er ihr seine Hoffnungen und Ängste anvertraute. Während er über Familiengeheimnisse sprach, führte sie ihn weiterhin in die Irre. War es nicht sonst genau umgekehrt? War es nicht sonst der Halunke, der der jungen Dame etwas vormachte?

Wäre die Beziehung zu ihm nicht so persönlich geworden und hätte er sich nicht zur Aufgabe gemacht, die für ihn untypische Rolle des Helden zu spielen, wäre er womöglich genau der Richtige gewesen, um ihr und Nigel für ihre kühne Tat Beifall zu spenden.

Die Ironie des Ganzen war, dass Grayson Boscastle unter anderen Umständen genau der Mann gewesen wäre, an den sie sich hätte wenden können, um einen Rat einzuholen. Er wäre der treueste und verständnisvollste Freund, den man sich vorstellen könnte. Jane wünschte sich von Herzen, sie hätte einen Freund wie ihn verdient.

Caroline und Miranda schlichen in das dunkle Schlafzimmer ihrer Schwester und erspähten in der Finsternis die schlanke Gestalt, die sich auf dem Bett ausgestreckt hatte. Reglos wie eine aus Stein gehauene Figur lag Jane da, ein feuchtes Tuch auf die Stirn gelegt, die Haare auf den Kissen ausgebreitet. Sie gab vor, fest zu schlafen, bis ihre Nerven das gebannte Schweigen ihrer Schwestern keine Sekunde länger aushielten.

„Geht weg, alle beide", zischte sie.

„O Jane", sagte Miranda mitfühlend. „Du siehst … du sieht todmüde aus."

„Vermutlich, weil ich das auch bin."

Caroline ließ sich aufs Bett fallen und sagte mit einer Mischung aus Gram und Überzeugung: „Ich hatte recht, Sedgecroft ist schrecklich."

„Nein." Jane zog das Tuch weg und protestierte: „Er ist wundervoll. Die Zeit mit ihm ist die beste, die ich bisher erlebt habe."

Verdutzt sahen ihre Schwestern sich an. „Erzähl", forderte Miranda sie auf und ließ sich neben Caroline auf die Matratze sinken.

„Ich werde euch gar nichts erzählen."

„Wenn du damit sagen willst", flüsterte Miranda, „dass er dich gleich in der ersten Woche verführt hat …"

„Natürlich hat er mich nicht verführt“, widersprach Jane gereizt. „Er hat mich nur geküsst. Ein- oder zweimal.“

„Und deshalb liegst du hier im Dunkeln?“, wunderte sich Caroline.

„Wenn du jemals von Sedgecroft geküsst worden wärst, würdest du nicht eine so dumme Frage stellen. Womöglich wärst du nicht mal in der Lage, einen zusammenhängenden Satz zu sprechen.“

„Es könnte sein, dass wir ihn falsch eingeschätzt haben“, meinte Miranda nach langem Schweigen. „Er kann durchaus charmant sein, wenn man ihm die Chance dazu lässt.“

„Gab es daran jemals etwas zu zweifeln?“ Jane seufzte, als sie daran dachte, wie verführerisch dieser Mann sein konnte. „Gerade das macht ihn ja zu einem so erfolgreichen Schurken.“

„Und wie“, warf Caroline ein, „willst du ihm dann widerstehen?“

„Nur mit Mühe, das kann ich dir versichern. Offenbar bin ich gegen seinen Charme nicht so immun, wie ich es gehofft hatte. Ich muss mich erst mal von unserem heutigen Ausflug erholen.“

„Du solltest dich mit dem Erholen besser etwas beeilen.“ Miranda sah zur Uhr auf dem Nachttisch. „Sein Diener Weed hat eine Nachricht überbracht, dass dich der Marquess in der nächsten Stunde besuchen wird.“

Erschrocken setzte sich Jane auf. „Warum denn das?“

„Der alljährliche Ball im Southwick House“, antwortete Caroline. „Eine der wichtigsten Veranstaltungen der Saison. Nur ein paar Glückliche werden zur Eröffnung eingeladen. Wirklich, Jane, wir gehen doch jedes Jahr hin.“

Sie schaute an den beiden vorbei in Richtung ihres Kleiderschranks und empfand eine leichte Panik. In diesen letzten fünf Tagen war ihr Modegeschmack so stark gefordert gewesen wie niemals zuvor. Es hatte sie nicht gestört, unscheinbar wie eine

Taube zu wirken, bis Sedgecroft ihr den Fehdehandschuh hinwarf und von ihr verlangte, sich Gedanken über ihr Erscheinungsbild zu machen. „Es wäre nett gewesen, mir das etwas früher zu sagen. Was soll ich tragen?"

„Das blassrosa Gazekleid mit dem Fransentuch", antwortete Caroline. „Das zu deiner Brautausstattung gehört. Das für den Hochzeitsempfang genäht wurde."

„Hochzeitsempfang?", erwiderte Jane. „Welcher Empfang denn?"

„Der Empfang, bei dem du mit Nigel hättest anwesend sein sollen", erklärte Miranda kokett. „Dem Mann, der dich dazu gebracht hat, skrupellose Anstrengungen zu unternehmen, damit du ihn nicht heiraten musstest."

Jane stand vom Bett auf. „Ich habe seinen Namen nicht vergessen", gab sie zurück.

„Das rosafarbene Kleid ist nicht in deinem Schrank", rief Caroline ihr nach und sah ihre Schwester amüsiert an. „Miranda und ich haben es geholt, während du geschlafen hast, damit es gelüftet und gebügelt wird."

Wütend drehte sich Jane auf dem Absatz herum: „Kommt es eigentlich irgendjemandem in den Sinn, dass ich allein entscheiden kann, was ich will?"

„Natürlich kannst du das", erwiderte Miranda listig. „Dadurch hast du dir schließlich auch ganz allein die Probleme mit Sedgecroft eingebrockt."

„Sie hat keine Probleme mit Sedgecroft", konterte Caroline, die Jane besorgt ansah. „Noch nicht."

„Du solltest Amelia kommen lassen, damit sie sich um dein Haar und dein Gesicht kümmert", meinte Miranda. „Du bist ganz blass, und du hast abgenommen."

„Bis auf eine Erdbeere habe ich in dieser Woche auch noch nichts gegessen!", rief Jane, die das Gefühl hatte, als würde ihr völlig die Kontrolle über ihr Leben entgleiten. „Ich muss etwas zu mir nehmen, um mit diesem Mann klarzukommen. Ist das Seiner Verruchtheit eigentlich mal in den Sinn gekommen?“

Caroline biss sich auf die Lippe, um ein Lächeln zu unterdrücken. „Eigentlich schon. Er hat nämlich gesagt, dass es vor dem Tanz etwas zu essen gibt. Er schlug vor, dass du bis dahin einen Apfel isst. Der österreichische Koch in Southwick ist einfach göttlich, ein Genie in der Küche. Sedgecroft sagte, wir sollen Hunger mitbringen.“

Jane betrachtete mürrisch ihr Spiegelbild. Essen und Tanz. Ein Apfel. Ein weiterer Versuch, Sedgecroft zu widerstehen. Die Erinnerung daran, wie dieser arrogante Adonis sie geküsst hatte, raubte ihr den Atem und ließ sie schwindlig werden. Dieser Mann strebte unnachgiebig nach seinem Vergnügen, während ihre eigenen Schuldgefühle diesen an sich bezaubernden Abend ganz sicher ruinieren würden. Warum hatten ihre Eltern Grayson nicht von vornherein als den geeignetsten Schwiegersohn aussuchen können?

„Und wenn ich nicht hingehen möchte?“, sagte sie mehr zu sich selbst. „Ich bin mir sicher, unter diesen Umständen wird sich niemand über mein Fehlen wundern.“

Genau in diesem Moment waren vor der Tür Schritte zu hören, und dann schaute Lady Belshire herein. Ihr silbrigbraunes Haar war elegant hochgekämmt und mit diamantenen Nadeln festgesteckt worden. Das goldene Taftkleid betonte ihre jugendliche Figur und funkelte im künstlichen Zwielicht wie Sternenstaub.

„Noch nicht fertig, mein Liebes? Meine Güte, warum steht ihr drei hier zusammen und tuschelt in der Dunkelheit? Ihr erinnert mich an ungezogene kleine Mäuse im Kinderzimmer.“

„Miranda und ich sind bereit, Mama“, gab Caroline zurück.

„Nun, dann beeil dich bitte, Jane“, drängte Lady Belshire und zog ihr Halstuch gerade. „Sedgecroft ist soeben eingetroffen, und er ist auf das Feinste gekleidet. Ich muss zugeben, er macht wirklich etwas her. Ihr beide werdet für viel Aufsehen sorgen."

„Wie reizend", murmelte Jane. „Als hätte ich in den letzten Tagen nicht schon für genügend Aufsehen gesorgt."

Mit einem verzweifelten Seufzer auf den Lippen nahm Lady Belshire die aufsässige Bemerkung ihrer ältesten Tochter zur Kenntnis. Natürlich hatte Janes düstere Laune nichts mit dem begehrenswerten Marquess zu tun, den Athena offensichtlich ganz falsch eingeschätzt hatte. Die traurige Wahrheit war jedoch, dass Jane ihren geliebten Nigel nicht nach wenigen Tagen vergessen haben konnte. Das Beste, was ihre Familie für sie tun konnte, war Ablenkung und die unermüdliche Versicherung, dass ihr junges Leben nicht verwirkt war.

„Wenn ich dich in einer so unangemessenen Weise reden höre, könnte ich jedes Mal Nigel für das umbringen, was er dir antat. Aber du darfst nicht den Namen Belshire vergessen, meine Liebe." Ihre Ladyschaft atmete tief durch, zufrieden darüber, für welche Vorgehensweise sie sich entschieden hatte. „Außerdem hast du nun Sedgecroft auf deiner Seite."

„Sedgecroft", wiederholte Jane und ließ sich mit einem Aufstöhnen auf ihr Bett sinken.

„Eine junge Dame könnte sich keinen besseren Fürsprecher wünschen", fügte Lady Belshire an, wobei sie ganz vergaß, dass sie selbst den Mann noch vor wenigen Tagen für einen verantwortungslosen Lebemann gehalten hatte. Aber was machte es schon, wenn er all diese überwältigende Männlichkeit einsetzte, um ihrer Tochter aus ihrer Schmach herauszuhelfen? „Um ehrlich zu sein", sagte sie, „schaudert mir schon jetzt, wenn ich daran denke, was er mit Nigel anstellen wird, wenn er ihn ausfindig macht."

„Uns auch", gab Miranda leise zurück, während ihre Mutter sich zurückzog.

13. KAPITEL

Mittlerweile hatten die Gazetten dem Boscastle-Hochzeitsskandal eine gewagte Wendung zugeschrieben: Hatte Sir N. Lady J. wirklich sitzen lassen, oder war er vom beherrschenden Zweig der Familie dazu gezwungen worden? Hatte ein gewisser Marquess im Hintergrund abgewartet, bis seine Stunde gekommen war? Oder hatte dieser Marquess womöglich selbst die Fäden in der Hand gehabt?

Damit verbunden war das Mysterium, wann das Drama begonnen hätte und wie alles enden würde. Warum begrüßten die Eltern von Lady J. diese Affäre so sehr? War Sir N. womöglich vom Erdboden verschluckt worden? Die provokanteste Frage von allen lautete jedoch: War von diesen zwei illustren Familien wohl ein weiterer Gang vor den Altar zu erwarten?

Für Stunden kannte die feine Gesellschaft kein anderes Thema mehr. Im Southwick House verstummten alle Unterhaltungen, sobald man Grayson und Jane entdeckte. Insgeheim fragte sich Jane, ob diese Reaktion die Folge ihrer Kühnheit war, so kurz nach der gescheiterten Vermählung wiederholt in der Öffentlichkeit aufzutauchen, oder ob es an Sedgecrofts Popularität lag.

Die Blicke der Damen waren eindeutig auf ihren gut aussehenden Begleiter gerichtet. Seine Eleganz und sein lässiger Schritt auf dem Weg durch den Empfangssaal bewirkten, dass die Frauen ihm nachsahen und sich rasch kühle Luft zufächelten.

Für Grayson gab es derweil einen ganz anderen Grund für den Aufruhr, den ihr gemeinsamer Auftritt auslöste.

Natürlich fiel ihm auf, dass die Leute sie beide beobachteten. Vor allem bemerkte er, mit welch offensichtlichem Verlangen die Männer Lady Jane musterten. Ihre Blicke bestätigten seine Befürchtungen, man könne die Sitzengelassene für eine leichte Beute halten.

Allerdings sahen die betreffenden Gentlemen sofort weg, sobald Grayson alle wütend anschaute, die es wagten, Jane herabzuwürdigen. Und dann waren da noch die, die es mieden, sie anzublicken, die einander im Flüsterton Fragen stellten, die resigniert mit den Schultern zuckten. Niemand besaß den Mut, Sedgecroft herauszufordern, weder mit Worten noch mit Taten. Seine unbekümmerte Art hatte ihm ein paar Feinde beschert, doch seine Loyalität gegenüber den Menschen, die er liebte, war allseits bekannt.

Selbstverständlich hatte er gelesen, was die Gazetten schrieben. Es störte ihn aber nicht, dass darüber spekuliert wurde, er gehe mit Jane aus, weil er in ihr eine potenzielle Braut sehe. Wie von Lady Belshire vorausgesagt, schienen diese Auftritte Janes gesellschaftlichen Wert steigen zu lassen. Grayson war froh, ihr dabei zu Diensten sein zu können. Zudem hatte er seinen Sekretär ausdrücklich angewiesen, bei Fragen von Dritten zu ihrer Beziehung weder etwas zu bestätigen noch etwas zu dementieren.

Stattdessen würden sich die Fragenden mit einem rätselhaften Lächeln begnügen müssen.

Grayson war seinen Status als Halunke leid, und es kümmerte ihn auch nicht, ob die Gesellschaft glaubte, er sehe in Jane womöglich eine passende Ehefrau. Es war plausibel, dass sie beide gemeinsam unterwegs waren, was machte es da schon aus, ob irgendjemand glaubte, er stecke hinter dem Hochzeitsskandal? Sollten sie ihn ruhig als Teufel hinstellen.

Hätte er Jane einige Monate früher kennengelernt, dann hätte er … was eigentlich? Wahrscheinlich waren sie schon zuvor bei gesellschaftlichen Anlässen beide zugegen gewesen, ohne dass sich ihre Wege gekreuzt hatten. Warum bloß nicht? Im Dunst seiner Erinnerung sah er Nigel, wie der Jane vor Halunken von Graysons Schlag beschützte, nur um ihr später selbst mindestens genauso heftig wehzutun. Dabei fiel ihm ein, dass er erst zwei Stunden zuvor von Heath etwas über Nigels Verschwinden herausgefunden hatte und einen Moment unter vier Augen brauchte, um Jane davon in Kenntnis zu setzen. Es missfiel ihm, ihr diesen angenehmen Abend zu verderben, doch sie hatte ein Recht zu wissen, was mit seinem Cousin geschehen war.

„Dieser verdammte Idiot“, murmelte er.

Jane sah verblüfft zu ihm hoch. „Was sagten Sie?“

„Nichts. Vergnügen Sie sich gut.“

„Und wie?“, gab sie im Flüsterton zurück, während sie zu den Gästen schaute, die die zahlreichen Tische in Beschlag nahmen. „Das ist für mich eine einzige Tortur.“

„Niemand wird Ihnen zu nahe treten, solange ich an Ihrer Seite bin. Ignorieren Sie diese Leute.“

„Sind Sie immer so arrogant, dass Sie nicht mal sehen, was sich vor Ihren Augen abspielt?“

„Ich glaube schon“, antwortete er und näherte sich ihr unwillkürlich. Es würde ihm bis ans Ende aller Tage ein Rätsel bleiben, wieso dermaßen intelligente Frauen wie Jane und Chloe sich von der Meinung fremder Leute so beeinflussen ließen, dass sie glaubten, ihr Leben sei zu nichts mehr gut.

Als einer der Gäste ihn unabsichtlich anrempelte und er gegen Jane stieß, musste er kurz den Atem anhalten. Allein diese unvermutete Berührung ließ seinen Körper vor Verlangen beinah verbrennen. Auf der Stelle wollte er wissen, wie sie unter ihrem blassrosa Kleid aussah, welche Farbe ihre Haut an all diesen verborgenen Stellen hatte. Er begehrte sie so sehr, dass er die Lippen zusammenpressen musste, um Jane nicht vor aller Augen in seine Arme zu reißen.

Mit Mühe wandte Grayson sich ab und rätselte, wieso eine Frau, mit der er angeblich nur befreundet war, bei ihm so sehr den Wunsch weckte, sie zu verführen. Doch ihre verborgene Sinnlichkeit brachte ihn jedes Mal, wenn er Jane ansah, etwas mehr aus der Fassung. Oder fühlte er sich von ihrem Charakter angezogen? Wie sonderbar, dass er es nicht zu sagen vermochte. Es kam ihm so vor, als würde jede ihrer Eigenschaften alle anderen besonders zur Geltung bringen.

Er wandte sich wieder ihr zu und begann zu lachen, als er sah, wie mürrisch sie dreinblickte. „Sträuben Sie sich immer so sehr dagegen, sich ein wenig zu vergnügen?“

„Und wie soll ich mich Ihrer Meinung nach vergnügen?“

„Indem Sie ein wenig tanzen – und ein wenig trinken.“ Er gab einem Diener ein Zeichen, damit der Jane ein Glas Champagner brachte. „Und Sie unterhalten sich mit mir. Da wir schon hier sind“, fügte er beiläufig an, während er sie gekonnt vor allen anderen abschirmte, „können wir auch versuchen, das Beste daraus zu machen.“

Als sie ihn daraufhin anlächelte, fühlte er wieder diesen dringenden Wunsch, ihre Hand zu nehmen und mit ihr irgendwohin zu gehen, wo er mit ihr allein war. Allein die Fahrt in der Kutsche hatte ihn in die Stimmung für eine Liebesnacht versetzt. Aber natürlich war sie die eine Frau auf der ganzen Welt, die er nicht haben konnte – was womöglich mit ein Grund dafür war, dass er sie umso begehrenswerter fand.

Nun würde er für noch mehr Trübsal sorgen, indem er ihr sagte, welche kurze Nachricht er von Heath erhalten hatte. Er wusste, sie würde in Tränen ausbrechen, wenn er enthüllte, dass alles danach aussah, als habe Nigel seine Flucht von langer Hand geplant. Aber erst einmal sollte sie sich eine Stunde oder länger amüsieren, dann konnte er es ihr immer noch sagen … und ihren Abend ruinieren.

Wie sich herausstellte, gefiel es ihm viel besser, Jane zum Lachen zu bringen. Er mochte es, sie ein wenig zu provozieren, aber nur ein klein wenig, bis sich in ihren grünen Augen ein Funkeln regte. Es war sicherlich nicht die feine Art, nur konnte er einfach nicht widerstehen. Auf eine sehr verwirrende Art fühlte er sich zu ihr hingezogen.

Jane suchte die Menge der elegant gekleideten Gäste nach ihren Schwestern ab, als Grayson plötzlich ihren Arm nahm und sie zu sich umdrehte.

„Halten Sie Ausschau nach Nigel?“, fragte er.

„Nach … oh, nein.“ Ihre Kehle fühlte sich wie zugeschnürt an.

„Keine Sorge, ich bin mir sicher, er wird sich früher oder später uns beiden stellen müssen. Ich werde es als persönliche Befriedigung empfinden, meinen Cousin wiederzusehen.“

Ihr Blick verfinsterte sich, als sie in seiner Miene die gnadenlose Entschlossenheit las, die ihn antrieb. Sie konnte nur beten, dass sie sich nicht in nächster Zeit vor Grayson würde rechtfertigen müssen. „Da bin ich mir nicht so sicher“, murmelte sie.

„Es sei denn, er ist tot“, fügte er an. Es klang, als würde er einen Wunsch aussprechen.

„Ich … ich will hoffen, er ist *nicht* tot.“

„Ah.“ Seine leise Stimme hatte etwas Ablehnendes. „Sie lieben ihn, so unglaublich mir dieser Gedanke auch erscheint.“

In gewisser Weise liebte sie Nigel wirklich, aber auf die gleiche Art, wie sie Simon oder Onkel Giles liebte oder die Hunde ihrer Familie. „Ich kenne Nigel seit einer Ewigkeit. Angeblich hat er mir vier Tage nach meiner Geburt einen Frosch in meine Wiege gelegt. Als Kinder waren wir unzertrennlich.“

„Haben Sie irgendeine Idee, wohin er gegangen sein könnte?“

„Nun, er erwähnte ein paarmal Schottland.“ Grayson musste nicht wissen, dass Nigel Schottland als den Platz auf Erden erwähnt hatte, an dem er noch nicht mal begraben sein wollte.

Für Nigel würde es genügen, wenn er den Rest seines Lebens in einem bequemen Sessel vor einem Kaminfeuer verbringen konnte. Jane hasste es, nicht die Wahrheit sagen zu können.

„Schottland?“ Der Marquess runzelte die Stirn. „Eigenartig, aber ich werde Heath davon in Kenntnis setzen.“

„Wieso?“, fragte sie, während ihr ein eisiger Schauer über den Rücken lief.

„Weil Heath die Spürnase eines Wolfs besitzt, meine Liebe. Er war für seine Arbeit im Geheimdienst bestens geeignet.“

Wölfe ... Geheimdienst ... die hypnotisierende Sinnlichkeit in Sedgecrofts Blick ... Das alles genügte, um auch eine willensstarke Frau dazu zu veranlassen, sich zu setzen, da ihre Knie weich wurden. Mit Schrecken erkannte Jane, wie sie sich mit jedem Schritt tiefer in ihrem Netz aus Lügen verstrickte, wie ihr gesunder Menschenverstand erstickt wurde, wie sich ein Ausweg aus ihrer Situation immer schwieriger gestaltete.

Der Ball war ein rauschendes Fest. Der Zeremonienmeister überreichte jeder anwesenden Dame eine rote Rose. Italienische Musiker gaben während des Essens ein Konzert, und anschließend konnte man in einem von drei Kartenzimmern dem Glücksspiel nachgehen. Trotz der stimmungsvollen Atmosphäre konnte sich Jane einfach nicht entspannen. Ebenso wenig konnte sie darüber hinweggehen, dass ihr von allen Seiten neugierige Blicke zugeworfen wurden.

Niemals zuvor hatte die Gesellschaft in diesem Maß von ihr Notiz genommen. Tatsache war allerdings auch, dass sie nur deshalb für diejenigen interessant war, die für ihr Leben gern Gerüchte verbreiteten, weil sie von Sedgecroft begleitet wurde. Nicht, dass sie überhaupt keine Freunde gehabt hätte, ganz im Gegenteil. Doch ohne Sedgecroft wäre der Skandal wegen der Hochzeit bald vergessen gewesen, und sie hätte noch vor dem Ende der Saison wieder ihre Ruhe gehabt.

Doch den Marquess übersah niemand.

Für Jane war es schier unmöglich, auch nur für einen Augenblick seine Gegenwart zu vergessen. Dass er sich ständig in ihrer Nähe aufhielt, machte das Ganze nur noch schlimmer. Es kam ihr vor, als würde sie von einem großen goldenen Löwen begleitet, der sich von einer Sekunde auf die andere als reißende Bestie entpuppen könnte. Wer wusste schon, was wirklich in seinem Kopf vorging? Diese blauen Augen verrieten nichts, und Jane wurde das Gefühl nicht los, teuer für ihr Täuschungsmanöver bezahlen zu müssen.

Zweimal tanzte er mit ihr, dann führte er sie durch die großen Flügeltüren hinaus in den Garten, wo eine Gruppe jüngerer Gäste spontan eine Runde Blinde Kuh spielte.

„Was wird das?“, fragte sie belustigt, während sie ihn davon abzuhalten versuchte, sie die Terrassenstufen hinunter auf den einladend beleuchteten Rasen zu führen.

„Wollen Sie wirklich tanzen, wenn uns all diese großspurigen Leute zusehen?“, wollte er wissen. „Ich weiß jetzt auch, woher Sie diesen eulengleichen finsteren Blick haben. Ihr Bruder schaut drein, als wolle er sich jeden Moment auf mich stürzen.“

„Der finstere Blick der Belshires ist aber ganz bestimmt nicht so gefährlich wie der Boscastle-Fluch“, meinte sie lächelnd.

Er war am Fuß der Treppe angekommen und blieb stehen, während er sie ahnungslos ansah. „Der Boscastle-Fluch? Was ist das?“

Jane betrachtete sein verführerisches Gesicht. Sedgecroft hielt immer noch ihre Hand, und obwohl sie Handschuhe trug, spürte sie den Druck seiner Finger deutlich genug, um in ihr eine verbotene Vorfreude wach werden zu lassen. Die Versuchung war so unglaublich groß, sich an ihn zu drücken, seinen Körper zu fühlen und dabei so zu tun, als würde ringsum nichts anderes existieren.

„Der Fluch der Boscastle-Augen“, sagte sie. „Tun Sie nicht so, als wüssten Sie nicht, wovon ich rede.“

Verblüfft hob er die Schultern. „Aber ich weiß es wirklich nicht. Ist es etwas Schreckliches?“

„Nur, wenn man das Opfer ist – eine jener bedauernswerten Seelen, die dem Zauber dieser blauen Augen verfallen sind.“

„In dem Fall möchte ich mich dafür entschuldigen, dass Sie meiner Familie zum Opfer gefallen sind.“

„Sie machen aber nicht den Eindruck, als würde es Ihnen leidtun.“

Neugierig betrachtete er sie. „Ich meinte auch nicht, dass Sie *mir* zum Opfer gefallen sind, meine Süße, sondern Nigel.“

„Oh.“ Sie fragte sich, ob ihre Wangen vor Verlegenheit wohl noch heißer glühen konnten. Wie hatte sie nur vergessen können, dass sie nach wie vor Nigel nachtrauern musste, anstatt sich der Anziehung zu widersetzen, die sein sündhaft begehrenswerter Cousin auf sie hatte?

„Er hatte grüne Augen“, fügte sie leise an.

„Dann kann der Fluch ja vielleicht gebrochen werden.“ Er beugte sich vor und strich ihr eine Locke von der Schulter.

Dabei stieg ihr ein Hauch seiner Rasierseife in die Nase, und unwillkürlich spürte sie ein Erschauern. „Hmm … vielleicht.“

„Hey, ihr zwei, spielt ihr mit?“, rief da plötzlich eine gut gelaunte Stimme. Ein junger Mann mit verbundenen Augen drängte sie beinah gegen die Stufen, doch als er innehielt und die Augenbinde abzog, lächelte er nur. „Oh, hallo, Sedgecroft. Habe ich Sie gefangen?“

„Noch nicht.“ Grayson dirigierte Jane über den gepflasterten Weg tiefer in den Garten, in dem bezaubernd schöne Laternen brannten. „Geben Sie uns erst eine Chance.“

„Aber ich will nicht spielen“, protestierte Jane.

„Ich auch nicht. Nur möchte ich mir nicht vorwerfen lassen, ich hätte Sie für ein Stelldichein nach draußen gelockt. Haben Sie die Gärten hier schon einmal bei Mondschein erlebt?"

Sie bedachte ihn mit einem misstrauischen Blick. „Sind diese Gärten mit dem Lustpavillon zu vergleichen?"

„Ich muss mit Ihnen reden."

„Das klingt sehr unheilvoll, Sedgecroft. Warum plötzlich diese Geheimnistuerei?"

„Ich will nicht, dass man uns belauscht. Wir trennen uns hier, und dann treffen wir uns in der Mitte des Irrgartens wieder."

„Der Irrgarten ist aber nicht erleuchtet."

„Ich weiß. Nur keine Angst, ich werde zu Ihnen kommen."

„Müssen wir denn wirklich wie Spione durch die Nacht schleichen?"

„Nur wenn ich Ihren Namen beschützen will. Nun gehen Sie."

Grinsend sah er ihr nach, wie sie in den Irrgarten aus Ligusterhecken entschwand, falsch abbog und ihn sogleich zu Hilfe rief.

„Sie verfügen über gesunden Menschenverstand, aber einen Orientierungssinn besitzen Sie nicht", erwiderte er durch die Hecke. „Nein, gehen Sie nach rechts. Wir treffen uns auf der anderen Seite wieder."

„Jeder hat gesehen, dass wir zusammen hier hineingingen", flüsterte sie in seine Richtung. „Was glauben Sie, was die Leute jetzt denken."

Er antwortete nicht sofort, was sie zu der Ansicht gelangen ließ, er sei bereits losgegangen. Doch plötzlich wurde sie von zwei kräftigen Händen an den Schultern gepackt und umgedreht. Jane verkniff sich einen Aufschrei, als sie in sein Gesicht sah.

„Vielleicht denken sie, wir seien in einer Liebe zueinander

entbrannt, wie sie die Welt noch nicht gesehen hat", gab er zurück. Durch die Schatten ringsum sah er so verführerisch aus, dass Jane sich fast wünschte, seine Worte würden der Wahrheit entsprechen. „Vielleicht denkt man, Sie seien eine Femme fatale, der sich kein Mann entziehen kann."

„So? Haben Sie schon mal in Erwägung gezogen, für eines dieser Skandalblätter zu schreiben? Warten Sie, ich habe einen Stein im Schuh."

„Kommen Sie, setzen Sie sich auf diese Bank hier. Ich werde Ihnen helfen. Übrigens glaube ich nicht, dass man uns überhaupt gesehen hat."

Jane nahm auf der Steinbank Platz, und Grayson kniete vor ihr nieder, um ihr den hochhackigen Schuh auszuziehen. Als er mit seinen langen Fingern sanft über ihre Fußsohle strich, seufzte sie leise.

„Wieder besser?"

„Viel besser." Eine verräterische Wärme kroch langsam an ihrem Bein nach oben. „Dürfte ich jetzt meinen Fuß zurückhaben?"

„Ich weiß nicht." Er drehte ihn behutsam erst in die eine, dann in die andere Richtung. „Das ist ein sehr schöner Fuß. Vielleicht sollte ich ihn in meine Sammlung aufnehmen. Es gibt solche Männer, wissen Sie? Nein, wahrscheinlich wissen Sie das nicht. Ich merke, es hat noch niemand zuvor diesen Fuß berührt."

Sie lächelte ihn zaghaft an. „Sind Füße etwa Ihre geheime Leidenschaft, Sedgecroft?"

Mit einem kehligen Lachen richtete er sich auf. „Nein, keineswegs. Ich bevorzuge das Ganze, nicht nur einen Teil."

„Sehr demokratisch von Ihnen."

Er setzte sich zu ihr auf die Bank und sprach mit so tiefer Stimme weiter, dass ihr ein Schauer über den Rücken lief: „In Ihrem Fall hätte ein Mann zudem Probleme mit der Entscheidung, welcher Teil denn begehrenswerter ist als der Rest."

„Haben Sie mich hergebracht, um mir das zu sagen?"

„Nein." Abrupt wurde er ernst, nahm ihre Hand und strich über ihre Fingerspitzen. „Nicht viele Menschen wissen, dass mein Bruder Heath vor einer Weile für die Krone spioniert hat."

„Mir war es ebenfalls nicht bekannt." Was wollte er ihr nur sagen? Jane saß reglos da und genoss seine Berührung.

„Heath ist ein sehr kluger junger Mann."

Und ein Herzensbrecher, wenn sie den Worten ihrer Schwestern Glauben schenken durfte. „Worauf wollen Sie hinaus?"

„Ich habe ihn auf Nigels Fährte angesetzt", erklärte er ruhig. „Das Ganze habe ich mit Ihrem Vater unter vier Augen besprochen, Jane, und wir waren uns einig, lieber diesen Weg zu gehen, anstatt uns an die Polizei zu wenden."

Ihr Magen verkrampfte sich vor Sorge. „Oh, aber es wäre doch nicht …"

„Es geschah nicht nur Ihretwegen. Nigels Verhalten hat dem Namen Boscastle einen unwiderruflichen Schaden zugefügt." Er legte seinen Daumen auf ihre Lippen, bevor sie etwas dazu sagen konnte. „Ja, ich weiß, wir anderen sind auch nicht gerade mit gutem Beispiel vorangegangen, aber im Allgemeinen sind wir etwas diskreter und setzen eine Frau nicht einer so öffentlichen Schmach aus."

Als er den Daumen wegnahm, atmete sie aus. „Hat Heath ihn denn gefunden?"

„Das nicht. Aber er konnte herausfinden, dass Nigel gesehen wurde, wie er in Brighton in eine Kutsche einstieg. Wohin die fuhr, wissen wir noch nicht, doch es wird nicht mehr lange dauern, dann haben wir ihn dingfest gemacht." Seine Stimme wurde entschlossener und wütender. „Heath ist äußerst beharrlich."

Brighton. Jane zwang sich, eine ausdruckslose Miene zu

wahren. Eine Tante Nigels, die Frau eines Rechtsanwalts im Ruhestand, wohnte dort, und es war durchaus möglich, dass er und Esther noch einen Abstecher dorthin gemacht hatten. Von Brighton aus wäre er dann in das malerische Dörfchen in Hampshire gereist, wo sie sich niederlassen wollten.

Davon wusste Sedgecroft gewiss nichts. Immerhin war er auch nur ein Mensch, kein allwissender Gott. Er würde Nigel nicht in einem Dorf aufspüren können, das so klein war, dass es fast nicht existierte.

Sedgecroft stand auf und straffte die Schultern, was die Nähte seines schwarzen Abendanzugs arg strapazierte. Sein blondes Haar glänzte im Mondschein, als er ihr den nächsten Schlag versetzte: „Sie sollten wissen, dass in Brighton eine Tante von Nigel lebt. Sie ist die Gattin eines pensionierten Anwalts."

Nun erhob Jane sich ebenfalls. Das Blut stieg ihr in den Kopf, als er weiterredete: „Es ist durchaus möglich, dass er dort vorbeigeschaut hat, bevor er sich auf den Weg machte nach …" Er hielt inne und fasste Jane an den Schultern. „Du meine Güte, Jane! Wollen Sie mir ohnmächtig werden?"

„Ich … ich weiß nicht", erwiderte sie mit schwacher Stimme. Was würde als Nächstes geschehen? Würde er ihr Nigels Kopf auf einem geschmackvollen Silbertablett präsentieren? „Auf den Weg … wohin?"

„Das weiß im Augenblick nur der liebe Gott. Aber vertrauen Sie mir, ich werde noch dahinterkommen." Er drückte sanft ihre Schultern und sah sie mitfühlend, aber auch entschlossen an. „Ich weiß, das löst nicht Ihr Problem, aber ich hoffe, Sie fühlen sich wenigstens etwas besser."

„Mir fehlen die Worte, um zu beschreiben, wie ich mich fühle."

„Dann setzen Sie sich wieder hin. Sie sehen etwas blass aus."

Langsam ließ sie sich auf die Bank sinken. „Es geht mir

schon wieder viel besser, danke.“

„Natürlich wird …“

Leise Schritte auf dem Weg, der am Irrgarten entlangführte, ließen sie ihre Unterhaltung unterbrechen. Flüstern und Lachen waren von der anderen Seite der Hecke zu hören. Zweifellos gab sich dort ein Pärchen heimlich der Lust hin.

Jane sah Grayson bestürzt an und stand auf, als wolle sie die Flucht ergreifen. Für ihren Geschmack war das Belauschen eines Stelldicheins fast so peinlich, als wenn man selbst dabei erwischt wurde. Gleichzeitig war sie aber auch erleichtert über diese Störung.

„Und was machen wir nun?“, flüsterte sie ihm zu.

„Warten“, antwortete er und sah verärgert in Richtung Hecke.

Widerstrebend fügte sie sich, und erst da begriff sie, was sein Stirnrunzeln verursacht hatte.

„Nun sag doch, Hélène, ehe ich vor Ungeduld umkomme – ist es aus zwischen dir und Sedgecroft?“

Erstaunt musste Jane schlucken. Hélène Renard! Die junge französische Witwe, deren englischer Ehemann vor nicht einmal drei Monaten gestorben war – und die Sedgecroft angeblich umwarb, um sie zu seiner nächsten Geliebten zu machen. Es war ein Skandal, dass sie sich nach so kurzer Trauerphase schon wieder in der Öffentlichkeit zeigte, zudem nicht einmal in Schwarz oder Grau, sondern in Rosa!

Es stimmte. Jane konnte durch die Hecke etwas von Hélènes altrosa Satinkleid erkennen. Rosa wie die Haut einer Frau. Die Farbe, die einem gewissen Taugenichts am besten gefiel.

Im Namen aller Frauen warf sie dem Mann an ihrer Seite einen tadelnden Blick zu.

„Ob es aus ist zwischen mir und Sedgecroft?“, wiederholte Hélène verbittert. „Das kann ich unmöglich beantworten, weil es nie richtig begonnen hat. Und jetzt ist er mit dieser mausgrauen Sitzengelassenen auch noch hergekommen, dieser … Janet.“

„Jane“, berichtigte ihr Begleiter sie leise, den sie als den recht rotgesichtigen Lord Buckley identifizierte. Er war Erbe eines immensen Vermögens, das er schon bald für Glücksspiele und Frauen aus dem Fenster werfen würde. Jane mochte ihn nicht.

„Ich fand sie gar nicht mausgrau, Hélène“, fuhr er nach kurzem Zögern fort. „Ich fand, sie sieht sogar recht ansprechend aus. Natürlich auf eine eher unauffällige Art“, ergänzte er hastig.

Vielleicht würde Jane ihre Meinung über ihn revidieren müssen, doch zunächst einmal musste sie sich davon erholen, eine „mausgraue Sitzengelassene“ zu sein. Erinnerte sie wirklich so sehr an eine Maus? Konnte es mit ihrer Vorliebe für alles Graue zusammenhängen?

Sie sah zu Sedgecroft, und schlagartig vergaß sie ihre Überlegungen, als sie seine finstere Miene bemerkte. Sollte diese Hélène tatsächlich die Frau sein, von der man sich erzählte, sie werde seine nächste Geliebte sein, dann musste es ihn schmerzen, diese Unterhaltung mit anzuhören. Jane wusste nicht, ob Hélène ihm wichtig genug war, um Buckley zur Rechenschaft zu ziehen. Was würde das erst für einen Skandal bedeuten, wenn man der Französin vorwerfen konnte, der Grund für ein Duell zwischen den beiden zu sein! Ob es allerdings zu einem Duell kommen würde, hing einzig von Sedgecrofts Reaktion ab.

Kümmerte es ihn nicht, was er hörte? Oder hatte es ihm das Herz gebrochen? Da er die Augen halb geschlossen hatte, konnte sie ihm nicht ansehen, was er empfand. Auch das flüchtige Lächeln, das seine Lippen umspielte, half ihr nicht weiter. So wie er dasaß, hätte er ebenso der Lesung eines Gedichts lauschen können. Jeder andere Mann würde vor Wut kochen, wenn er mit anhören musste, wie eine künftige Geliebte ihm in den Rücken fiel.

Es gab eine längere Pause, die von Buckley und Hélène mit eifrigen Küssen ausgefüllt wurde – das nahm Jane jedenfalls an. „Wirst du über mein Angebot nachdenken?", fragte Buckley schließlich atemlos. „Ich habe den Vertrag bereits aufgesetzt, und dir wird es an nichts fehlen."

„Frag mich morgen früh, ich bin heute Abend nicht gut gelaunt."

„Und was ist mit Sedgecroft?"

„Was soll mit ihm sein?", gab sie schnippisch zurück.

„Nun, ich meine, er hat einen gewissen Ruf – nicht nur als Liebhaber, sondern auch als Kämpfer."

„Ich finde ihn langweilig", platzte es plötzlich aus Hélène heraus. „Er langweilt mich zu Tode."

„Auch im Bett?", fragte Buckley ungläubig.

Hélène stieß einen so wehmütigen Seufzer aus, dass Jane die Augenbrauen hochzog und den Mann neben ihr auf der Bank ansah. Sedgecroft zuckte hilflos mit den Schultern und besaß genug Anstand, um eine verlegene Miene zu machen.

„Was ich meinte", fuhr Buckley leise fort, „ist Folgendes: Vielleicht solltest du ihn um Erlaubnis fragen, wenn du mit mir anbändelst. Mir gefällt ganz und gar nicht der Gedanke, mich mit ihm in einem Duell messen zu müssen."

„Wenn dir seine Meinung so wichtig ist, dann frag ihn doch selbst, Buckley." Hélènes Stimme wurde leiser, da die beiden sich in Richtung des Hauptwegs entfernten. „Vorausgesetzt, du erwischst ihn auch einmal ohne diese armselige kleine Maus im Schlepptau. Ich weiß nicht, was er an ihr findet."

„Die Eleganz der Belshires ist schon recht beeindruckend", erwiderte ihr Begleiter, der sich mit solchen Einwänden allerdings keinen Gefallen tat.

„Ach, halt doch den Mund, Buckley", fuhr Hélène ihn

an. „Ihr Briten seid alle so besessen von eurer Abstammung. Für mich ist sie Lady Maus, die Prinzessin aller Mäuse. Ich möchte wetten, dass sie quiekt, wenn sie das Bett mit Sedgecroft teilt."

Jane musste empört nach Luft schnappen, und sie hatte sich schon halb von der Bank erhoben, als Grayson sie zu sich zurückzog. Ob es einen Skandal nach sich ziehen sollte oder nicht – dieser Frau würde sie gehörig die Meinung …

„Nicht quieken, meine bewundernswerte kleine Maus", flüsterte er ihr belustigt ins Ohr. „Warten Sie ab."

Sie verschränkte die Arme vor der Brust und schaute in den sternenübersäten Himmel, erschrak dann aber, als Sedgecroft neben ihr zu lachen begann.

Von oben herab sah sie ihn an: „Haben Sie jetzt den Verstand verloren?"

„Ihr Gesicht …" Er zeigte mit dem Finger auf sie. „Einfach unbezahlbar … und als sie dann noch sagte …"

„Sie müssen es nicht Wort für Wort wiederholen", unterbrach sie ihn beleidigt. „Ich habe jede abfällige Bemerkung gehört." Er machte sich über sie lustig und versuchte dabei nicht mal, es vor ihr zu verheimlichen. Was für eine Sorte Mann war er eigentlich? Ihre Wangen glühten vor Zorn. Und was für eine Sorte Frau war nur aus ihr geworden?

„Nun gut." Langsam bekam Sedgecroft sich wieder in den Griff.

„Nun gut … was?", wollte sie wissen.

„Sie müssen zugeben, das war eine interessante Unterhaltung", murmelte er.

„Das können Sie leicht sagen." Sie zog ihre Füße zurück. „Niemand hat Ihnen unterstellt, wie ein Nagetier auszusehen."

„Aber ich habe das auch nicht gesagt", widersprach er ihr sofort. „Und auch nicht gedacht."

„Und worüber haben Sie dann gelacht?"

„Sie lachen doch auch“, gab er zurück.

„Jetzt ja“, räumte sie ein, da es ansteckend auf sie wirkte. „Aber zuerst nicht, weil ich mich zu sehr beleidigt gefühlt hatte.“ Beleidigt von einer Fast-Geliebten eines Halunken, der Jane vor den Folgen ihres eigenen Täuschungsmanövers beschützen wollte. Sie hatte sich damit eine Grube gegraben, aus der sie vielleicht nie wieder herauskommen würde.

„Seien Sie nicht wütend auf mich“, meinte er lächelnd. „Ich würde Ihnen nie vorwerfen, Sie seien eine Maus.“

„Nein, höchstens eine Taube. Oder eine Eule.“

Er sah ihr tief in die Augen und wollte dabei offenbar besonders aufrichtig wirken.

„Jane, es ist nur deshalb so lachhaft, weil es völlig absurd ist. Sie sind eine begehrenswerte Frau. Wie oft muss ich Ihnen das noch sagen?“

„Ich fühle mich aber nicht begehrenswert. Ich fühle mich als … als würde ich jetzt gern an einem Stück Käse knabbern. Glauben Sie, der österreichische Küchenchef hat noch ein Stück von diesem Cheshire übrig?“

Sedgecroft legte seine Hand um ihr Kinn und drehte ihr Gesicht zu sich herum. Er lachte jetzt nicht mehr, dafür erschien er ihr nun sogar eine Spur zu ernst. „Sie *sind* begehrenswert. Glauben Sie etwa, ich sage das nur, damit Sie sich besser fühlen?“

„Nein, denn wenn Sie wollten, dass ich mich besser fühle, würden Sie mir diesen Käse bringen. Zusammen mit einem Brötchen, um …“

Das Leuchten unverhohlenen Verlangens in seinen Augen ließ sie mitten im Satz verstummen. Kein Mann hatte sie je so angesehen. Allerdings hatte sie es auch nie zuvor zugelassen, in eine Situation zu geraten, in der sie für einen Verführungsversuch so empfänglich war, dazu noch mit einem solchen Meister dieses Fachs.

War es möglich, dass er etwas in ihr sah, was sonst niemandem auffiel? Wenn er sie so anschaute, fühlte sie sich versucht, das zu glauben. Und selbst wenn er es nicht ernst meinte, bescherte es ihr doch ein schönes Gefühl. Sie beide hätten einfach weiter auf dieser Bank im dunklen Irrgarten sitzen können, und es wäre für Jane aufregend genug für den ganzen Abend gewesen.

Die Stimme der Vernunft sagte ihr zwar, sie sollte Sedgecroft bitten, sie zurück ins Haus zu begleiten. Dennoch saß sie wie angewurzelt da. Ihr kam es vor, als hätte der Hochzeitsskandal ihre Abenteuerlust nicht gestillt, sondern sie überhaupt erst entfesselt.

„Vielleicht meint es die Liebe gerade mit uns beiden nicht sehr gut", überlegte er, während er sich langsam vorbeugte.

Ihr Atem stockte, da sie gebannt wartete, was geschehen würde. Diese entfesselte Jane kannte offensichtlich einfach kein Schamgefühl. „So hat es den Anschein", murmelte sie.

Seine Lider schlossen sich weiter. Jane seufzte vor Lust. Dann aber zerstörte sie einen möglicherweise perfekten Augenblick, indem sie fragte: „Hat es Ihnen gar nichts ausgemacht, dass sie sagte, Sie würden sie zu Tode langweilen?"

Er verzog den Mund zu einem sanften Lächeln. „Langweile ich Sie denn?"

„Nein."

„Na bitte."

Sie konnte die Hitze spüren, die sein Körper ausstrahlte. Sie durchdrang ihre Haut, setzte sich in Blut und Knochen fest, raubte ihr die Kraft.

„Wollen Sie denn wegen Buckley gar nichts unternehmen?", wunderte sie sich, während sie weiter fasziniert sein Gesicht betrachtete.

Sedgecroft kam noch ein Stück näher. Janes Herzschlag glich längst einem wilden Galopp. „Warum sollte ich? Er scheint Geschmack zu haben, was Frauen angeht.“

„Hélène ist eine schöne Frau“, meinte Jane leise, auch wenn sie insgeheim fand, die Frau sollte in einen Kaninchenbau stürzen und niemals wieder auftauchen.

„Ich meinte seinen Geschmack, der *Sie* angeht, Jane. Diese Eleganz der Belshires ist *tatsächlich* beeindruckend.“

„Ich …“

Er legte die Hände um ihr Gesicht und gab ihr einen so innigen Kuss, als hinge sein Leben davon ab, dass sie sich ihm atemlos hingab. Als Jane eine Hand hob, um sie auf seine Brust zu legen, kam es ihr vor, als würden ihre Finger eine Mauer aus granitharten Muskeln berühren, hinter der sein Herz im heftigen Rhythmus des Verlangens schlug – hart, warm und überwältigend männlich.

„Ja“, flüsterte er. „Berühr mich, Jane.“ Dabei ließ er seine Fingerspitzen von ihrer Schulter in das Tal zwischen ihren Brüsten wandern und streichelte sie, bis Jane nach Luft schnappen musste. „Wir beide, du und ich, wir sollten unser Glück selbst in die Hand nehmen“, hauchte er ihr ins Ohr.

Jane wusste nicht, was er mit seiner Bemerkung hatte sagen wollen, weil sie keine Zeit fand, darüber nachzudenken. Sein Mund strich über ihren Hals, und sie musste sich ganz darauf konzentrieren, die Erregung zu bändigen, die durch ihren Leib jagte. Im nächsten Moment wanderten seine geschickten Hände an ihrem Körper auf und ab, streichelten über ihre Taille, den flachen Bauch, das warme Tal zwischen ihren Schenkeln. Es war einfach unglaublich, so unglaublich, dass man hätte meinen können, er kenne sie besser als sie sich selbst.

Sie bog sich ihm entgegen und spürte die Erregung, die durch ihre Adern strömte. Kaum hatte er sie berührt, verwandelte sie sich in ihr entfesseltes Selbst, das so anders war, so überschäumend und voller Leben, und das seine Verführung ersehnte, das von der empörendsten Begierde erfüllt wurde, die sie sich nur vorstellen konnte. Jeder flüchtige Kontakt seiner Lippen, jedes Streicheln seiner Finger machte ihre Haut noch etwas empfindlicher.

„Komm näher“, sagte er mit belegter Stimme und zog Jane an sich, bis sie praktisch auf seinem Oberschenkel saß, während er eine Hand um ihren Po legte. „So ist es schon besser, nicht wahr?“

„Besser? Besser für was?“, flüsterte sie. Ihr Verlangen hatte eine solche Intensität erreicht, dass es schon schmerzte.

In der Kapelle war ihm bewusst geworden, welch sinnliche Kurven Jane hatte und wie sehr sie den heimlichen Traum eines Mannes verkörperte. Nun ließ er diesen Traum Wirklichkeit werden, indem er diese Rundungen erforschte, die sanften Wölbungen ihres Busens, den wohlgeformten Po.

„Das wollte ich bereits am Tag deiner Hochzeit“, gestand er ihr, als er sein Gesicht zwischen ihren Brüsten vergrub. Er zog sie noch ein wenig enger an sich. „Ich war von dir hingerissen, während du vor dem Altar gewartet hast.“

Sie drückte ihren Rücken durch und lachte atemlos, mit einer Mischung aus Entsetzen und Lust. „In Anbetracht des Skandals, den ich mir beschert habe, ist es schon ein Glück, dass du dich nicht von deinen Impulsen hast leiten lassen.“

Um besser an ihre Brüste gelangen zu können, zog er ihre Ärmel nach unten, dann nahm er eine Brustspitze in den Mund und ließ seine Zunge genüsslich mit ihr spielen. Ihn störte der dünne Stoff, der sich zwischen ihnen befand, aber noch mehr störte ihn, dass sie sich nicht an einem Ort aufhielten, an dem sie Gewissheit haben konnten, von niemandem unterbrochen zu werden. Dies hier war leichtsinnig, ungestüm, verrückt, und doch wollte er keine Sekunde missen. Natürlich würde er darauf achten, dass er es nicht zu weit trieb, dennoch war er im Augenblick einfach zu erregt, um einen vernünftigen Gedanken fassen zu können.

Seine linke Hand legte er auf Janes Fußknöchel, dann schob er sie langsam unter ihren Rock, bis er seine Finger um ihr Knie legen konnte. Sekunden später strich er über die seidenweiche Haut oberhalb ihrer Strümpfe und wurde wie magisch von der verlockenden Hitze angezogen, die ihren Ursprung zwischen ihren Schenkeln hatte. Er stellte sich vor, diese Hitze zu kosten, in sie vorzudringen. Die Begierde war fast übermächtig.

Jane erschrak zunächst, als sie seine Hand zwischen ihren Schenkeln fühlte, doch dem Schock folgte im nächsten Moment ein so heftiges Verlangen, dass sie nicht wagte, sich zu rühren. Sie hatte ihre Freiheit gewollt und mit Nigel nur deswegen den Plan geschmiedet, damit sie eine Gelegenheit bekam, selbst Liebe zu finden – aber war dies hier wirklich das, was sie wollte? Ihr Blut schien beinah zu kochen, und obwohl sie Angst vor dem verspürte, was kommen würde, kribbelten all ihre Nerven vor Erwartung. Graysons Liebkosungen übertrafen alles, was sie jemals erlebt oder sich erträumt hatte.

„O mein Gott, Jane“, meinte er stöhnend. „Du zitterst am ganzen Leib. Entspanne dich und lass mich dir Vergnügen bereiten.“

„Entspannen? Mir ist, als würde ich sterben.“

„Du wirst nicht sterben. Obwohl … vielleicht auf eine gewisse Weise, aber du kannst mir vertrauen. Es wird wunderschön sein.“

„Dir vertrauen?“, gab sie im Flüsterton zurück. „Sieh dir nur an, in welche Situation mich mein Vertrauen gebracht hat.“

Dann halt mich auf, dachte er, da er nicht die Willenskraft aufbringen konnte, dieser lustvollen Tortur ein Ende zu setzen. Sie war noch nie so berührt worden, und um keinen Preis würde er ihr hier auf der Gartenbank die Unschuld nehmen, so sehr er das auch wollte. Ihr Duft weckte eine Leidenschaft, die ihn erbeben ließ.

Jane vergrub ihr Gesicht an seinem Hals, während sie versuchte, die wundervoll sinnliche Benommenheit zu vertreiben, die von ihr Besitz ergriffen hatte. Als sie merkte, wie er mit einem Finger in sie eindrang, war sie zu überrascht und von ihrer Lust zu überwältigt, als dass sie sich ihm hätte widersetzen können. Es fiel ihr schon schwer genug, nicht den Verstand zu verlieren angesichts der Empfindungen, die seine Liebkosungen auslösten. Oh, es war so wunderbar, so schwindelerregend, dass vor ihren Augen ein prächtiger Farbenwirbel entstand.

Sein Griff war so fest, dass Jane Mühe hatte, durchzuatmen und wieder zur Besinnung zu kommen. Wie aus weiter Ferne hörte sie Gelächter, Stimmen wurden lauter, als sich einige Gäste dem Irrgarten näherten. Erschrocken wandte sie den Kopf zur Seite.

„Ich glaube …"

„Ja, ich höre sie", erwiderte er heiser, das Gesicht noch immer in ihrem Haar vergraben. „Es ist alles gut. Komm, wir bringen dich in Ordnung, Liebling. Es ist nichts passiert."

Sie zog an ihrem Kleid, bis es wieder richtig saß. Mit zittriger Stimme erklärte sie: „Dir ist vielleicht nichts passiert, aber ich glaube, ich werde nie wieder so sein wie zuvor. Lieber Himmel, ich kann meine Hände kaum ruhig halten, Sedgecroft. Ist alles wieder an seinem angestammten Platz?"

Von Kopf bis Fuß betrachtete er sie aufmerksam, dann blieb sein Blick an ihrem Gesicht hängen. Der strahlende Ritter hatte einmal mehr in seinem Bemühen versagt, sich ehrenhaft zu verhalten. Was hatte er ihr soeben angetan? Welcher Teufel hatte ihn bloß geritten? „Es ist alles wieder an seinem Platz", erklärte er schließlich. „Auch wenn es eine Schande ist, deinen wunderbaren Körper unter so viel Stoff zu verstecken." Er half ihr, von der Bank aufzustehen, dann drückte er sie einen Moment lang an sich und fragte sich, ob sie wohl nach diesem Abend die Flucht vor ihm ergreifen und niemals zu ihm zurückkehren würde. Wie passte eine Verführung in seinen Plan?

„Du siehst noch besser aus als zuvor“, fügte er leise an. „Ich dagegen muss meinen Rhabarber vor allzu aufmerksamen Blicken verstecken.“

„Dein …?“

„Komm, Jane, bevor uns jemand vermisst. Man darf uns nicht gemeinsam aus dem Irrgarten kommen sehen.“ Er wollte kein Risiko eingehen, dass sie in einen weiteren Skandal verwickelt wurde. „Jetzt wollen wir herausfinden, ob wir diesen Käse auftreiben können, auf den du solchen Appetit hast.“

14. KAPITEL

Sie schlenderten durch den Garten zurück zum Haus und ließen die frische Nachtluft ein wenig ihre Leidenschaft abkühlen, ehe sie sich unter die Gäste mischten, als seien sie nie fort gewesen. Er hielt ihre Hand nur so lange, bis sie in den Lichtschein der ersten Laterne gelangten, obwohl er sie am liebsten gar nicht wieder losgelassen hätte. Es war verkehrt von ihm gewesen, ihre Verwundbarkeit auszunutzen, nur hatte er in diesem Moment einfach nicht gewusst, wie er ihr widerstehen sollte.

Was Jane an sich hatte, dass er in ihrer Gegenwart so sehr die Beherrschung über sich verlor, war ihm ein Rätsel. Immerhin hatte er schon mit jeder Art von Frau zu tun gehabt. Doch dann wurde es ihm klar: Jane war einfach nur sie selbst. Sie täuschte nichts vor, sie war nicht darauf aus, ihn in eine Falle zu locken oder ihn zu beeindrucken. Sie war einfach nur Jane, aber für ihn war das mehr als genug.

Zum Glück war ihr Verschwinden niemandem aufgefallen, bestenfalls würde man annehmen, dass sie sich auf dem Rasen vor dem Haus unterhalten hatten.

So konnte es nicht weitergehen. Grayson musste sich bremsen, anderenfalls würde Jane in eine noch schlimmere Lage geraten als zuvor.

„Wirst du das jetzt jedes Mal mit mir machen, wenn wir zusammen sind?“, fragte sie, ohne ihn anzusehen.

Mit einem kläglichen Lächeln erwiderte er: „Das habe ich jetzt wohl verdient.“

„Das gehörte nicht zu deinem Plan, mich wieder gesellschaftsfähig zu machen, oder etwa doch?“

„Ich plane nie so detailliert, jedenfalls nicht, wenn es um Frauen geht“, sagte er. „Frauen sind unberechenbare Geschöpfe, und daher ist es nötig, ihnen gewisse Freiheiten zu gewähren, wenn die Beziehung zu ihnen friedlich verlaufen soll."

„Das ist keine Antwort, Sedgecroft."

„Wäre es dir lieber, wenn wir solche … ‚Situationen' im Voraus planen?"

Sie seufzte. „Ich vermute, mich trifft eine genauso große Schuld wie dich, aber mir wäre es wohl lieber, wenn wir unser Verlangen von vornherein zügeln könnten, um gar nicht erst in eine kompromittierende Lage zu geraten."

„Kompromittierende Lage? Das klingt, als würden wir über Todsünden oder über Verbrechen reden." Auf einmal blieb er stehen. Das Licht der Laternen tauchte sein Gesicht zur Hälfte in einen tiefen Schatten. „Es ist Nigels wegen, nicht wahr?"

„Nigel hat damit nichts zu tun", erwiderte sie und schaffte es, dabei recht überzeugend zu klingen.

„O doch, das hat er. Ich kenne mich ein wenig mit Frauen aus, Jane. Tief in deinem Herzen hoffst du immer noch auf seine Rückkehr. Als loyale und integre Frau willst du ihm zeigen, dass du nicht der Versuchung erliegst, nur weil er … weil er vorübergehend unter die pilgernden Junggesellen gegangen ist."

„Unter die pilgernden Junggesellen?", wiederholte sie verständnislos.

„Nun, es hat den Anschein, dass sein Verschwinden nicht die Folge eines Verbrechens ist. Es tut mir leid, doch er dürfte noch unter den Lebenden weilen."

„Du bedauerst, dass er nicht tot ist?"

„Es hätte mir einigen Ärger erspart. Möchtest du, dass ich die Wahrheit herausfinde oder nicht?"

Eine düstere Vorahnung überkam Jane. Wie dicht würde er der Wahrheit bei seiner Suche wirklich kommen? Nigel hatte ihr versprochen, seine Spuren zu verwischen und so lange unterzutauchen, bis sie den richtigen Zeitpunkt für gekommen hielten, um an die Öffentlichkeit zu gehen und seine Ehe nicht länger als Geheimnis zu behandeln.

Keiner von ihnen hatte allerdings damit gerechnet, dass Sedgecroft sich die Sache in einem Maß zu Herzen nehmen würde, dass er einen Geheimagenten nach ihm suchen ließ. Das machte einen ursprünglich so geschickten Plan urplötzlich erschreckend kompliziert.

Langsam holte sie Luft, während sie ihren Mut zusammennahm. „Wenn du schon von Wahrheit sprichst, solltest du erfahren, wie ich über Nigel denke."

„Das weiß ich doch."

„Das ist völlig unmöglich", widersprach sie.

„Jane, du bist eine intelligente und ungewöhnliche Frau, aber deine Gefühle kannst du längst nicht so gut verbergen, wie du es glaubst."

„Und was ist mit dir, Sedgecroft?", fragte sie vorsichtig.

Sein Lächeln verriet, dass er nicht wusste, was sie meinte. „Was soll mit mir sein?"

„Trauerst du Hélène nicht nach?"

„Du machst wohl Scherze."

Sie schüttelte den Kopf. „Nein, keineswegs. Sie muss deine Gefühle verletzt haben."

„Nicht im Geringsten."

„Bist du ehrlich zu mir, oder spricht da nur dein Stolz aus dir?"

„Ich fand die Situation dafür viel zu amüsant und erhellend."

„Hmm, jemand macht wohl gute Miene zum bösen Spiel."

„Fragt sich nur, wer dieser Jemand ist."

Jane lächelte ihn skeptisch an. „Sagen wir doch einfach, dass einer von uns den tapferen kleinen Soldaten spielt und dass ich es nicht bin. Die Frau, die deine nächste Geliebte sein sollte, stolziert mit einem anderen Mann umher."

„Jane, Liebling, wenn Hélène mir etwas bedeutet hätte,

glaubst du, ich würde mich dann mit dir in diesen Irrgarten setzen?"

Was sie darauf erwidern sollte, war ihr nicht klar. Glücklicherweise blieb ihr eine Antwort erspart, weil sie ihren Bruder entdeckte, der sich ihnen zielstrebig näherte. Sie hatte nicht mal Zeit gehabt, sich Gedanken über dieses Zwischenspiel im Irrgarten zu machen. Eine Komplikation schien derzeit eine andere nach sich zu ziehen, und ihr Leben entwickelte sich allmählich zu einem gordischen Knoten. „Ah", sagte sie. „Da ist ja Simon. Er kommt gerade mal zwanzig Minuten zu spät, um herauszufinden, was wir da im Dunkeln gemacht haben."

Grayson lachte leise. „Oh, Jane, da kommt wieder deine vernünftige Seite zum Vorschein."

„Ja", erwiderte sie und ging rasch an ihm vorbei. „Und das auch nur zwanzig Minuten zu spät, um mir noch behilflich zu sein."

Jane fühlte sich elend. Sie tanzte mit jungen Männern, die entweder zu dumm waren, um zu wissen, dass sie in einen Skandal verwickelt war, oder die so wenig Ansehen in der Gesellschaft hatten, dass es sie einfach nicht kümmerte.

Wie sollte sie sich auf eine Unterhaltung konzentrieren, wenn ihr Herz seit dem Zwischenfall mit Sedgecroft im Irrgarten noch immer raste? Und wie sollte sie ein Spiel mitspielen, wenn sie von vornherein nicht auf einen Sieg hoffen konnte? Je mehr sie über Grayson wusste, umso mehr war sie von ihm gefesselt. Und dann die Art, wie er sie berührt hatte! Sie musste jetzt noch zusammenzucken, wenn sie nur daran dachte.

„Sieh ihn dir doch nur an", murmelte sie. „Er lauert da wie eine Schlange."

„Verzeihung", sagte ihr Tanzpartner, als er wieder dicht bei ihr war. „Aber was sagten Sie soeben?"

Sie klappte ihren Fächer auf und erwiderte rasch: „Ich

sagte, es ist ermüdend, Schlange zu stehen.“

„Ach so. Ja, das ist schon ein alberner Tanz, nicht wahr? Wie wäre es mit einer Zitronenlimonade?“

„Gern, ich fühle mich, als wäre ich ausgetrocknet.“

Sie bahnte sich ihren Weg über die Tanzfläche, um mit Cecily zu reden, die bei einer Gruppe aristokratischer Freunde stand. Sie konnte Sedgecroft kaum ignorieren, also winkte sie ihm unauffällig. Das Lächeln, mit dem er ihr antwortete, war entsetzlich selbstzufrieden. Und es machte ihr klar, dass er sie nicht vergessen lassen würde, was sich eben zwischen ihnen abgespielt hatte.

Warum hatte sie selbst so ohne Weiteres akzeptiert, was geschehen war? Warum reagierte sie nicht entsetzt, anstatt ihre wundervolle Sünde noch immer zu genießen? Immerhin kannte sie den Ruf, der ihm in Sachen Frauen nachgesagt wurde. Auf der anderen Seite hatte ihr niemand erklärt, welch wundervolles Gefühl es war, das Objekt seiner berüchtigten Begierde zu sein. Genauso hatte ihr niemand gesagt, dass sie zwar ihr Leben noch so geschickt planen konnte, sie aber keinen Einfluss darauf hatte, was ihr Herz wollte.

Grayson stand an eine der vier gewaltigen Säulen des Ballsaals gelehnt da und sah Jane zu, wie sie mit ein paar jungen Kavalieren tanzte, die sich zweifellos von ihren strahlenden Augen und leicht geröteten Wangen angezogen fühlten. Resigniert dachte er darüber nach, dass er für diese hinreißende Anziehungskraft verantwortlich war. Er hätte sich wirklich bei Jane entschuldigen sollen, anstatt sie auch noch zu necken. Doch in diesem Augenblick bedauerte er viel mehr, dass sie nicht auf der Stelle weiterführen konnten, was sie im Irrgarten begonnen hatten. Doch für heute Abend hatte er bereits genug Unheil angerichtet, und er konnte diese Verführung unmöglich fortsetzen. Was hatte er sich bloß dabei gedacht? Jetzt, da er sich wieder auf Abstand zu Jane befand, konnte er zumindest wieder klar denken.

Zu gern hätte er sie in sein Bett gelockt, um sie auf jede nur denkbare Weise zu lieben. Doch dieses Vergnügen war ihm nicht vergönnt, denn an erster Stelle kam seine Verpflichtung gegenüber der Familie. Das erinnerte ihn an Chloe und daran, mit welch unverhohlenem Zorn sie auf seine Drohung reagiert hatte, sie aufs Land zu schicken, sollte sie noch einmal sein Vertrauen missbrauchen. Ihr Unglück und ihr Aufbegehren bereiteten ihm große Sorge. Es war nur noch eine Frage der Zeit, bis ihr Trotz ihn dazu brachte, die Hand gegen sie zu erheben.

Seine Gedanken kehrten zu Jane zurück, zu ihrem Duft, ihrer samtweichen Haut. Er dachte daran, wie schüchtern und fordernd zugleich ihre Hände seinen Körper erkundet hatten. Ihre unbeholfenen Berührungen waren für ihn einfach zu viel gewesen. Er wusste nicht, was er tun sollte, außer wie ein Heranwachsender dazustehen und innerlich zu zittern.

„Wie wär's mit einem Kartenspiel?", rief ein Freund ihm zu.

Mit einem Schulterzucken hieß er diese Ablenkung willkommen. „Warum nicht?" Während er sich umdrehte, bemerkte er einen dunkelhaarigen jungen Mann, der sich aus Cecilys Gruppe löste und Jane auf eine Art ansah, die Grayson nur zu vertraut war.

„Denville, wer ist dieser Mann da drüben, der Jane wie ein Falke anstarrt?"

„Oh, das ist Lord Brentford."

„Er macht einen recht trübseligen Eindruck."

„Trübselig ist das richtige Wort. Wie ich hörte, wollte er sich im vergangenen Jahr das Leben nehmen, als Portia Hunt ihn verließ und sich seinem Bruder zuwandte. Kommen Sie nun oder nicht?"

„Eine Minute."

Grayson kniff ein wenig die Augen zusammen, als er sah,

wie Jane den finster dreinschauenden Brentford anschaute und ernst nickte, nachdem er irgendetwas gesagt hatte. Auf einmal stutzte sie, drehte sich um und blickte zu Grayson, als hätte sie sein Missfallen gespürt.

Ihr unsicheres Lächeln erwiderte er nicht. Brentford mochte zwar als guter Fang gelten, doch eine fröhliche Frau wie Jane war mit einem wankelmütigen Verehrer nicht gut beraten. Nigels Flucht hatte sie allerdings so tapfer aufgenommen, dass Grayson ihre innere Stärke loben musste.

Er schüttelte ermahnend den Kopf, um ihr zu zeigen, dass sie einen besseren Mann als Lord Brentford finden konnte. Dennoch vermochte er nicht zu sagen, welcher Mann es wert war, sein Leben mit Jane zu teilen.

Für Grayson war das Ganze ein Rätsel. Da hätten er und Jane sich auf der Gartenbank beinahe geliebt, aber während er im Schatten lauerte und gegen seine Schuldgefühle ankämpfte, tanzte sie mit anderen Männern und gab sich alle Mühe, ihn zu ignorieren.

Wollte sie damit aller Welt zeigen, dass sie Nigels Fahnenflucht überleben würde? Sollte es so sein, dann konnte er ihr nichts vorwerfen, nahm sie sich doch schließlich nur seinen Rat zu Herzen.

„Hat Ihre jüngste Eroberung Sie etwa schon im Stich gelassen, Sedgecroft?“, hörte er auf einmal eine kühl klingende Frauenstimme neben sich.

Der französische Akzent verriet ihm, dass es sich um Hélène handelte, die Frau, die er sich kurzzeitig als seine nächste Eroberung auserkoren hatte. In den letzten Wochen hatte sie indes erheblich an Charme eingebüßt, und so drehte er sich nur widerwillig zu ihr um. „Ich kann Buckley nirgends sehen. Haben Sie ihn kurz zum Spielen geschickt?“

„Er holt mir etwas zu trinken.“ Schweigend betrachtete sie sein Profil. Hélène war erfahren genug, um zu wissen, dass sein

Interesse nachgelassen hatte. „Genau genommen hat er Angst vor Ihnen.“

„Warum das?“

„Weil Sie und ich …“

Sein Lächeln vermittelte die höfliche Gleichgültigkeit eines Fremden. Er war kein gehässiger Mann, doch er wünschte, Hélène würde auf der Stelle verschwinden. „Ja?“

Der herablassende Tonfall ließ sie nun erröten. „Ihre Eroberung unterhält sich sehr angeregt mit Brentford, finden Sie nicht auch?“

Mit ironischer Miene sah er wieder zu Jane. „Sie kennen doch das Sprichwort, Hélène. ‚Ist die Katze aus dem Haus, tanzen die Mäuse auf dem Tisch.‘ Apropos Nager, ist das nicht Buckley, der sich dort in der Ecke hinter dem Farn versteckt?“

Er musste leise lachen, als sie einen französischen Fluch ausstieß und sich entschuldigte, um zu ihrem neuen Beschützer zu eilen. Grayson hegte keinen Groll ihr gegenüber. Vielmehr war er sogar dankbar, dass sich keine tiefer gehende Beziehung entwickelt hatte, da er mittlerweile wusste, wie wenig sie beide zusammenpassten. Früher dagegen, in der Zeit vor dem Tod seines Vaters, hätte er sich einfach kopfüber in eine Affäre gestürzt und die Konsequenzen zum Teufel gewünscht.

Allerdings hieß das nicht auch zwangsläufig, dass er erotischen Vergnügungen für alle Zeit abgeschworen hatte. Wenn er seine Familie wieder unter Kontrolle hatte und Janes missliche Lage zur Zufriedenheit aller gelöst war, dann würde er sich einen Rückfall in alte Zeiten gönnen.

Wo war Jane eigentlich? Ihr verdrießlicher Verehrer schien ebenfalls verschwunden zu sein.

„Entschuldigen Sie, Lord Sedgecroft. Dürfte ich kurz mit Ihnen reden?“

Grayson drehte sich um und blickte in die wachsamen Augen von Lord Brentford. Ein Stück hinter ihm entdeckte er Jane, die bei ihren zwei Schwestern stand – beide konnten sich über einen Mangel an Bewunderern nicht beklagen. „Ich nehme an, es geht um Lady Jane?"

Brentford nickte. „Ist sie vergeben?"

„Das kommt darauf an", antwortete Grayson vorsichtig.

„Worauf, Mylord?"

„Darauf, was Sie vorhaben – und ob Nigel …" Mitten im Satz hielt er inne. Ihm wurde klar, dass er und Jane gar nicht so weit im Voraus überlegt hatten. Was zum Teufel sollte er sagen? Gut die Hälfte der feinen Gesellschaft war längst der Ansicht, er und Jane würden heiraten. Vielleicht war es für sie von Vorteil, wenn diese Annahme neue Nahrung erhielt. „Ist das nicht eine Frage, die Sie ihrem Vater oder ihrem Bruder stellen sollten?"

„Der Viscount verwies mich an Sie, Mylord. Er war in eine politische Diskussion vertieft."

„Ich kenne Sie nicht gut genug, um mit Ihnen über meine persönlichen Angelegenheiten zu reden", antwortete Grayson schließlich.

„Ich verstehe."

Schweigend standen sie da, jeder von ihnen versuchte vergeblich, nicht zu Jane zu sehen. Grayson hatte sich in ihrer Gesellschaft vom ersten Moment an wohlgefühlt, so als sei sie eine alte Freundin. Doch nach dem heutigen Abend fürchtete er, es könnte mehr als das sein.

„Ich kann den Schmerz unerwiderter Liebe nachvollziehen", erklärte Lord Brentford. „Ich kenne die Demütigung, die sie durch diesen Verrat erlitten hat."

Grayson starrte ihn an. Wie war er nur plötzlich in die Rolle der altjüngferlichen Tante geraten, die unglücklich Verliebten Ratschläge gab?

„Ich hätte wirklich nicht gedacht, dass ich es überleben würde", fügte Brentford an.

„Nun ja, wir sollten auf einer solchen Party nicht gefühlsduselig werden, mein Bester. Jane ist hier, um sich abzulenken."

„Dann verbieten Sie mir, mich ihr zu nähern?"

Grayson wandte seinen Blick von Jane ab. Sie war nicht sein Eigentum, und er besaß nicht das Recht, einem Mann zu verbieten, um sie zu werben, erst recht nicht, wenn er hoffte, sie wieder für einen potenziellen Ehemann interessant zu machen. Doch er konnte sie auch nicht fröhlich dem erstbesten Mann zuschieben – erst recht nicht, wenn es sich dabei um einen unerwünschten Kandidaten handelte. Er schuldete es ihr, sie wenigstens bis zu einem gewissen Grad zu beschützen.

„Ja", sagte er schließlich. „So sieht es aus." Sollte Brentford diese Antwort doch so auslegen, wie er es für richtig hielt.

Wieder gab es eine Pause. Beide Männer blickten Jane nach, die sich soeben mit einem guten Freund ihres Bruders auf die Tanzfläche begab. Sie lachte und schien sich tatsächlich zu vergnügen – zumindest bis sie mitten in einer Drehung zu Grayson sah und feststellte, dass er sie düster anstarrte. Ein Schatten huschte über ihr Gesicht, und sie machte einen falschen Schritt.

Grayson stieß sich von der Säule ab und erklärte: „Sie wird nicht in tiefe Trauer über das Verhalten meines Cousins versinken, solange ich etwas dagegen tun kann."

„Ich verstehe nicht, wie sie einen so sorglosen Eindruck machen kann, wenn er sie doch erst vor rund einer Woche sitzen ließ", meinte Brentford nachdenklich. „Ich muss ihr schauspielerisches Talent loben, es ist beängstigend gut."

Grayson hatte diesem melancholischen Unsinn nur mit einem halben Ohr zugehört und warf dem anderen nun einen durchdringenden Blick zu. „Was haben Sie gesagt?"

Der andere Mann zögerte. „Ich bin weit davon entfernt, Gerüchte zu glauben. Es ist nur so, dass einige ihrer Freunde vermuten, sie habe Nigel eigentlich nie geliebt. Ein paar von ihnen überlegen sogar, dass sie gar nicht so unglücklich darüber war, dass …"

Er verstummte jäh, weil er Graysons geringschätzigen Gesichtsausdruck bemerkte. „Gerüchte, Mylord", sagte er rasch. „Nur gehässige Gerüchte."

„Dann wiederholen Sie sie besser auch nicht!"

Brentford zog die Augenbrauen hoch. „Meine Großmutter pflegte immer zu sagen, ein Gerücht ist eine Saat, aus der eine üble Frucht wächst."

„Sie sollten auf Ihre Großmutter hören", meinte Grayson kühl. „Pflanzen Sie keine solche Saat."

Lord Brentford nickte. „Ich werde Sie nicht länger von Ihrer Aufgabe abhalten, auf Jane aufzupassen."

„Tun Sie das", gab Grayson knapp zurück, während er hoffte, dass auch andere gehässige Gerüchte über Jane schnell verstummten.

15. KAPITEL

Am nächsten Morgen wurde für Jane eine kleine Schachtel von Rundell, Bridge & Rundell abgegeben, einem Juweliergeschäft am Ludgate Hill. Darin befand sich eine Diamantbrosche in Form einer Maus mit Augen aus Onyx. Eine Karte war nicht beigelegt worden, und es fand sich auch keine andere Art von Nachricht, die einen Hinweis auf die leidenschaftliche Begegnung im Irrgarten gegeben hätte.

Es war nur dieses sehr kostspielige Schmuckstück, das an einen Moment erinnerte, den sie nicht einmal dann hätte vergessen können, wenn sie sich das gewünscht hätte. Während Caroline und Miranda das ungewöhnliche Geschenk bewunderten und rätselten, welche Bedeutung es wohl haben könnte, schlich sich Jane nach unten in die Küche, um mit der Köchin zu reden.

„Einen Rhabarber, sagen Sie, Mylady?“ Mrs. Hartley, die Köchin, wischte sich die nassen Hände an der Schürze ab. „So was habe ich schon seit Jahren nicht mehr zu Gesicht bekommen, aber es gibt da einen Apotheker, zu dem meine Tante regelmäßig geht. Er verkauft aus China importierte Heilmittel, unter anderem auch getrocknete Rhabarberwurzeln.“

„Rhabarberwurzeln.“ Jane strahlte zufrieden, als sie sich vorstellte, wie sie sich damit für Sedgecrofts Geschenk revanchierte. „Oh, hervorragend. Lassen Sie eine besonders große Wurzel in einem hübschen Karton verpacken und zum Marquess of Sedgecroft in der Park Lane schicken. Meine besten Wünsche sollen übermittelt werden, und lassen Sie ein rosafarbenes Band um den Rhabarber wickeln.“

„Eine Rhabarberwurzel mit rosa Band für den Marquess.“

„In einem ausgefallenen Karton“, fügte Jane munter an und wandte sich zum Gehen.

Die Köchin sah perplex das Aufwaschmädchen an, das am Spülbecken stand und sich nicht regte. „Eine Rhabarberwurzel", flüsterte es. „Der Herr steh uns bei! Was will eine junge Dame mit einer Wurzel anfangen, außer einen von diesen Liebestränken herzustellen, wie sie die fahrenden Händler verkaufen? Sich auf Hokuspokus zu verlassen, um einen Mann zu finden … das arme Ding!"

Das Aufwaschmädchen legte einen Löffel weg. „Ich würde ja etwas Arsen kaufen und es Sir Nigel in den Tee rühren."

„Da könnten wir uns die Hand reichen", erwiderte die Köchin. „Aber Arsen ist noch viel zu harmlos für das, was dieser elende Kerl ihr angetan hat. Ich würde ihm am liebsten den Hals umdrehen wie bei einem Hühnchen."

Das Mädchen sah auf das Küchentuch, das die Köchin bei diesen Worten zusammendrückte. „Beruhigen Sie sich, Mrs. Hartley. Lady Jane hat doch jetzt den Marquess, damit er sich um solche Dinge kümmert."

Die Köchin runzelte die Stirn. „Und dann schickt sie ihm auch noch einen Rhabarber, als wüsste ich nicht, was *das* zu bedeuten hat. Das ist doch wohl klar, Mädchen. Aber auch wenn ich eine alte Frau bin, kann ich noch gut verstehen, was ihn so anziehend macht."

Grayson ritt am Nachmittag des gleichen Tags zum Herrenhaus des Earl of Belshire am Grosvenor Square.

Die ganze Nacht hindurch hatte er nur an Jane denken können. Dass er sich zu ihr hingezogen fühlte, quittierte er dabei mal mit Verblüffung, mal mit Belustigung und dann wieder mit Entsetzen. In Gedanken war er bei ihr, als er Nigels Club und auch dessen bevorzugten Schlupfwinkel aufsuchte. Nirgends bekam er einen Hinweis auf den Verbleib seines Cousins, und allmählich begann er sich zu fragen, ob es nicht vielleicht besser war, sich Heath anzuschließen und mit vereinten Kräften zu suchen. Doch er hatte versprochen, hierzubleiben und Jane vor allen grausamen Attacken der Gesellschaft zu beschützen. Ein ganz anderes Problem hingegen war die Frage, wie er sie vor seinen eigenen Avancen beschützen sollte.

Je öfter er sie sah, umso mehr begehrte er sie, selbst wenn er wusste, wie dumm das war.

Versprochen war versprochen – auch wenn sich daraus ein Problem für ihn ergab, mit dem er nicht gerechnet hatte, als er in die untypische Rolle ihres Beschützers schlüpfte. Inzwischen bedauerte er diesen impulsiven Entschluss, wenngleich nicht aus den Gründen, die er hätte absehen können. Das überwältigende Verlangen, das er in ihrer Gegenwart verspürte, war eine Sache, noch mehr beunruhigte es ihn allerdings, dass ihm ihre Gesellschaft ebenso gefiel wie ihre Gespräche. Auf jeden Fall mochte er sie so sehr, dass er sie nicht dem erstbesten lebensmüden Aristokraten zum Fraß vorwarf, der sie begehrte.

Wenn er nicht auf normalem Weg um sie werben konnte, würde er sich einfach eine Lösung einfallen lassen, die ihnen beiden zusagte.

Seine Laune besserte sich sofort, als er sie auf den Stufen zum Eingang erblickte. Sie hatte ihren Bruder Simon im Schlepptau, der etwas blass um die Nase herum aussah. Dem Anschein nach hatte ihm der gestrige Abend gehörige Kopfschmerzen eingebracht. Vermutlich konnte er sich gar nicht mehr daran erinnern, dass Grayson ihn am Abend an genau der Stelle abgesetzt hatte, an der er nun stand.

Er lächelte Jane an und stieg ab, um ihr beim Aufsteigen aufs Pferd zu helfen. Mit einer verstohlenen Geste schickte er den Reitknecht weg – niemand außer ihm selbst sollte Jane berühren.

„Wie ich sehe, trägst du meine Brosche", sagte er leise.

„O ja, und jeder bewundert sie. Allerdings versteht natürlich niemand ihre Bedeutung. Mäuse und Diamanten am frühen

Morgen – das könnte zur Gewohnheit werden.“ Sie lächelte ihn fröhlich an. „Wie aufmerksam von dir, unseren Abend zu feiern.“

„Es war mir ein Vergnügen.“ Sein Blick wanderte über ihre eng anliegende Reitkleidung aus burgunderrotem Samt, die ihren Busen besonders betonte. Es war ihm wahrhaftig ein Vergnügen. „Kommt Simon mit?“

Gleichzeitig drehten sie sich zu ihrem Bruder um, der nach vorn gebeugt auf seinem Pferd saß und sich mit einer Hand die Augen zuhielt.

„Es würde mich wundern, wenn er es überhaupt bis zum Park schafft“, gab sie lachend zurück.

Das kurze Stück bis zum Park brachten sie schweigend hinter sich. Grayson wich spielenden Kindern und bellenden Hunden aus, während sein Blick immer wieder zu Janes Po wanderte. Ihre sinnlichen Bewegungen beim Reiten weckten in ihm Gedanken, von denen sie besser nichts wissen sollte. Als sie sich auf der Upper Brook Street plötzlich nach ihm umdrehte, gelang es ihm nicht schnell genug, seine lüsternen Gedanken hinter einer ausdruckslosen Miene zu verbergen.

„Grayson Boscastle“, sagte sie verzweifelt, „wage es nicht, mich in der Öffentlichkeit so anzusehen!“

Er grinste sie lässig an. „Ich habe nur deine Figur bewundert.“

„Was soll ich bloß mit dir machen?“

„Ich kann nichts dafür, dass ich wie ein Mann denke.“ Und er konnte auch nichts dafür, wenn er immer wieder darüber nachgrübelte, wie empfänglich sie am Abend zuvor für seine Liebkosungen gewesen war, wie verführerisch und willig. Allein die Erinnerung daran brachte sein Blut wieder in Wallung.

„Ja, es ist wieder deine schreckliche Männlichkeit, die du an den Tag legst“, erklärte sie.

Er wurde einfach nicht aus ihr schlau. Mal wirkte sie abgeklärt, dann wieder verletzlich. Sie war ein Widerspruch in sich selbst, doch bei genauer Betrachtung traf das auch auf ihn selbst zu.

Allem Anschein nach gab sie sich keine Mühe, sich nach einem anderen potenziellen Ehemann umzusehen. Aber obwohl sie praktisch keinerlei Anstrengungen unternahm, um besonders attraktiv zu erscheinen, fühlte er selbst sich ungeheuer von ihr angezogen. Andere Frauen hingegen hatten erst ausgefallene Pläne schmieden müssen, um ihn auf sich aufmerksam zu machen.

Sobald er eine Dummheit machte, durchschaute sie ihn, und sie wagte es, ihn zu beschimpfen, wenn er ihr helfen wollte. Diese Freundschaft war von einer ganz anderen Art als alles, was er bislang kannte, und sie gefiel ihm.

„Übrigens“, sagte er, während er sich ihrem Pferd näherte, kaum dass sie den Park erreicht hatten, „war es sehr aufmerksam von dir, mir heute Morgen den Rhabarber zu senden. Du wirst sicher verzeihen, dass ich ihn nicht trage.“

Jane tat so, als sei sie am Boden zerstört. „Hat er dir nicht zugesagt?“

„O doch, sehr sogar. Ich bin vor Lachen fast aus dem Bett gefallen.“

Einzelne Sonnenstrahlen ließen ihr Haar hier und dort golden aufleuchten, das sie lose zusammengebunden im Nacken trug. Grayson betrachtete aufmerksam ihr zart geschnittenes Gesicht, gleichzeitig regte sich in den Tiefen seines Herzens eine eigenartige Empfindung, ein ungewohntes, beängstigendes Gefühl.

Er wagte es nicht, diesem Gefühl einen Namen zu geben, sondern hoffte, es würde von selbst wieder verschwinden. Eine leise Stimme in seinem Kopf besagte allerdings, dass sich diese Hoffnung nicht erfüllen würde.

„Ich glaube, die Welt lässt sich von dir täuschen, Jane.“

Jane stutzte, das Funkeln in ihren Augen verblasste. „Wieso?", fragte sie leise.

„Tief unter diesem damenhaften Äußeren verbirgt sich der Verstand einer Füchsin. Du bist eine wahre Teufelin."

„Das sagt der Richtige", entgegnete sie.

Er grinste flüchtig, dann dirigierte er mit einem Druck seiner kraftvollen Schenkel den Hengst zu Jane hinüber. „Ich würde sagen, dass ein Teufel einen anderen erkennt. Sollen wir versuchen, deinen Bruder abzuschütteln?"

Auf ihr zustimmendes Nicken hin wählten sie zuerst einen beliebten Reitweg, bis Grayson das Tempo zurücknahm und einen Spaziergang vorschlug. Einige andere Paare winkten ihnen zu und sahen verstohlen zu Jane, als seien sie sich nicht sicher, ob sie vorgeben sollten, von dem Hochzeitsskandal nichts zu wissen.

Sie ignorierte diese Blicke und blickte stattdessen hinaus auf den See, weil diese Aufmerksamkeit sie verlegen machte. Immerzu musste sie daran denken, dass die Gesellschaft mutmaßte, sie und Grayson würden auf eine Ehe zusteuern.

„Ob Simon wohl nach uns sucht?", fragte sie auf einmal. Allerdings war die Frage nicht so sehr aus Sorge um den Bruder geboren, sondern diente mehr dem Zweck, sich selbst von allen Überlegungen abzulenken, die sie und Grayson betrafen.

Er nahm ihre Hand, als sie abstieg, und drückte sie so fest an sich, dass es auf sie wie ein wohliger Schock wirkte. „Du kannst mich jetzt loslassen", flüsterte sie mit bebender Stimme.

„Warum?", murmelte er, während seine Lippen über ihr Haar strichen. „Du fühlst dich göttlich an, deine Reitkleidung schmiegt sich an dich wie eine zweite Haut, und *du* wiederum schmiegst dich an mich wie eine zweite Haut. Was Simon angeht", fügte er an und ließ sie los, „scheint er mit einer Gruppe junger Damen auf dem Weg zum Serpentine zu sein."

„Ich hoffe, er fällt nicht hinein", sagte sie und schaute hinüber zum Serpentine, jenem Teich im Hyde Park, der schlangenförmig angelegt worden war. „Auf seinem Pferd schaukelt er ja die ganze Zeit von einer Seite zur anderen. Ich wünschte, er würde eine anständige junge Frau finden, die er heiraten könnte."

Sie gingen nebeneinander her und machten einen Bogen um die vielen Kindermädchen, die Kindern und Hunden hinterhereilten. Grayson bemerkte Lord Brentford auf dem Rotten Row; etliche Spaziergänger drehten sich nach den beiden ungestümen Braunen um, die seinen eleganten Phaeton zogen. Gezielt dirigierte er daraufhin Jane in die entgegengesetzte Richtung. Auf beinah beängstigende Weise ließ Brentford in ihm einen besitzergreifenden Zug zutage treten.

„Was machst du da?", fragte sie und lachte ein wenig nervös.

„Ich beschütze dich vor dem üblen Wind, der im Begriff ist, uns ins Gesicht zu wehen. Aber zurück zu Simon. Warum glaubt ihr Frauen eigentlich immer, die Ehe sei ein Allheilmittel für unsere Sorgen?"

„Die Ehe ist ein Grundpfeiler unserer Zivilisation", antwortete sie abweisend und spähte über Graysons Schulter.

Er folgte ihrem Blick und setzte eine finstere Miene auf, als er sah, dass Brentford seinen Phaeton langsamer fahren ließ, um zu Jane zu schauen. Gleichzeitig machte er viel Aufhebens darum, seine Braunen zu bändigen. Hatte er Janes lästigem Verehrer auf dem Ball nicht klar zu verstehen gegeben, was er von ihm erwartete?

„Du starrst ihn an, Jane", sagte er missbilligend.

Sie schreckte hoch. „Es tut mir leid. Ich habe ihn wirklich angestarrt, nicht wahr?"

„Ja, das hast du. Wieso?"

„Ich weiß nicht. Er hat mich zuerst angestarrt. Man ist gezwungen zurückzustarren."

„Jane." Graysons Lächeln war gezwungen, seine Haltung unnachgiebig. „Einer von uns könnte sich gezwungen fühlen, seinem Starren ein für alle Mal ein Ende zu setzen."

„Aber doch nicht hier!", rief sie erschrocken, da sie fürchtete, er könne genau das tun, womit er drohte.

„Warum nicht?", erwiderte er leichthin. „Auf diesem Boden wurde schon früher Blut vergossen. Immerhin entstamme ich einer Familie, die Traditionen pflegt."

Diesmal nahm sie ihn am Arm und führte ihn zu einem ruhigen Fleckchen Rasen, um so Lord Brentford loszuwerden, der mit einigem Abstand gefolgt war. „In diesem Fall handelt es sich offenbar um eine Tradition, die der Gewalt und dem Streben nach Lust verschrieben ist. Anstatt auf Brentford herumzuhacken, solltest du lieber etwas Gutes tun und meinen Bruder einer netten jungen Dame vorstellen, die etwas Einfluss auf sein Betragen nehmen könnte."

Ihre Anstrengungen, ihn in die richtige Bahn zu lenken, amüsierten ihn, würden ihn aber in keiner Weise beeinflussen können. Sollte sich Brentford noch zu einem ernst zu nehmenden Problem entwickeln, würde er sich den Mann vornehmen, wenn auch nicht in aller Öffentlichkeit.

„Ich höre bereits ein weiteres Gespräch über die Vorzüge der heiligen Ehe nahen", erklärte er stöhnend, ließ sich mit ausgebreiteten Armen ins Gras sinken und schnarchte theatralisch. „Bin ich schon tot?"

„Setz dich wieder hin, Sedgecroft. Die Gazetten verbreiten auch so bereits genug Klatsch über uns."

Er öffnete ein Auge. „Mehr Klatsch? Was ist es diesmal?"

„Wir heiraten nächsten Monat", gab sie zurück und sah ihn finster an.

„Und was ist daran so schlimm?", fragte er listig. „Ich dachte, du befürwortest die Ehe."

„Ja, aber unsere Verlobung ist nur eine Lüge, Sedgecroft",

zischte sie. „Wir können nicht jedermann auf Dauer zum Narren halten. Und nun hör auf mit diesem albernen Spielchen und steh auf."

Sedgecroft rollte sich zur Seite und stützte sich auf einem Ellbogen auf, womit er sie erneut an einen atemberaubenden Löwen erinnerte, der sich auf dem Rasen ausstreckte. „Was genau habt ihr beide, du und Nigel, eigentlich gemacht, als ihr zusammen wart? Stillleben gemalt?"

„Wir haben uns unterhalten, wenn du es so genau wissen willst. Wir pflegten das, was man unter zivilisierten Menschen als Konversation bezeichnet."

Er zupfte einen Grashalm heraus, während er Jane amüsiert ansah. „Und worüber habt ihr euch unterhalten?"

„Über das Leben, über Bücher, die Liebe." Über Letzteres vor allem im abgelaufenen Jahr, als Nigel von seiner wachsenden Leidenschaft erzählte, die er der Gouvernante seiner Familie entgegenbrachte.

„Nigels Liebe zu dir?", hakte er neugierig nach.

Sie sah ihm tief in die Augen und konnte nichts gegen den Schauer ausrichten, der ihr über den Rücken lief. „Ähmm, nicht so speziell."

Mit nachdenklicher Miene setzte sich Grayson auf und tauchte Jane so in seinen Schatten. „Manchmal kommt es mir so vor, als könne er gar kein Boscastle sein."

„Wie meinst du das?", fragte sie zögerlich.

„Ein Boscastle hätte nicht all diese Jahre in deiner Gesellschaft zugebracht, ohne über eine Konversation mit dir hinauszukommen, wenn du verstehst, was ich meine."

„Ich fürchte, ich …", begann sie, stockte dann aber und rief absichtlich viel zu laut: „Oh, sieh doch! Ist das da am Ufer nicht Cecily?"

„Jane." Er zog an den Schößen ihrer Reitjacke, bis Jane an ihn gedrückt im Gras saß. Zufrieden lächelnd senkte er den

Kopf, bis sein Mund fast ihren Hals berührte. „Ist es dir nicht angenehm, über Verlangen zu reden? Niemand kann uns hier belauschen."

Ihr Körper kribbelte beängstigend an den Stellen, an denen sie Grayson berührte – an ihren Schulterblättern, an der Rundung ihres Pos und an ihren Waden. „Du bist der einzige Mann, der es je gewagt hat, das Thema anzusprechen", antwortete sie schließlich, drehte sich dann jedoch abrupt um, als sie jemanden ihren Namen rufen hörte. „Cecily will, dass wir uns ihr anschließen. Sollen wir hingehen? Ich glaube, Simon ist bei ihr."

„Du bist so leicht durchschaubar, meine Süße."

„Du auch, Sedgecroft."

„Tatsächlich?"

„So durchschaubar, als wärst du durchsichtig."

„Dann sag mir, was ich in diesem Moment denke."

„Diese Worte kann ich bestimmt nicht über die Lippen bringen."

„Ich dachte daran, was gestern Abend geschehen ist", sagte er leise und strich ihr eine Strähne aus der Stirn.

Er sah, wie Jane heftig schluckte, ehe sie aufstand. „Dann versuch, wenigstens in den nächsten Minuten an etwas anderes zu denken", erwiderte sie atemlos. „Ich möchte nicht, dass du meinetwegen in den See spazierst."

Nachdenklich folgte er ihr. Auch wenn sie immer wieder einen Weg fand, ihm auszuweichen, musste er doch nach wie vor an ihr Verhalten in diesem Irrgarten denken. Diese wenigen Augenblicke hatten genügt, um seine Gefühle für sie auf den Kopf zu stellen. Noch nie war er einer so entwaffnenden Frau begegnet, die sich im einen Moment sittsam gab, um sich dann im nächsten als Verführerin zu entpuppen – anschmiegsam, ergötzlich, würdevoll und eben auch ein klein wenig wie eine Xanthippe.

Eine Frau, die bei einem Mann den Wunsch nach Sex weckte ... *und* nach Bindung.

Abrupt blieb er stehen, schnappte nach Luft und schüttelte fassungslos den Kopf. Woher war nur dieser letzte Gedanke gekommen?

Doch es entsprach der Wahrheit. Irgendjemand würde kommen, der sie zu schätzen wusste. Er selbst hatte festgestellt, dass sie über eine Fülle an Eigenschaften verfügte, die ein Mann schätzen musste. Dabei war ihr Äußeres ebenfalls nicht zu verachten. Warum sollte Nigels Dummheit sie für ihr ganzes Leben zu einer unattraktiven Frau abstempeln?

Sein eigenes Verlangen nach ihr genügte, um die Maßstäbe zu widerlegen, die die feine Gesellschaft eigenmächtig aufstellte. Seine listige Maus lockte ihn auf eine interessante Verfolgungsjagd, und ihn störte es nicht im Geringsten.

Einige ihrer Freunde vermuten, sie habe Nigel eigentlich nie geliebt.

O Jane, dachte er. Was du brauchst, sind ein paar Lektionen in Sachen Liebe. Vielleicht können wir beide sie sogar gebrauchen.

Ihre Freunde standen am Ufer und beklagten den Verlust von Simons seidenem Zylinder, den ein übermütiger Lord spontan in den See geworfen hatte. Die Menge begann zu jubeln, als sich die Kopfbedeckung dem Ufer näherte, doch im nächsten Moment stöhnten die Anwesenden gemeinschaftlich auf, als der Hut unterging und nicht mehr zu sehen war.

„Das passt so gar nicht zu dir, Jane“, flüsterte Cecily ihr zu, während sie versuchte, den blendend aussehenden Marquess zu ignorieren, der ein wenig abseits stand. Sie trug Reitkleidung aus schokoladenbrauner Seide, ihr schmales Gesicht war in den Schatten einer mit Schwanenfedern verzierten, passenden Reitkappe getaucht. „Hast du die Gazetten gelesen?“

Jane sah hinaus aufs Wasser, während sie bis in ihr Innerstes die Anwesenheit Sedgecrofts spürte, der sich ein Stück hinter ihr aufhielt. Obwohl sie ihn nicht sah, kreisten alle ihre Gedanken nur um ihn. Noch immer konnte sie die Wärme seines kräftigen Körpers spüren, die auf sie übergesprungen war, als sie gegen ihn gelehnt dasaß.

Wie es schien, war sie nicht die Einzige, die sich zu ihm hingezogen fühlte. Die meisten ihrer Freundinnen versuchten ihn mit gewinnendem Lächeln und eifrigen Bitten dazu zu bewegen, den Hut aus dem See zu retten. Dass sie alle bemüht waren, ihn auf sich aufmerksam zu machen, bewirkte bei Jane einen unerklärlichen Ärger.

„Ja", antwortete sie nach einer Weile. „Ich habe sie gelesen. Du weißt, dass die Hälfte davon ohnehin erfunden ist."

Cecily kniff die Augen leicht zusammen. „Dann stimmt die andere Hälfte also? Nein, antworte nicht darauf."

„Das hatte ich auch gar nicht vor."

„Alle sagen, er werde dir einen Heiratsantrag machen, Jane. Falls er das nicht schon längst getan hat."

Jane seufzte leise. Als sie am Morgen gelesen hatte, ein gewisser Marquess habe sich in sie verliebt, war sie von einem unerklärlichen Glücksgefühl erfüllt worden, das sich jedoch gleich wieder verflüchtigte, kaum dass sie die Zeitung zur Seite legte.

„Ein Teil von mir bewundert dich dafür, Jane", fügte Cecily nach langem Zögern an.

Aus dem Augenwinkel bemerkte Jane, dass Grayson in den Park schaute – dorthin, wo Hélène mit Lord Buckley spazierte. Die Französin, deren hellblondes Haar im Sonnenschein glänzte, blieb stehen, als sie den großen Marquess entdeckte, dann stieß sie ihren Begleiter am Arm an, damit der eine andere Richtung einschlug.

Sedgecroft hielt sich derweil die Hand vor den Mund und gähnte genüsslich.

„Wieso bewunderst du mich?“, fragte Jane gedankenverloren, da sie von dem wortlosen Drama gefesselt war, das sie soeben mit angesehen hatte. Was um alles in der Welt hatte das zu bedeuten? Warum waren die Gefühle der Menschen nur so hoffnungslos kompliziert? Sie fragte sich, ob sie in ein paar Monaten in Begleitung eines anderen Mannes unterwegs sein und ebenfalls versuchen würde, Grayson auf sich aufmerksam zu machen. Hatte sich Grayson mit Hélène auch in diesen Irrgarten zurückgezogen und ihr diese unbeschreibliche Lust bereitet? Würde er sie eines Tages auch ansehen und zu gähnen beginnen?

„Weil du dir Sedgecroft zum Liebhaber genommen hast“, wisperte Cecily ihr zu.

Nun wurde Jane doch hellhörig. Sie hatte das Gefühl, von Kopf bis Fuß zu erröten. Schlimmer aber war, dass Sedgecroft es auch gehört hatte, wenn sie sein amüsiertes Grinsen richtig deutete.

„Er ist *nicht* mein Liebhaber“, erwiderte sie, musste aber feststellen, dass sie sich gar nicht so überzeugend anhörte, wie sie es gewollt hatte. „Er ist mein Begleiter, ein … ein Freund der Familie.“

„Eine solche Freundschaft“, konterte Cecily in einem schroffen und gleichzeitig diskreten Tonfall, „ist nichts anderes, als wenn man eine Gans mästet, um sie dann zu schlachten. O ja, die ganze Welt sieht die riesige Diamantbrosche, die du da trägst. Jeder weiß, woher sie kommt! Sicher, wenn diese Freundschaft in einer Ehe endet, dann wird alles vergeben und vergessen sein. Aber was, wenn er so ist wie Nigel? Oder wenn Nigel zurückkehrt?“

„Würdest du bitte das Thema wechseln, Cecily?“, forderte Jane ihre Freundin auf. Sie war sich sicher, dass sie Grayson leise hatte lachen hören.

Cecily zog sie ein Stück mit sich in Richtung Ufer. „Du

musst dringend Abstand zu ihm wahren. Jedenfalls so lange, bis du zur Ruhe gekommen bist und du erst mal über alles nachdenken konntest."

„Versuch du doch mal, Abstand zu Sedgecroft zu wahren!"

„Ich bin wirklich in Sorge um dich, Jane. Alle Welt glaubt, dir würde seine Gesellschaft gefallen."

„Vielleicht ist das ja auch der Fall."

„Vielleicht hindert dich aber auch dein gebrochenes Herz daran, klar zu denken."

„Es könnte sein, dass ich zum ersten Mal in meinem Leben das tue, was mir gefällt."

Jane war selbst überrascht, mit welcher Inbrunst sie diesen Halunken verteidigte. Ihre Freundinnen sahen alle nur seine Fassade, sie wussten nichts von der Güte und vom Familiensinn dieses Mannes, der sie so betörte. Er mochte zeitweise ein Lump sein, doch er kümmerte sich um seine Familie. Sollte sich Grayson jemals verlieben, dann würde die Frau, die er für sich auswählte, nicht nur Lust erleben, bis ihr die Sinne schwanden, sondern von ihm auch geschätzt und respektiert werden.

„Es ..." Cecily verstummte sofort, als sich ein Schatten über sie schob.

„Möchtest du jetzt weiterreiten, Jane?", fragte Grayson freundlich, als ahne er nichts davon, dass er das Thema der Unterhaltung zwischen den beiden Frauen war.

Jane sah zu ihm auf und spürte, wie die Begierde von ihr Besitz ergriff. Auch wenn er der Teufel in Person war, fanden sich keine Worte, um das zu beschreiben, was er bei ihr auslöste. Cecily gab einen missbilligenden Laut von sich und sah starr hinaus auf den See, auf dem nun einige Blüten trieben, die man im Gedenken an Simons Hut ins Wasser geworfen hatte.

„Wenn du möchtest", erwiderte Jane, die befürchtete, er und Cecily könnten ihretwegen einen Streit beginnen. Beide waren sie ihre Freunde, auch wenn sie unterschiedlicher nicht hätten sein können. Beide versuchten auf ihre Art, Jane zu beschützen. Wie sollte sie bloß dafür sorgen, dass die beiden sich vertrugen?

„Ja“, sagte sie schließlich und lächelte Cecily entschuldigend an. „Ich glaube, das ist eine gute Idee.“

„Jetzt ist Cecily wütend auf mich“, erklärte Jane zwei Stunden später, als sie durch ihren Garten am Grosvenor Square spazierten. „Sie wird sich ausmalen, dass ich von irgendeinem Unheil heimgesucht worden bin, und vielleicht liegt sie damit gar nicht mal so verkehrt.“

„Nun, sie irrt sich zumindest, was mich angeht“, gab Grayson zurück, der offenbar glaubte, als der Verursacher jenes mutmaßlichen Unheils angesehen zu werden. „Ich hoffe, du hast mich verteidigt.“

„Ja, aber …“

Sie blieb am Geräteschuppen stehen und schaute gerade noch rechtzeitig zum Haus, um zu sehen, wie der Schlafzimmervorhang zugezogen wurde.

„Die Spione haben uns im Visier“, sagte sie und setzte ein finsteres Lächeln auf.

„Wer ist es diesmal? Caroline oder Miranda?“

„Vermutlich beide. Und wenn ich mich nicht irre, hielt Caroline ein Fernglas in der Hand.“

„Sollen wir sie etwas sehen lassen, was ihnen Anlass zur Sorge geben wird?“, fragte er amüsiert.

„Ach, Sedgecroft, du bist so ein Tunichtgut. Was sollen wir nur machen? Wir müssen diesem Unsinn ein Ende setzen, ehe die Gesellschaft uns nach unserem ‚Hochzeitstermin‘ fragt.“

„Willst du unsere Verlobung lösen, Jane?“

„Kannst du wenigstens für einen Moment ernst bleiben?“

Er sah auf, da ihn das unüberhörbare Knarren eines sich öffnenden Fensters ablenkte. Spontan nahm er Jane an der

Hand und führte sie hinter den Geräteschuppen. „Jetzt, da sie uns nicht mehr sehen können, werden sie erst recht beunruhigt sein. Also, was soll es heute Abend sein: eine Soiree oder ein Essen für zwei?“

Jane widerstand der Versuchung, sich an ihn zu schmiegen. „Ist dir schon einmal der Gedanke gekommen, dass normale Menschen auch einen Abend zu Hause verbringen, um zu lesen oder um sich auszuruhen?“

„Die Gottlosen haben keinen Frieden, meine Liebe. So steht es schon in der Bibel geschrieben.“

„Als ob du jemals die Bibel gelesen hast!“

„Oh, aber gewiss doch“, entgegnete er. „Mit einer Gouvernante, die praktisch so alt wie ich war und die mir mit dem Rohrstock drohte. Ich hatte seitdem allerdings einige Schwierigkeiten, Bibeltexte zu lernen. Manchmal frage ich mich, was wohl aus dieser Frau geworden ist und wen sie heute quält.“

Jane zwang sich zu einem Lächeln. Sie konnte sich vorstellen, dass er als kleiner Junge ein wahrer Wildfang gewesen war. Doch bei dieser Gouvernante konnte es sich nur um Esther Chasteberry handeln, die inzwischen Lady Boscastle war, Mutter einer weiteren Generation ungezogener Boscastle-Jungs. Die Gouvernante mit der eisernen Hand. Janes Ängste, ihr Plan könnte aufgedeckt werden, erreichten einen neuen Höhepunkt, da Grayson sich so gut an die Frau erinnern konnte. Er würde ganz gewiss keine Scherze machen, wenn er wüsste, dass Esther längst die Frau seines verschwundenen Cousins war.

„Was soll ich dazu sagen? Vermutlich hattest du dir deine Bestrafungen auch verdient. Ich …“

Sie zwinkerte, als er plötzlich seine Hand um ihr Kinn legte und ihr einen schnellen, aber leidenschaftlichen Kuss gab. Im gleichen Augenblick wurden ihre Sinne von einer wohligen, gefährlichen Wärme überspült, die sofort nachließ, als Grayson sich zurückzog. Zurück blieb ein Anflug von Verärgerung. „Das wird für die nächsten Stunden genügen müssen“, sagte er bedauernd. „Die Gärtner sind auf dem Weg hierher.“

„Das wird genügen müssen? Also bitte, Sedgecroft! Als könnte eine Frau zwischen zwei Küssen von dir nicht mehr leben oder atmen. Das ist ja so arrogant!“

Lachend führte er sie vom Weg fort ins Grüne, um der Schubkarre des beflissenen Gärtners auszuweichen. „Das habe ich schon mehr als einmal zu hören bekommen“, erwiderte er und ließ seine Hand auf ihrer Schulter liegen. „Jedenfalls kann ich so verhindern, dass du irgendeinem schwermütigen jungen Lord in die Finger fällst, der ein Auge auf dich hat.“

„Er tut mir leid“, sagte Jane. „Du solltest dich nicht über ihn lustig machen.“

„Ein Mann auf der Suche nach einer Frau kann solches Mitgefühl leicht zu seinem Vorteil nutzen“, meinte er zynisch.

„Sagte der Mann, der alle Tricks und Kniffe kennt.“

„Du kannst einen Besseren bekommen als Brentford, Jane. Wir haben unsere Suche gerade erst begonnen.“

„Wurde dir eigentlich schon mal das Herz gebrochen?“, fragte sie leise.

Er wich einen Schritt zurück und ließ seine Hand sinken. Caroline und Miranda waren gerade in den Garten gekommen und taten so, als würden sie die Stockrosen bewundern. Bei diesem peinlichen Anblick musste Jane sich abwenden.

„Nur einmal. Es war ein schreckliches Gefühl.“ Er verzog den Mund und ging in Richtung Gartentor davon. „Wir werden heute Abend eine schöne Zeit verbringen. Bring deine Bibel mit – oder einen Rohrstock, je nachdem, was dir lieber ist.“

16. KAPITEL

Ihre Bibel oder einen Rohrstock!

Eiskalt lief es Jane den Rücken hinunter, während Sedgecroft sich entfernte. Sie würde alle Gebete benötigen, die die Bibel zu bieten hatte, und auch den Rohrstock, um sich gegen Grayson zu verteidigen, wenn der herausfand, wohin es seine einstige Gouvernante verschlagen hatte – und welche Rolle Jane und Nigel bei dem Ganzen spielten. Wie lange konnte sie dieses Schauspiel noch fortsetzen, ehe ihre Kräfte versagten? Und wie lange würde es dauern, bis er begriff, dass sie ihn die ganze Zeit über getäuscht hatte?

Sie verschränkte die Arme vor der Brust, als ihre beiden Schwestern sich ihr von hinten näherten. „Was ist geschehen?“, wollte Caroline wissen, die das Gartentor nicht aus den Augen ließ.

„Wir sind sofort aus dem Haus gekommen, als wir dich gesehen haben“, rief Miranda außer Atem. „Wir wären noch schneller gewesen, hätte Caroline nicht erst noch ihren Schuh suchen müssen.“

„Nichts ist geschehen“, erwiderte Jane, klang jedoch von ihren eigenen Worten nicht allzu sehr überzeugt.

Caroline sah sie eindringlich an. „Er ist mit dir hinter dem Geräteschuppen verschwunden.“

„Ich wollte ihm die Knollen zeigen, die uns Tante Matilde aus Brüssel geschickt hat.“

„Sind deshalb die obersten drei Knöpfe deiner Reitjacke offen?“, fragte Miranda und machte dabei eine Unschuldsmiene. „Weil du ihm die Knollen gezeigt hast?“

„Ich war im Park reiten“, erwiderte Jane beleidigt. „Es war heute Nachmittag sehr warm.“

Caroline seufzte. „Ganz sicher. O Jane, meine vernünftige, angesehene, von allen Skandalen unberührte Schwester – wie konntest du das nur zulassen!“

„Das frage ich mich stündlich“, gab sie zurück und kickte einen Stein aus dem Weg.

„Das passt so gar nicht zu dir, Jane“, meinte Miranda, als sie nebeneinander auf dem gepflasterten Weg weitergingen. „Du weißt doch, was für ein Mensch er ist.“

„Ich bin mir nicht sicher, ob ich das wirklich weiß“, sagte Jane nachdenklich. Sie wusste nur, dass sie den Menschen sehr mochte, der er war. „Auf jeden Fall hat er es nicht verdient, von mir so getäuscht zu werden.“

„Wirst du es ihm sagen?“ Caroline sah sie aufmerksam an.

„Das werde ich wohl müssen. Auch wenn ich insgeheim hoffe, dass ein Wunder geschieht und er der Meinung ist, er habe seine Aufgabe erfüllt. Dann würde er die Wahrheit nie erfahren müssen.“

Caroline runzelte die Stirn. „Dazu müsste Nigel aber England verlassen und niemals zurückkehren. Und solange du Grayson deine … deine Knollen zeigst, wird er seine Aufgabe nicht für erledigt ansehen.“

„Sollen wir es ihm sagen?“, warf Miranda ein.

„Nein“, widersprach Jane energisch. „Das wäre feige von mir.“ Nach einer kurzen Pause fügte sie an: „Am Freitag werde ich es ihm sagen.“

„Überleg dir das noch mal sehr gründlich“, warnte Caroline. „Wenn Sedgecroft aus Verärgerung beschließt, dein Ränkespiel mit Nigel öffentlich zu machen, ist der nächste Skandal nicht mehr weit, und der wird dein Ende bedeuten. Wir sind nicht völlig davon überzeugt, dass er dein Geheimnis für sich behalten wird.“

„Ich kann mir auch nicht vorstellen, dass er die ganze Sache mit einem Schulterzucken hinnehmen wird“, erklärte Miranda. „Ein Boscastle mag ja ein verlässlicher Freund sein, aber ich möchte ihn nicht zum Feind haben.“

Dieser Gedanke war Jane mehr als einmal durch den Kopf gegangen. Ihr Blick kehrte zurück zum Geräteschuppen, während sie sich erschrocken vorstellte, wie Graysons Charme und Energie sich in Wut und Rachsucht verwandelten, wenn er erfuhr, dass sie ihn die ganze Zeit über getäuscht hatte.

„Das Risiko werde ich wohl eingehen müssen, nicht wahr?“, sagte sie entschlossen.

Ein weiterer Skandal würde für sie nicht das Ende bedeuten. Doch wenn sie Graysons Vertrauen verlor ... das wäre ihr Ende.

Grayson war sich wohl bewusst, dass er sich bei Jane auf trügerisches, unerforschtes Terrain begab. Einige Male hatte er ernsthaft überlegt, die Vereinbarung vorzeitig rückgängig zu machen, allerdings konnte er sich nicht dazu durchringen. Stattdessen fand er ein Dutzend Vorwände, warum er sie wiedersehen musste.

Nun fasste er aber den Entschluss, Jane wenigstens aus seinen Gedanken zu verbannen, wenn er seine Zeit nicht mit ihr verbrachte. Ohnehin warteten jetzt dringende Aufgaben auf ihn, denn er hatte nie zu den Aristokraten gezählt, die sich ihre Tage mit müßigen Albernheiten vertrieben.

Seine Geschäfte an den Docks sollte er nicht länger vernachlässigen. Er hatte sich geschworen, dem Gerücht auf den Grund zu gehen, Drake wolle Brandons Weg folgen und in den Reihen der Ostindischen Gesellschaft dienen. Grayson konnte es sich schlicht nicht leisten, den ganzen Tag über nur an diese Frau zu denken, ganz gleich, wie attraktiv sie auch war.

Und doch gelang es ihm kaum, sich mit anderen Dingen zu befassen als dem Gedanken daran, Jane schon bald wiederzusehen. Er freute sich darauf, mit ihr irgendein gesellschaftliches Ereignis zu besuchen oder aber seine Sorgen vor ihr auszubreiten. Vielleicht würde sie ihm weitere Ratschläge bezüglich seiner Familie geben können.

Was war bloß aus ihrer ursprünglichen Abmachung geworden?

Er wagte es nicht, genauer darüber nachzudenken.

Die nächsten fünf Tage vergingen wie im Flug, und Jane fand nicht ein einziges Mal den Mut, Sedgecroft die Wahrheit zu sagen. Fünf Tage, die der Marquess damit verbrachte, ihre Zeit in Anspruch zu nehmen und ihren Geist zu verführen. Es waren fünf der glücklichsten und zugleich schrecklichsten Tage ihres Lebens. Glücklich, weil er sie mit seiner gefälligen Kühnheit und Ehrlichkeit zum Lachen brachte. Schrecklich, weil ihr klar wurde, dass sie mehr als nur ein bisschen in einen Mann verliebt war, der allein deswegen um sie warb, um der Gesellschaft etwas vorzumachen.

Und weil ihr Geheimnis über ihnen schwebte wie ein Damoklesschwert.

Die wenigen hoffnungsvollen Verehrer, die es tatsächlich wagten, sie anzusprechen, wurden mit höflichen Ausreden abgewiesen. Jane weigerte sich sogar, wie sonst üblich einmal in der Woche mit Cecily auf der Bond Street einkaufen zu gehen, da sie sich von ihr nicht schon wieder Vorhaltungen machen lassen wollte. Stattdessen trat sie in Chelsea mit Grayson, Simon und Chloe gegen Drakes ungestüme Crew an. Natürlich gewann Graysons Segelboot.

Am Abend darauf gingen sie zu einem Ball, und am Donnerstagabend – dem Abend vor dem Tag des Jüngsten Gerichts, da sie dann ihr Geständnis ablegen wollte – besuchten sie zusammen mit Janes Eltern eine Theateraufführung. Sie kehrten allein zu ihr nach Hause zurück, da Lord und Lady Belshire beschlossen, noch mit einem alten Freund in der Piccadilly Karten zu spielen.

„Bringen Sie sie heim, Sedgecroft", bat Lord Belshire, der mit diesem Arrangement nur deswegen einverstanden war, weil Jane glücklicher zu sein schien als … Genau genommen war sie lange vor Beginn der Hochzeitsplanungen nicht mehr so glücklich gewesen. Von diesem verdammten Nigel hatte niemand ein Wort gehört. Belshire bemitleidete seine älteste Tochter so sehr, dass er bereit war, sie zu ermutigen, ihre Zeit mit einem Lebemann zu verbringen, der zuverlässiger war als dessen Cousin.

„Simon und die beiden Mädchen sind zu Hause", gab er als Vorwarnung mit auf den Weg. „Sie werden also nicht mit ihr allein sein."

Letztlich waren Jane und Grayson an diesem Abend aber doch allein, wenn man von der Dienerschaft absah, die sich diskret zurückhielt. Lord Belshire hatte vergessen, dass Simon Caroline und Miranda zu einem Geburtstagsball begleitete.

So standen sie und Grayson in der Empfangshalle, die mit ihrem schwarz-weißen Marmor an ein Schachbrett erinnerte und sie beide wie Figuren auf diesem Brett erscheinen ließ. Die Stimmung war angespannt – jeder von ihnen fragte sich, wer wohl den ersten Zug machen würde.

Grayson zog eine von Lady Belshires Pfauenfedern aus dem Messingkrug und kitzelte damit Jane an der Nase.

„Endlich allein mit dir", flüsterte er. „Was sollen wir deiner Meinung nach als Erstes tun?"

„Wir können als Erstes damit aufhören, uns so albern zu verhalten." Sie zog ihren pflaumenblauen Seidenmantel aus, hielt aber inne, als sie seinen Blick bemerkte. Seit jenem Abend im Irrgarten hatten sie der Versuchung beharrlich widerstanden. „Und jetzt muss ich auch noch niesen …"

„Gesundheit." Er tippte mit der Feder auf ihren Kopf. „Außerdem meine ich es ernst. In welchem Salon soll ich dich verführen, dem rosafarbenen oder dem goldenen?"

Sie begann zu lachen, vor allem um zu überspielen, wie sehr sie seine Frage erregte. „Da wir weder den einen noch den anderen haben, steht eine Verführung wohl nicht zur Diskussion. Aber … es ist schon spät, du solltest dich auf den Heimweg machen."

„Warum?" Er zog sie sanft an sich und legte seine starken Arme um ihre Taille. Aus dem Augenwinkel sah sie in einem der Spiegel, wie sich ihre Körper aneinanderschmiegten; einen Moment lang sah es so aus, als seien sie zu einer Einheit verschmolzen. Jane musste schlucken, weil der Gedanke ihr Herz rasen ließ. Die Feder rutschte Grayson aus den Fingern und fiel langsam zu Boden.

„Ich werde dich nicht ganz allein zu Hause zurücklassen", erklärte er und hob ihren Kopf ein wenig an, damit sie ihn ansah.

„Alle unsere Diener sind hier, ich bin in Sicherheit." In mindestens einem Punkt war sie damit auch vor ihm in Sicherheit, doch in den anderen Punkten … Sie wusste genau, Sedgecroft würde nie zulassen, dass ihr jemand etwas antat. Wenn er sie bloß vor ihrer eigenen Unvernunft beschützen könnte!

„Wir können Karten spielen", sagte er beiläufig, während er sie durch den Flur zum Salon führte. „Ich bin mir sicher, dass du etwas einsetzen kannst, was ich haben möchte."

„Ich … o nein, ich vergaß! Ich bin zum Frühstück mit Cecily und Armhurst verabredet."

„Verschieb es um eine Woche", sagte er entschieden.

„Das kann ich nicht machen. Ich muss zu ihr, bevor ihre Familie nach Kent abreist, um das Anwesen für die Hochzeit vorzubereiten."

Leise zog er die Tür hinter ihnen zu, den Blick hielt er weiter auf sie gerichtet. Es war dämmrig im Zimmer, und er schaute ihr nach, wie sie zur Kommode ging. Den ganzen

Abend über hatte er sich danach verzehrt, sie berühren zu dürfen, sogar als Lord und Lady Belshire neben ihnen in der Loge gewesen waren. Jeder Kontakt mit ihrer zarten Schulter hatte genügt, um sein Begehren zu wecken. Die Versuchung ließ sein Herz schneller schlagen, sein Blut kochte vor Verlangen förmlich in seinen Adern.

Jane nahm einen kleinen Schluck von seinem Whisky, bevor sie ihm das Glas reichte. „Oh", machte sie und verzog den Mund. „Wenn dir davon nicht warm wird, dann wird dich nichts wärmen können."

Wenn du wüsstest, dachte er, während er das Glas in die Hand nahm und dabei flüchtig ihre Finger berührte. Mit der freien Hand lockerte er den Knoten seiner Krawatte. *Schick mich weg, Jane, ehe ich vergesse, dass ich nicht weiter gehen darf.*

Sie ging zum ausladenden Sofa, das in der Mitte des Raums stand, und ließ sich mit einem seidigen Rascheln daraufsinken. „Wie hat dir das Stück gefallen?"

„Ich habe nicht richtig zugeschaut." Er ließ sich neben ihr auf dem Sofa nieder. „Ich war ein wenig abgelenkt."

Verwundert sah sie ihn an. In dem Dämmerlicht, das im Zimmer herrschte, war in seinen Augen ein hitziges, sündiges Funkeln zu erkennen. „Ich glaube, ich werde dich nicht fragen, was dich so abgelenkt hat."

Natürlich hatte er nur an sie gedacht. Während er so tat, als würde er das Geschehen auf der Bühne verfolgen, war sein Verstand damit beschäftigt gewesen, sich alles in Erinnerung zu rufen, was er über die Jahre hinweg an Klatschgeschichten über Jane gelesen hatte. Jeder war davon ausgegangen, sie und Nigel seien ein unzertrennliches Paar, und Grayson hatte von ihr nicht weiter Notiz genommen. Sie war wohlerzogen, schön, ein Blaustrumpf, wenn auch mit einem Körper, den man eher in einem edlen Bordell erwartet hätte.

Niemand hatte ihren verruchten Humor erwähnt oder etwas über ihre bezaubernden grünen Augen geschrieben, und selbst dieser Hauch von Unsicherheit war nie zur Kenntnis genommen worden. Nie hatte er geahnt, dass die Dämonen, die ihn fest im Griff hatten, in ihr einen ebenbürtigen Gegner finden würden.

„Wer ist Armhurst?“, fragte er und trank einen Schluck Whisky.

„Ein Freund von Cecily.“

„Ein junger Mann?“

„Ich glaube schon.“

„Im vergangenen Jahr war ein Armhurst wegen einer unglücklichen Romanze in ein Duell verwickelt.“

Jane hielt den Atem an. Obwohl sein Tonfall so eisig war, schienen seine Augen zu glühen, während er sich langsam vorbeugte und seine goldblonde Mähne ihm bis auf die Revers seines schwarzen Abendanzugs fiel. Dieses Glühen schien ein Feuer in ihr zu entfachen.

„Geh nicht hin“, sagte er trügerisch unbekümmert.

Ihr Herz schien einen Schlag lang auszusetzen. Sie beide bewegten sich an einem Abgrund entlang, von dem aus sie ins Unbekannte zu stürzen drohten. Jane fühlte es, doch sie war sich nicht sicher, ob sie davor Angst haben sollte oder nicht. „Wie bitte?“

„Du wirst dich nicht mit diesem Armhurst treffen. Ich verbiete es dir.“

„Und wenn ich es doch mache?“, erwiderte sie, um ihn aus der Reserve zu locken.

„Dann werde ich mitkommen, und Armhurst wird es nicht wagen, dich auch nur einmal anzusehen.“

„Willst du mir weismachen, du seiest noch nie in ein Duell geraten?“ Dass ihr Herz wieder etwas schneller schlug, lag diesmal einzig an dieser Zurschaustellung besitzergreifender

Selbstzufriedenheit. Was hatte sich so plötzlich zwischen ihnen verändert?

„Meine Moral steht im Augenblick nicht zur Debatte, Jane.“ Wie er voller Ironie überlegte, war das nur gut, vor allem in Hinsicht auf all die unmoralischen Dinge, die er mit ihr anstellen wollte.

Sie ließ den Kopf nach hinten auf die Lehne des Sofas sinken. „Verrat mir eines, Sedgecroft. Würdest du eine Frau heiraten, die du nicht liebst? Würdest du sie heiraten, weil deine Familie darauf besteht oder weil sie unermesslich reich oder wunderschön ist?“

Um Zeit zu gewinnen, stellte er zunächst das Glas auf den Tisch hinter ihm. Es war gefährlich, so offen mit einer Frau über bestimmte Dinge zu reden. „Jane, wenn ich ganz ehrlich sein soll, dann war ich mir bis vor Kurzem noch nicht mal sicher, ob ich eine Frau heiraten würde, weil ich sie liebe, ganz gleich, wie reich sie ist.“

„Du würdest sie nicht heiraten?“

„Nun, vor gut einem Monat wäre ich lieber in siedendes Öl gestiegen, anstatt mich an die Kette legen zu lassen. Doch in letzter Zeit sehe ich das Leben ein wenig anders.“

Jane erkannte, dass er seinen Zug auf dem Schachbrett gemacht hatte. Ihre Kehle war plötzlich wie ausgetrocknet. Nur noch ein paar Sekunden, dann würde sie sich auf seinen Schoß setzen, um sich an diesen warmen, kraftvollen Körper zu drücken und Schande über sie beide zu bringen. „Du meinst, seit dein Vater gestorben ist? Hat es mit der Verantwortung zu tun, die seitdem auf dir lastet?“

Flüchtig strich er über ihre volle Unterlippe. Die Verantwortung kümmerte ihn in diesem Moment überhaupt nicht. Er begehrte sie so sehr, dass sogar seine Knochen schmerzten. „Deshalb und auch aus anderen Gründen. Hat dir je ein Mann gesagt, wie erotisch dein Mund ist?“

„Selbstverständlich nicht", erwiderte sie rasch. „Nigel weiß vermutlich nicht mal, was das Wort bedeutet."

Auf einmal hatte sie vergessen, über welches Thema sie eigentlich sprachen. Aber das war auch kein Wunder, wenn sein dekadenter Mund nur einen Atemhauch weit von ihr entfernt war, wenn diese blauen Augen auf eine unbeschreiblich sinnliche Weise von ihr Besitz ergriffen, wenn ihr Körper mit einem wilden Pulsieren auf das unausgesprochene Begehren reagierte, das die Luft zwischen ihnen vibrieren ließ. Sie wollte ihm alles geben, wonach er verlangte, so wild und gefährlich das auch sein mochte.

„Ich hätte besser nicht bleiben sollen", sagte er mit belegter Stimme.

„Ich weiß."

Sie schloss die Augen, während er seine Hände an ihrem Kleid entlang nach oben schob, bis er sie um ihre Brüste legen konnte.

„Hast du eine Vorstellung davon, wie gern ich das bereits im Theater gemacht hätte?", fragte er heiser, küsste ihren Hals und ihr Kinn, dann zog er ihr Mieder ein Stück weit nach unten. „Du hast so einen wunderschönen Körper. Ich will dich, Jane."

Begierde und Unglauben ließen sie erschauern. „Ich dachte, wir würden Karten spielen."

„Lass uns stattdessen etwas anderes spielen."

Er zog sie auf seinen Schoß, und während er sie weiter küsste, schob er ihre Röcke hoch. Als er sein Gesicht zwischen ihren Brüsten vergrub, wurde ihr schlagartig schwindlig, eine nie gekannte Fülle von Gefühlen brach über sie herein. Ihr Po war zwischen seinen kräftigen, muskulösen Oberschenkeln gefangen, und seine fordernden Küsse ließen ihrer Kehle ein Stöhnen entsteigen. Alles schien sich um sie herum zu drehen, als sie spürte, wie er seine Hand an ihrem Schenkel langsam weiter nach oben schob und sie auf eine Weise berührte, die ihr den Verstand zu rauben drohte.

„O mein Gott", flüsterte er, während er mit einem Finger in sie eindrang. „Du bist so feucht, dass ich in dir ertrinken könnte. Seit dem Abend im Irrgarten habe ich Stunde um Stunde nur an dich denken können."

Seine tiefe Stimme klang weit entfernt, kaum durchdrang sie den Dunst der Begierde, der Jane wie ein Schleier umgab. Sie war von seiner Kraft und seiner Sanftheit nahezu überwältigt, sie klammerte sich an seinen Schultern fest und fühlte jede Bewegung seiner Muskeln.

Dass sie für ihn ihre Schenkel spreizte, nahm sie wahr, doch es war wie eine reflexartige Reaktion auf seine Berührung, über die sie keine Kontrolle hatte. Sie ergab sich dem urgewaltigen Mann, der seine Beute gefangen hatte und nun mit ihr nach Belieben spielen würde.

Im Haus war alles ruhig. Einzig Janes atemloses Keuchen durchbrach die Stille, doch die schweren Damastvorhänge und Wandteppiche verschluckten diese Geräusche der Lust sofort.

In Graysons Augen spiegelten sich Reue und Begierde gleichermaßen wider, als er mit rauer Stimme sagte: „Ich sollte nicht hier sein. Du führst mich über alle Maßen in Versuchung. Ich muss gehen …"

„Nein." Sie konnte es nicht fassen, dass sie sich so verzweifelt anhörte. „Ich will nicht, dass du gehst", wisperte sie, während sie zärtlich über sein Gesicht strich.

„Oh, Jane", erwiderte er. „Du kannst mich nicht noch ermutigen. Ich bin längst an der Grenze meiner Willenskraft angelangt, und ich weiß nur zu gut, wohin es führen würde."

Mit seiner zerzausten Löwenmähne und dem Körper eines Kriegsherrn erschien er wie eine Inkarnation der Versuchung, die sich mit edler Abendkleidung zu tarnen versuchte. Er begehrte sie – er, der Mann, der sich zu einer Zeit mit ihr angefreundet hatte, als sie von der Gesellschaft links liegen gelassen worden war. Wohin würde es wohl führen?

„Es ist mir egal“, sagte sie und beugte sich vor, um ihn zu küssen. „Ich will, dass du bleibst.“

„Du weißt nicht, was du da sagst.“ Seine Stimme klang gequält. Er konnte ihr nicht widerstehen. Keine andere Frau konnte diese Unruhe stillen, die sich tief in seinem Inneren regte. Ihr erging es nicht anders … zumindest glaubte sie das. „Du hast das noch nie gemacht, ich hingegen weiß, wovon ich spreche.“

„Wer wäre dann besser geeignet, um es mir beizubringen?“, hauchte sie und schlang die Arme um seinen Hals. Sie hörte, wie er tief durchatmen musste, aber sie wandte den Blick nicht von ihm ab. Seine Lippen glänzten von ihrem Kuss. Er verkörperte all das, was sie sich je erträumt hatte.

Auf einmal wurde er ganz ruhig und betrachtete mit einem unergründlichen Ausdruck in den Augen ihr Gesicht. Er runzelte die Stirn, und im gleichen Moment verspürte sie ein unheilvolles Kribbeln. Unerträglich viel Zeit verstrich, in der nichts geschah und in der sie sich zu fragen begann, ob sie ihn mit ihrer Frage so sehr schockiert hatte wie sich selbst. Vor Scham wurde ihr Hals rot, als sie darüber nachdachte, welche Sorte Frau einen Halunken dazu aufforderte, sie zu verführen.

Plötzlich erwachte er wieder zum Leben, und sein Körper regte sich unter ihrem. Sein Blick war so eindringlich, dass sie nirgendwo anders hinschauen konnte. Gebannt rührte sie sich nicht, sondern wartete ab. Ihr blieb keine Zeit, um darüber nachzudenken, ob sie womöglich einen Fehler begangen hatte. Mit einer Hand löste er die Schnüre ihres Kleids, und das geschah mit solchem Geschick, dass sie schon von der Taille aufwärts nackt vor ihm saß, ehe ihr überhaupt bewusst wurde, wie ihm das gelungen war. Aber das war ja nun auch genau das, was sie gewollt hatte.

Als er den Blick senkte, umspielte seinen Mund ein Lächeln, das aus genießerischer Vorfreude geboren war. Ihre Aufforderung, er solle bleiben, hatte auch den letzten Rest seines Widerstands zusammenbrechen lassen. „Wer wäre besser geeignet?“, wiederholte er leise, während er sachte ihre empfindsamste Stelle liebkoste. „Jane, die Antwort ist: Niemand wäre besser geeignet. Ich beanspruche dieses Privileg einzig für mich – dein Einverständnis vorausgesetzt.“

Jane drückte den Rücken durch und nahm wie durch einen dichten Nebel wahr, dass seine Berührungen ihr alle Willenskraft raubten und ihre Sinne berauschten. Seine langsamen Bewegungen kamen einer Folter gleich, seine Finger fühlten sich auf ihrem glühenden Körper kühl an. Ihre Erregung war so heftig, dass sie glaubte, sie müsse vor Lust vergehen.

Grayson atmete ihren betörenden Duft tief ein. Der Salon der Familie war alles andere als der richtige Ort, um sie zum ersten Mal zu lieben, doch die Situation war ihm bereits zu sehr entglitten, als dass er daran noch etwas zu ändern vermochte. Ihre drängenden Bewegungen ließen ihn kaum noch zur Besinnung kommen. Hatte er dies hier nicht gewollt? Und befürchtet? Wieso war er nur auf den Gedanken gekommen, seine Nähe würde für Jane gut sein?

„Grayson“, meinte sie stöhnend. Sie wollte ihn, und sie war die begehrenswerteste Frau, der er je begegnet war.

„Das ist schön, nicht wahr?“, fragte er sie leise. „Gleich wird es für dich sogar noch schöner werden.“

Mit seiner freien Hand zog er seine Jacke aus, da er Janes Brüste an seiner nackten Haut spüren wollte. Ihr Lust zu bereiten, würde nicht genügen, um die Hitze abzukühlen, die durch seine Adern jagte. Er musste sie besitzen, ganz und gar.

Er ließ den Daumen sanft kreisen, woraufhin Jane sich in seinem Hemd festkrallte und es ihm noch schwerer machte, sich wenigstens ein paar Minuten länger zu beherrschen. Die ganze Zeit über schaute er sie an, sah in ihr schönes Gesicht, das gleichermaßen von Erfüllung und Verlangen gezeichnet war. Nur einmal warf er einen kurzen Blick zur Tür, weil er Gewissheit haben wollte, dass er tatsächlich abgeschlossen hatte. Jane gehörte ihm allein, und nichts würde diesen Augenblick zunichte machen – weder für sie noch für ihn.

Jane kam so rasch und so heftig zum Höhepunkt, dass ihr der Atem stockte, während Grayson ihren Genuss noch weiter steigerte. Das lustvolle Zucken, dem sie sich nicht entziehen konnte, war zugleich ein wenig erschreckend, da es ihr so fremd war. Dennoch blieb sie auf seinem Schoß sitzen, als auch der letzte wohlige Schauer abgeebbt war. Sie genoss es einfach, sich an Grayson zu schmiegen und die Arme um ihn geschlungen zu halten. Am liebsten hätte sie sich nicht mehr von der Stelle bewegt.

Schließlich warf sie einen verstohlenen Blick auf sein markantes Profil, hörte, wie er angestrengt atmete. Mit so düsterem Blick starrte er zur Decke, dass sie erschrak und sich unwillkürlich fragte, wo der ausgelassene Schurke geblieben war. Ärgerte Grayson sich darüber, dass er keine Befriedigung erfahren hatte? Sie konnte es nicht über sich bringen, ihn darauf anzusprechen, doch er machte einen … unerfüllten Eindruck. Oder beklagte er vielleicht den Verlust ihrer Tugend? Dieser Gedanke ließ Jane schlagartig in die Wirklichkeit zurückkehren.

„Grayson?"

„Lass mir nur einen Augenblick Zeit, Jane. Ich brauche etwas Zeit."

Zeit? Sie sah sich im dunklen Zimmer um. „Wir sollten aufpassen, dass wir nicht wie Marc Anton und Kleopatra unsere Schuldgefühle beklagen", flüsterte sie, nachdem sie eine scheinbare Ewigkeit darauf gewartet hatte, dass er sich wieder regte. „Uns fehlt dazu jetzt nur noch ein Sklave, der uns mit einem

Palmwedel Luft zufächelt und uns Trauben reicht.“

Ihre Versuche, seine Laune zu bessern, zeigten keine Wirkung. Er stieß einen tiefen Seufzer aus. Für den Rest der Nacht würde er keinen Schlaf finden können, auch wenn er gern diesen Preis für die Lust bezahlte, die er ihr bereitet hatte. Heute Abend hatten sie beide einen Punkt überschritten, der es erforderlich machte, ernsthaft über ihre Zukunft nachzudenken. „Nun denn. Steh auf und such einen Satz Karten, ich werde unterdessen die Kerzen anzünden. Wenn deine Familie nach Hause kommt, wird es so aussehen, als hätten wir uns tadellos benommen.“

„Warum hast du vorhin so ein ernstes Gesicht gemacht?“, fragte sie besorgt, als sie beide vom Sofa aufstanden.

„Was?“ Er sah von dem Kerzenleuchter auf der Kommode zu ihr. „Ach so. Ich habe versucht, mich wieder unter Kontrolle zu bekommen und nachzudenken. Meine reizende Jane, es gibt eine Menge, worüber wir nachdenken müssen.“

Sie zog ihr Kleid zurecht und merkte dabei, dass ihre Hände noch ein wenig zitterten. „Ja?“

Seine kantigen Gesichtszüge wurden von den brennenden Kerzen erhellt. Nachdenklich beugte er sich vor, um Jane zu helfen, dem Kleid wieder den korrekten Sitz zu verleihen. „Heath hat mir heute ausrichten lassen, dass er zurückkommt, um sich mit mir zu treffen. Ich vermute, es gibt Neuigkeiten.“

Sie drehte sich zum Kartentisch zum. Eisige Kälte überkam sie, die alle Wärme verdrängte, die Jane eben noch gespürt hatte. „Neuigkeiten welcher Art denn?“ Eigentlich wollte sie es gar nicht wissen, weil es nur bedeuten konnte, dass ihr unrechtmäßiges Glück ein Ende fand. Ihre Kehle fühlte sich wie ausgedörrt an.

Grayson zuckte mit den Schultern und nahm ihr das Kartenspiel aus der Hand. „Ich habe keine Ahnung.“

Wieder nahmen sie auf dem Sofa Platz, diesmal aber mit so

viel Abstand, wie es sich geziemte. Jane sah ihm zu, mit welchem Geschick er die Karten mischte, und dachte unwillkürlich daran, was diese Hände eben noch getan hatten.

„Er muss doch irgendeinen Hinweis gegeben haben", hakte sie vorsichtig nach, doch Grayson schüttelte nur den Kopf.

„Seine Nachricht war sehr rätselhaft, da sie nicht die geringste Andeutung darauf enthielt, was er in Erfahrung gebracht hat. Aber ich vermute, das hat mit seiner Zeit im Geheimdienst zu tun. Drake war natürlich ebenfalls in irgendwelche zwielichtigen Geschäfte verwickelt, zumindest vermute ich das. Auf jeden Fall sind die beiden grundverschieden." Grinsend schaute er auf. „Trotzdem möchte ich keinen von beiden zum Feind haben."

„Nein", murmelte sie und schnappte nach Luft, als sie ihn ansah. Schnell senkte sie ihren Blick und betrachtete die Karten, doch die schienen vor ihren Augen zu flimmern. Er vertraut mir, dachte sie. Noch weiß er nicht Bescheid. „Was wäre, wenn ich dir gestehen würde, dass es mich nicht kümmert, ob Nigel jemals zurückkehrt?"

„Ich würde es dir nicht verdenken."

Jane musste schlucken. Dieses Geständnis erforderte viel mehr Kraft, als sie es sich hätte vorstellen können. „Und wenn ich sagen würde, dass ich ihn eigentlich sowieso nie hatte heiraten wollen?"

Sein Blick wanderte über ihr Gesicht, und sie fragte sich, was er wohl sah. „Rückblickend sind wir immer klüger."

„Nein, nicht rückblickend", fügte sie rasch an. „Es ist die Wahrheit. Ich glaube nicht, dass ich ihn je geliebt habe, außer als einen guten Freund."

Grayson dachte über ihre Worte nach, während er die Karten gab. Sein knappes Lächeln war vielleicht das einzig äußerlich erkennbare Zeichen dafür, dass ihm ihr Eingeständnis gefiel, doch in seinem Inneren empfand er eine unbeschreibliche

Erleichterung. „Ich würde sagen, das macht es für jeden von uns deutlich leichter, nicht wahr?“, erwiderte er ruhig.

„‚Es‘?“

„Nun ja, eine neue Liebe. Keine Trauer um das, was man verloren hat. Du sollst wissen, dass ich genauso empfinde, wenn es um Hélène geht. Wenn ich sie heute sehe, frage ich mich wirklich, was ich an ihr überhaupt so anziehend fand. Aber die einzige wichtige Frage ist die, was du tun wirst, wenn Nigel zurückkehrt und dir sein Herz schenken will.“

„Ich weiß nicht.“ Sie musterte die Karten, die vor ihr auf dem Tisch lagen. „Nichts. Was …“

„Bist du bereit, ihm zu vergeben?“ Seine Miene wurde ernster.

Jane versuchte, die Kraft aufzubringen, um ihr Gewissen endlich zu entlasten. „Wir wissen noch gar nicht, ob es überhaupt etwas gibt, was ihm vergeben werden müsste“, antwortete sie nach langem Zögern.

„Ach, du bist immer so besonnen, meine liebe Jane“, sagte Grayson und lachte von Herzen. „Und – wie ich zuvor schon angemerkt habe – außergewöhnlich ehrlich.“

„Hör bitte auf, mich zum Musterbeispiel der Tugendhaftigkeit zu machen“, entgegnete sie mit einem Anflug von Verärgerung. „Ich bin eine Frau mit Fehlern und Schwächen, wenn du es wissen willst. Aber das *musst* du inzwischen ja längst wissen.“

„Fehler habe ich auch.“

„Nein“, rief sie. „Diese Fehler zählen nicht. Du bist kein schrecklicher Mensch.“

Mit einem Lächeln versuchte er, ihre Sorge beiseite zu wischen. „Das kann ich aber sein, wenn ich hintergangen werde. Davon wirst du aber am eigenen Leib wahrscheinlich nichts erfahren, es sei denn, ich erwische dich einmal beim Falschspielen am Kartentisch.“

Sie nahm das Blatt auf, das er ihr gegeben hatte. Ihre Laune war auf einem Tiefpunkt angelangt. Dass sie ihm die Wahrheit sagen musste, und nicht nur zaghafte Andeutungen machen durfte, war ihr klar. Allerdings änderte diese Einsicht nichts an ihrer Angst vor den Folgen eines Geständnisses. Sie befürchtete, er könnte sie verachten, aus dem Zimmer stürmen und nie wiederkehren. Vielleicht hatte ihre Beziehung aber auch bereits einen Punkt erreicht, an dem er ihr nicht mehr würde vergeben können, wenn er die Wahrheit erfuhr.

„Grayson, es tut mir leid, aber ich kann mich im Moment nicht auf das Spiel konzentrieren."

„Mir tut es leid, Jane. Ich weiß, ich wäre besser gegangen."

„Nein, das ist es nicht."

„Was ist es dann?" Seine blauen Augen betrachteten aufmerksam ihr Gesicht. „Kommt es dir vor, als hättest du Nigel verraten?"

„Du stellst mich als einen viel netteren Menschen hin, als ich es in Wahrheit bin. Bitte, Grayson, mir ist nicht nach einem Kartenspiel."

„Wir könnten stattdessen …"

Geräusche aus dem Flur ließen ihn mitten im Satz abbrechen. Er stand auf und schloss die Tür auf, dann setzte er sich wieder hin und nahm eine lässige Position ein. Für die drei Personen, die einen Moment später ins Zimmer kamen und erstaunte Mienen machten, sah es so aus, als würden er und Jane sich auf eine völlig unschuldige Weise die Zeit vertreiben.

„Sedgecroft." Simon richtete den Blick auf seine Schwester und sah sie von oben bis unten an. Zufrieden stellte er fest, dass mit ihr alles in Ordnung war, wenn man davon absah, dass sie ihre Schuhe ausgezogen und unter den Tisch geschoben hatte. „Ich dachte, Sie würden Jane und meine Eltern ins Theater begleiten."

„Das war auch der Fall." Grayson war aufgestanden, um

Caroline und Miranda mit einer leichten Verbeugung zu begrüßen. „Und anschließend habe ich mich angeboten, Ihrer Schwester Gesellschaft zu leisten, nachdem wir festgestellt hatten, dass Sie noch nicht zu Hause sind."

Caroline warf Grayson einen Blick zu, als sei ihr jedes Detail dessen bekannt, was sich vor wenigen Minuten in diesem Raum abgespielt hatte. „Sie sind ein wahrer Gentleman, dass Sie Jane beschützt haben."

„Ja, nicht wahr?", warf Jane in einem Tonfall ein, der als Warnung an Caroline gedacht war, das Thema nicht weiterzuverfolgen.

Simon räusperte sich. „Möchten Sie vielleicht etwas trinken, Sedgecroft?"

„Danke", entgegnete er nach einem kurzen Blick zu Jane. „Aber ich treffe mich morgen sehr früh mit meinem Bruder, und ich sollte mich jetzt besser auf den Heimweg machen. Ich wünsche den Damen angenehme Träume."

Jane sah auf die Karten, die aufs Sofa gefallen waren. Angenehme Träume waren nicht zu erwarten – sie würde nicht schlafen können, bis sie wusste, was Heath über Nigel herausgefunden hatte.

„Ich werde Sie nach draußen begleiten", sagte Simon. „Wie ich hörte, sind Sie Experte auf dem Gebiet der Jagd. Ich habe da eine Einladung erhalten, und ..."

Kaum hatten die beiden Männer den Raum verlassen, schloss Caroline hinter ihnen die Tür. „Du hast es ihm nicht gesagt, oder?", flüsterte sie. „Es wäre die ideale Gelegenheit gewesen."

„Beinahe hätte ich es ihm gestanden. Vielleicht wäre ich sogar auf den schlimmsten Punkt zu sprechen gekommen, wenn ihr drei nicht so plötzlich hereingeplatzt wärt. Glücklicherweise habe ich noch einen Tag Zeit, bis ich alles offenbaren muss."

„Hast du Angst vor ihm?", fragte Miranda, als sie sich zu

ihr auf das Sofa gesetzt hatte.

„Panische Angst“, räumte sie ein.

„Wir könnten uns hinter dem Schreibtisch verstecken, wenn du es ihm sagst. Und wenn er Gewalt anwenden will, können wir dir beistehen und dich beschützen.“

„Sei nicht albern. Sedgecroft wird mir nichts antun.“ Sie beugte sich vor und hob eine der heruntergefallenen Karten – den Herzkönig – auf, dann flüsterte sie: „Zumindest nicht auf eine Weise, vor der mich irgendjemand beschützen könnte.“

17. KAPITEL

Grayson blieb vor der Tür zu seinem Schlafzimmer stehen, da er das leise Quietschen des Bettrosts vernommen hatte. Ein grimmiges Lächeln umspielte seine Mundwinkel. Wenn seine nächtliche Besucherin eine gewisse Französin war, würde er sie ohne viel Federlesens wegschicken.

Es war keineswegs so, dass er etwas gegen eine Nacht hemmungsloser Leidenschaft einzuwenden hatte. Doch sein derzeitiger Geschmack war auf eine schwerer zu durchschauende grünäugige Frau gerichtet, die seine Gefühle auf die Probe stellte und zugleich seine Begierde anstachelte.

Sollte Hélène glaube, es bestehe noch Hoffnung, dass er die Beziehung zu ihr wiederaufnehmen würde, dann … Nun, dann hatte sie sich getäuscht. Längst war er nicht mehr der Mann, den sie damals kennengelernt hatte.

Spätestens seit dem heutigen Abend war alles anders. Er war mit Jane an einem Punkt angelangt, an dem ihre Vereinbarung entweder den Anfang von etwas Neuem bedeutete oder aber ihr Ende erreicht hatte. Da er indes nicht beabsichtigte, sich von Jane zu trennen, war ihm längst klar, dass er bis über beide Ohren in Schwierigkeiten steckte.

Nicht, dass Probleme ihn gestört hätten. Sie schienen zum Leben eines Boscastle zu gehören.

Aber er war der Familienälteste und der erste Mann dieser Familie, der offiziell sein Herz verschenkt hatte. Aus diesem Grund sollte er sich seinen nächsten Schritt sehr gründlich überlegen, würden sich doch die anderen an ihm ein Beispiel nehmen.

Eine Heirat? Warum nicht?

Ihm war vor langer Zeit klar geworden, dass eine Ehefrau eine Notwendigkeit war, aber insgeheim hatte er längst die

Hoffnung aufgegeben, in seinem engen Freundeskreis fündig zu werden. Im Geiste hatte er sich von seiner Zukünftigen sogar bereits ein Bild gemacht – welche Haarfarbe sie haben, wie der Klang ihrer Stimme sein würde.

Dann allerdings hatte Jane die Bühne betreten, und dieses Bild begann sich langsam zu verändern, bis es der Frau glich, die ihm nachts den Schlaf raubte und die so ganz anders war als das, wonach er gesucht hatte.

Nur war sie genau das, was er brauchte.

Grayson war nicht dumm. Bei vielen seiner Freunde hatte er miterlebt, wie sich alles veränderte, sobald sie von der unheilbaren Krankheit Liebe befallen worden waren. Und nun hatte es ihn tatsächlich selbst getroffen – nun zeigten sich auch bei ihm alle sechs tödlichen Symptome für einen verliebten Mann:

1. *Er konnte nicht länger klar denken.*
2. *Er neigte in beängstigendem Maß dazu, in den unpassendsten Situationen zu lächeln.*
3. *Seine Gedanken kreisten stets um das Objekt seiner Begierde.*
4. *Er war an keiner anderen Frau mehr interessiert.*
5. *Er legte eine erschreckend freundliche Haltung gegenüber der ganzen Welt an den Tag.*
6. *Er befand sich in einem Dauerzustand sexueller Erregung.*

Das war es also. Der Anfang einer echten Bindung. Auf einmal brauchte er sie, und sie hatte sich einen Platz in seinem Herzen geschaffen, den keine andere Frau einnehmen konnte. Ein Gefühl der Unausweichlichkeit beschlich ihn.

Er öffnete die Schlafzimmertür, ohne zu ahnen, dass seine Einschätzung der Situation nicht verkehrter hätte sein können.

Entschlossen betrat er das Schlafzimmer. Er würdigte die Person, die es sich auf seinem Bett bequem gemacht hatte, keines Blickes, weil er ihnen beiden die Verlegenheit ersparen wollte. „Wenn du nicht bekleidet bist, dann sorge bitte dafür, dass du es bist, sobald ich mich umdrehe. Ich bin heute Nacht nicht in der Stimmung für ein unverbindliches Abenteuer."

„Ich auch nicht", gab Heath zurück und stand vom Bett auf. „Jedenfalls nicht mit dir."

Grayson erstarrte zunächst in seiner Bewegung, eine Hand an seiner makellos weißen Krawatte, die er soeben hatte lockern wollen. Dann musste er lachen. „Ich weiß, dass dir das Spionieren im Blut liegt, aber ist diese Heimlichtuerei wirklich noch nötig, nachdem Napoleon auf seiner kleinen Insel sitzt?"

Heath nahm ein Paar Handschuhe vom Nachttisch und inspizierte sie gründlich. Sekundenlang sah Grayson ihm dabei zu, ehe er endlich Krawatte und Jacke ablegte.

„Man kann nie wissen."

„Ich verstehe. Aber du wirst doch nicht erwarten, in diesem Haus auf irgendwelche dunklen Geheimnisse zu stoßen."

Mit einem jungenhaften Grinsen sah Heath ihn an. „Es hat mit Mrs. Cleary zu tun, wenn du es genau wissen willst. Seit deine Haushälterin mich letzten Monat dabei ertappte, wie ich für Miss Summers Gemälde als römischer Soldat posiert habe, kann ich ihr nicht mehr in die Augen schauen."

Grayson knöpfte seine Weste auf. Obwohl Heath gute Laune demonstrierte, merkte er ihm an, dass etwas nicht stimmte. Er hoffte, es war nichts, was Jane verletzen würde. „Ich dachte, wir wollten uns morgen im Club treffen."

Nachdem sich Heath in einen der beiden Sessel am Fenster gesetzt hatte, erwiderte er: „Ich habe in der Stadt etwas anderes zu erledigen. Hoffentlich macht es dir nichts aus."

„Nein." Grayson nahm im anderen Sessel Platz, wunderte sich aber, dass sein Bruder seine Pläne geändert hatte. Welche

Enthüllung konnte eine solche Verschwiegenheit erforderlich machen? „Es macht mir nichts aus. Kann ich dir etwas anbieten?"

Heath trank nur selten, die Frage war nichts weiter als eine höfliche Geste. Als sein Grinsen einer ernsten Miene wich, fühlte Grayson sich bestätigt, dass ihn etwas Unheilvolles erwartete.

„Ich würde sagen, du kannst etwas zu trinken gebrauchen, wenn ich alles berichtet habe, Grayson."

Er strich sich übers Kinn. „Dann hast du ihn gefunden? Wie geht es ihm?"

„Als ich fortging, lag er unter einem Laken."

Grayson brauchte ein paar Sekunden, bis er zu verstehen schien. „Unter einem Laken? Mein Gott, Heath, du willst mir doch hoffentlich nicht erzählen, dass du den Trottel umgebracht hast. Zugegeben, ich kann dein Motiv verstehen, aber ich hatte gehofft, Nigel wenigstens noch dazu zu bringen, sich öffentlich bei Jane zu entschuldigen, bevor ich ihm den Hals umdrehe."

„Keine Angst, er lebt. Und wie."

Überrascht nahm Grayson zur Kenntnis, dass diese Worte ihn erleichterten. Nigel hatte zwar durchaus eine gehörige Strafe verdient, dennoch gehörte er zur Familie. „Du hast ihn also wirklich gesehen?"

„Ich habe sogar mehr von ihm gesehen, als mir lieb war. Niemand würde sich wünschen, so viel von ihm zu sehen."

Fasziniert lehnte sich Grayson vor. „Du hast ihn also auf frischer Tat ertappt … unter einem Bettlaken … bei Gott. Sag nicht, er war mit einem anderen Mann zusammen."

„Nein."

„Und es war auch nichts so … so Perverses, dass ich nicht wüsste, wie ich es Jane erklären könnte?"

Heath zog eine Zigarre aus der Tasche seiner Weste. „Erinnerst du dich noch an Miss Chasteberry?“

„Komisch, dass du sie erwähnst. Erst gestern erzählte ich Jane von dieser Frau, die unsere Jugend so geprägt hat. Die Gouvernante mit der eisernen Hand, bei der wir alle weich wie Wachs waren …“

„Wie es aussieht, gibt es mindestens ein Mitglied dieser Familie, bei der sie heute das genaue Gegenteil bewirkt.“

Amüsiert lehnte sich Grayson nach hinten. Was für eine völlig unerwartete Entwicklung! „Nigel war mit der Gouvernante der Familie zugange?“

„Um es präzise zu sagen: Er war mit seiner Ehefrau zugange. Vielleicht war es auch umgekehrt, aber so genau wollte ich nicht hinsehen.“

„Ich glaube dir kein Wort“, meinte Grayson und lachte überrascht.

„Du kannst mir jedes Wort glauben. Ich habe in Hampshire das Kirchenregister gesehen.“

„Er hat Chasteberry *geheiratet?*“

Heath lächelte und sah auf seine Zigarre, die er noch nicht angezündet hatte. „Die Frau unserer jugendlichen Ängste und Fantasien. Vielleicht ist Nigel einer von den Männern, die eine Vorliebe für dominante Frauen haben. Es gibt Männer, die bezahlen für ein derartig zweifelhaftes Vergnügen.“

Eine lange Pause schloss sich an, schließlich schüttelte Grayson den Kopf. „Ich habe keine Ahnung, wie ich das Jane beibringen soll.“

„Das kannst du dir sparen.“

„Du Teufel“, sagte Grayson aufgebracht. „Du hast es ihr bereits gesagt?“

„Grayson, bist du eigentlich völlig schwachsinnig? Muss ich dir denn jedes kleine Detail erklären? Mein Gott, du machst es mir aber wirklich schwer. Jane muss es nicht erst noch erfahren, sie wusste es die ganze Zeit über. Sie und Nigel haben ihre eigene Hochzeit sabotiert. Die meisten jungen Frauen würden alles tun, um einen Mann an die Kette zu legen, aber deine Jane hat genau umgekehrt gehandelt. Du hast mit deinem ehrbaren Eingreifen bloß einen ausgefeilten Plan gestört."

„Einen Plan?"

„So sieht es aus. Jane und Nigel wollten nie heiraten."

Grayson schaute zur Seite. Er war völlig fassungslos, und es fehlten ihm die Worte, um etwas zu den Enthüllungen seines Bruders zu sagen. Ein Plan, eine sabotierte Hochzeit. Eine Verschwörung zwischen Jane und seinem eigenen Cousin! Er konnte es nicht glauben, doch mit einem Mal ergaben so viele kleine Ungereimtheiten einen Sinn. Jane hatte ihre eigene Familie an der Nase herumgeführt – und ihn gleich mit dazu.

Er atmete heftig ein, als könnte er so die Wut kühlen, die in ihm kochte. Ob er ein Wort herausbringen würde, wusste er nicht, deshalb schwieg er lieber. Für wie ehrbar er seine Geste gehalten hatte! Und wie arrogant von ihm, zu glauben, sein Verhalten würde irgendetwas ausmachen. Verdammt, und dann bezeichnete er Nigel als Trottel? Dabei war er der Trottel, der sich hatte täuschen lassen. Ohne es zu ahnen, war er zu einer Schachfigur in diesem Plan geworden. Nein, nicht zu einer Schachfigur, sondern zu einem Hindernis.

Mit aller Macht versuchte er, wieder einen klaren Kopf zu bekommen. Warum hatte er die Anzeichen bloß nicht gesehen? Von Anfang an war da dieser Verdacht gewesen, irgendetwas gehe nicht mit rechten Dingen zu. Warum hatte er nicht eins und eins zusammengezählt? Warum hatte er es nicht erahnt?

Die Antwort war einfach: Keine anständige junge Dame würde ihre eigene Hochzeit platzen lassen. Keine junge Dame von Janes Stand würde an so etwas auch nur zu denken wagen. Doch sie hatte der Gesellschaft – und ihm – ein Schnippchen geschlagen.

Er fragte sich, wann sie ihm wohl die Wahrheit hätte sagen

wollen. Wie weit hätte sie dieses Spiel getrieben? Oder hatte sie einfach nur Angst, ein Geständnis abzulegen? Das geschähe ihr ganz recht. Irgendetwas würde er sich ausdenken, um sie für diese List bezahlen zu lassen.

Auf jeden Fall aber würde er es auskosten.

Ein leises, humorloses Lachen kam über seine Lippen, als er sich zu Heath umdrehte, der gerade seine Zigarre anzündete. Der war angesichts dieser Reaktion mehr als nur ein wenig verwirrt.

„Vielleicht hast du mich nicht richtig verstanden", sagte Heath nachdenklich, als bereits eine angenehm duftende blaugraue Rauchwolke zwischen ihm und seinem Bruder in der Luft hing.

„Wie kommst du auf diesen Gedanken?"

„Weil du nicht so abgründig lächeln würdest, wenn du mich verstanden hättest. Sie hat dich getäuscht, Grayson, sie hat dich zum Narren gehalten, während euch die ganze Welt dabei zusah."

In Graysons Augen flackerte ein wütendes Feuer auf. „Du bist derjenige, der nicht versteht."

„Tatsächlich?"

„Mein Lächeln ist nicht das eines Narren, sondern das eines Mannes, der sich soeben eine Bestrafung ausdenkt."

„Augenblick mal", rief Heath besorgt. „So etwas hätte ich nun wirklich nicht erwartet. Ist es richtig, Jane zu bestrafen?"

Grayson wurde eine Spur ernster. Er würde sich nicht von Schuldgefühlen beeinflussen lassen. Er war seiner Pflicht nachgekommen, und ihm wurde klar, was er sich damit eingehandelt hatte. „Ich habe das Richtige getan und mich damit in diese Situation gebracht. Jane muss erkennen, dass ich nicht nur einstecken, sondern auch austeilen kann."

„Du klingst ja richtig furchterregend, Gray. Das hört sich nach diesem Auge-um-Auge-Unsinn aus der Bibel an."

In Graysons Blick war kaum etwas von Gnade zu erkennen. Jane hatte ihn auf eine Weise verletzt, die ihm nicht einmal im Traum in den Sinn gekommen wäre. „Der Herr lässt es auf die Gerechten und die Ungerechten gleichermaßen regnen."

„Ja, aber bei dir hört es sich mehr so an, als wolltest du ein Unwetter auf Jane niedergehen lassen", meinte Heath. „Was genau hast du vor?"

„Ich werde sie heiraten."

„Heiraten?", wiederholte Heath ungläubig.

Grayson lachte lauthals, als er die Miene seines Bruders sah. „Nachdem ich sie habe bezahlen lassen."

„Und was schwebt dir da vor?" Heath klang so, als würde er die Antwort fast lieber nicht hören.

„Ich werde mit ihr spielen, so wie sie mit mir gespielt hat. Tatsache ist, dass ich Jane liebe."

Ein Funke von Bewunderung verdrängte etwas von der Angst, die Heath zur Schau gestellt hatte. Es gelang ihm nicht, seine Erleichterung zu verbergen. „Dann darf ich annehmen, dass es eine süße Rache werden wird? Jedenfalls süß für dich, meine ich."

Grayson verschränkte die Hände hinter dem Kopf, dann schloss er nachdenklich die Augen. „Eine Verführung ist immer süß, nicht wahr? Die Rache wird dem Ganzen nur ein wenig Würze geben."

Kaum hatte Heath das Zimmer verlassen, schickte Grayson nach seinem Sekretär. Zwar war es bereits spät, doch das störte ihn nicht. Die besten Pläne wurden schließlich nachts geschmiedet.

Hatte seine clevere kleine Maus sich ihren Plan auch in der Nacht ausgedacht?

Warum hatte sie es getan? Sein anfänglicher Zorn war inzwischen so weit verflogen, dass er wieder klarer denken konnte.

Die Antwort auf diese Frage war offensichtlich. Sie und Nigel, die beiden mutigen jungen Dummköpfe, glaubten an ein immerwährendes Liebesglück. Hätte sie sich offen gegen ihre Eltern gestellt, wäre sie gegen ihren Willen entweder doch mit Nigel oder notfalls einem anderen Mann verheiratet worden – oder aber man hätte sie enterbt.

Jane liebte ihre Familie über alles. Also hatte sie ein Komplott geschmiedet, um ihren Kopf durchzusetzen, ohne dass es jemandem auffiel. Doch ihr Plan war fehlgeschlagen, so wie es bei Plänen dieser Art meist geschah.

Er selbst würde viel verschlagenere Methoden anwenden. Alle Mittel, die ihm zur Verfügung standen – rechtliche, spirituelle, finanzielle und auch sexuelle –, würde er bedenkenlos einsetzen. Ihr Täuschungsmanöver war für ihn eine Blankovollmacht, um seine heimlichsten Fantasien Wirklichkeit werden zu lassen.

Endlich, endlich! Der Lebemann in ihm hatte wieder die Oberhand gewonnen. Der Held hatte obsiegt, er fühlte sich nicht länger verwirrt. Ihn kümmerte nicht mehr dieses Labyrinth, durch das Jane ihn geführt hatte, denn jetzt war er auf vertrautes Terrain zurückgekehrt. Er hatte sich endlich wieder im Griff.

Umso bedauerlicher für Jane.

Die Ironie des Ganzen war ihm sehr wohl bewusst. Er plante, eine Frau zu heiraten, die einen kühnen Ausweg gewählt hatte, um einer Eheschließung zu entgehen. Diesem Schicksal war er seit vielen Jahren erfolgreich aus dem Weg gegangen.

Grayson war nicht dumm, stattdessen liebte er diese verdammte Frau, selbst wenn – oder vielleicht gerade *weil* – sie ihn so getäuscht hatte. Natürlich war er außer sich, dass sie sich ein solches Spiel mit ihm erlaubte, doch die Rollen waren ab sofort vertauscht. Von nun wäre er nicht länger ihr Joker, ihr *Spielball,* sondern würde aktiv eingreifen.

War es ein Spiel aus Rache? Vielleicht zum Teil. Vor allem aber war es ein Spiel aus Liebe.

Etwas sagte ihm, Jane würde ihn nur dann respektieren, wenn er der Vereitelung ihrer eigenen Hochzeit etwas Ebenbürtiges entgegenzusetzen hatte. Eine Frau von solcher Leidenschaft und mit dem Verstand, ihr eigenes Schicksal nach ihrem Willen zu steuern, würde von einem Partner mindestens die gleiche Fähigkeit erwarten. Und wer außer Jane war schon in der Lage, es mit ihm aufzunehmen? Wer konnte in ihm diese Begierde zum Leben erwecken, den Spielermut, sich auf eine Ehe einzulassen?

Er wollte sie, und er konnte einfach nichts anderes tun, als sich seinem Verlangen unterzuordnen, auch wenn er sich nicht so einfach geschlagen geben wollte.

In Jane hatte er eine gleichwertige Partnerin gefunden, doch bevor er sie zu ihrer Schläue beglückwünschte, würde er sich erst den Spaß erlauben, sich für diese Täuschung zu rächen. Sie musste sich seine Vergebung verdienen.

Lord Belshire wachte in der Dunkelheit seiner Kutsche auf, als ihn jemand grob in die Seite stieß. „Was ist? Sind wir schon zu Hause? Ich habe nicht geschnarcht, Athena. Ich habe nicht mal …“ Er blinzelte und sah sich erstaunt um. „Sedgecroft? Woher … was haben Sie mit meiner Frau gemacht?“

Grayson klopfte gegen das Dach, woraufhin sich die Kutsche in Bewegung setzte und sich ihren Weg durch den Wirrwarr der Londoner Straßen suchte. „Sie ist zu Hause beim Rest Ihrer Familie.“ Er kniff den Mund kurz zusammen. „Zu der auch Ihre älteste Tochter gehört.“

„Jane?“ Der ältere Mann hatte Mühe, seine goldene Taschenuhr aus der bestickten Weste zu ziehen. „Was … wohin zum Teufel fahren Sie mit mir mitten in der Nacht?“

Lässig lehnte sich Grayson gegen das Polster. „Zu mir nach Hause, damit wir unser Geschäft in Ruhe besprechen können. Meine Anwälte und mein Bankier erwarten uns dort bereits.“

„Bankier? Welche Art von Geschäft schließt man denn klammheimlich in der Nacht ab?“, wollte Belshire mit polternder Stimme wissen. „Mein Gott, Sie Schuft! Wenn Sie Schande über meine Tochter gebracht haben …“

Vierzig Minuten später kannte Lord Belshire alle Details des „Geschäfts“, das Sedgecroft mit ihm hatte besprechen wollen. Widerwillig stimmte Belshire den Bedingungen des Ehevertrags zu, der ihm vorgelegt worden war – Bedingungen, die gelinde gesagt äußerst bizarr wirkten. Doch das war wohl nur gerecht angesichts der Täuschung, mit der Jane und Nigel alle hintergangen hatten, die sie liebten und die ihnen vertrauten.

„Ich kann es nicht fassen, dass sie so etwas getan hat“, murmelte er. „Dennoch muss ich darauf bestehen, dass sie nicht unter den Folgen dieser Vereinbarung leiden wird. Schwören Sie mir vor Gott, Sie werden diesen Vertrag aufs Wort befolgen.“

„Keine Angst, Belshire“, versicherte Grayson mit kühlem Blick. „Ich liebe Ihre Tochter.“

„Im Moment kann ich nicht sagen, dass ich genauso empfinde. Allerdings soll das nicht heißen, dass ich tatenlos zusehe, wenn ihr Leid zugefügt wird.“

„Vertrauen Sie mir. Jane wird die beste Behandlung erfahren. Ich hoffe, sie wird Ihnen in spätestens einem Jahr ein Enkelkind präsentieren.“

Ein Hoffnungsschimmer ließ das Gesicht des Earls aufleuchten. Ein Enkel, ein zukünftiger Marquess. „Ich zweifle an Ihren Methoden …“

„Sie werden nicht am Ergebnis zweifeln“, gab Grayson ohne zu zögern zurück.

„Ich darf davon ausgehen, dass Jane bereit ist, Ihre Frau zu werden."

„Das kann ich Ihnen versichern."

„Damit werden gleich mehrere Probleme gelöst, Sedgecroft."

„Das dachte ich mir auch."

Während er über Janes Plan nachdachte, entschied Belshire auf der Heimfahrt, dass seine halsstarrige Tochter es wohl verdient hatte, einen Mann wie Sedgecroft zu heiraten, einen Mann, der genauso listig war wie sie selbst. Zumindest versuchte er, es seiner Frau zu erklären, als er zu Hause ankam.

Athena lag im Bett und las ein Buch, als er ins Schlafzimmer kam und an der Tür eine theatralische Pause einlegte. „Ich bin schockiert", verkündete er. „Restlos schockiert. Mein ganzer Körper ist wie taub."

Sie legte ihr Buch zur Seite. „Das hast du davon, wenn du mit einem Mann trinken gehst, der gerade mal halb so alt ist wie du. Abgesehen davon hast du sowieso noch nie Sedgecrofts Durchhaltevermögen besessen. Was hatte er überhaupt mit dir besprechen wollen?"

Nachdem er die Tür hinter sich geschlossen hatte, berichtete er von seinem nächtlichen Ausflug. Sobald er am Ende angelangt war, ließ er sich aufs Bett fallen, während Athena wütend im Zimmer auf und ab ging.

„Und du hast zugestimmt? Du hast deine Unterschrift unter diesen Vertrag gesetzt?"

„Du verkennst, um was es hier eigentlich geht, meine Liebe. Jane hat uns hintergangen. Sie wollte Nigel überhaupt nicht heiraten."

„Wie konnte sie uns nur so etwas antun!", rief sie aus. „Ich werde sie sofort zur Rede stellen."

„Nein, du wirst stattdessen deine Sachen packen, damit sie beim Erwachen feststellen muss, dass wir alle fort sind. Ausgenommen Simon und Onkel Giles, den ich bitten werde, hierzubleiben, während Sedgecroft mit seinem ... seinem Werben beginnt."

Lady Belshire blickte bestürzt drein. „Ich weiß, es war nicht richtig, was sie getan hat. Doch sie hatte uns zuvor angefleht, die Hochzeit mit Nigel abzusagen. Sie dafür einem Mann wie Sedgecroft auszuliefern ..."

„Einem Mann, der sie heiraten wird, meine Liebe", unterbrach er sie. „Sedgecroft liebt sie, obwohl sie ihn ebenfalls hinterging. Und ich glaube, sie liebt ihn. Außerdem ... wüsstest du irgendeinen anständigen jungen Mann in England, der sie noch haben will, wenn dieses Komplott erst einmal an die Öffentlichkeit gelangt ist?"

„Nun", gab Athena zurück, „da wären immer noch Schottland oder Wales. Und vergiss nicht die verstoßenen Aristokraten aus Frankreich."

„Ich sage dir, wir haben da eine junge Medea herangezogen", sagte er. „Es ist ein Wunder, dass sie uns nicht alle längst zu steinernen Statuen hat erstarren lassen."

„Du meinst wohl Medusa. Medea hat ihre eigenen Kinder getötet."

„Medea, Medusa. Außer dir merkt keiner den Unterschied! Das habe ich davon, dass ich einen Blaustrumpf heirate und eine Tochter mit Verstand zeuge. Jane kann sich glücklich schätzen, wenn sie niemals Kinder bekommt. Dann läuft sie wenigstens nicht Gefahr, sie zu töten."

Athena setzte sich an den Frisiertisch, sie hatte sich bereits in ihr Schicksal gefügt. „Mit Sedgecroft wird sie ganz sicher Kinder haben, und dazu noch gut aussehende, um die sich eine ganze Schar von Onkeln kümmern wird, wenn es uns nicht mehr gibt", dachte sie laut. „Es könnte schlimmer kommen."

„Ich wüsste zwar nicht, wie das möglich sein sollte, aber das ist auch nicht wichtig. Sie heiratet Grayson Boscastle, und das war es dann. Wie er sie bändigen will, kann ich mir nicht vorstellen. Ich kann ihm nur alles Gute wünschen."

„Ist Jane eingeweiht?", fragte sie plötzlich.

„Nein, und Sedgecroft will es ihr persönlich sagen, unter vier Augen. Niemand sonst soll ein Wort verraten."

„Wie romantisch von ihm. Ich hoffe, Jane ist diesmal vernünftiger."

Lord Belshire runzelte die Stirn. Als romantisch hätte er Graysons rücksichtslose Entschlossenheit nun wirklich nicht bezeichnet – sorgenvoll dachte er an die ausgeklügelten Bedingungen des Ehevertrags.

„Er ist nicht so wie Nigel, Athena. Jane wird sich aus dieser Situation nicht herauswinden können, wenn sie nicht als alte Jungfer enden will."

„Können wir uns nicht wenigstens von ihr verabschieden, ehe wir sie ins Gefecht ziehen lassen?"

„Es ist ein Werben", gab er zurück, „kein Gefecht, selbst wenn das in diesem Fall nicht so ganz sicher ist. Wir werden das Haus verlassen haben, noch bevor sie aufwacht. Wenn Jane in der Lage ist, uns alle an der Nase herumzuführen, dann kann sie es auch ohne Weiteres mit Sedgecroft aufnehmen."

18. KAPITEL

Am nächsten Morgen wachte Jane später auf als sonst üblich. Sofort bemerkte sie, dass im Haus eine ungewöhnliche Stille herrschte. An neun von zehn Tagen wurde sie von Mirandas beklagenswerten Versuchen am Klavier geweckt, oder aber Mama stritt sich im Flur mit Caroline über deren unangemessene Kleidung.

„Sie sind alle aufs Land gereist, nach Belshire Hall, Lady Jane", ließ das Stubenmädchen sie wissen, nachdem Jane sich in aller Eile angezogen hatte, um der Stille auf den Grund zu gehen. „Ausgenommen Lord Tarleton, der früh am Morgen mit Ihrem Onkel Sir Giles zum Pferderennen gegangen ist. Die beiden Gentlemen erklärten, bis zum Abendessen wieder zu Hause zu sein."

„Meine eigene Familie lässt mich hier zurück, ohne mich zu fragen, ob ich mitkommen möchte?", fragte Jane ungläubig.

„Lady Belshires Cousine ist erkrankt. Man hielt es offenbar für unnötig, dass Sie mitkommen." Das Stubenmädchen hatte den Blick gesenkt, als glaube es selbst nicht an die Erklärung.

„Ich kann wohl nicht annehmen, dass sich irgendjemand die Mühe gemacht hat, mir eine Nachricht zu hinterlassen", meinte Jane gereizt und wandte sich ab.

Das alles erschien ihr sehr rätselhaft und verdächtig. Ihr Unbehagen wurde weiter geschürt, als sie in Carolines Zimmer lief und unter dem Tintenlöscher auf dem Schreibtisch eine hastig hingekritzelte Notiz fand.

Jane,
wir werden gegen unseren Willen mitgenommen, praktisch gefesselt und geknebelt. Hüte dich, der Löwe hat sein Weibchen ausgesucht …

Darunter befand sich ein großer Tintenklecks, als sei Caroline gezwungen gewesen, den Brief vor jemandem zu verstecken, der in diesem Moment das Zimmer betreten hatte.

„Wie sonderbar", sagte sie zu sich selbst und bemerkte auf ihren Unterarmen eine Gänsehaut. „‚Der Löwe hat sein Weibchen ausgesucht.' Wer ..."

Sie zuckte zusammen, als ein Diener laut anklopfte. „Der Marquess ist hier, Lady Jane. Er besteht darauf, dass Sie sich unverzüglich zu ihm begeben."

„*Unverzüglich?* Und was will er von mir?"

„Ich habe nicht daran gedacht, ihn zu fragen, Mylady."

„Aber fanden Sie das nicht merkwürdig?"

Ohne seine Antwort abzuwarten, eilte sie an ihm vorbei nach unten in den Salon. Grayson stand am Fenster, er trug einen elegant geschnittenen königsblauen Cut und eine eng anliegende Nankinghose. Mit der Reitpeitsche klopfte er auf seinen Oberschenkel. Dieses Klopfen – so ging es ihr flüchtig durch den Kopf – erinnerte an ein Tier, das unruhig mit dem Schwanz auf den Boden schlug, zum Angriff bereit.

„Nun", sagte sie und war so froh, ihn zu sehen, dass sie zu lachen begann, „wenigstens hast du mich nicht auch im Stich gelassen. Meine ganze Familie hat anscheinend den Verstand verloren. Irgendeine Cousine ist erkrankt, und meine Eltern sind mit meinen Schwestern Hals über Kopf aufs Land gereist ..."

Als er sich zu ihr umdrehte, stockte ihr der Atem. Kein Mann hatte das Recht, so früh am Morgen so sündhaft gut auszusehen.

Ihr Lachen verstummte in dem Moment, da sie ihm in die Augen sah. Es war bereits das zweite Mal an diesem Tag, dass sie eine Gänsehaut bekam. Sie konnte sich nicht daran erinnern, zuvor schon einmal diesen finsteren Gesichtsausdruck bei ihm bemerkt zu haben.

„Hast du dich mit Heath getroffen?“, fragte sie, während ihr Herz wild pochte.

„Ja.“

„Oh.“ Ihre Beine schienen sie kaum noch tragen zu wollen, als sie versuchte, an seiner Miene abzulesen, welches Schicksal sie erwartete.

„Ich fürchte, ich überbringe keine guten Neuigkeiten, Jane“, sagte er düster.

„Nicht?“

„Wie es aussieht, musst du jede Hoffnung aufgeben, Nigel doch noch zu heiraten. Offenbar ist er tatsächlich davongelaufen.“

„Und wohin?“

„Ist das noch wichtig?“

Sie fragte sich, ob er ihren rasenden Herzschlag wohl hören konnte. „Ich glaube nicht.“

„Gott sei Dank, du bist ihn los.“

Wie reserviert sein Blick auf einmal war – oder bildete sie sich das nur ein? „Ja.“

„Du wirst ihm nicht vergeben.“

„Ich …“

„Es wäre das Beste, wenn du ihn vergisst, Jane.“

„Aber …“ Wie viel wusste er? Sein Verhalten irritierte sie, und sie fragte sich, ob es ihm wohl peinlich war, ihr diese Neuigkeiten zu überbringen.

„Er spielt keine Rolle mehr, richtig?“ Er streckte ihr seine Hand entgegen, damit sie zu ihm kam.

Eine beunruhigende Hitzewallung durchfuhr ihren Körper. „Nein, er spielt keine Rolle mehr.“ Sie sah ihn wachsam an und fragte sich, ob es wirklich so einfach sein sollte. Gab es etwa eine winzige Chance, dass er die Wahrheit nicht herausfand? Oder dass er sie kannte und sie beide einfach weiterhin so taten, als sei er ahnungslos? Würde er sich damit begnügen können, dass Nigel fort war, dass das Leben weitergehen musste und dass sie, Jane, jetzt ein Teil seiner Welt war?

„Und jetzt“, sagte er mit leiser, gleichmäßiger Stimme, „hol deinen Mantel. Wir haben eine Verabredung.“

Welche düstere Empfindung es auch sein mochte, die eben noch seinen Blick getrübt hatte, sie war verschwunden, ehe Jane sich näher mit ihr hätte beschäftigen können. Sein Verhalten ihr gegenüber war geringfügig anders. Hatte Heath ihm mehr berichtet, als Grayson sie wissen ließ? Nein, das war unmöglich. Niemand wusste von Esthers Haus in Hampshire. Und wenn Grayson davon erfahren hätte, wäre er nicht so ruhig geblieben. Waren es Schuldgefühle, weil er gestern Abend weiter gegangen war, als er es gewollt hatte? Ihr Herzschlag wurde prompt schneller, kaum dass die Erinnerung an ihr Beisammensein geweckt wurde. Jane überlegte, ob sie wohl in seiner Achtung gesunken war.

Sag ihm alles! Sag ihm die ganze Wahrheit!

Er spielt keine Rolle mehr …

Sie schüttelte den Kopf. „Welche Verabredung? Ich sagte dir doch, ich werde mich mit Cecily treffen, und …“

„Ihre Kutsche steht bereit, Mylord“, sagte der Diener, der in der Tür aufgetaucht war.

„Danke“, erwiderte Grayson. „Bringen Sie Lady Jane einen leichten Mantel, wir treffen uns dann vor dem Haus.“

Im nächsten Moment wurde Jane von ihm förmlich aus dem Haus gedrängt. „Würdest du mir freundlicherweise erklären, was das soll?“, forderte sie ihn auf.

„Steig in die Kutsche, Jane. Ich werde beizeiten alles erklären.“ Während der Fahrt durch die geschäftige Bond Street schwieg er jedoch beharrlich. Jane ärgerte sich darüber, fürchtete sich aber gleichzeitig davor, über seine Absichten zu spekulieren oder sich Gedanken darüber zu machen, was seine düstere Stimmung zu bedeuten hatte. Offensichtlich hatte er irgendetwas vor. Vielleicht steht das in gar keinem Zusammenhang mit mir, überlegte sie einen Moment lang.

Eine vergebliche Hoffnung, wie sie sich sofort eingestand.

„Sag mir wenigstens, wohin wir fahren."

Er musterte sie flüchtig, dann antwortete er: „Zur Modistin Madame Devine."

„Devine? Sie ist die Schneiderin der Halbwelt, sie arbeitet für Dirnen und Tänzer."

„Ihre Kleider sind ganz außergewöhnlich." Er schloss die Augen, doch seine entspannte Pose konnte sie nicht täuschen.

„Ich weiß", meinte Jane. „Cecilys Verlobter bestellte dort einige skandalöse Kleidungsstücke für ihre Brautausstattung … wobei mir einfällt, ich sollte ihr zumindest eine Nachricht zukommen lassen, dass wir uns heute nicht sehen werden."

Die Kutsche fuhr an einer Kunstgalerie vorbei, dann stoppte sie vor einem modernen Gebäude. Zwei Diener warteten dort, um Kunden in das winzige, von Kerzen erhellte Geschäft zu führen. Die Kauflustigen, die auf dem Fußweg unterwegs waren, blieben stehen und beobachteten neugierig, wie Sedgecroft mit seiner Begleiterin das Ladenlokal betrat. Wo immer er auftauchte, man nahm von ihm Notiz.

„Cecily wird nicht auf dich warten", ließ er sie wissen, während er sie am vorderen Tresen vorbei zu einer verborgenen Treppe an der Seite führte. „Ich war so frei, ihr mitzuteilen, dass du nicht abkömmlich bist – weder heute noch in nächster Zeit."

„*Was* hast du gemacht?" Sie hätte schwören können, dass ihre Ohren ihr einen Streich gespielt hatten.

Er zog sie hinter sich die Stufen hinauf. „Cecilys Freund, dieser Armhurst, ist kein geeigneter Umgang für dich. Ach ja, Jane, ich wollte dich gestern Abend noch um etwas bitten", fügte er an, als sei es ihm eben erst eingefallen. „Ich denke, hier sind wir dafür ungestört genug.“

Ihre Schläfen begannen zu pochen. Was war nur los? Irgendetwas stimmte hier nicht. Ihre Familie hatte sie im Stich gelassen, und sie war diesem unmöglichen Halunken ausgeliefert, der zwar nach außen hin seine übliche Arroganz zur Schau stellte, an dem aber irgendetwas anders war als zuvor. Und dabei musste sie ihm immer noch beichten, dass sie …

„Um was wolltest du mich bitten?“, flüsterte sie, als sie bemerkte, dass sich im Raum über ihnen jemand aufhielt.

„Ich wollte dich bitten, meine Geliebte zu sein.“ Er nahm die letzten zwei Stufen mit einem Schritt und sah sich erwartungsvoll um. „Ah, da ist ja Madame Devine. Ich habe sie nach einem privaten Ankleideraum gefragt.“

Ihre Kehle war trocken und wie zugeschnürt, und sekundenlang konnte sie keinen vernünftigen Gedanken fassen. Seine Geliebte. Diese zwei Worte ließen sie frösteln. Diesmal war kein Zweifel daran möglich, was er gesagt hatte. Das hatte er also die ganze Zeit über im Schilde geführt. Wie dumm und blind sie doch gewesen war, zu glauben, er sei wirklich so nett und verantwortungsvoll, wie er tat. Während sie sich allmählich in ihn verliebt hatte, war er längst mit dem beschäftigt, was er am besten konnte – verführen.

Aber hatte er auch nur einmal behauptet, ein Heiliger zu sein?

Vielmehr war sie ihm frohen Mutes auf dem gleichen Weg gefolgt, auf den er auch seine anderen Frauen gebracht hatte. Jeder ihrer Schritte war freiwillig erfolgt, niemand hatte sie gezwungen.

Grayson lächelte sie an und schien nicht zu merken, dass er ihr mit seinem unmoralischen Angebot das Herz brach. „Liebste, nun sieh mich doch nicht so erstaunt an. Es ist doch sehr unwahrscheinlich, dass dir je wieder ein Mann einen Heiratsantrag machen wird, und als meine Geliebte wirst du dein

Leben lang keine Geldsorgen mehr haben. Was natürlich auch für alle Kinder gilt, die du mir schenken wirst."

„Kinder?" Sie fühlte sich wie betäubt.

Mit einem Schulterzucken erwiderte er: „So oft, wie wir uns lieben werden, sind Kinder ein unvermeidbarer Bestandteil einer intimen Beziehung. Ich wollte schon immer eine große Familie haben."

„Wirklich?"

„Ein Dutzend kleiner Boscastles, mit denen ich meine eigene Dynastie begründen werde."

„Ich möchte deinen Plänen für deine Nachkommenschaft auf keinen Fall im Weg stehen."

„Lass uns das in aller Ruhe besprechen, einverstanden?"

Sie sah ihn an, als hätte er sich soeben als der Teufel persönlich zu erkennen gegeben. Bevor sie allerdings etwas auf seine unglaubliche Unverschämtheit erwidern konnte, ging er voran und pfiff eine fröhliche Melodie, als sei seine Welt in bester Ordnung.

„Nun komm schon", rief er ihr über die Schulter zu. „Ich will dich nicht Nacht für Nacht nur in meinem Bett sehen. Es wird auch Gelegenheiten geben, da musst du dich vornehm kleiden. Ab sofort gibt es für mein kleines Täubchen kein Taubengrau mehr."

Ihre Gliedmaßen fühlten sich bleiern an, während sie ihm in einen kleinen Raum folgte, in dem ein Paravent, zwei bequeme Sessel, ein Spiegel und ein Tisch aus Rosenholz standen, darauf eine Kristallkaraffe mit Sherry und zwei Gläser sowie ein Stapel Musterbücher.

Seine Geliebte.

Eine jener unmöglichen Frauen, die in der Kapelle zugegen waren.

Er wollte aus ihr eine weitere Hélène oder Mrs. Parks machen. Eine Frau, die er aufsuchte, wenn ihm nach körperlichen

Vergnügungen war. Eine Frau, die er dafür bezahlte. Eine Frau, die er ablegte, sobald sein Interesse an ihr schwand.

Am liebsten hätte Jane ihn die Stufen hinuntergestoßen.

Zwei Näherinnen zogen sie hinter den Paravent und entkleideten sie, um ihre Maße zu nehmen. Grayson schenkte sich in aller Ruhe einen Sherry ein und erklärte dann der aufgetakelten Madame Devine sowie ihrer Assistentin genau, was sie aus den Mustern machen sollten, die sie ihm hingelegt hatten.

„Nicht das." Sein arrogantes Lachen brachte Janes Blut zum Kochen. „Zu viele Knöpfe. Ich bin ein Mann, der im Bett so wenig Zeit wie möglich mit dem Ausziehen der Dame verbringen möchte."

Madame Devine kicherte mädchenhaft. „*Mais oui*, Mylord, ich verstehe. Und wie wäre es mit dieser Unterwäsche?"

„Nein, der Busen der Dame muss nicht noch zusätzlich betont werden. Sie wurde von der Natur reichlich ausgestattet."

„Ah, *bien*. Und dieser rosafarbene Satin?"

„O ja, und auch diese schwarze Spitze."

Die Assistentin seufzte erfreut. „Eine sehr schöne Kombination, die man gut unter einem Ballkleid tragen kann."

„Unter einem Ballkleid?", murmelte er. „Ich dachte, sie könnte *das* als Kleid tragen."

Die Frau errötete. „Dieses Korsett, Mylord?"

„Warum nicht? Ich bevorzuge das natürliche Gefühl der weiblichen Haut."

Daraufhin stand die Assistentin auf und öffnete ein Fenster. Die Atmosphäre im Raum hatte sich so aufgeheizt, dass Madame Devines Brillengläser beschlugen. Dieser Mann befand sich auf einer äußerst verruchten Mission.

Jane sah um den Paravent herum und warf ihm einen zornigen Blick zu. „Ich glaube, du hast den Unsinn jetzt wirklich weit genug getrieben, Sedgecroft."

„Aber Jane, du wirst mir doch sicher nicht verweigern wollen, ein Vermögen für dich auszugeben“, gab er zurück.

Ihr war bewusst, dass die Näherinnen die Ohren gespitzt hatten, um jedes Wort mitzubekommen. „Grayson, ich bin nicht dumm. Du kannst so viel für mich ausgeben, bis du bankrott bist, aber ich verspreche dir *keine* Gegenleistung.“

Wieder lächelte er auf jene Art, die sie zur Weißglut trieb. „Die berühmten letzten Worte, meine Liebe. Es wird mir genauso viel Spaß bereiten, dir diese Dinge auszuziehen, wie es mir gefällt, sie dir zu kaufen. Und nun zeigen Sie mir die dünnste Seide, die Sie haben“, wies er die Modistin an und lehnte sich lässig nach hinten. „Etwas, durch das ich hindurchsehen kann. Ah ja, diese Schlüpfer mit Schlitz sind sehr schön.“

Janes Wangen glühten, während die Näherinnen sie neidisch ansahen. Er war bis ins Mark ein Halunke.

Das sagte sie ihm auch mit unverblümten Worten, als die nervösen Frauen sie endlich allein gelassen hatten, damit sie die letzten Details ihrer Garderobe besprechen konnten. „Bist du verrückt geworden?“, fuhr sie ihn an, während sie das Glas Sherry annahm, das er ihr mit Unschuldsmiene reichte.

„Ich möchte meine Geliebte mit großzügigen Geschenken verwöhnen“, sagte er verletzt. „Ist das etwa verkehrt?“

„Ich habe mich mit nichts davon einverstanden erklärt“, zischte sie ihn an. „Mein Vater wird außer sich sein.“

Er betrachtete das Glas, das sie in der Hand hielt. „Meine Liebe“, erwiderte er ruhig. „Dein Vater ist ein Mann von Welt, er versteht das.“

„Wie kommst du dazu, so etwas zu sagen?“

„Weil ich mich gestern Abend ausführlich mit deinem Vater über deine Zukunft unterhalten habe“, antwortete er kopfschüttelnd. „Zugegeben, anfangs hat er sich gesträubt, aber am Ende siegte dann doch die Logik.“

„Ich glaube dir kein Wort. Mein Vater würde vor Scham sterben, wenn er wüsste …“

„Deine Familie stirbt auch so vor Scham. Du musst dich den Tatsachen stellen. Deine Tage als heiratsfähige Frau sind vorbei.“

„Das sind sie nicht.“

„Doch, ganz sicher sogar“, beharrte er. „Niemand heiratet eine Frau, die meine Geliebte war.“

„Ich werde nicht deine Geliebte sein.“

„Natürlich wirst du das.“ Er warf ihr einen wissenden Blick zu. „Erinnerst du dich an letzte Nacht? Ich habe dir den Himmel gezeigt. Eine Frau in deiner Position muss praktisch denken. Du wirst sehen, dies ist die vernünftigste Lösung für dein Dilemma.“

Sie trank einen Schluck Sherry, der ihr im Hals brannte, und fühlte sich versucht, ihm die Karaffe auf den Kopf zu schlagen. Hustend brachte sie heraus: „Ich will das nicht!“

„Und was willst du?“

„Ich will … ich glaube, ich will Liebe.“

„Liebe?“ Er machte eine amüsierte Miene. „Eine Truhe Diamanten kann ich dir geben, ein Landgut, eine Schiffsladung Seide … aber Liebe?“

„Du musst es nicht so hinstellen, als sei das etwas Obszönes.“ Der Sherry bewirkte, dass ihr ein wenig schwindlig wurde. „Manche Menschen verlieben sich, Grayson.“

„Wirklich?“ Er stand vor ihr und überragte sie um ein deutliches Stück, seine Augen funkelten. „Stimmt, ich hatte ja ganz vergessen, wie sehr du Nigel geliebt hast. Aber ich bin mir sicher, dass deine Gefühle für ihn mit der Zeit nachlassen werden.“

Unwillkürlich tat sie einen Schritt nach hinten. „Ich sagte dir gestern Abend, dass ich ihn nicht liebe.“

„Dann kannst du deine Zuneigung stattdessen mir schenken, nicht wahr?", gab er prompt zurück.

Jane starrte ihn an, sein spöttischer Tonfall bereitete ihr Übelkeit. „Ich fühle mich mit einem Mal nicht wohl. Würdest du mich bitte nach Hause bringen?"

Seine Augen erinnerten sie an Gewitterwolken, die nahendes Unheil ankündigten. „Selbstverständlich, Jane. Dir zu Diensten zu sein und dich zu beschützen, gehört zu unserer Abmachung."

Heath zog eine Augenbraue hoch, als Grayson ihm später am Tag in seinem Arbeitszimmer alle Einzelheiten berichtete. „Alles in allem würde ich sagen, dass es bestens gelaufen ist."

„Ich kann nicht fassen, dass du mit ihr bei Madame Devine warst, und das am helllichten Tag. Was ist mit ihrem Ruf?"

Grayson sah ihn lange an und verdrängte ein leises Schuldgefühl, das sich in seinem Hinterkopf zu Wort melden wollte. „Was soll damit sein? Meine ursprüngliche Absicht war es, Jane vor dem Schaden zu bewahren, den Nigel ihr scheinbar eingehandelt hatte. Als sie mit ihm diesen Plan ausheckte, war ihr auch egal, wie er sich auf ihren Ruf auswirkt."

„Aber die Gesellschaft …"

„Mich hat noch nie gekümmert, was die Gesellschaft denkt", unterbrach Grayson ihn. „Außerdem wird es ja ein gutes Ende nehmen. Wenn wir erst einmal verheiratet sind, werden Klatsch und Tratsch verstummen. Es ist schon erstaunlich, wie durch den heiligen Stand der Ehe die Ehre wiederhergestellt wird."

Heath brachte ein grimmiges Lächeln zustande. „Ist dir schon mal der Gedanke gekommen, dass dein Plan auf einmal eine andere Richtung einschlägt und eine Heirat plötzlich gar nicht mehr zur Diskussion steht?"

Mit einer beiläufigen Geste wischte der Marquess den Einwand seines Bruders beiseite und sah stattdessen einen Stapel Briefe durch. „Ich habe einen rechtsgültigen Vertrag mit ihrem Vater geschlossen, dass ich sie heiraten werde. Vielleicht wird sie das ärgern, aber letztlich muss sie einsehen, dass ihr gar keine andere Wahl bleibt. Außerdem glaube ich, sie liebt mich."

„Ich hoffe von Herzen, du weißt, was du da tust", meinte Heath seufzend. „Und ich hoffe, es geht nichts schief in deinem Spiel."

„Es wird nichts schiefgehen." Grayson sah auf und bemerkte den besorgten Blick seines Bruders. „Wie du selbst gesagt hast, es ist ein Spiel. Ich werde es nicht zu weit treiben, allenfalls noch ein paar Tage. Was soll da schon passieren?"

„Sag ihm, ich bin krank", flüsterte Jane drei Stunden später Simon zu. „Sag ihm, ich habe hohes Fieber. Die Pest, Malaria, Cholera, Pocken."

Besorgt fühlte Simon ihre Stirn. „Das habe ich ihm bereits gesagt, aber er hat Weed losgeschickt, damit der sich beim Arzt der Boscastles einen Ratschlag holt. Er wartet schon den ganzen Abend."

„Den ganzen Abend?" Leichte Panik schlich sich in ihre Stimme. „Grayson ist bereits die ganze Zeit in unserem Haus?"

„Er hat mit Onkel Giles Billard gespielt. Der Mann ist entschlossen, dich zu bekommen." Simon zögerte, da er nicht mehr weiterwusste. „Was hast du getan, Jane? Ich weiß, du steckst in irgendwelchen Schwierigkeiten."

Sie legte die Hände vors Gesicht. „Frag bitte nicht. Ich kann es dir nicht sagen. Es ist eine solch unglaubliche Bescherung, und ich bin auch noch ganz allein daran schuld."

„Dann kannst du kaum Hilfe von mir erwarten", sagte er bestürzt.

„Du könntest ohnehin nichts für mich tun", murmelte sie.

„Bist du dir ganz sicher? Jane, du … du erwartest doch nicht etwa ein Kind?"

„Oh, *Simon!*"

„Dann ist es ja nicht ganz so schlimm, oder?", fragte er hoffnungsvoll.

„Ich habe mir mein eigenes Grab geschaufelt. Es ist schlimmer als schlimm!"

„Sedgecroft ist ein einflussreicher Mann, vielleicht weiß er eine Lösung."

„Begreifst du denn überhaupt nichts? Sedgecroft *ist* mein Problem. Er will mich zu seiner Geliebten machen. Ja, Simon, er hat es mir heute gesagt!"

Ein wütender Ausdruck zeichnete sich auf seinem Gesicht ab. „Ich vermute, das ist alles Nigels Schuld", erklärte er unbeholfen. „Ich könnte diesen Narren dafür umbringen. Was sollen wir denn machen?"

Jane hätte sich am liebsten unter der Bettdecke verkrochen und so getan, als habe sie dieses Debakel nie herbeigeführt. „Du bist mein Bruder", sagte sie verzweifelt. „Du weißt, was Papa jetzt machen würde. Sorg dafür, dass er geht."

Für einen Moment wirkte er so erschrocken über den Gedanken, auf Konfrontationskurs mit einem Mann wie Sedgecroft zu gehen, dass Jane am liebsten laut gelacht hätte – wäre sie nicht viel lieber tot gewesen.

Als Simon ihrem Blick auswich, wusste sie, dass sie auf ihn als Verteidiger nicht mehr zählen konnte. „Das ist das Problem", erwiderte er schließlich, nachdem er geschluckt hatte. „So gern ich dem Marquess gegenübertreten würde, muss ich mich an Papas ausdrückliche Anweisungen halten, mich nicht in Sedgecrofts Werben einzumischen. Wenn ich jetzt darüber nachdenke, kommt mir das eigentlich recht seltsam vor."

„Werben?", rief Jane. „Das ist kein Werben. Das ist Wellington, wie er Toulouse einnimmt, das ist der Sturm auf die

Bastille, das …“ Sie wurde kreidebleich. „Soll das heißen, Papa hat nichts dagegen, dass ich Sedgecrofts Geliebte werde?“

„Ah“, hörte sie auf einmal eine tiefe Stimme an der Tür. „Unsere Patientin fühlt sich gesund genug zum Streiten. Dann besteht ja noch Hoffnung für sie.“

Jane wich unter ihre Bettdecke zurück, auch wenn der samtene Bariton sie bis in die Knochen berührte. „Grayson, das ist äußerst unschicklich. Was machst du in meinem Zimmer?“

Er kam zu ihr ans Bett, sein Gesicht wirkte wie eine Maske maßlos übertriebener Sorge. „Simon war so lange Zeit verschwunden, dass ich befürchten musste, dein Zustand könnte sich verschlechtert haben. Jetzt hingegen muss ich sagen, du siehst besser aus als erwartet, Jane.“

„Das dachte ich auch“, stimmte Simon ihm zu und steuerte damit eine Schaufel Erde für ihr Grab bei. „Ich hätte gar nicht glauben wollen, dass mit ihr etwas nicht stimmt …“ Auf einmal bemerkte er Janes Blick. „Außer natürlich das Fieber“, ergänzte er hastig.

„Lass mich fühlen.“ Grayson beugte sich vor und legte eine kühle Hand auf ihre Stirn, während sein Blick sie zu durchbohren schien. „O weh.“

Seine Berührung löste bei ihr sofort eine verräterische Lust aus. „Was heißt ‚O weh‘?“, fragte sie argwöhnisch.

„Du fühlst dich recht warm an.“ Er kam noch ein Stück näher, dann flüsterte er ihr zu: „Ist das wirklich ein Fieber, oder denkst du gerade daran, was wir letzte Nacht gemacht haben?“

„Hör auf“, wisperte sie. „Mein Bruder beobachtet uns.“

„Soll ich ihn bitten, uns allein zu lassen?“

„Du bist derjenige, der uns allein lassen sollte“, brachte sie heraus. „Simon?“

„Was hat Ihr Arzt über ihren Zustand gesagt, Sedgecroft?“

„Ohne eine gründliche Untersuchung kann er nur zwei Dinge empfehlen: einen Aderlass oder Urlaub an der See.“

„Ich werde mich keinem Aderlass unterziehen", erklärte sie voller Abscheu.

Grayson richtete sich auf, ohne den Blick von der zusammengekauerten Jane zu nehmen. „Das sagte ich ihm auch. Darum habe ich alles für einen Aufenthalt in meiner Villa in Brighton vorbereiten lassen. Wir reisen morgen in aller Frühe ab."

„Na bitte", meinte Simon, der nicht den entsetzten Ausdruck im Gesicht seiner Schwester bemerkte. „Nichts ist besser für die Seele als ein wenig Seeluft."

„Vergiss nicht, dass wir die Familie auf Belshire Hall besuchen wollen", rief Jane hastig dazwischen. „Ein spontaner Urlaub ist zwar verlockend, aber nicht zu verwirklichen."

„Wenn es um deine Gesundheit geht, Jane", erklärte Grayson mit einer Entschlossenheit, die einem unüberwindlichen Bollwerk glich, „werde ich kein Risiko eingehen. Ich bestehe darauf, dass du ans Meer fährst, und ich weigere mich, dir eine Fahrt aufs Land zu gestatten."

„Gut", sagte Simon, der offenbar unbedingt Ruhe und Frieden haben wollte. „Auf meinen Rat hört sie nie."

Langsam setzte sie sich auf und sah Grayson an. „Wirst du mich dazu zwingen?"

„Wenn es nicht anders geht", erwiderte er lächelnd. „Ich versprach deinem Vater, an seiner Stelle für deinen Schutz zu sorgen. Ich käme meiner Pflicht nicht nach, würde ich deine Erkrankung auf die leichte Schulter nehmen."

„Mir geht es schon viel besser", gab sie mit gezwungener Unbekümmertheit zurück, doch Grayson schüttelte vehement den Kopf.

„Die Strapazen der letzten Wochen fordern jetzt ihren Preis, Jane. Es ist vermutlich nicht gut für dich, wenn du in London bleibst."

„Willst du sagen, ich soll untertauchen?"

„Wir können nicht zulassen, dass du dich im Bett räkelst und pummelig wirst, meine kleine Taube.“

„Ich will nicht weg“, widersprach sie und betonte jedes Wort einzeln.

„Du brauchst Erholung, Jane. Ich werde dich in einem Rollstuhl über die Promenade schieben, zusammen mit all den anderen Hypochondern.“

„So etwas nenne ich ein wahrhaft verlockendes Angebot.“

„Dann ein Ritt auf einem Esel.“

„Da weiß ich schon, wer der Esel sein wird.“

Er lächelte und fuhr fort: „Vielleicht würde es dir gefallen, mit Seetang abgerieben zu werden.“

„Mir würde gefallen, dich damit zu strangulieren.“

„Ich werde eines der Dienstmädchen anweisen, dir beim Packen zu helfen“, gab er ruhig zurück, während sein Blick sie herausforderte.

Jane trotzte diesem Blick und fragte sich, ob die erste Frau, die dem Fluch der Boscastle-Augen erlegen war, sich genauso gefühlt hatte wie sie in diesem Moment. Denn obwohl sein Vorschlag sie empörte, wünschte sie sich tief in ihrem Innersten, diesem Teufel überallhin zu folgen, wohin er sie lockte. Sie wollte in seinen Armen liegen, sich ihm hingeben, die Frau sein, die er begehrte. Dummerweise hatte sie sich in die Illusion eines Beschützers verliebt, nicht in einen tatsächlichen Beschützer.

„Dein Angebot ist mehr als großzügig, Grayson“, sagte sie in einem letzten Versuch, sich ihm zu widersetzen. „Aber ich kann wohl kaum allein mit dir Urlaub machen.“

„Selbstverständlich nicht“, antwortete er mit gespielter Überraschung. „Onkel Giles und Simon werden mitkommen, damit der Anstand gewahrt wird.“

Eine kurze Pause schloss sich an, und als sie sein teuflisches Grinsen sah, wusste sie, dass der Anstand ihn in Wahrheit nicht im Mindesten scherte.

Also war zwischen ihnen mit einem Mal wirklich alles anders. Er hatte das bis ins letzte schändliche Detail eiskalt geplant. Zugegeben, er gab sich so charmant und aufmerksam wie immer, doch hinter dieser Tugendhaftigkeit lauerte ein wildes Tier, das nur auf den richtigen Augenblick wartete, um sich auf sein Opfer zu stürzen.

Hatte sie sich etwa all seine Liebenswürdigkeit nur eingebildet, die ihn auf eine Frau so unwiderstehlich wirken ließ? Oder waren es ihre eigenen Schuldgefühle, die sie daran hinderten, ihn zu durchschauen?

Nicht einmal in ihren wildesten Träumen hätte Jane sich als die Geliebte eines Lebemanns gesehen. Auf eine erschreckende Weise war sie vom Pfad der Tugend abgekommen, und der Weg dorthin zurück würde beschwerlich sein, vielleicht sogar unmöglich. Nun, möglicherweise würde sie auch Gefallen an dem Ganzen finden.

„Nein", sagte sie, diesmal eine Spur mutiger. „Das ist unmöglich, es geziemt sich nicht. Eine Frau kann nicht allein mit drei Männern unterwegs sein, selbst wenn zwei davon zu ihrer Familie gehören."

Sein gönnerhaftes Lächeln ließ sie ahnen, dass er ihr auch jetzt längst zwei Schritte voraus war. „Jane, du solltest mich eigentlich besser kennen. Natürlich habe ich Chloe gebeten, uns zu begleiten."

„Und sie hat zugesagt?"

„Ja."

Allerdings erst nach zwei Stunden voller Drohungen und Tränen, gefolgt von Chloes Erkenntnis, ihre Anwesenheit in Brighton sei womöglich der einzige Trost, den Jane in ihrem schrecklichen Schicksal finden würde: der Verführung durch einen Boscastle.

Natürlich würde weder Chloe noch sonst jemand ihn von

der Lektion abhalten, die er Jane erteilen wollte. Grayson bereitete nur die Inszenierung mit allen notwendigen Requisiten vor. Oh, wie sehr er sich auf diese Ferien freute!

„Selbstverständlich hat sie zugesagt", sagte er. „Sie wird deine Gesellschaft genauso genießen wie ich." Er ging zur Tür, aus seiner Sicht war die Angelegenheit geregelt. Beiläufig fügte er an: „Das passt mir auch sehr gut. Auf diese Weise kann ich euch beide im Auge behalten."

„Du willst sagen, so hast du uns beide unter der Fuchtel, nicht wahr?", rief Jane ihm nach.

19. KAPITEL

Den ganzen Tag mit Grayson, Simon, Onkel Giles und Chloe in einer Kutsche zu reisen, entsprach nicht Janes Vorstellung von Entspannung und Erholung. Während das gut gefederte Gefährt an der Küstenstraße entlangfuhr, unterhielten sich die Männer über Querfeldeinrennen und Parlamentsreformen. Chloe weigerte sich, ein Wort mit ihrem Bruder zu wechseln oder ihn überhaupt nur anzusehen, stattdessen ließ sie ihm, wenn es nötig war, durch Jane etwas ausrichten.

Als sie in Cuckfield einen Zwischenstopp für einen Imbiss einlegten, sprach keiner von ihnen mehr ein Wort. Schweigend und mit steifen Gliedmaßen erreichte man schließlich am Abend Graysons Villa, die einen ungehinderten Blick auf die See bot. Jane betrachtete das elegante zweistöckige Gebäude, dessen rote Ziegelsteinfassade so beeindruckend war wie der Marquess selbst. Sie fragte sich, welche Überraschungen dieses Haus zu bieten hatte und was sie hinter diesen Türen über den Mann herausfinden würde, den sie liebte. Und was würde sie über sich selbst herausfinden?

In der Eingangshalle mit ihren Marmorsäulen und einer hohen, barocken Stuckdecke löste sich die Gruppe auf. Chloe schloss sich sofort in ihrer Suite ein, nachdem sie erklärt hatte, ihr sei nach einem Bad im Meer und einem Glas Bordeauxwein. Simon und Onkel Giles brachen umgehend zu einem spätabendlichen Spaziergang auf der Promenade auf, da sie hofften, alten Freunden zu begegnen.

Schließlich standen Jane und Grayson allein da, so wie er es zweifellos auch geplant hatte. Und so wie sie es sich erhofft hatte, wenn sie ehrlich zu sich war. „Tja“, sagte sie, während sie nervös eine Ming-Vase bewunderte, die auf einem Eckpodest stand. „Da wären wir also. Kommt Heath auch her?“

„Ich bin mir nicht sicher“, erwiderte Grayson, der im Schatten stand und amüsiert ihre Versuche mitverfolgte, das Unvermeidbare hinauszuzögern. „Wäre es dir lieber, wenn er herkäme?“

Ihr Herz schlug wie wild. „Warum sollte es mir lieber sein?“

„Mein Bruder“, erwiderte er leise und zog sie in seine Arme, „hat auf Frauen eine eigenartige Wirkung. Manche fühlen sich von ihm angezogen, andere eingeschüchtert. Jane, meine Liebe, könnte es sein, dass du Angst vor mir hast?“

Angst? Höchstens davor, ihn zu verlieren und ihr Leben für immer zu ruinieren.

„Allmählich kommt es mir so vor, als würde ich dich kaum kennen, Grayson“, entgegnete sie in gedämpftem Tonfall.

„Habe ich dir nicht bewiesen, dass ich dein Freund bin?“ Dabei legte er seine Hand in ihren Nacken und streichelte die empfindliche Stelle hinter ihrem Ohr.

Seine Liebkosung brachte ihre Haut zum Erglühen. „Ich nehme an, es hängt davon ab, wie man Freundschaft definiert.“

„O Jane“, entgegnete er mit tiefer, zynischer Stimme. „Du bist immer so auf der Hut.“

„Offenbar nicht immer“, sagte sie, während sie seinen warmen Atem an ihrem Ohr fühlte.

„Dann wäre es vielleicht das Klügste … oder das Verruchteste, einfach zu kapitulieren.“

„Und dann?“ Ihr stockte der Atem.

„Ich weiß nicht. Aber warum sollen wir uns die Überraschung verderben? Ich denke, wir sollten einfach unseren Gefühlen folgen und sie entscheiden lassen, wohin uns der Weg führt.“

Jane musste schlucken, sie hatte einen Kloß im Hals. „Es steht etwas mehr auf dem Spiel, als dir klar ist. Zumindest für mich.“

„Aber der Einsatz verspricht so viel Lust.“

„Hör auf", flüsterte sie.

„Ich kann nicht aufhören, und ich werde nicht aufhören, bis du ganz und gar mein bist."

Unwillkürlich erschauerte ihr. „Das ist nicht das, was ich wollte."

„Glaubst du, wir haben bei allem im Leben eine Wahl, Jane?"

„Das hoffe ich doch", antwortete sie so leise, dass sie kaum noch zu hören war. „Nur vielleicht ist es nicht immer so."

„Wirst du mein Angebot annehmen?", flüsterte er ihr zu. Mit seiner anderen Hand öffnete er ihr Kleid und strich sanft über ihren Rücken. Dem Spiel, das er mit ihr trieb, würde er bald ein Ende setzen. Er wollte sich nur noch ein wenig Zeit gönnen, um seine Rache auszukosten, nachdem sie ihn so an der Nase herumgeführt hatte. Die Lektion, die er ihr erteilte, war in Kürze vorüber, denn jedes Mal, wenn er in Janes wunderschöne grüne Augen blickte, schwand sein Zorn ein wenig mehr. Bald würde die Wut ganz verraucht sein, und sie könnten sich aussöhnen.

„Liebst du mich denn gar nicht, Jane?", murmelte er.

Sie sah ihm in die Augen. „Du weißt, ich liebe dich, sonst wäre ich jetzt nicht hier."

Zumindest das war eine ehrliche Antwort. Er kannte Jane nun, ihre heimlichen Ängste, ihre Schlauheit. Was sie erregte. Einen Augenblick lang fragte er sich, ob es überhaupt noch sinnvoll war, sein Spiel weiterzutreiben. Zugegeben, er war von ihr in die Irre geführt worden, doch sie selbst hatte sich auch in einen Betrüger verliebt.

Immerhin war er nicht der Retter, als der er sich präsentiert hatte. Er war kein Held, aber er liebte sie, und das mit einer solchen Inbrunst, dass sie all seine Stärken und Schwächen ans Licht brachte.

Am Ende würden sie zueinandergehören. Das Spiel war

bald vorüber, und dann konnte ihre gemeinsame Zukunft als Mann und Frau beginnen. Sie würde erkennen, dass es ihr nie wieder möglich war, ihn zu täuschen. Allerdings gäbe es auch keinen Grund mehr für eine Täuschung.

Ihr würde klar werden, dass sie ihm nicht nur ihre Geheimnisse, sondern auch ihr Leben anvertrauen konnte. Ihre Ehe würde leidenschaftlich und liebevoll zugleich sein, alles, was sie sich jemals erträumt hatten.

„Komm mit in mein Bett, Jane", drängte er. Diese Ungeduld gehörte nicht zu seinem Plan, doch es erschien ihm nicht möglich, noch länger zu warten. Er begehrte sie so sehr, dass er immer wieder von diesem Moment geträumt hatte. Jede Sekunde wollte er genießen.

Grayson ließ seine Finger von ihrem Hals nach unten wandern, bis er ihre Brüste erreichte. „Komm mit, und vergiss für diesen Augenblick deine Würde."

„Wie viel Würde ist mir denn überhaupt noch geblieben?", erwiderte sie im Flüsterton.

„Sei nun völlig würdelos", spottete er.

Wie es so weit hatte kommen können, war ihr ein Rätsel. Sie schloss die Augen und dachte darüber nach, dass sie einen Fehler gemacht hatte. An irgendeiner Gabelung war sie auf einen falschen Weg geraten, als sie danach strebte, die Liebe ihres Lebens selbst aussuchen zu wollen. Sie hatte sich stattdessen zur Ausgestoßenen gemacht. War er in seinem Werben um sie ehrlich gewesen? Oder ging es nur um das gegenseitige Verlangen? Nein, da musste doch mehr sein …

Seine Stimme unterbrach ihren Gedankengang. „Zeig dich von deiner wildesten Seite, Jane. Ich habe noch nicht alles von dir gesehen, nicht wahr?"

„Was … was redest du da?"

„Tief in dir steckt noch eine andere Jane, richtig?"

„Zumindest lässt *du* keinen Zweifel daran, dass ich dich

von einer anderen Seite erlebe“, gab sie zurück. „Von deiner schwärzesten Seite.“

Mit einem tiefen, verlockenden Lachen zog Grayson sie mit sich zur Treppe. Nicht mehr lange, dann würde sie in sein Lachen einstimmen – vielleicht nach einem heftigen, leidenschaftlichen Streit. Es würde ein gutes Gefühl sein, sich wieder so geben zu können, wie er wirklich war.

„Ja oder Nein, Jane? Küss mich und gib mir deine Antwort. Ich habe so oft davon geträumt, wie ich dich nehmen werde, dass ich ganz sicher sterben müsste, würdest du Nein sagen.“

Ihr kam es so vor, als sei überall Feuer. Dort, wo er sie auf den Hals geküsst hatte, in der Luft, die sie atmeten, in ihren Beinen, den Fingerspitzen, dem Bauch. Wie erschreckend es doch war, so zu lieben! Und wie aufregend. Was würde nach dieser Nacht noch von ihr übrig sein?

„Ja“, flüsterte sie und schlang die Arme um seinen Hals, damit sie ihn küssen konnte. Es gab keine andere Antwort als diese. „Ja!“

Sie brannten beide vor Begierde.

Sein Schlafzimmer war riesig. Die Decke zierten barocke Stuckornamente, und zwei Kerzen in verschnörkelten silbernen Wandleuchtern warfen mysteriöse Schatten auf den dicken Perserteppich. Durch die offen stehenden Fenster drang feuchte Meeresluft ins Zimmer, die die Vorhänge flattern ließ. Die seidene Tagesdecke war umgeschlagen worden, um den Blick auf die nach Lavendel duftenden Bettbezüge freizugeben.

Vor Verlangen stockte ihr der Atem, noch bevor er sie auf das Bett gesetzt hatte. Mit lässiger Fingerfertigkeit zog er sie aus, was sie hätte beleidigen sollen – stattdessen steigerte es ihre Erregung nur noch mehr. Sie wollte Freuden erleben, die sie nicht einmal benennen konnte. Langsam ließ sie sich gegen ihn sinken, öffnete sich ihm und lud ihn ein, sie zu besitzen.

Ihr Herz raste, als sie den Blick hob und in Graysons Gesicht sah. Nie zuvor hatte sie sich annähernd so verwundbar und wunderschön zugleich gefühlt wie in diesem Augenblick, als er ihren Körper betrachtete. Er machte keinen Hehl daraus, welchen Hunger sie in ihm weckte. Seine Augen leuchteten vor Bewunderung.

„Du bist vollkommen, Jane", sagte er. Mit einem Finger zeichnete er den Schwung ihrer Wange nach. „Vertrau mir."

Seine tiefe Stimme war wie ein Zauber, der sie noch heftiger danach verlangen ließ, endlich von ihm berührt zu werden. Er legte sich zu ihr aufs Bett und küsste sie langsam und fordernd. Ihr Verlangen hatte ein schier unerträgliches Maß erreicht.

„Vertrau mir, Jane", wiederholte er. Erst viel später würde ihr der schmerzhafte Hauch auffallen, der in seiner Stimme lag.

„Ich vertraue dir", erwiderte sie und erkannte, wie wahr ihre Worte waren. „Ich habe noch nie jemandem so sehr vertraut wie dir."

Er beugte sich tiefer und hauchte Küsse auf ihr Gesicht, ihre Brüste und ihren Bauch, während sie die Finger in seinem vollen, seidigen Haar vergrub. Lustvoll stöhnte er auf, dann schob er langsam ihre Schenkel auseinander, um den Kopf dazwischen versinken zu lassen.

Jane versteifte sich am ganzen Leib, als sie seine Zunge spürte, die eine ungemein empfindsame Stelle liebkoste. Wie süß dieses verbotene Tun war! Unwillkürlich protestierte sie: „Grayson, du kannst nicht ..."

„Du darfst mir das nicht verwehren, Jane."

Er erschien ihr wie ein Fremder, nicht wie der Mann, dem zu vertrauen sie gelernt hatte. Sein einziger Lebenszweck war die pure Lust, die jede Verführung zu einem gemächlichen Ritual machte. Doch selbst jetzt konnte sie sich ihm nicht widersetzen, da sie in ihrem Herzen wusste, dass er immer noch der Mann war, den sie liebte.

Vielleicht klang seine Stimme jetzt etwas tiefer, ein wenig anders, doch Jane hatte ihn seit dem Tag begehrt, an dem sie hätte heiraten sollen. Bereits da hatte sie sich von seiner kraftvollen, männlichen Ausstrahlung angezogen gefühlt. Dass unter diesem sinnlichen Äußeren dann auch noch ein so empfindsamer Mann verborgen war, hatte ihren Untergang bedeutet. Und jetzt konnte sie seiner gezielten Eroberung nicht widerstehen.

„Ich kann nicht glauben, was wir hier machen", brachte sie heraus, während sie immer stärker auf seine Berührungen zu reagieren begann. Sie bewegte die Hüften, ihre Hände streichelten seine muskulösen Schultern.

„Ich glaube, es ist die natürliche Weiterentwicklung einer Beziehung zwischen Mann und Frau", erwiderte er.

Sie vergaß, was sie darauf sagen wollte, da die Anspannung ihrem Höhepunkt entgegenstrebte. Lustvoll stöhnte sie auf, während Grayson seine Zunge tief in sie eindringen ließ. Es war die reine Wonne, demütigend und berauschend – und für keinen von ihnen beiden wirklich genug. Jane unterdrückte ein Keuchen, bevor ihr die Kontrolle über ihren Körper vollends entglitt und sie nichts anderes tun konnte, als reglos dazuliegen und zu genießen. Sie war sich sicher, dass sie mindestens eine Minute lang einfach nur auf dem Bett lag, ehe sie überhaupt wieder in der Lage war, die Augen zu öffnen. Er hatte auf urtümlichste Weise, die sie sich vorstellen konnte, den Beweis dafür erbracht, welche Macht er über sie ausübte.

„Von wegen natürliche Weiterentwicklung", keuchte sie in der Dunkelheit. „Ich bin fast davon überzeugt, du hast das von Anfang an geplant."

„Das würde mich aber zu einem hintertriebenen Mann machen", erwiderte er lachend. „Und das, wo wir beide doch immer so ehrlich zueinander gewesen sind, nicht wahr?"

Darauf antwortete sie lieber nicht. Stattdessen öffnete sie die Augen und sah ihm zu, wie er Hemd und Hose ablegte.

Der Anblick seiner nackten Silhouette ließ es ihr so warm werden, als hätte sie zu lange in der Sonne gelegen. Sie betrachtete seinen kraftvollen Körper und seine Männlichkeit. Jane war sich noch immer nicht sicher, worauf sie sich eigentlich eingelassen hatte, sie wusste nur, sie wollte ihn. Sie wünschte, ein Leben an seiner Seite wäre ihr Schicksal.

Im schwachen Schein der Kerzen leuchteten seine Augen. Jane sehnte sich nach dem, was sein Blick versprach – die Erfüllung ihrer heimlichen Wünsche. Er hielt ihr Herz in seinen schamlosen Händen. Was immer heute Nacht geschehen sollte, es würde jeden Aspekt ihres Daseins berühren.

„Grayson", flüsterte sie. „Eines Tages wird jemand deine Arroganz bändigen."

„Vielleicht wirst du ja dieser Jemand sein", gab er amüsiert zurück.

„Vielleicht."

„Ich glaube, es könnte mir gefallen, Jane."

„Ich freue mich schon auf diesen Tag."

„Viel Übung ist dafür erforderlich."

Sie blickte ihn an und fragte sich, wie es ihm immer wieder gelang, sie zu faszinieren und gleichzeitig wütend zu machen. „Tatsächlich?"

„Monatelange Übung. Es sei denn, du besitzt ein natürliches Talent – was ich in deinem Fall sogar vermute."

Die Luft zum Atmen schien ihr knapp zu werden.

„Soll ich dir zeigen, wie es geht?", flüsterte er ihr zu.

Sie musste ein Zittern unterdrücken, denn sie war mehr als bereit für das, was er ihr anbot. „Ja, bitte."

Als er sich langsam über sie beugte, drückte sie unwillkürlich ihre Brüste gegen seine nackte Haut. Ein wohliger Schauer lief ihm über den Rücken. Ungeduldig strich er über ihren Körper und massierte ihren Po. Dann ließ er seine Finger weiterwandern, um sie ganz in Besitz zu nehmen.

„Gib mir alles“, flüsterte er. „Ich will alles.“

Er ließ sich auf das Bett sinken und nahm sie in die Arme. Jane schmiegte sich fest an ihn, um seinen Körper noch besser an ihrem zu spüren. Sie fühlte, wie seine Männlichkeit über ihren Bauch strich, und ehe sie sich zügeln konnte, legte sie ihre Hände um seinen Schaft. Mit den Fingerspitzen glitt sie über die seidenweiche Haut. Keuchend gestand Grayson: „Berühr mich auf diese Weise, und ich werde gebändigt.“

„Ich wünschte, es wäre so“, gab sie zurück. „Ich glaube, in deinem Inneren wirst du immer wild und ungezügelt sein, und ich werde meine liebe Mühe haben, dich zu bändigen.“

Du irrst dich, dachte er. Sie wusste nicht, was er empfand, wie sehr sie sein Leben verändert hatte, wie leer und fade seine Welt gewesen war. Sie wusste nicht, wie ihre Hände, ihre Berührungen ihn sanft werden ließen. Er war so sehr von ihr verzaubert, dass er fast die Rolle vergessen hätte, die er spielen wollte. Nein, er konnte das jetzt nicht, dafür war das hier viel zu echt.

„Ich bin verrückt nach dir, Jane“, murmelte er.

Sie war nicht in der Lage, ihm zu antworten, sie hatte sich ganz und gar ihren Empfindungen hingegeben. Mit einer Hand strich Grayson über ihre Hüfte bis hinauf zu ihren Brüsten. Mit den Daumen massierte er sanft die rosigen Spitzen, bis Jane fast wie benommen vor Lust war und sich seiner Hand entgegendrückte. Im nächsten Moment streichelte er die seidige Haut an der Innenseite ihrer Schenkel, bis sie die Beine spreizte und sich ihm darbot.

„Grayson“, brachte sie mit Mühe heraus. „Ich bin nicht bereit …“

„O doch, das bist du“, widersprach er und ließ seine Hand zwischen ihren Beinen weiter aufwärts wandern, bis er ihren empfindlichsten Punkt erreicht hatte. Vor Lust kniff sie die Augen zusammen, zu berauscht von der Liebe zu ihm, um sein Handeln infrage zu stellen oder gar aufzuhören. Seine Finger drangen behutsam in sie ein, ein Gefühl, das ihr durch den ganzen Körper ging.

Verführung. Seine leiseste Berührung versengte ihre Haut. Sie verlor die Kontrolle über sich, während Grayson sich und die Situation im Griff hatte. Er genoss die Kunst der Sinnlichkeit, wohingegen Jane nicht anders konnte, als ihr Gesicht an seiner Schulter zu vergraben.

„Das fühlt sich gut an, nicht wahr?", murmelte er und ließ einen weiteren Finger in sie gleiten. Ihr Aufstöhnen und die Bewegung ihres Beckens waren Antwort genug.

„Ich wusste ja, dass du ein Teufel bist", hauchte sie.

„Du kannst dir gar nicht vorstellen, wie diabolisch ich sein kann", meinte er mit kehligem Lachen. „Aber du wirst es schon noch herausfinden. Heute Nacht werden wir beide einige sehr, sehr verruchte Dinge tun."

„Glaubst du wirklich, ich kann so hemmungslos sein?"

„Natürlich, Jane. Jede Frau kann so sein, wenn man ihr nur die Gelegenheit dazu gibt."

Unwillkürlich musste sie lachen. „Du solltest dich mal hören. Bei dir klingt es so, als sei Dekadenz eine Tugend."

„Aus meiner Sicht ist das auch so."

„Ich hasse es, dass du dich so erfahren anhörst", murmelte sie.

„Und ich liebe es, dass du dich eben nicht so anhörst."

In Wahrheit jedoch kam es ihm wie sein allererstes Mal vor. Er konnte sich kaum an all die Techniken erinnern, die er im Lauf der Zeit gemeistert hatte. Und doch schienen seine Instinkte geschärfter als je zuvor, da sie alle darauf ausgerichtet waren, dieser Frau Lust zu bescheren. Sein Herzschlag war wie eine Kriegstrommel, sein ganzes Verlangen strebte danach, diese Frau zu besitzen.

Alles war genau nach Plan verlaufen, ausgenommen dieser völlig unerwartete Verlust seiner Zurückhaltung – und diese

Gefühle, die auf einmal ins Spiel gekommen waren. Doch Jane blieb Jane: Sogar im Augenblick ihres moralischen Niedergangs war sie noch in der Lage, die Partie so umzudrehen, dass er sich nicht länger sicher sein konnte, wer von ihnen siegen würde. Aber die Möglichkeit einer Niederlage – und mochte sie noch so klein sein – gab seinem Verlangen nur neue Nahrung.

O ja, er würde diese Schlacht gewinnen. Er würde ihren Körper beherrschen, sie dazu bringen, ihn anzuflehen, dass er ihr mehr gab. Als wollte er sich das selbst beweisen, bewegte er seine Finger schneller und schneller, bis Jane erneut zum Höhepunkt kam. Während sie erschöpft nach vorn sank und sich kraftlos an ihn drückte, betrachtete er sie mit nie geahnter Freude. Die ungeheure Zärtlichkeit, die er für sie empfand, machte ihn demütig. Eine Frau zu lieben, sie zu befriedigen, hatte für ihn noch nie zuvor bedeutet, so sehr sein Herz ins Spiel zu bringen.

Einen Moment später nahm er seine Hand weg, beugte sich über Jane und drang langsam in sie ein. Überrascht verkrampfte sie sich augenblicklich, was ihn dazu veranlasste, sich noch behutsamer zu bewegen. Gleichzeitig flüsterte er ihr beruhigende Worte ins Ohr.

„Jane“, sagte er heiser. „Gib dich mir hin.“

Sie klammerte sich fester um seinen Hals, sie spürte ihn in sich, fühlte Schmerz und Lust zugleich. „Ich versuche es ja“, hauchte sie.

„Ich will dich.“ Er bewegte sich ein kleines Stück weiter vor, da sein Verlangen ihm kein Zurück mehr möglich machte. „Ich will dich so sehr.“

Sie wollte ihn auch, und sie wollte das hier, sie lechzte danach, ihn tief in sich zu fühlen. Ihre Augen waren weit aufgerissen, während sie ihn fasziniert ansah. Ihr Verführer war ein schöner, ein verlockender Mann. Die verheißungsvolle Eindringlichkeit seiner blauen Augen ließ sie erbeben. „Ja, o ja“, flüsterte sie.

Grayson warf den Kopf in den Nacken, und Jane hatte für einen Moment das Gefühl, als würde er sie beim Eindringen zerreißen. Da sie nicht wusste, was sie als Nächstes zu erwarten hatte, bohrte sie die Fingerspitzen in seine Schulter und wappnete sich für den nächsten Stoß. Ihr war, als würde ihr jegliche Kraft entzogen.

„Ich … kann … nicht …“

Er hauchte ihr einen Kuss auf den Mund und erwiderte: „Es tut mir leid. Ich mache es wieder gut.“

Seine Stimme, die wie durch den Nebel zu ihr drang, verzauberte sie. Sie stellte sich auf den Rhythmus ein, den er vorgab, der Ausdruck unverhüllter Begierde in seinen Zügen raubte ihr den Atem.

„O mein Gott, Frau“, brachte er über die Lippen. „Du fühlst dich so gut an.“

„Du … auch.“

„So etwas … habe ich noch nie erlebt.“

„Wirklich?“ Seine Worte begeisterten sie.

„O ja, wirklich, Jane. Keiner anderen Frau habe ich jemals so mein Herz geöffnet wie dir.“

Sie war von seinen Verführungskünsten so überwältigt, dass sie nicht mehr die kleine schuldbewusste Stimme in ihrem Inneren vernahm. Ihre Jungfräulichkeit zu verlieren, war um einiges unangenehmer als erwartet abgelaufen, doch sie konnte nicht leugnen, dass das Urtümliche, ja die *Fleischlichkeit* des Ganzen sie erregte.

Grayson musste sich bis aufs Äußerste beherrschen, um nicht schon beim ersten Stoß den Gipfel zu überschreiten. Wenn sie auch nur noch eins dieser winzigen, unglaublich erregenden Geräusche machte, war er verloren. Erst als er merkte, wie Jane ihrer Lust freien Lauf ließ, gestattete er sich das Gleiche und drang dabei so tief in sie ein, dass er fürchtete, er könnte sie wirklich verletzt haben.

Als er seinen Höhepunkt erreichte, vergaß er alles um sich herum. Er hörte, wie er ihren Namen keuchte, spürte, wie er unwillkürlich die Arme um ihre schmalen Schultern schlang. Im Vergleich zu ihm war sie so klein und zierlich, und doch war sie ihm ebenbürtig, wenn es um die Leidenschaft ging. Sie lagen auf dem Bett wie zwei Krieger, die nach einem langen Kampf vor Erschöpfung einen Waffenstillstand geschlossen hatten.

Mit der gleichen Entschlossenheit, mit der er auch sonst durchs Leben ging, hatte er ihre Verführung geplant und ausgeführt. Dabei hatte er allerdings nicht die Gefühle einkalkuliert, die seinen lustvollen Sieg begleiteten. Als er ihren Körper nun an seinen drückte und ihren Herzschlag im Einklang mit seinem eigenen hörte, regten sich Empfindungen, die er nicht mit seiner beabsichtigten Rache in Einklang bringen konnte. Zärtlichkeit bahnte sich ihren Weg und ließ ihm das Herz aufgehen. Noch nie hatte er eine Frau so sehr geliebt wie Jane.

Er wollte sie für ihre Täuschung hassen, und er wollte in dieser Beziehung wieder die Oberhand gewinnen. In körperlicher Hinsicht musste er sich zwar keine Gedanken machen, doch in jeder anderen Hinsicht war nicht klar, nach welcher Seite die Waagschalen ausschlugen. Seine Rache *war* süß gewesen, das konnte er nicht leugnen. Jane gehörte jetzt ihm, er würde sie nicht mehr gehen lassen. Keinesfalls aber durfte er sie trotz ihres Täuschungsmanövers ungeschoren davonkommen lassen, denn er ahnte, was ihn erwartete, wenn sie herausfand, dass er um ihr Geheimnis längst wusste.

Jane regte sich und öffnete die Augen. Ihr honigblondes Haar war um sein Handgelenk gewickelt, ihre Stimme bebte vor Gefühl. „Oh, Grayson, sieh mich nicht so an."

„Wie sehe ich dich denn an?", flüsterte er.

„So wie eine große zufriedene Bestie, die soeben eine …"

„Eine Maus verspeist hat?“, führte er ihren Satz fort. Sein Knie war zwischen ihre Beine geschoben, eine Hand lag auf ihrem Bauch. Er konnte einfach nicht anders, er musste sie berühren. Aus heiterem Himmel dachte er daran, sie hätte im Bett seines Cousins enden können – ein Gedanke, der ihm einen eifersüchtigen Stich versetzte.

„Vielleicht solltest du jetzt besser zurück in dein Zimmer gehen.“

„Das hier ist mein Zimmer“, erwiderte er amüsiert. „Mir gehören hier alle Zimmer.“

„Ich meinte ... Hör zu, Grayson, auch wenn es vielleicht nicht den Anschein hat, eigne ich mich nicht als Geliebte. Wir können uns nicht für alle Zeit wie gottlose Menschen benehmen.“

Natürlich wusste er das selbst. Ehe und Mutterschaft standen ihr praktisch ins Gesicht geschrieben, und ihr plötzliches Unbehagen löste bei ihm sofort Schuldgefühle aus. Dennoch konnte er sie nicht jetzt schon begnadigen. Erst musste er sein Spiel zu Ende führen.

Er tat so, als würde er über ihre Worte nachdenken. „Aber wir können nicht zulassen, dass aus dir eine alte Jungfer wird.“

Langsam setzte Jane sich auf. Die Lust ebbte allmählich ab, und schlagartig wurde sie sich ihrer Situation bewusst. Sie konnte nicht länger die Augen vor der Wirklichkeit verschließen. „Ich werde aber auch keine Kurtisane.“

„Leg dich wieder hin“, beschwichtigte er sie. „Du hast noch einiges zu lernen, bevor du diesen Status erlangen kannst.“

„Es gibt keine andere Lösung, Grayson, wir müssen heiraten.“

„Heiraten?“ Mit gespieltem Entsetzen legte er eine Hand auf sein Herz. „Lieber Himmel, jemand schiebe bitte eine Waffe in meinen Mund.“

Sie kniff die Augen zusammen. „Wenn du so weitermachst,

könnte dir das durchaus passieren."

„Du weißt, wie ich über diese Mausefalle namens Ehe denke", hielt er dagegen und lächelte sie an. „Selbst wenn du eine köstliche kleine Maus bist."

„Ich bin eine anständige Frau", gab sie verärgert zurück. „Zumindest war ich das, du anmaßender Schurke. Du warst derjenige, der sich meinen Eltern als ehrbar präsentiert hat."

„Willst du mir etwa einen Heiratsantrag machen, Jane?", fragte er belustigt.

„Ich fürchte, ja." Ihr Eingeständnis klang nicht sehr erfreut.

Grayson seufzte wehmütig. „Ich dachte, wir hätten eine Vereinbarung getroffen, mit der wir beide leben können."

„Ich kann nicht damit leben, eine Hure zu sein", konterte sie mit finsterer Miene.

„Nicht? Dabei finde ich, dass du ein Naturtalent bist."

„Ich könnte jetzt diese Waffe gebrauchen."

Mit den Fingerspitzen strich er über ihren Bauch und beobachtete, wie ihre Muskeln zuckten. „Eine Ehe? Lass mich ein paar Tage darüber nachdenken. Vielleicht kannst du mich ja überreden. Aber jetzt dreh dich erst mal auf den Bauch."

„Auf den Bauch?" Sie schnappte nach Luft. „Was hast du vor?"

„Zu deiner Linken findest du ein Fernglas, wenn du währenddessen die Aussicht genießen willst", erklärte er leise. „Ansonsten solltest du einfach die Augen schließen und stattdessen das Erlebnis genießen."

Er verbrachte die ganze Nacht damit, sie mit allen Formen der Liebe vertraut zu machen. Zum ersten Mal in seinem Leben traf er dabei keine Vorkehrungen, um eine Schwangerschaft zu verhindern. Er würde sie bis hin zum Altar verführen und sie für den Rest ihres Lebens lieben.

20. KAPITEL

Jane hob den Männerarm hoch, der um sie gelegt war, als wollte er sie gefangen halten, und ließ ihn auf das Bett sinken. Der Mann, der zu diesem Arm gehörte, brummte leise und drehte sich auf die Seite. Seine Bewegung erlaubte ihr einen faszinierenden Blick auf den nackten blonden Hünen, mit dem sie das Bett geteilt hatte. Noch während sie genoss, was er zu bieten hatte, legte er seinen Arm um das Kissen, das sie in der Nacht vergeblich zwischen ihnen beiden hatte platzieren wollen.

Allerdings war ihr klar gewesen, dass ein so unbedeutendes Hindernis ihn nicht abgehalten hätte. Er hatte sie nicht mit zärtlichen Worten geliebt, sondern sie ausgelassen verführt, während sie ihn genauso ausgelassen zu immer neuen Formen der Dekadenz ermutigt hatte.

Erstaunt betrachtete sie den Zustand, in den sie beide das Schlafzimmer versetzt hatten. Es war eine unvergessliche Nacht geworden. Stühle lagen auf der Seite, die Champagnergläser standen irgendwo auf dem Boden, ihr Hemd hing wie eine weiße Flagge am Bettpfosten.

Hatte sie vor ihm kapituliert? O nein, vielmehr war sie im Morgengrauen zum Angriff übergegangen und hatte ihren Sündenfall bis zum Äußersten ausgekostet. Mit einem Lächeln erinnerte sie sich daran, wie er sie mit ihren Strümpfen ans Bett hatte fesseln dürfen. Und dazu diese kleinen, zärtlichen Bissspuren überall auf seiner Haut …

Was war nur geschehen? Bis vor Kurzem war sie doch eine tugendhafte junge Dame gewesen, die sich zu benehmen wusste. Unter der Oberfläche hatte zwar immer etwas Rebellisches gelauert, aber was sie und Sedgecroft getan hatten, das war unaussprechlich unanständig, ganz gleich, welche Maßstäbe man anlegte. Ihn zu lieben hatte ihre ganze Welt auf den

Kopf gestellt. Der Gedanke, er könnte ihre Zuneigung nicht erwidern, war unerträglich.

Auf dem Flur waren zaghafte Schritte zu hören, dann wurde leise angeklopft. Gebannt starrte sie auf den Türknauf, allerdings drehte der sich nicht. Das kann nur Simon sein, dachte sie erschrocken und stand vom Bett auf.

Rasch zog sie ihr blassblaues Musselinkleid an, dann angelte sie ihre Halbstiefel aus dem Wirrwarr aus Bettzeug auf dem Boden hervor. An der Tür blieb sie stehen und blickte vorwurfsvoll das Spiegelbild der Frau an, zu der sie geworden war. Sie hatte ihr Leben ins Elend gesteuert, und sie würde viele Kannen Tee und mehrere Tage völlige Ruhe und Einsamkeit benötigen, um über ihre Situation nachzudenken.

„Du könntest ja wenigstens so aussehen, als ob es dir leid tut", flüsterte sie der Frau im Spiegel zu. „Die Gesellschaft hat dich zu warnen versucht, aber hast du auf irgendjemanden gehört? Nein, natürlich nicht. Stattdessen bist du seine Geliebte geworden."

Nachdem sie die halbe Treppe ins Erdgeschoss zurückgelegt hatte, fiel ihr Nigels Tante ein, die in Brighton lebte. Da der Aufenthalt in Graysons Haus nur ihre eigene unterschwellige Verruchtheit ermutigen würde, sollte sie am besten versuchen, dort Unterschlupf zu finden, bis sie Simon davon überzeugt hatte, sie nach Hause zu bringen. Als ob irgendjemand aus meiner Familie je wieder ein Wort mit mir reden würde, sagte sie sich seufzend, während sie an die letzte Nacht dachte.

Auf Zehenspitzen schlich sie zwischen den Marmorsäulen in der Empfangshalle hindurch und entdeckte am Kleiderständer ihren Mantel und ihre Tasche. Beides musste ein Diener pflichtbewusst dort hingehängt haben, während sie im Schlafzimmer darüber schamlos der wilden Seite ihres Wesens freien Lauf gelassen hatte.

Sie zog ihren Mantel an und sah zur Haustür mit dem fächerförmigen Fenster, durch das schmale Sonnenstrahlen ins Innere der Villa fielen und die friedliche Düsternis zerschnitten. Sie würde wie eine Dirne aussehen, wenn sie um diese Tageszeit über die Promenade schlenderte, doch wenn sie Sedgecroft so gewähren ließ, wie er es wollte, war das ohnehin ihr Schicksal.

„Mein Bruder würde es mir nie verzeihen, wenn ich Sie gehen lasse", drang auf einmal eine tiefe Stimme aus dem Schatten an ihr Ohr. Eine große, breitschultrige Gestalt trat hinter einer der Säulen vor. „Und ich würde es mir auch nicht verzeihen. Warum leisten Sie mir nicht im grünen Salon beim Frühstück Gesellschaft? Auf diese Weise kann ich endlich die Dame besser kennenlernen, die dafür sorgt, dass sich das Oberhaupt der Familie so eigenartig benimmt."

Was im ersten Moment wie eine Einladung wirkte, entpuppte sich bei genauerem Hinhören als Befehl. Zudem hatte der Mann bereits Janes Arm ergriffen und führte sie in den Ostflügel der Villa. Sie warf ihm einen flüchtigen Blick zu und kam zu dem Schluss, es mit Heath zu tun zu haben, einen ruhigen, eher geheimnisvollen Vertreter des Boscastle-Clans. Sein glattes schwarzes Haar trug er nach hinten gekämmt, sein kantiges Gesicht deutete auf Stärke hin. Er war fast so groß wie sein älterer Bruder, vielleicht eine Spur schlanker, dabei besaß er die Ausstrahlung eines Panthers unmittelbar vor dem Sprung. Seine Arroganz konnte er ebenfalls nicht verleugnen, wenngleich sie in den Hintergrund gerückt war. Sie spürte, wie er sie auf dem Weg über den marmornen Fußboden musterte.

„Es ist recht früh, um schon das Haus zu verlassen", sagte er und fügte nach kurzem Zögern an: „Vor allem nach der langen Reise am Tag zuvor, nicht wahr, Lady Jane? Ich bin übrigens Heath Boscastle, wie Sie vermutlich längst erraten haben. Ich glaube, wir wurden uns noch nicht richtig vorgestellt."

Sie lächelte betrübt. „Ich weiß nicht, ob das unter diesen Umständen überhaupt möglich ist."

„Nicht?" Seine dunkelblauen Augen funkelten amüsiert.

„Sie wissen, wie Grayson ist."

„Ja." Sein Tonfall war tief, als wolle er Vertrauen erwecken. „Aber ich weiß nichts über Sie, Lady Jane."

„Ich bin derzeit alles andere als in der besten Verfassung", erwiderte sie. Sie benetzte ihre Lippen, sich dessen bewusst, dass Heath sie aufmerksam betrachtete und alle Details zur Kenntnis nahm – von den Ringen unter ihren Augen bis hin zu ihrer Tasche, die sie verkrampft in ihrer rechten Hand hielt. Natürlich wusste er, dass ihre Erschöpfung nichts mit der Reise zu tun hatte, sondern die Folge einer Nacht war, die sie im Bett seines Bruders verbracht hatte. Diese Erkenntnis sorgte dafür, dass ihre Wangen erröteten.

Sie schüttelte den Kopf. „Ich möchte nicht frühstücken."

„Vielleicht kann ich Sie ja noch umstimmen."

„Ich weiß, was Sie von mir denken", sagte sie leise und zögerlich.

„Das möchte ich bezweifeln."

Jane schluckte und fragte sich, was es war, dass seine Nähe sie so schnell zur Ruhe kommen ließ. „Sie waren an der Schlafzimmertür, nicht wahr?"

„Ja", räumte er ein und lächelte entschuldigend.

„Dann hat man mich erwischt."

Er führte sie in einen großen Raum, in dem ein Kaminfeuer brannte. Auf einem Tisch war ein herzhaftes Frühstück für zwei Personen angerichtet, das verlockend aussah. „Richtig. Ich habe Sie dabei erwischt, wie Sie ohne etwas zu essen das Haus verlassen wollten. Eine große Sünde. Kommen Sie, Lady Jane, setzen Sie sich zu mir und essen Sie etwas."

„Sie verstehen nicht", gab sie verärgert zurück. „Mein Leben zerfällt in tausend Stücke."

„Und es gibt keine Möglichkeit, diese Stücke wieder zusammenzusetzen?“, fragte er behutsam.

Sie dachte über den Mann nach, der ein Stockwerk höher schlief, und lächelte ein wenig traurig. „Ich wüsste nicht, wie das möglich sein sollte.“

Ihr Magen knurrte, als er den Deckel von einem Silberteller nahm, auf dem knusprig gebratener Frühstücksspeck und pochierte Eier lagen. Jane nahm seufzend Platz und legte die Hände in den Schoß. „Ich könnte keinen Bissen hinunterbekommen nach …“

Sein Blick machte es überflüssig, den Satz zu Ende zu führen. Stattdessen schwieg sie einfach.

„Lieben Sie dieses Monster wirklich so sehr?“, wollte Heath wissen.

„Sonst wäre ich nicht hier.“

„Aha.“ Er senkte den Blick und verkniff sich ein Grinsen. „Dann tut es mir leid.“ Wem von den beiden sein Mitleid galt, das hatte er sich noch nicht überlegt. Offenbar war Grayson nicht von seinem Racheplan abgewichen, der vor ein paar Tagen noch amüsant gewirkt hatte. Doch als Heath nun Jane gegenübersaß und er sich sein eigenes Urteil bilden konnte, fand er keineswegs, es mit einer oberflächlichen, verschlagenen Frau zu tun zu haben.

Vielmehr bewunderte er ihren Mut, die Initiative zu ergreifen, um einer ungewollten Heirat zu entgehen. Sein Grinsen konnte er nicht länger unterdrücken, als er auf einmal an Nigel denken musste, der nun mit Miss Chasteberry das Bett teilte.

„Amüsiert Sie meine missliche Lage, Lord Heath?“

„Das Leben an sich amüsiert mich, Lady Jane“, erwiderte er kopfschüttelnd. Er stand auf und nahm die silberne Teekanne, um ihnen beiden kochend heißen Tee einzuschenken. „Die Diener in diesem Haus sind bemerkenswert gut geschult. Sie tauchen erst dann auf, wenn man sie ruft.“

Sie legte die Finger um die Porzellantasse. „Ich kann mir vorstellen, dass das Ihrem Bruder sehr genehm ist."

„Wissen Sie, ich glaube, er hat noch nie irgendeine Frau hergebracht. Und das, obwohl es dem momentanen Geschmack entspricht, in seinem Wohnsitz an der Küste eine Geliebte einzuquartieren. Diese Villa ist bislang ausschließlich Mitgliedern der Familie vorbehalten gewesen. Aber sagen Sie niemandem, dass Sie das von mir wissen."

Jane stellte ihre Tasse ab und versuchte, sich daran zu erinnern, was sie über Heath wusste. Er war Spion und Soldat, wie Grayson ihr gesagt hatte. Und er war auf Informationen über Nigel gestoßen. Sie schaute verstohlen auf und betrachtete sein Gesicht. Er sah gut aus, er wirkte geduldig, sympathisch – doch dann wurde ihr klar, wie gefährlich es war, würde sie ihn unterschätzen. Hatte er ihr Geheimnis durchschaut? Seinem Mienenspiel war davon nichts anzumerken, aber vermutlich verstand er es, meisterlich seine Gedanken zu verbergen, was für einen Offizier des Geheimdienstes eine unverzichtbare Eigenschaft darstellte. Zwar fürchtete sie sich davor, ihn zu fragen, welche neuen Erkenntnisse er inzwischen gesammelt hatte. Aber sie musste es unbedingt wissen …

„Grayson sagte …"

Heath sah zur Tür, in der gerade sein älterer Bruder auftauchte und dann in das Esszimmer kam. Sie überlegte, ob er wohl die ganze Zeit über dagestanden und sie belauscht hatte. In seinem zinngrauen Cut zu einem weißen Leinenhemd und bräunlicher Hose wirkte er elegant. Sein weizenblondes Haar trug er nach hinten gekämmt, was die markanten Wangenknochen betonte. Jane wurde prompt heiß, als sich ihre Blicke trafen.

Trotz ihrer Verwirrung und der ungewissen Zukunft hatte er immer noch diese beunruhigende Wirkung auf sie. In der letzten Nacht war die Waagschale noch weiter in eine Richtung ausgeschlagen, sie konnte jedoch nicht absehen, was das bedeuten würde. Er hatte ihr Herz gestohlen, sie hatte mit ihm das Bett geteilt. Was würde sie im Gegenzug bekommen?

Alles, dachte sie. Zumindest war es das, was sie wollte. Sie wollte Grayson ganz für sich allein haben, für den Rest ihres Lebens. Was würden sie beide für ein skandalumwittertes Paar abgeben! Auf einmal errötete sie, da Heath sie ansah. Was hielt er bloß von dem Ganzen?

„Ich hörte meinen Namen." Grayson beugte sich vor und gab ihr einen Kuss auf den Nacken, ehe er einen Stuhl heranzog und sich neben sie ans Kopfende des Tischs setzte. „Wurde ich auf schmeichelhafte Weise erwähnt?"

Beim Anblick seines amüsierten Lächelns hätte sie sich am liebsten unter dem Tisch verkrochen, auch wenn der Kuss ihr einen lustvollen Schauer bescherte. „Was glaubst du denn?"

Seine Augen blitzten, als er sie betrachtete. „Ich glaube, nach der letzten Nacht ist etwas Schmeichelndes durchaus angebracht."

Heath räusperte sich und setzte seine Tasse ab. „Bescheiden wie immer, nicht wahr?"

„Ich bin zu gut gelaunt, um mich in Bescheidenheit zu üben", gab Grayson zurück und lächelte Jane sinnlich an. „Warum isst du nichts, meine Schöne?", fragte er besorgt und legte seine Hand auf ihre. „Hat mein Bruder dich etwa eingeschüchtert?"

Er war so männlich und besitzergreifend, und er machte überhaupt keinen Hehl aus dem, was zwischen ihnen geschehen war, dass Jane nicht wusste, wie sie sich verhalten sollte. Auf jeden Fall gab er sich keine Mühe, vor seinem Bruder irgendetwas zu verheimlichen, obwohl dieser ebenfalls befremdet wirkte.

„Wie kannst du nicht hungrig sein, nachdem wir …" Sein Blick wanderte zu Heath, und mit einem Mal wurde Grayson ernst und ärgerlich. „Hast du ihr von Nigel erzählt? Hat ihr das den Appetit genommen?“

Heath lehnte sich mit einem resignierenden Lächeln zurück. „Warum erzählst du es ihr nicht selbst, Bruderherz? Ich hasse es, der Überbringer schlechter Nachrichten zu sein.“

„Schlechte Nachrichten?“ Jane schreckte hoch. „Es geht um Nigel?“

„Also gut“, sagte Grayson und drückte besänftigend ihre Hand. „Heath hat ihn gefunden, Jane. Ich weiß nicht, wie ich es dir schonend beibringen soll, darum werde ich direkt sein und dir alles sagen. Mein Cousin hat eine andere Frau geheiratet, die von ihm ein Kind erwartet.“

Urplötzlich wurde es totenstill. Die beiden Männer beobachteten Jane so aufmerksam, dass sie nicht einmal zu schlucken wagte. Sie hatte sich bisher noch nie für eine gute Schauspielerin gehalten. Ihr natürlicher Impuls war es, stets sofort ihre Schuld einzugestehen. „Ich verstehe. Dann war es das also.“

„Wie gefasst du das hinnimmst“, murmelte Grayson. „Ich an deiner Stelle würde nicht so reagieren, Jane. Diese Angelegenheit muss beigelegt werden.“

„So völlig überraschend ist das für mich nicht.“ Sie hob den Kopf und zwang sich, nicht den neugierigen Blicken der Brüder auszuweichen. „Ich sagte dir ja bereits, dass Nigel und ich nie auf diese Art ineinander verliebt waren.“

Grayson ließ ihre Hand los und strich mit dem Zeigefinger über die scharfe Klinge seines Messers. „Trotzdem“, sprach er nachdenklich, „muss er dafür bezahlen. Deine Eltern werden darauf bestehen. *Ich* bestehe darauf. Vielleicht werde ich ihn sogar zum Duell herausfordern.“

„Aber er ist immerhin dein Cousin. Das würde einen schrecklichen Skandal auslösen, ganz zu schweigen davon, dass du ihn verwunden oder sogar töten könntest. Ich wollte ihn nicht heiraten, ich wollte …“

Er starrte sie an und spielte weiter mit dem Messer. „Das ist eine Frage der Ehre, Jane. Ich werde das tun, was für die Ehre meiner Familie nötig ist."

„Ich bin mir nicht sicher, ob ich dir da zustimmen kann", warf Heath nach kurzem Räuspern ein.

„Mir zustimmen? Aber natürlich wirst du das. Immerhin geht es hier um rechtliche Konsequenzen. Jane könnte Nigel verklagen – selbst wenn ich ihm ja lieber eine Kugel durchs Herz jagen würde, damit endlich Ruhe herrscht."

Heath zog mahnend die Augenbrauen hoch. „Und seine Frau willst du zur Witwe machen? Und das Kind soll ohne Vater groß werden? Was denkst du dir eigentlich dabei?"

„Jane muss gerächt werden", gab sein Bruder schulterzuckend zurück.

„Nicht unbedingt", meldete sie sich mit krächzender Stimme zu Wort. „Nach einer Weile ist der Skandal vergessen, und dann …"

„Niemals." Graysons Widerspruch war wie ein Donnerhall. „Sein Verhalten war unverzeihlich. Ich werde diese Sache keinesfalls auf sich beruhen lassen, damit das klar ist."

„Der Herr hat gesprochen", kommentierte Heath voller Ironie.

Jane stand auf, da sie einen Rückzug für die beste Lösung hielt. „Ich glaube, ich sollte euch diese Diskussion allein führen lassen."

„Du musst nicht gehen, Liebling", erklärte Grayson. „Du hast das Recht zu erfahren, wie ich deine Ehre rächen will."

„Wenn ich ehrlich sein soll", konterte sie, „würde ich lieber so tun, als sei das alles nie geschehen."

Das glaube ich dir aufs Wort, dachte Grayson ironisch und betrachtete das Messer in seiner Hand. *Aber keine Sorge, meine Liebste. Ich verspreche dir das glückliche Ende, das du verdienst. Wir beide haben Nigel dafür zu danken, dass er uns zusammengebracht hat. Die Geschichte unserer Liebe wird unsere Nachfahren noch auf Jahre hinaus amüsieren.*

„Soll sich Nigel vor dem Duell öffentlich bei dir entschuldigen?", fragte er.

„Das ist nicht nötig, Grayson. Begreif doch bitte, es kümmert mich nicht, ob er verheiratet ist. Meinetwegen könnte er auch sieben Ehefrauen gleichzeitig haben."

Missbilligend schüttelte Grayson den Kopf. „Frauen sind viel zu nachsichtig. Außerdem ist er ein Boscastle, und ich habe es mir zur Aufgabe gemacht, dich zu beschützen. Was würden die Leute von mir denken, wenn ich Nigel nach Gutdünken gewähren ließe? Was würde mein Vater sagen, wüsste er, dass ich meine eigene Familie enttäusche?"

Für einen Moment schloss sie die Augen. „Lord Heath, versuchen Sie bitte, Ihren Bruder zur Vernunft zu bringen. Offenbar bin ich nicht in der Lage, ihn von diesem Kurs männlicher Idiotie abzubringen."

Heath senkte den Blick und schien auch nicht weiterzuwissen. „Ich werde mein Bestes versuchen, aber mein Bruder ist nur selten für Ratschläge empfänglich."

„Ja, ich weiß", erwiderte Jane. „Versuchen Sie es dennoch. Ich gehe nach oben auf mein Zimmer."

Bevor sie sich vom Tisch entfernen konnte, bekam Grayson ihre Hand zu fassen. „Wir sind morgen zum Pferderennen nach Plumpton eingeladen, sofern du dich dazu in der Lage fühlst. Und am Nachmittag findet auf der Promenade eine Puppenaufführung statt. Die könnten wir uns ansehen, ehe wir heute Abend auf den Ball gehen." Er lächelte sie an, sein Tonfall hingegen ließ keinen Zweifel, dass er sie zu provozieren versuchte. „Es sei denn, du möchtest lieber mit mir zu Hause bleiben. Das würde mir natürlich gefallen, Jane."

Zu ihrem Entsetzen spürte sie plötzlich, wie er eine Hand auf ihren Po legte. Was sie allerdings noch mehr erschreckte, war die Tatsache, dass sie sich in seine Richtung lehnte, weil sie sich gegen seinen harten Körper drücken wollte. Sein Bruder beobachtete das Schauspiel schweigend und fasziniert.

„Hör sofort auf damit“, sagte sie nachdrücklich.

„Noch einen Kuss, bevor du gehst.“

„Nimm deine Hand von meinem Po, du Biest“, flüsterte sie und ging zur Seite.

„Erst wenn du mich geküsst hast.“

„Dein Bruder sieht uns zu.“

„Das wäre nicht das erste Mal.“

„Grayson, du bist …“

„Einen Kuss“, forderte er. „Schau weg, Heath.“

Sie beugte sich vor, um mit ihren Lippen flüchtig über seine frisch rasierte Wange zu streichen, im nächsten Augenblick hatte er sie jedoch auf seinen Schoß gezogen und fest umschlungen. Er küsste sie mit einer solchen Sinnlichkeit, dass er genauso wie sie nach Luft schnappen musste. In seinen Augen funkelte pures Verlangen, dann endlich ließ er Jane los.

Als sie in Richtung Tür ging, war die Stimmung im Raum so aufgeheizt, dass sie wie die Ruhe vor dem Sturm wirkte. Jane eilte nach draußen in den Korridor, ohne Heath noch einen Blick zuzuwerfen. Wäre sie geblieben, hätte sie womöglich den Blick wahrgenommen, den die beiden Brüder austauschten. Vielleicht hätte sie dann sogar gesehen, wie groß die sehnsüchtige Liebe war, die Grayson vor ihr zu verheimlichen versuchte.

„Hoppla“, meinte Heath und stemmte die Handballen gegen die Tischplatte. „Nach dieser kleinen Aufführung komme ich mir ziemlich vernachlässigt vor. Meinen Glückwunsch, jetzt verstehe ich dich auch. Wenn ihr zwei zusammen seid, braucht man kein Kaminfeuer im Zimmer.“

„Noch solltest du mir nicht gratulieren.“ Grayson sprach mit heiserer Stimme, während er sich zwingen musste, ihr nicht nachzulaufen. Die Frau ließ ihn schwach werden, ohne dass sie sich dafür anstrengen musste. „Wir sind noch nicht verheiratet. Vielleicht findet sie ja einen Weg, um mich loszuwerden."

Ungläubig betrachtete Heath ihn, dann begann er lauthals zu lachen. Grayson war besorgt, er könnte die Frau verlieren, die er begehrte? Und er fühlte sich in seiner Rolle als Verführer unsicher? „Das ist das erste Mal in der Geschichte der Boscastles, dass einer unserer Männer einen Plan schmieden muss, um eine Braut zu bekommen."

„Dein legendäres Gedächtnis lässt dich leider im Stich, Heath", konterte Grayson ironisch. „Unsere Vorfahren entführten die Frauen, die sie zu ihren Bräuten machen wollten. Und vergiss nicht die Schmach, die unserer Familiengeschichte erst vor Kurzem zugefügt wurde. Nigel hat zu außergewöhnlichen Maßnahmen gegriffen, um die Frau zu heiraten, die sein Herz begehrt."

Heath begann zu grinsen, weil ihm eine Episode seiner Jugend einfiel. „Aber eigentlich haben wir ihn nie als einen von uns angesehen, nicht wahr? Wenn ich mich nicht irre, fiel er bei unserem Ritual durch, als er dreizehn wurde."

„Stimmt." Auch Grayson musste nun lachen. „Das hatte ich ganz vergessen. Weißt du noch, welches Gesicht er machte, als sich das Milchmädchen vor seinen Augen zu entkleiden begann?"

„Und dann wurde er gerettet von …"

„Von Miss Chasteberry!" Heath war verblüfft. „Mein Gott, da muss ihre berüchtigte Liebesaffäre begonnen haben. Esther hat ihn vor unserer inszenierten Verführung bewahrt, um ihn dann Jahre später selbst zu verführen."

„Hat sie uns eigentlich wirklich mit dem Rohrstock geschlagen oder vielleicht doch mit bloßen Händen?"

„Ich kann es nicht mit Gewissheit sagen", erwiderte Heath. „Auf jeden Fall waren es höllische Schmerzen."

„Wer kam eigentlich auf die Idee, die Hochzeit zu vereiteln?“, fragte Grayson voller Neugier. „Jane oder Nigel?“

„Nigel wollte es nicht sagen, was man als besonders mutig oder dumm auslegen kann. Immerhin hielt ich zwei Pistolen auf ihn gerichtet.“

„Jane hatte die Idee“, entschied Grayson. „Nigel hätte für so etwas weder genug Mut noch den nötigen Verstand. Vermutlich wären sie damit sogar durchgekommen, wenn ich nicht auf die Idee gekommen wäre, Jane zu helfen. Kein Wunder, dass mein Angebot auf so wenig Begeisterung stieß.“

Beide Brüder schwiegen eine Weile, schließlich sagte Heath: „Vergiss nicht, dass jeder Plan nach hinten losgehen kann, Grayson. Jane ist trotz all ihrer Fehler eine wahre Freude. Niemandem von euch könnte man einen schwachen Charakter unterstellen. Es ist nicht gerecht, mit ihrem Herzen zu spielen, wenn sie dich so offensichtlich anbetet.“

„Ich bete sie auch an. In meinem Schreibtisch liegt in diesem Augenblick die Sonderlizenz, die ich vor meiner Abreise aus London erhalten habe. Jane und ich können von einem Tag auf den nächsten vor den Altar treten.“

„Dann erklär ihr, dass du Bescheid weißt. Früher oder später musst du das ohnehin machen.“

„Und ich werde es auch“, beteuerte er. „Sobald der richtige Zeitpunkt gekommen ist.“

Mehr denn je war er überzeugt davon, dass Jane ihn nicht respektieren würde, wenn er es zuließ, an der Nase herumgeführt zu werden. Janes List erforderte von ihrem Partner eine entsprechende Antwort.

„Ich will sie nicht enttäuschen, musst du wissen“, fügte er nachdenklich an. „Ich kann nicht zulassen, dass meine zukünftige Ehefrau mich in Sachen Gerissenheit übertrifft.“

„Das ist ein sehr riskantes Spiel. Vielleicht bist du gar nicht so gerissen, wie du glaubst.“

„Unser Spiel wird bald ein Ende haben."

„Bist du dir sicher, du wirst gewinnen?"

„Wie könnte ich verlieren?"

Heath schüttelte den Kopf. Die Liebe zu Grayson, die er Jane ansehen konnte, berührte etwas tief in ihm. Sie und sein Bruder waren wie füreinander geschaffen, und seit er Jane kennengelernt hatte, begriff er, warum Grayson sich so zu ihr hingezogen fühlte. Wo würde er sonst eine Frau finden, die so viel Rückgrat zeigte und es mit seinem Starrsinn aufnehmen konnte? Sie passten wirklich perfekt zueinander.

„Sag es ihr, Grayson. Vertrau auf meinen Rat. Sag es ihr heute Abend nach dem Ball, sonst könntest du vor größeren Problemen stehen, als es dir lieb sein dürfte." Er lachte leise. „Ich freue mich jetzt schon darauf, zu sehen, wie das alles enden wird."

21. KAPITEL

Jane stand gegen die Schlafzimmertür gelehnt da, ihr Herz raste vor Angst. Wenn Heath Nigel und Esther gefunden hatte, war es nur noch eine Frage der Zeit, bis einer der beiden den Druck nicht länger aushielt und ihre Rolle in diesem Skandal preisgab.

Nigel war ein guter Freund. Bis zu einem bestimmten Punkt würde er sie verteidigen, doch gegen einen Mann wie Grayson hatte er keine Chance. Vor allem nicht, wenn Grayson darauf bestand, sich mit Nigel zu duellieren. Eher würde wohl noch Esther zum Duell mit Grayson antreten. Und so, wie Janes Leben in jüngster Zeit verlief, müsste sie am Ende noch die Rolle des Sekundanten für Nigel spielen.

Es gab nur einen Ausweg: Sie legte ein umfassendes Geständnis ab und entschuldigte sich bei allen Beteiligten. Anschließend konnte sie nur noch auf die Gnade von Cecily und die ihres Dukes hoffen, während der Rest der Welt sie lautstark verdammte. Vielleicht könnte sie für Cecilys Kinder als Gouvernante arbeiten und ihr Leben damit verbringen, ungezogene Sprösslinge zur Räson zu bringen. Das Schlimmste von allem würde aber Graysons Reaktion sein. Wie sehr ihre Täuschung ihn verletzte, würde er ihr nicht zeigen, sondern sie fortan so behandeln, als sei sie für ihn gestorben.

Sie war nicht so dumm zu glauben, ihm ohne Konsequenzen die Wahrheit sagen zu können. Er würde ihr niemals vergeben. Wahrscheinlich würde er sie auslachen, wenn sie ihm erklärte, wie verzweifelt sie einer arrangierten Ehe aus dem Weg hatte gehen wollen. Allerdings war sie viel zu feige, um es überhaupt zu versuchen. Am besten war es, alles in einem Brief niederzuschreiben und den unter sein Kopfkissen zu legen.

Als sie sich zum Schreibpult aus Rosenholz am Fenster umdrehte, fiel ihr auf, dass einer von Graysons diskreten Bediensteten das Zimmer aufgeräumt hatte. Neben dem Paravent stand ein Sitzbad mit dampfendem Wasser. Flauschige Handtücher lagen in einem Stapel auf dem Bett, auf dem Nachttisch stand eine Schale mit duftenden Moschusrosen.

Gleich neben ihrer Mausbrosche lag auf dem Toilettentisch ein neues samtenes Schmuckdöschen, darunter steckte eine Karte. Sie las den Text zweimal, wobei ihr die Tränen kamen.

Eine Kleinigkeit zur Feier der ersten von vielen gemeinsamen Nächten.
G.

In dem Döschen fand sich ein großer Diamantanhänger an einer Goldkette. Er war teuer und elegant, das Geschenk eines großzügigen Mannes an seine Geliebte, um ihr für eine Nacht voller Leidenschaft zu danken.

„Gefällt es dir?“, hörte sie Grayson hinter sich leise fragen.

Sie ließ die Halskette zwischen den Fingern hindurchgleiten. „Es ist sehr extravagant. Ich wünschte, ich könnte das Geschenk annehmen.“

„Aber natürlich kannst du das. Warum legst du nicht deine Kleidung ab und führst mir den Anhänger vor?“

„Bitte? Zu dieser Tageszeit?“

Er reagierte mit einem langen, hitzigen Blick. „Ob Morgen oder Mitternacht, Jane, ich bin besessen von dir.“ Er schloss die Tür hinter sich. „Es ist mir ein Vergnügen, dir Edelsteine zu schenken.“

Wie sollte eine Frau einen Mann abweisen, der so etwas sagte? Wie sollte sie klar denken, wenn Grayson die Arme um ihre Taille legte und sie zu sich auf seinen Schoß zog? Ihr Herz verzehrte sich nach ihm, als er die Hände in ihrem Haar vergrub und ihren Protest mit einem besonders zarten Kuss erstickte. Sie hatte mit ihm das Bett geteilt, und sie bereute es nicht.

„Jane, ich danke dir für die letzte Nacht“, flüsterte er nach einer Weile.

Sie schloss die Augen und stellte sich sein Gesicht vor, wenn er ihren Brief fand. Der Gedanke daran, wie wütend und angewidert er sein würde, ließ sie zusammenzucken. Sie hatte gesehen, wie wenig Verständnis er für Chloes Aufbegehren aufbringen konnte, weil er so sehr von der Pflicht des Mannes überzeugt war, über das Leben einer Frau wachen zu müssen. Niemals würde er begreifen, warum sie so gehandelt hatte.

„Stimmt etwas nicht, Jane?“, fragte er sanft. „Das sind doch nicht etwa Tränen in deinen Augen, oder?“

„Versprich mir etwas, Grayson.“

„Alles, was du willst.“

„Versprich mir, dass du Nigel nichts antun wirst.“

Einen Moment lang verstummte er. „Ich will nicht, dass du seinen Namen aussprichst, während ich dich in den Armen halte.“

„Wirst du mir das versprechen?“, beharrte sie.

„Menschen müssen bestraft werden, wenn sie anderen wehtun, oder findest du das nicht?“

„Ich bin mir nicht sicher.“ Sein Blick musterte sie gnadenlos, unerbittlich. So sehr sie ihn auch liebte, gab es doch Situationen, da hätte sie ihn mit Freude ohnmächtig prügeln können. „Es gibt auch Zeiten, da muss man vergeben.“

„Nicht, wenn es nach mir geht. Sollen wir über etwas anderes reden?“

„Bitte, Grayson. Ich bitte dich nur um diese eine Sache.“

„Welche Gegenleistung bekomme ich dafür von dir?“

Sie hätte vermutlich allem zugestimmt, was er wollte, aber bevor sie antworten konnte, waren aus dem Flur schwere Schritte zu hören, gefolgt von einer ungeduldigen Männerstimme: „Grayson! Wo zum Teufel versteckst du dich denn? Ich war eben bei Hélène in London, und die Frau wünscht dir die Pest an den Hals. Bist du da drin?"

„Allmächtiger!", murmelte Grayson und sah verärgert zur Tür. „Das ist Drake. Du bleibst hier, während ich mich um ihn kümmere, damit ich ihn schnell wieder loswerde."

Jane löste sich aus seinen Armen. „Versprich mir, dass du Nigel nichts tust."

Nachdenklich stand er auf und zog die Rockschöße gerade. „Ich werde darüber nachdenken müssen, Jane. Vergiss nicht, dass Nigel und seine Eltern jahrelang von der Großzügigkeit meiner Familie abhängig waren. Sein Verhalten beleidigt nicht nur dich, sondern auch mich."

Die Männerstimmen vor der Tür wurden allmählich leiser. Jane zog sich aus und stieg in die Badewanne, während sie über ihre Zukunft als gefallene Frau nachdachte. Sobald sie mit ihrer Toilette fertig war, würde sie zwei Briefe aufsetzen – einen an Grayson, den zweiten an ihre Familie. Nachdem ihr Vater sie praktisch dem Löwen zum Fraß vorgeworfen hatte, konnte sie kaum darauf hoffen, er würde ihr die Schande vergeben, für die sie die Verantwortung trug.

Sie seufzte und dachte an ihre Schwestern, an das angenehme Leben, das sie als selbstverständlich angesehen hatte, an die Art, wie sie von ihrem Vater mal drangsaliert, mal beschützt worden war, an die Hochzeit, die er arrangierte hatte, in dem Glauben, Nigel sei gut für sie.

Das Verhalten ihres Vaters kam ihr umso merkwürdiger vor, je länger sie darüber grübelte. Auch ihre Mutter benahm sich sehr eigenartig. Würde sie wirklich tatenlos dabei zusehen, wie ihre gesellschaftlich entehrte Tochter zu einem genusssüchtigen Lebenswandel gedrängt wurde? Das passte überhaupt nicht zu ihren Eltern. Ihre Entscheidung für Nigel hatte mit seiner Gutmütigkeit und Liebenswürdigkeit zu tun, seiner Treue, die der eines Schoßhundes glich, seinem offensichtlichen Desinteresse, sich wie ein Frauenheld aufzuführen.

Kurz gesagt: Sie hatten sich für Nigel entschieden, weil er das genaue Gegenteil von Grayson war. Das machte ihren Verrat nur noch mysteriöser. Es sei denn …

Vor Schreck fiel ihr der Schwamm ins Wasser.

Es sei denn … sie wussten alles! Wenn eine ihrer Schwestern nicht den Mund hatte halten können, dann wussten sie von ihrem Pakt mit Nigel. In den Augen ihrer Eltern machte das aus der Verratenen eine Verräterin.

Wenn ihre ganze Familie die Wahrheit wusste, sprach viel dafür, dass auch Grayson von ihrem Geheimnis erfahren hatte. *Er wusste alles!*

Der Besuch bei der Modistin, sein verändertes Verhalten, der kühle Ausdruck in seinen Augen, sein plötzliches Ansinnen, sie nach Brighton zu bringen.

Er wusste es, und er hatte *sie* zu einer ahnungslosen Schachfigur in einem durchtriebenen Plan gemacht. Aber welchem Zweck sollte das Ganze dienen?

Er wusste es!

Einer Venus auf dem Kriegspfad gleich stieg sie aus der Wanne und scherte sich nicht darum, dass das Badewasser auf den Axminsterteppich spritzte.

„Oh, dieser Teufel!“, murmelte sie, während sie sich splitternackt und klatschnass vor den Toilettentisch stellte. „Dieser hinterlistige Satan! Spielt er doch mit mir wie ein Löwe mit …“, ihr Blick fiel auf die kleine Brosche, „… mit einer Maus!“

Tatsache war zwar, dass ihr eigener listiger Plan diese Komplikationen verursacht hatte, doch sie verdrängte diesen Gedanken sofort und hielt an ihrer rechtmäßigen Entrüstung fest. Er wollte sie also in eine Edelkurtisane verwandeln, wie? Sie in Diamanten und rosa Seide umherstolzieren lassen? Nie im Leben hätte ihr Vater einem solchen Plan zugestimmt, wenn es keinen wirklich zwingenden Grund gäbe.

Ein Boscastle war nötig, um es mit einem Boscastle aufzunehmen, und Jane wusste sofort, wo sie das schwächste Glied in der Kette finden konnte.

Nachdem sie sich angekleidet hatte, marschierte sie barfuß durch den Flur bis zu Chloes Zimmer und schickte das Dienstmädchen fort, das dort versuchte, Ordnung zu schaffen. Chloe war dem Anschein nach wieder ihrer Leidenschaft für Sozialreformen verfallen, nachdem sie erfahren hatte, dass ihr Kavallerie-Offizier William zu einer Kaserne in Devon geschickt worden war. Jetzt lag sie zusammengerollt auf der Récamiere, auf dem Schoß einen Stapel Briefe an Freunde im Parlament, dazu eine zur Hälfte geleerte Pralinenschachtel und eine Liste der Aufgaben, denen sie sich widmen wollte. Die Fensterläden waren geschlossen, um die düstere Atmosphäre zu unterstreichen. Als Jane ins Zimmer gestürmt kam, zog Chloe nur eine Braue hoch.

„Ah", meinte sie mitfühlend und warf ihr volles schwarzes Haar nach hinten. „Ihr erster Streit mit meinem Biest von einem Bruder, richtig? Schokolade für die unglücklich Verliebte?"

„Ich will die Wahrheit wissen, Chloe."

„Die Wahrheit?" Interessiert legte sie ihren Stift weg. „Nun, er ist ein Tyrann, der alles zerstört, was einem lieb und teuer ist. Das ist die Wahrheit. Er hat sich über William hinweggesetzt und ihn nach Devon schicken lassen, damit er sich die Schmuggler vornimmt. Mein Bruder hat mir jede Chance genommen, ihn je wiederzusehen. Es wäre schön gewesen, sich wenigstens von ihm zu verabschieden."

„Ihr Verlust tut mir leid, Chloe, aber ich muss etwas anderes wissen. Wieso hat Grayson mich hergebracht?"

„Ich dachte, das sei offensichtlich", sagte Chloe mit durchaus freundlichem Unterton. „Arme Jane, ich hatte so sehr gehofft, Sie würden ihm widerstehen können."

„So antworten Sie mir doch."

Chloe betrachtete sie schweigend, ihre Augen spiegelten wider, welchen Konflikt sie mit sich austrug. „Ich habe noch niemals zuvor in meinem Leben ein Geheimnis der Boscastles verraten, aber da Sie ja praktisch schon eine Boscastle und dazu eine Frau sind so wie ich, verlangt es meine Ehre, Ihnen zu antworten."

Jane ließ sich auf der Récamiere nieder und nahm nervös den rachsüchtigen Tonfall zur Kenntnis, den sie aus Chloes Worten heraushören konnte. „Was ist das für ein Geheimnis?"

„Grayson und Heath haben keine Ahnung, dass ich es weiß", antwortete sie zögerlich.

„Dass Sie was wissen?"

„Die beiden haben es mir nicht gesagt."

„Was denn?"

„Ich habe sie belauscht, müssen Sie wissen. Ich hatte mich in der Bibliothek versteckt, als Grayson seine Anwälte kommen ließ."

„Chloe, wenn Sie mir nicht auf der Stelle eine klare Antwort geben, werde ich Sie an den Haaren packen und aus dem Fenster halten, bis Sie es tun."

Missbilligend zog Chloe die Mundwinkel nach unten. „Sie hören sich auch schon an wie eine Boscastle."

„Warum ließ Grayson seine Anwälte kommen?"

Sie beugte sich nun vor. „Werden Sie mich vor seinem Zorn beschützen, wenn er dahinterkommt, dass ich ihn angeschwärzt habe?"

Erschrocken straffte Jane die Schultern. Was hatte Grayson hinter ihrem Rücken Unvorstellbares getan? „Ich werde mein Bestes geben."

„Nigel hat Heath alles erzählt, und damit meine ich *alles*, was Sie beide sich ausgedacht haben, um den Plan Ihrer Eltern zu durchkreuzen, damit er Esther heiraten konnte. Er hat von

Ihrem großzügigen Hochzeitsgeschenk erzählt, über die Monate der heimlichen Planung."

„Nigel hatte geschworen, nicht einmal unter Folter unseren Pakt zu verraten", rief Jane aufgebracht aus, auch wenn es sie im Grunde nicht überraschte. „Oh, dieser elende Wurm! Ich werde ihn dafür erwürgen, wenn Esther das nicht bereits für mich erledigt hat."

„Heath kann eine sehr einschüchternde Wirkung haben, wenn er will", warf Chloe ein.

„Das gilt auch für Grayson."

„Es dürfte in der Familie liegen."

„Kommen Sie bitte wieder zurück zum eigentlichen Thema, Chloe."

„O ja, also wie Sie sicherlich längst erraten haben, berichtete Heath von seinen Erkenntnissen, und Grayson reagierte auf seine typische hochtrabende Art. Anstatt Sie zur Rede zu stellen und Ihnen eine Gelegenheit zu geben, alles zu erklären, bestellte er mitten in der Nacht seine Anwälte und traf sich dann heimlich mit Ihrem Vater."

„Um mich wegen der Sabotage meiner eigenen Hochzeit zu verklagen?"

„Nein, sondern um eine Hochzeit zu arrangieren, nämlich die zwischen ihm und Ihnen."

Janes Herz schien stehen zu bleiben. Sie konnte sich nicht vorstellen, dass ihr Vater sich an dieser mitternächtlichen Intrige beteiligt haben sollte. Was hatte dieser teuflische Liebhaber eigentlich angestellt? „Ich glaube, ich habe Sie da nicht richtig verstanden. Grayson will ..."

„Sie heiraten."

„Ich soll nicht seine Geliebte werden?"

„Oh, Himmel bewahre, nein, nein. Das gehörte nur zu seinem Plan, um Ihnen eine Lektion zu erteilen." Chloe nahm eine Praline in den Mund, während Jane sie sprachlos ansah.

„Sie wollen wirklich nichts davon?“

„Dieser Schurke“, sagte Jane und begann, erfreut zu lächeln. Dann hatte er also nur mit ihr gespielt, um sie für ihr Täuschungsmanöver zu bestrafen. Vielleicht war es eine verdiente Strafe, doch noch hatte er nicht gewonnen. Janes Kampfgeist fühlte sich dieser Herausforderung gewachsen, selbst wenn sie ihren nächsten Schritt sehr gründlich abwägen würde. Mit ihrer Forderung, er müsse sie heiraten, hatte sie ihm geradewegs in die Hände gespielt. Wie sehr musste er ihre Panik genossen haben!

„Ich hätte wissen müssen, dass dieser charakterlose Schurke etwas vorhatte“, murmelte sie.

„Sie müssen ihn wirklich hassen, nicht wahr?“, fragte Chloe mitfühlend.

„Aber natürlich hasse ich ihn nicht“, erwiderte sie lächelnd. „Ich liebe ihn, sonst hätte ich es gar nicht zugelassen, mich von ihm in diese unmögliche Situation bringen zu lassen.“

„Ich wünschte, mich würde jemand in eine unmögliche Situation mit dem Mann bringen, den ich liebe“, sagte Chloe, deren Augen vor schelmischem Vergnügen funkelten. „Jedes Mal, wenn ich kurz davor stehe, taucht einer meiner verhassten Brüder auf und macht mir alles zunichte. Seit dem Tod meines Vaters beschützen mich Grayson und Heath in einem Ausmaß, dass ich ebenso gut in einem Käfig leben könnte. Ich glaube, ich bin Ihnen sehr ähnlich, Jane.“

Sie musste über Graysons Bemerkung nachdenken, wie unbändig Chloe seit dem Tod des Vaters geworden war. Welcher Mann würde sich als Gatte für Chloe eignen? Er musste stark, aber auch freundlich sein. In den Boscastle-Clan konnte nur einheiraten, wer sich nicht so leicht unterkriegen ließ. Und wenn nicht jemand einschritt, würden Bruder und Schwester immer heftiger aneinandergeraten.

Das erinnerte Jane daran, dass sie selbst auch bald mit Grayson aneinandergeraten würde. Bestimmt hielt er sich für ungeheuer raffiniert, weil er ihre Heirat bereits heimlich geplant hatte! Nur ein teuflischer Verstand würde sich solche Mühe machen, sie so zu umgarnen. Sie hätte wütend auf ihn sein sollen, dass er sich auf ihre Kosten amüsierte, aber schließlich hatte sie das Ganze überhaupt erst angefangen.

„Was soll ich tun, Chloe?"

„Ich würde sagen, Sie erteilen ihm im Gegenzug ebenfalls eine Lektion."

„Finden Sie?" O ja, diese Idee sagte Jane durchaus zu.

„Vielleicht können wir Mrs. Watson um Rat fragen", schlug Chloe vor, deren Miene sich aufhellte, als sie darüber nachdachte, wie sie ihrem Bruder Ärger bereiten konnte. „Die Frau ist eine Expertin, was den englischen Mann angeht."

„Mrs. Watson? Die Kurtisane par excellence in London?"

„Die Kurtisane par excellence in Brighton. Sie traf gestern Nachmittag hier ein. Jede halbe Stunde kommt eine Kutsche aus London an."

„Würde es Ihnen etwas ausmachen, mich heute zu Mrs. Watson zu begleiten? Ich könnte den Ratschlag einer Frau mit Erfahrung gut gebrauchen."

„Warum sollte es mir etwas ausmachen? Es ist ja nicht so, als hätte ich irgendetwas zu tun, abgesehen davon natürlich, unter Graysons Aufsicht zu stehen."

„Glauben Sie, sie wird mir helfen wollen?"

„Helfen wollen?", wiederholte Chloe. „Ich glaube, sie wird sich geehrt fühlen. Audrey hatte schon immer eine Schwäche für meinen Bruder, außerdem blüht sie bei solchen Späßen ganz besonders auf."

Entschlossen stand Jane auf. „Ich hole meine Schuhe und Handschuhe, in der Zeit ziehen Sie sich an. Aber lassen Sie Ihre Brüder bitte nicht wissen, wohin wir gehen."

„Ich werde ihnen sagen, wir gehen zur Bibliothek", erklärte Chloe strahlend. „Um etwas für unsere Bildung zu tun."

Mrs. Watson war auf dem Rückweg von einem Spaziergang an der frischen Seeluft in Begleitung eines Gentlemans, als die beiden jungen Frauen bei ihr eintrafen. Der Kutscher verlangsamte das Tempo und kam vor dem reizenden kleinen Haus mit seinen gerundeten Erkern und dem schmiedeeiserne Zaun zum Stehen. Audrey trug ein modisches gelbes Popelinkleid mit hoher Taille sowie einen Strohhut mit Straußenfedern. Ihr Äußeres erinnerte mehr an eine ehrbare Dame der Gesellschaft denn an eine berüchtigte Kurtisane.

Sie klatschte begeistert in die Hände, als sie ihre beiden Besucherinnen erkannte. „Ach, wie schön, dass Sie mich besuchen kommen. Und genau rechtzeitig für ein Stück Kuchen und ein Glas Brandy." Sie nahm Chloe in die Arme und flüsterte ihr zu: „Sie kleines Dummchen. Wie können Sie sich nur in einen Soldaten verlieben, wenn so viele ausländische Prinzen uns besuchen kommen, um uns zu unserem Sieg zu gratulieren? Ich dachte, Sie wären vernünftiger. Und Sie, Lady Jane … nun, Sie und Sedgecroft sind eine wahre Konkurrenz für meine kleinen Skandale geworden. Kommen Sie ins Haus und berichten Sie. Ich muss den neuesten Klatsch wissen."

Nachdem Audrey die Dienerschaft angewiesen hatte, einen kleinen Imbiss zu bringen, führte sie ihre Gäste in den Salon, der ganz in Blau und Cremeweiß gehalten war, einschließlich der Damastvorhänge und Perserteppiche. Einer Herrscherin gleich thronte sie auf einer Récamiere mit Einlegearbeiten aus Elfenbein, während Chloe ihr den Grund für den Besuch erläuterte.

„Ich fühle mich so geschmeichelt", sagte Audrey und presste eine Hand auf ihr Herz, bevor sie an ihrem mittlerweile dritten Glas Brandy nippte. „Ich bin zwar ein wenig angetrunken, doch umso besser lässt sich planen."

Chloe machte es sich auf dem Sofa bequem und erzählte von Janes Geheimnis – und dessen unerwarteten Konsequenzen:

„Mein grausamer Bruder lässt Jane in dem Glauben, er begehre sie als Geliebte, während er hinter ihrem Rücken einen Vertrag mit ihrem Vater geschlossen hat, damit er sie heiraten kann."

„Dann soll sie eine Geliebte sein", gab Audrey mit freudiger Erwartung zurück. „Sagen Sie, Jane, wollen Sie sich ein wenig vergnügen? Ich finde, Sie sind dazu berufen, diesem gottlosen Knaben zu trotzen."

„Ich bin nicht davon überzeugt, dass ich den Mut dazu habe."

Audrey warf ihr einen langen Blick zu. „Eine Frau, die es selbst arrangiert, vor dem Altar stehen gelassen zu werden, hat genug Mut, das sage ich Ihnen. Die Frage ist nur: Sind Sie bereit, Sedgecroft in seinem Spiel zu übertreffen?"

„Wie soll ich das anstellen?", wollte Jane wissen, die sich ernsthaft fragte, ob so etwas überhaupt möglich war.

„Indem Sie eine Kurtisane werden, wie sie die Welt noch nicht gesehen hat!", rief Audrey aus, deren Wangen vor Begeisterung gerötet waren. „Wir werden Ihnen beibringen, wie Sie Sedgecroft verführen, auf dass ihm Hören und Sehen vergeht."

„Ich bin mir nicht sicher, ob …"

„Genau das machen wir", sagte Chloe entschieden und stellte ihr Glas auf den Tisch. „Allerdings müssen wir bereits heute damit beginnen, weil Heath mich wie mit Argusaugen beobachtet. Er wird noch denken, dass ich mich hier mit einem Liebhaber treffe – auch wenn ich unter solchen Umständen niemals einen Liebhaber finden werde."

„Chloe, meine Liebe", gab Audrey zurück. „Dass ich aus Sedgecrofts zukünftiger Ehefrau eine Verführerin mache, ist etwas, wofür er nur mir dankbar sein wird. Sehr sogar. Aber seine unverheiratete Schwester in die Künste der fleischlichen Genüsse einzuweihen, ist etwas ganz anderes. Sie können wieder herkommen, wenn Sie verlobt sind."

„Die Künste der fleischlichen Genüsse?" Jane lachte nervös. „Das ist ... ähm ... ziemlich blumig ausgedrückt, nicht wahr? Ich meine, was muss eine Frau denn wirklich wissen?“

Audrey erhob sich und ging zu ihrem Schreibpult, während sie im Tonfall einer Lehrerin redete: „Es gibt so viel mehr über die Feinheiten der körperlichen Liebe zu wissen, als sich das eine typische englische Ehefrau jemals vorstellen kann.“ Sie zog eine blaue Seidenschleife auf, die eine dicke Mappe zusammenhielt, und präsentierte eine detaillierte Zeichnung. „Sehen Sie sich diese Illustration an.“

Jane verschlug es die Sprache, und sie musste erst Luft holen, ehe sie etwas sagen konnte. „Oh, mein Gott“, brachte sie nur heraus, während sie überlegte, ob *dies* wirklich das war, was Audrey vorschwebte.

„Wissen Sie, was das ist?“, fragte Mrs. Watson nüchtern.

Chloe trank den restlichen Brandy in einem Schluck aus. „Ist das nicht eine dieser neuen Congreve-Raketen? Drake zeigte mir eine Zeichnung, die in einer Gazette abgedruckt war. Ich muss allerdings gestehen, dass ich nicht so genau zugehört hatte.“

„Chloe“, sagte Audrey bestimmend, „Sie können das Zimmer verlassen und sich in meiner Bibliothek umsehen. Aber anstelle eines delikateren Ausdrucks werden wir uns auf diese Zeichnung tatsächlich mit dem Begriff Rakete beziehen. Den richtigen Umgang damit muss eine gebildete Ehefrau kennen, damit diese Rakete nicht vorzeitig explodiert.“

„Muss ich so etwas wirklich wissen?“ Jane nahm einen großen Schluck Brandy.

„Möchten Sie denn, dass die Rakete in Ihren Händen explodiert, bevor sie ihr Ziel erreicht hat?“, wollte Audrey wissen.

Chloe hatte sich bereits halb zur Tür gewandt. „Das ist nicht gerecht. Ich habe sie hergebracht, Audrey. Ich sollte zuhören dürfen.“

„Ihre Zeit wird noch kommen“, versprach die Kurtisane

und schickte die junge Frau dann endgültig aus dem Zimmer, damit die nächste Illustration präsentiert werden konnte. „Und nun sehen Sie sich das an, Jane."

Jane beugte sich vor und konnte nicht anders, als mit offenem Mund auf die Zeichnung zu blicken. „Lieber Himmel", erklärte sie schließlich. „Das ist körperlich unmöglich!"

„Keineswegs. Es ist nicht nur möglich", gab Audrey zurück, „es ist für den Mann sogar äußerst lustvoll."

Chloe steckte den Kopf zur Tür herein. „Wo ist die Rakete hin?"

Amüsiert schloss Jane die Augen. „Das wollen Sie ganz sicher nicht wissen."

22. KAPITEL

Jane und Chloe kehrten spät am Nachmittag zur Villa zurück. Dem Anschein nach handelte es sich bei ihnen um zwei wohlerzogene junge Damen, die ein paar ruhige Stunden in der Bibliothek zugebracht hatten. Niemand hätte ahnen können, dass die vergangenen Stunden Jane in ihren aristokratischen Grundfesten erschüttert hatten. Vom Brandy in ihrer Entschlossenheit gestärkt und mit einer Schatztruhe an sinnlichem Wissen versehen, hielt sie sich noch eine Weile in der Empfangshalle auf. Aus dem ersten Stock drangen Männerstimmen an ihr Ohr, von denen eine dem Mann gehörte, den sie verführen würde, bis ihm Hören und Sehen verging.

„Was mache ich nun?", flüsterte sie Chloe zu.

Sie nahm ihren Hut ab. „Schreiten Sie zur Tat, solange der Brandy Sie noch beflügelt."

„Ich kann das nicht."

Chloe schubste sie in Richtung Treppe. „Ergreifen Sie die Initiative, Sie sind eine Belshire!"

Jane atmete tief durch, löste die Schnürverschlüsse ihres Mantels, gab ihn Chloe, und dann ging sie die Treppe hinauf. Augenblicke später verließ Grayson sein Zimmer am anderen Ende des Flurs, in eine angeregte Unterhaltung mit Heath und Drake vertieft. Kaum entdeckte er Jane, verstummte das Gespräch der drei.

Der Gedanke, Audreys Empfehlungen in die Tat umzusetzen, erfüllte Jane plötzlich mit einem Anflug von Unsicherheit. Vielleicht fragte sich jede Frau insgeheim, wie sie sich als Kurtisane bewähren würde, wenn sie einmal die Gelegenheit dazu bekam. Trotz ihrer Angst war sie sich der Herausforderung bewusst, einen Mann zu verführen, der selbst ein wahrer Meister auf diesem Gebiet war.

„Jane." Er sah sie recht ernst an. „Da bist du ja. Ich hatte mir schon Sorgen gemacht. Onkel Giles und Simon waren bereits auf die Suche nach euch gegangen, und ich habe zweimal die ganze Bibliothek durchkämmt. Wo wart ihr?"

„Ach, hier und da." Sie schwebte ihm förmlich entgegen, als sie genau die langsamen wiegenden Schritte machte, die Audrey ihr gezeigt hatte. Im ersten Moment kam sie sich recht albern vor, wurde dann aber damit belohnt, dass Grayson die Augen aufriss.

„Hast du dir den Fuß verletzt, Jane?", wollte er wissen.

Sie stellte sich auf die Zehenspitzen, damit sie die Arme um seinen Hals schlingen konnte. „Wie lieb von dir, mich das zu fragen. Bekommt deine Geliebte keinen Begrüßungskuss?"

Prompt löste er sich aus ihrer Umarmung und lächelte verlegen. „Heath und Drake sehen uns zu."

„Tatsächlich? Nun, das ist doch gut für sie."

„Das ist es nicht", gab er leicht irritiert zurück.

Mit ihren Fingern spazierte sie über seine breite Brust nach unten. „Beim Frühstück war es das aber noch."

„Ja, doch … hast du mich gerade da berührt, wo ich glaube, dass du mich berührt hast?"

„Das ist schließlich meine Aufgabe als deine Geliebte, oder nicht?"

„Nicht vor den Augen meiner Angehörigen, meine Liebe", antwortete er, während seine Wangen tiefrot anliefen. „Jane, bist du dir sicher, dass es dir gut geht? Vielleicht habe ich dein Fieber nicht ernst genug genommen. Oder ich habe dich letzte Nacht überfordert."

„Was machst du bloß für ein Aufhebens um alles." Sie dirigierte ihn zurück in den Salon, aus dem er soeben gekommen war, dann gab sie der Tür einen Tritt, damit sie ins Schloss fiel. „Nun sind wir allein. Leg dich aufs Sofa."

„Ich glaube, du bist eher diejenige, die sich hinlegen sollte.

Wird in dieser Bibliothek neuerdings Brandy ausgeschenkt, Jane?"

„Ich habe noch einmal über dein Angebot nachgedacht."

„Hast du das?"

Sie führte ihn in die Ecke zum Sofa mit der großzügig geschwungenen Rückenlehne. „Vielleicht ist es doch keine so schlechte Idee."

„Nun ..."

An den Revers seines Cuts zog sie ihn zu sich auf das Sitzmöbel. „Natürlich brauche ich noch etwas Übung."

„Übung?" Verblüfft sah er sie an. „Worin?"

„Darin, dir Freude zu bereiten", erklärte sie, während sie erst seine Jacke, dann die schwarze bestickte Weste darunter aufknöpfte.

„Das machst du bereits gut genug."

Sie strich über seine Brust. „Aber man kann immer noch eine Spur besser sein."

Grayson griff nach ihrer Hand. „Du bist besser als jede Frau, die ich je gekannt habe. Um was geht es hier?"

„Um Verlangen."

„Verlangen?"

„Um Lust, Grayson, darum, Raketen in den Himmel steigen zu lassen."

Er räusperte sich. „Das ist alles sehr erregend, und es kommt sehr unverhofft, aber ..." Gerade wollte er Jane an sich ziehen, da ertönte vor der Tür Drakes Stimme.

„Kommst du jetzt nach unten, oder ist die Besprechung abgesagt?"

„Welche Besprechung?", wollte Jane wissen, dankbar für diese Unterbrechung. Mit jedem Moment zweifelte sie mehr daran, Audreys Plan in die Tat umsetzen zu können, ohne sich zu verraten. Immerhin hatte sie es nicht mit einem Einfaltspinsel, sondern mit einem heißblütigen, gerissenen Widersacher zu tun.

„Eine Besprechung über die Zukunft meiner Familie." Er stieß einen Seufzer aus und gab Jane einen langen, innigen Kuss, ehe er sich von ihr löste. „Meine Brüder und ich hoffen, einen geeigneten Ehemann für Chloe zu finden, ehe sie sich noch völlig zugrunde richtet."

„Wie freundlich von dir, Grayson, dass du eine solche Entscheidung für Chloe triffst. Du weißt, wir Frauen sind ja nicht mal in der Lage, selbst ein Paar Schuhe für uns auszusuchen."

Mit einem sonderbaren Lächeln auf den Lippen betrachtete er sie, während er sich vom Sofa erhob. „So etwas habe ich nie behauptet. Du kannst beginnen, dich für heute Abend bereit zu machen. Ich möchte mit dir angeben können."

„Als deine neueste Geliebte?"

Einen Moment lang zögerte er, dann antwortete er mit neutraler Stimme: „Natürlich, Liebling. Als was sonst?"

Sie trafen erst spät auf dem Ball ein, der aus Anlass des am nächsten Tag stattfindenden Pferderennens im Haus von Vincent Lawson veranstaltet wurde. Der Kutscher musste ihre Droschke in einer langen Reihe aus Kutschen abstellen, die die hügelige Straße säumte. Drake hatte sich in letzter Sekunde entschuldigt, angeblich um eine gewisse junge Dame aufzusuchen, die kurz zuvor von London hergekommen war. Simon und Heath begaben sich mit Onkel Giles ins Kartenzimmer, wo die Wetten auf das anstehende Rennen angenommen wurden. Grayson schob derweil Jane und seine Schwester weiter in Richtung Ballsaal.

Er hatte gründlich über Heaths Warnung nachgedacht und sich entschlossen, besser auf die Vorahnung seines Bruders zu hören. Die Zeit war gekommen, um reinen Tisch zu machen, zumal Jane eindeutig irgendetwas im Schilde führte.

Seine Gedanken kreisten um die Facetten ihres Charakters, die er kennen- und liebengelernt hatte. Einerseits war sie die vernünftige junge Dame, um die er in London angeblich geworben hatte, um ihr gebrochenes Herz zu heilen. Er bewunderte diese Seite an ihr. Sie passte perfekt zu der Art Frau, die seine Eltern für ihn ausgesucht hätten. Diese Jane war für einen Marquess die ideale Braut. Sie war höflich und kultiviert, und sie stellte ein Juwel in der Krone der Aristokratie dar.

Doch da gab es auch noch eine andere Jane, die rätselhafte Schönheit unter dem Hochzeitsschleier, die allein am Altar stand. Diese undurchschaubare Frau und ihre dubiosen Absichten sprachen seine dunkle Seite an, die Seite, die sich über alle Konventionen hinwegsetzte. Die Seite, die auch ihren letzten Schleier herunterreißen würde, damit er ihre unverhüllte Seele in all ihrem sündigen Glanz sehen konnte.

Dabei war es allerdings nicht so, dass er einer der beiden Janes den Vorzug gab. Was ihn vielmehr fesselte, war das Verschmelzen dieser so gegensätzlichen Züge zu einer Person. Es war diese in sich so widersprüchliche Frau, die er liebte und die er zur gleichen Zeit überlisten wollte.

Für ihre Maskerade war es fast Mitternacht und damit Zeit, die Masken abzulegen.

Als sich vor der Garderobe ihre Wege trennten, strich Grayson mit dem Handrücken über Janes Gesicht. „Schau dir nur an, wie gerötet dein Gesicht ist, weil du dich in deinen Umhang hüllst. Niemand würde für möglich halten, welche Verführerin aus dir geworden ist. Ich kann es nicht erwarten, was du mir für diesen Abend bieten wirst."

Geziert senkte sie den Blick, im Geiste antwortete sie amüsiert: Warte nur, mein arroganter Liebling. Dich erwartet eine Überraschung. „Es ist alles etwas überwältigend, so in aller Öffentlichkeit als deine Geliebte aufzutreten, Grayson."

„Unsinn", gab er zurück und sah an ihr vorbei zu Chloe,

die den Kopf verdächtig gesenkt hielt. „Du wirst eine Sensation sein."

Das beabsichtige ich auch.

Er zog die Augenbrauen zusammen. „Hast du etwas gesagt, Jane? Ich höre nicht sehr gut, da in der Galerie die Harfe gespielt wird."

„Ich habe nichts gesagt."

Aufmerksam betrachtete er sie. „Leg lieber deinen Umhang ab, bevor du noch ohnmächtig wirst. Wir stehen hier so gedrängt wie eingelegte Heringe."

„Wie du wünschst, Grayson. Mein einziger Zweck ist es, dich zufriedenzustellen." Janes Stimme klang gefasst, doch ihr Herz schlug immer schneller. War sie im Begriff, den Löwen aus seinem Käfig zu locken? Wenn ja, wie sollte sie dann mit ihm umgehen?

„Was sagst du?", fragte er, als er sich wieder zu ihr umdrehte.

„Dass ich hoffe, dich niemals zu enttäuschen", antwortete sie leise.

Chloe drängte sich zwischen die beiden. „Wir sehen dich wieder, Gray, wenn wir uns schön gemacht haben. Wir sind schließlich nicht hergekommen, um den ganzen Abend im Flur zu stehen und zu reden."

Augenblicke später legte Jane ihren mit Seide besetzten Mantel an der Garderobe ab und flüsterte: „Ich kann mich nicht so all diesen Leuten, diesen Fremden zeigen, wenn ich aussehe wie … wie eine Dirne aus dem East End."

„Sie sehen einfach bezaubernd aus", erwiderte Chloe, während sie das Abendkleid aus hauchdünner pfirsichfarbener Gaze betrachtete, das sie Jane aus ihrer privaten, noch nie getragenen Garderobe geliehen hatte. „Ich glaube, wir sollten es noch einmal ein wenig anfeuchten. Möchten Sie mehr Rouge für …"

„Nein!" Janes entsetzter Aufschrei ließ das junge Dienstmädchen an der Tür hochschrecken. „Ich zeige auch so schon mehr als genug. Ich könnte mir ebenso gut ein Spitzendeckchen umhängen."

Chloe musste ein amüsiertes Lachen unterdrücken. „Um Ihren Körper würde Sie sogar eine Göttin beneiden."

„Beneiden vielleicht, Chloe. Aber sie würde ihn nicht schonungslos bloßstellen."

„Ich möchte um nichts in der Welt Graysons Gesichtsausdruck verpassen, wenn er Sie sieht."

„Er wird außer sich sein", murmelte Jane.

„Genau darum geht es doch, oder nicht?"

Jane benötigte nur einen Moment, um im Trubel der Gäste die große Gestalt mit dem goldblonden Haar ausfindig zu machen. Modisch gekleidete Damen umschwärmten ihn in der Hoffnung, die Bekanntschaft zu erneuern. Angehörige alter Aristokratenfamilien wechselten einige Worte mit ihm, da sie sich in den gleichen exklusiven Kreisen bewegten. Grayson schien sich in dieser Welt des Reichtums und der Eleganz so wohlzufühlen, dass Jane sich fragte, ob es überhaupt möglich war, ihn die Fassung verlieren zu lassen. Ihre Wangen glühten, als sie sich ihm näherte, während junge Männer ringsum in ehrfürchtiges Schweigen versanken, weil sie diesen neuen Stern in ihrer schillernden Galaxis erblickten.

Einer der Männer pfiff anerkennend, ein zweiter drückte dem Zeremonienmeister eine Banknote in die Hand, damit der ihm ihre Identität verriet. Wieder ein anderer legte eine Hand auf sein Herz und erklärte ihr seine unsterbliche Liebe. Grayson drehte sich mitten im Gespräch halb zu ihr um, war einen Moment lang amüsiert, bis er dann erkannte, wer für eine solche Unruhe sorgte. Ihre Blicke trafen sich, dann betrachtete er mit eisiger Miene ihren verlockend enthüllten Körper, bevor er wieder in ihr Gesicht schaute. Der Schock, den seine Augen verrieten, war zwar beherrscht, aber vielsagend, und er sorgte dafür, dass sie sich wünschte, ihren Plan rückgängig zu machen.

In ihrem angefeuchteten Gazekleid fühlte sie sich nackt wie ein Pfirsich, zumal nur eine hauchdünne, fleischfarbene Lage Stoff ihren Körper vor den lüsternen Blicken schützte. Ihre Brüste drückten so kraftvoll gegen das dünne Mieder, dass sie kaum zu atmen wagte.

„Jane." Sein Lächeln verriet nichts von seinem Missfallen, dafür aber sprach der feste Griff um ihre Finger Bände. „Das gehört nicht zu den Kleidern, die ich dir ausgesucht hatte. Woher stammt es?"

„Ich habe es mir von einer Freundin ausgeliehen, Grayson. Gefällt es dir?"

„Es gefällt jedem Mann hier im Raum", raunte er ihr zu. „Mach so etwas nicht noch einmal in aller Öffentlichkeit."

„Was meinst du denn?", erwiderte sie nüchtern.

„Mit anderen zu teilen, was nur mir gehört."

„Und ich dachte, es sei das angemessene Kleid für mein Debüt als angehende Kurtisane."

Er warf ihr einen finsteren Blick zu. „So, so. Das hast du also gedacht."

„Immerhin, Liebster, kann es sich eine Geliebte nicht erlauben, so auszusehen wie ... wie eine graue Maus."

Grayson zog sie hinter sich her und fort von den Gästen, mit denen er zusammengestanden hatte. „Vielleicht sollten wir tanzen", meinte er unwirsch, während er entschuldigend über die Schulter schaute.

„Wie du wünschst, Liebster."

„Ich wünschte, du würdest aufhören so zu reden", herrschte er sie an.

Sie tat so, als hätten seine Worte sie verletzt. „Ich kann ganz aufhören zu reden, wenn dir das lieber ist. Allerdings ist da noch die Frage meiner finanziellen Entschädigung. Ich finde, das sollten wir besprechen, bevor wir weitermachen."

„Meinst du, weitermachen mit unserem Tanz?"

„Sollen wir unsere Unterhandlungen in einer Gazette veröffentlichen?", fragte sie ihn, als sie am Rand der Tanzfläche standen.

„Das dürfte wohl kaum nötig sein."

Sie biss sich auf die Lippe und überlegte, wie weit sie es wohl noch treiben konnte, ehe er die Beherrschung verlor. Nachdem sie nun einmal angefangen hatte, schien sie nicht mehr aufhören zu können. „Aber wenn ich mir in der Gesellschaft einen Namen machen soll ..." Sie zögerte, während er auf dem Parkett seine Position einnahm. „Ich kann wohl nicht annehmen, dass du Stift und Papier zur Hand hast, oder?"

„Stift und Papier?" Er sah sie verständnislos an. „Für unseren Tanz?"

„Nein, Dummerchen, für meine Memoiren. Es ist doch sehr unwahrscheinlich, dass du mein einziger Beschützer sein wirst, Grayson. Für die Zukunft brauche ich eine zusätzliche Einnahmequelle. Eine Frau muss praktisch denken."

„Verzeihen Sie", mischte sich eine zaghafte Stimme hinter ihnen ein. „Aber dürfte ich die Unterhaltung stören, damit ich die reizende Dame um einen Tanz bitten kann?"

„Sicher", fauchte Grayson den jungen Mann an. „Falls Sie noch zum Tanzen in der Lage sein werden, nachdem Ihr Gesicht mit meiner Faust Bekanntschaft gemacht hat."

„Mein Gesicht ...?" Mit aufgerissenen Augen wich der Mann entsetzt zurück und tauchte in der Menge unter.

Grayson und Jane nahmen ihre Position auf der Tanzfläche ein. Das Orchester spielte schwungvoll auf. Er verbeugte sich, sie machte einen Knicks, doch keiner von ihnen war mit den Gedanken wirklich bei diesem Tanz. Grayson hatte genug damit zu tun, jedem einen vernichtenden Blick zuzuwerfen, der es wagte, Jane anzusehen. Sie wiederum versuchte, elegant zu wirken und zugleich ihren Körper mit den Armen zu bedecken, bis auf einmal Chloe neben ihr auftauchte und flüsterte: „Ich habe noch nie eine Frau gesehen, die so wie Sie derart mit den Armen rudert, dass man meint, man hätte eine Windmühle vor sich. Halten Sie doch Ihre Röcke einmal ruhig, um Himmels willen."

„Ich kann nicht", gab Jane zurück.

„Wieso nicht?"

„Weil man geradewegs hindurchsehen kann, wenn ich es tue."

Mit hölzernen Schritten und finsterem, drohendem Blick bewegte Grayson sich über die Tanzfläche. Sobald der Tanz vorüber war, dirigierte er Jane mit frostiger Entschlossenheit in die dunkelste Ecke des Saals, wo sich die älteren Gäste versammelt hatten und von ihren Sesseln aus das Treiben mitverfolgten.

„Warum stehen wir wie die Mauerblümchen hier?", wollte sie in unschuldigem Tonfall wissen. „Sollten wir uns nicht etwas mehr unter die Gäste mischen?"

„Ich bin nicht in der Stimmung dazu."

„Aber niemand sieht uns, wenn wir hier stehen."

„Das ist auch der Sinn der Sache, Jane." Er sah sie von oben bis unten an. „Heute Abend sieht man von dir nämlich etwas zu viel."

„Vielleicht solltest du Karten spielen", schlug sie vor.

„Vielleicht würde ich das auch", erwiderte er. „Allerdings habe ich alle Hände voll zu tun, dich vor all diesen wollüstigen Aristokraten in Brighton zu beschützen."

Sie sah an ihm vorbei und ignorierte dabei wohlweislich seinen wütenden Blick. „Oh, sieh mal. Ist das nicht deine alte Freundin? Mrs. Watson?"

„So ist es."

„Wäre es nicht höflich, sie zu grüßen?"

„Dazu bin ich nicht in der Stimmung“, presste er hervor.

„Und wozu bist du dann in der Stimmung?“

Er verweigerte eine Antwort, auch wenn die naheliegender nicht hätte sein können. Er – und mit ihm wohl jeder der anwesenden Männer – war in der Stimmung, ihr dieses unmögliche Kleid vom Leib zu reißen und über sie herzufallen. Wie eine unnahbare Göttin hatte sie die Sterblichen um sich herum herausgefordert, ihr zu beweisen, dass sie es würdig waren, ihre Aufmerksamkeit zu genießen. Heath hatte ihn gewarnt. Seine wilde Jane genoss jede Sekunde dieses Auftritts.

Spontan fasste er sie am Ellbogen und führte sie zu einer Seitentür. „Geht es hier entlang zum Erfrischungsraum?“, fragte sie mit einem Anflug von Panik in der Stimme.

„Nein, wir gehen nach Hause.“

„Warum?“

„Um zu besprechen, was du besprechen wolltest.“

„Was ist mit Chloe und Simon? Und Onkel Giles? Wir können sie nicht einfach hier zurücklassen.“

„Ich werde die Kutsche anschließend wieder herschicken.“

Sie sah über die Schulter in den gut besuchten Ballsaal. Audrey nickte zustimmend, als sie sie sah. Ihr gemeinsames Ziel war es gewesen, einen gewissen Halunken aus der Fassung zu bringen, doch auf einmal begann Jane zu zweifeln – zumal er sie in einem dunklen Korridor des Hauses an sich drückte, seinen Mund nur ein paar Zoll von ihrem entfernt.

„Willst du mich in den Wahnsinn treiben?“, fragte Grayson leise. „Wenn ja, dann hast du es geschafft.“

In seinen Armen konnte sie mühelos vergessen, dass er der Mann war, der einfach ihre Zukunft verplant hatte, ohne sie nach ihrer Meinung zu fragen. Und sie konnte auch vergessen, dass sie sich für den Rest ihres Lebens mit einem solchen Verhalten würde abfinden müssen. Sie wusste, sie gehörte längst zu ihm. Besiegelt worden war das Schicksal schon, als sich ihre

Blicke in der Kapelle begegnet waren. An jenem Tag hatte sie einem anderen Mann Treue schwören sollen, doch den Platz dieses Mannes hatte Grayson eingenommen – der beste Verbündete und zugleich die schlimmste Bedrohung, die sich eine Frau vorstellen konnte.

„Was ist passiert?", war plötzlich Chloes Stimme zu hören.

„Jane …", Graysons Blick wanderte über ihren Körper, „… ist es etwas kühl geworden."

„O weh", meinte Chloe mit gespielter Besorgnis, „dann wirst du sie nach Hause bringen müssen, Grayson. Audrey wird so lange auf mich aufpassen."

Sollte diese Bemerkung Grayson befremdlich vorgekommen sein, war er doch zu sehr von den Ereignissen abgelenkt, um darauf reagieren zu können. Jane hingegen wusste ganz genau, was Chloe wollte. Ihr gefiel es nicht, daran erinnert zu werden, dass der zweite Teil ihres Plans so bald wie möglich in die Tat umgesetzt werden musste.

Im Geiste hörte sie immer noch Audreys Worte: *Sie müssen ihn überrumpeln, meine Liebe. Ein Mann ist zu keiner Zeit verwundbarer als im Boudoir.*

Aber war eine Frau dann weniger verwundbar? Jane hätte sich gewünscht, Audrey mitnehmen zu können, um von ihr Schritt für Schritt Ratschläge zu erhalten. Es war eine Sache, in einem Salon darüber zu diskutieren, wie man einen Marquess verführte. Doch es war etwas ganz anderes, das Ergebnis dieser Diskussion in die Tat umzusetzen, wenn dieser Marquess einem leibhaftig gegenüberstand und vor Zorn bebte.

O ja, Audrey war eine Expertin auf diesem Gebiet, und sie hatte ihrer Schülerin Techniken anvertraut, bei denen selbst ein erfahrener Bordellbesucher errötet wäre. Doch Grayson war ebenfalls ein Experte, was Jane von sich selbst nicht behaupten konnte.

Sie sah ihn an und hatte das Gefühl, der Boden würde unter ihr wegkippen. Sollte es wirklich möglich sein, einen Mann wie ihn in eine Situation zu bringen, in der er hilflos ausgeliefert war?

„Halte dich von allem Ärger fern", fuhr er seine Schwester an und schob Jane vor sich her. „Ich habe heute Abend schon genug Probleme."

„Warte", rief Chloe. „Sie hat ihren Umhang vergessen."

„Dann hol du ihn."

Während ihr Bruder sich abwandte, flüsterte sie Jane ins Ohr: „Ich werde die ganze Nacht nur an Congreve-Raketen denken. Seien Sie tapfer, und erzählen Sie mir morgen, was geschehen ist."

Wenn ich es überlebe, dachte Jane. Ihr schauderte bei dem Gedanken an die Verführung, die sie nun in Angriff nehmen würde.

23. KAPITEL

Für die Dauer der Rückfahrt zu seiner Villa blieb Jane von Graysons übler Laune verschont, da ihr Onkel sich überraschend entschied, die beiden zu begleiten. Noch nie hatte sie Grayson dermaßen frostig erlebt, aber sie hatte auch noch nie seine Gefühle dermaßen auf die Probe gestellt. Sie konnte nur hoffen, dass Onkel Giles sie vor dem äußerst verärgerten Marquess beschützen würde.

„In meinem Alter", erklärte der ältere Mann, als er ihnen zur Kutsche folgte, „sorgt man auf solchen Veranstaltungen nicht mehr für Unterhaltung, sondern eher für Verlegenheit. Meine Augen sind auch nicht mehr die besten. Da saß ich und spielte Karten mit einem freundlichen jungen Viscount, jedenfalls dachte ich das. Bis mich ein Diener freundlicherweise aufklärte, dass es sich um eine Viscountess handelte. Wie soll man sie in einer solchen Aufmachung noch unterscheiden? Schulterklappen und militärische Abzeichen auf einer Husarenjacke. Du dagegen siehst immer wie eine Dame aus, Jane. Finden Sie nicht auch, Sedgecroft?"

Grayson wandte sich vom Fenster ab und erwiderte voller Ironie: „Das wird wohl niemand bestreiten wollen."

Sein Tonfall ließ sie schaudern, zugleich grübelte sie, ob sie ihn schon einmal von dieser Seite erlebt hatte.

„Du scheinst dir eine Erkältung eingefangen zu haben, meine Liebe", meinte Onkel Giles besorgt. „Wenn wir zurück sind, solltest du dich sofort ins Bett legen."

Jane befolgte diesen Rat nur zu bereitwillig, und sie war ihrem Onkel zudem dankbar, als der Grayson in der Empfangshalle aufhielt, indem er mit ihm über das Rennen am folgenden Tag redete. Als wahrer Gentleman beantwortete er natürlich jede Frage, die Giles ihm stellte. Von einem Gentleman war seinem Blick hingegen nichts anzusehen, als er Jane nachschaute, wie diese nach oben in ihr Zimmer entschwand. Sein Ausdruck war eine deutliche Warnung, dass sie sich seinem Zorn nicht auf Dauer würde entziehen können.

Während sie sich feige zurückzog, hörte sie Audreys Stimme in ihrem Kopf spotten: *Sie müssen ihn überrumpeln, meine Liebe. Ein Mann ist zu keiner Zeit verwundbarer als im Boudoir.*

„Ich kann das nicht", murmelte sie. „Ich kann es einfach nicht ... Ich beweise hier nichts, ich mache mich nur zum Narren."

Was hatte sie heute Abend erreicht? Hatte sie ihm eine Lektion erteilt, oder war die Bestie in ihm entfesselt worden? Eigentlich hätte sie doch aus ihrem Hochzeitsskandal die Erkenntnis gewinnen sollen, dass scheinbar gute Pläne einen nicht vor unerwarteten Konsequenzen schützten.

Keine zwanzig Minuten später hörte sie ihn in seinem Zimmer, das direkt neben ihrem lag. Ihr Herz pochte laut vor Angst, während sie sich an ihren Toilettentisch setzte und ihr Haar zu bürsten begann. Dann ging die Tür zu ihrem Raum auf, und im Spiegel sah sie Grayson hereinkommen. Unwillkürlich umklammerte sie den Griff ihrer silbernen Haarbürste. Sein eisiger Blick schien die Temperatur im Zimmer um einige Grad sinken zu lassen.

„Du hast dich gar nicht umgezogen", stellte sie fest und hielt prompt den Atem an, als er ein paar Schritte auf sie zu machte.

Er hielt die Schultern durchgedrückt wie ein Soldat in Habtachtstellung. „Sollen wir uns über das Kleid unterhalten?"

„Es ... es war nur ein Kleid."

„Vielleicht bei jeder anderen Frau." Seine Stimme war trügerisch sanft, wie das warnende Streicheln einer Peitsche. „Bei dir hingegen ist es ein Skandal."

„Ich hatte den Eindruck, es würde dir gefallen. Wie hattest du es bei der Modistin formuliert? Du wolltest ‚so wenig Zeit wie möglich mit dem Ausziehen der Dame verbringen'."

Er kniff den Mund zusammen. „Das heißt aber nicht, dass du vor aller Welt mit deinen Reizen prahlen sollst."

„Wir können unsere Beziehung aber unmöglich geheim halten."

„Vielleicht nicht, trotzdem habe ich noch lange nicht vor, dich mit anderen zu teilen."

Sie strich sich mit der Bürste durch das Haar und sah in den Spiegel. Als sie den Blick in seinen Augen bemerkte, musste sie schlucken. Warum nur hatte sie es gewagt, einen Meister in diesem Spiel herauszufordern?

„Was hast du dir davon erhofft?", wollte er wissen, nahm ihr die Bürste ab und strich mit einer Hand über ihr Haar. „Was …"

Jane stand auf und legte ihren Morgenrock ab, sodass sie bis auf den Diamantanhänger nackt vor ihm stand, während die Seide über ihre Haut glitt und sich um ihre Füße legte. „Das Kleid hat dir nicht gefallen. Ist es so besser?"

Grayson hielt inne, da er sich nicht sicher war, ob er seinen Augen trauen sollte. Seine wilde Jane war abermals in Erscheinung getreten.

Beiläufig warf er die Bürste auf den Toilettentisch, während sein Blick langsam über ihren Körper wanderte, über ihre rosigen Brustspitzen, ihren Bauch, die dunkelblonden Locken zwischen ihren Beinen. Sein Herz schlug laut in seiner Brust. War sie ihm wieder einen Schritt voraus? Er war ein fairer Sportsmann, der gleichzeitig beim Spiel gern ein Risiko einging. Wenn die Dame ihn begehrte – aus welchen Motiven auch immer –, würde er sich ihr nicht verweigern. Er hätte es auch gar nicht gekonnt.

„Die Frage deines Verhaltens am heutigen Abend ist noch

nicht geklärt." Er löste den Knoten seiner Krawatte, während das Verlangen von ihm Besitz ergriff. „Natürlich können wir darüber auch später sprechen."

Jane legte die Hände um seinen Nacken. „Dich auszuziehen gehört zu meinen Aufgaben als Geliebte. Lass mich das erledigen."

„Wie du willst, aber … lieber Himmel, Jane, nicht so schnell, sonst zerreißt du mir noch das Hemd."

Sie machte einen Schmollmund. „Ich kann doch nichts dafür, wenn ich meinem wundervollen Beschützer meine Dankbarkeit zeigen möchte."

Ein wenig erstaunt sah er zu Boden. „Das war ein Knopf. Du hast mir einen Knopf von meinem Hemd abgerissen!"

„Stört es dich?"

„Nicht mich persönlich. Aber mein Schneider könnte etwas dagegen haben."

Sie legte die Hände an sein Gesicht und küsste ihn mit solcher Heftigkeit, dass er nicht anders konnte, als seine Arme um ihre Taille zu schlingen und Jane an sich zu ziehen. Rückwärts ging er mit ihr zum Bett. Sie ließ sich gegen ihn fallen, sodass ihr nackter Körper zwischen seinen Schenkeln regelrecht eingeklemmt war.

Grayson legte sich nach hinten und sah ihr dabei zu, wie sie auf den Knien am Bettrand balancierte, um ihn auszuziehen. „Nicht, dass ich etwas dagegen einzuwenden hätte", murmelte er. „Ich bin nur neugierig. Was soll das geben?"

Sie warf sein Hemd hinter sich und machte sich daran, seine Hose aufzuknöpfen. „Eine Verführung."

„Was hast du heute mit Chloe eigentlich unternommen?"

„Grayson, deine Schwester sollte im Boudoir wohl nicht Gesprächsthema sein."

„Sagtest du Boudoir?"

„Eine Geliebte wird doch eher dieses Wort verwenden anstatt Schlafzimmer, findest du nicht? Hast du etwas dagegen, wenn ich dich ans Bett fessele?"

Als er so dalag, ein sinnliches Lächeln auf den Lippen und mit nacktem Oberkörper, wirkte er wie die Fleisch gewordene Sünde. „Wie kommst du denn darauf?"

„Das habe ich in einem Buch gesehen."

„Einem Buch? So, so." Er strich über ihren Bauch, dann legte er seine Hände um ihre Brüste, während sie über ihm kauerte „Das dürfte aber kein Buch aus der hiesigen Bibliothek gewesen sein, oder?"

Sie grinste spöttisch und griff über ihn hinweg zum Nachttisch. „Nein."

„Dann ..." Er hielt inne und schaute sie argwöhnisch an, als sie ihre Strümpfe um seine Handgelenke wickelte und an den Bettpfosten festband. „Eine interessante Entwicklung", sagte er leise. „Du verpackst mich ja ganz schön."

„Das sind nicht bloße Schleifen, Grayson, sondern Belshire-Knoten. Meine Schwestern und ich führten sie zur Perfektion, indem wir sie während unserer Kindheit an Simon testeten. Sie funktionieren besonders gut bei Männern, die sich rühmen, andere zu unterwerfen."

Versuchsweise zog er an seinen Fesseln. „Sehr schön, mach ruhig weiter."

Zu ihrer Überraschung stellte Jane fest, dass es ihr gefiel, Macht über ihn auszuüben. Sie merkte, wie ihr Puls schneller schlug, während sie sich genau an Audreys Anweisungen hielt. Mit einem verwegenen Lächeln zog sie ihm langsam die Hose aus und spazierte mit ihren Fingern an der Innenseite seiner Schenkel nach oben, bis sie seine Männlichkeit erreicht hatte.

„Und jetzt beweg nicht einen einzelnen Muskel", forderte sie ihn auf.

„Nicht im Traum", erwiderte er, konnte aber nicht den Reflex unterdrücken, sich ihr entgegenzustemmen, als sie die Finger um seinen Schaft legte.

„Liebster, halt still", murmelte sie amüsiert.

Obwohl er von seinen Empfindungen fast überwältigt war, erkannte er doch, dass hinter ihrer aggressiven Sinnlichkeit mehr steckte, als man auf den ersten Blick meinen sollte. Wie immer überraschte sie ihn und forderte ihn heraus, gleich mehrere Schritte im Voraus zu planen, doch hierfür … hierfür gab es keine Strategie, da er nicht wusste, was sie eigentlich vorhatte. Ihm blieb nichts anderes übrig, als sich ihr hinzugeben. Was sie plante, war ihm in diesem Moment allerdings auch gleich, solange sie nicht auf einmal aufhörte.

„Versuch nicht, mir zu entkommen", warnte sie ihn. „Diese Knoten sind sehr gut gesichert, und ich möchte nicht, dass du dir wehtust."

Als Gentleman geziemte es sich nicht, ihr klarzumachen, wie mühelos er sich hätte befreien können. Außerdem war es nur gerecht, dass ihre Rollen vertauscht waren. Jane beugte sich vor, ihre Haare strichen sanft über seine Lenden, und als sie dann den Mund um ihn schloss, kam es ihm so vor, als müsse er explodieren. Sein Körper schmerzte vor Lust und dem dringenden Wunsch, sich unter Kontrolle zu halten.

„Wie fühlt sich das an?", fragte Jane leise und setzte fort, was sie begonnen hatte.

„Ich …", murmelte er, hielt es aber nicht länger aus. „Setz dich auf mich!", forderte er sie auf, während er den Rücken durchdrückte.

„Aber ich bin noch nicht fertig …"

Ehe sie sich versah, hatte er sich aus seinen Fesseln befreit und sie so zu sich gezogen, dass sie rittlings auf ihm saß. „Zeig mir, was du heute bei Audrey noch gelernt hast."

Erschrocken sah sie ihn an. „Wieso weißt du davon?"

„Glaubst du, ich würde mich von dir noch einmal an der Nase herumführen lassen, Jane?"

„Vielleicht sollte ich besser gehen."

„Du beliebst zu scherzen. Jetzt bist du endlich da, wo ich dich haben wollte."

Sekunden verstrichen, ehe sie in der Lage war, sich zu bewegen, weil Grayson seine kraftvollen Hände um ihre Hüften gelegt hatte und sie festhielt. Auch wenn ihr soeben klar geworden war, dass ihr Geliebter noch listiger war als erwartet, änderte es nichts daran, dass sie sich zu ihm hingezogen fühlte.

Ganz im Gegenteil, denn sie nahm seine Berührungen längst sehr bewusst wahr. Als er sie dann auch noch zu sich zog, um die Lippen um ihre Brustspitzen zu legen, gab es für sie kein Zurück mehr.

„Ich bin anschaulicher als jedes Lehrbuch, Jane", flüsterte er und drehte sie auf den Rücken. „Es gibt Dinge, die kann man nur aus erster Hand erfahren."

Dagegen war nun wirklich nichts einzuwenden, erst recht nicht, als er ihre Beine über seine Schultern legte und seinen Kopf zwischen ihren Schenkeln vergrub. Sekunden später kam sie zum Höhepunkt und verspürte dabei Scham und sinnliche Freude zugleich.

„Was hast du sonst noch gelernt?", wollte er von ihr wissen.

„Ich zeige es dir", erwiderte sie und richtete sich auf.

„Ich stehe dir zur Verfügung", hauchte er. „Und danach dürfte es wohl an der Zeit sein, dass wir beide ein Geständnis ablegen."

Jane seufzte kapitulierend. „Ich würde sagen, das ist lange überfällig."

24. KAPITEL

Sie saß am Toilettentisch und trug wieder ihren Morgenrock, in einer Hand das Glas Burgunder, das Grayson ihr eingeschenkt hatte. Ihr Ankläger ging vor ihrem Stuhl auf und ab, nur in seine schwarze Abendhose gekleidet. Er strich sich sein zerzaustes blondes Haar aus dem Gesicht, das Anspannung verriet, aber keine Spur von der Verärgerung, die sie erwartet hatte.

„Du hast Nigel nicht geliebt", sagte er langsam, als bemühe er sich, die einzelnen Teile des Puzzles zusammenzufügen. „Er hat dich ebenfalls nicht geliebt, was für mich nicht nachvollziehbar ist. Aber unzählige andere Paare beugen sich, wenn ihre Familien eine Ehe arrangieren. Ihr beide hättet nach der Hochzeit Affären haben können."

Sie warf ihm einen vorwurfsvollen Blick zu. „Das würdest du vielleicht machen. Nigel hingegen liebt Esther, und sie erwartet ein Kind von ihm. Ich glaube nicht, dass du verstehen kannst, was es heißt, ein Opfer zu bringen. Oder was es für eine Frau heißt, ihr Leben mit einem Mann zu teilen, den sie nicht liebt."

„Es stimmt", erwiderte er, „dass ich nicht weiß, was es heißt, eine Frau zu sein. Ich verstehe aber deinen Widerwillen, einer Ehe ohne Leidenschaft zuzustimmen."

„Ach, Grayson", meinte sie mit einem leisen Seufzer. „Ich fühle mich nicht besser, nur weil du dich entschlossen hast, vernünftig zu sein."

Er zögerte und machte einen verwundbaren, ja, einen verletzten Eindruck. „Nur fällt es mir schwer zu verstehen", fuhr er fort und stützte die Hände auf die Tischkante, um Jane zwischen seine Arme zu nehmen, „warum du mich getäuscht hast."

„Ich bin mir nicht sicher, wie es dazu kam", entgegnete sie rasch. „Das Verhältnis zwischen dir und mir hatte sich auf einmal verändert, und ehe ich mich versah, war ein Punkt erreicht, an dem ich es nicht mehr erklären konnte. Es ist nicht so, als hätte ich dich absichtlich in die Irre geführt. Eines zog das andere nach sich, und dann auf einmal, da … da hatte ich mich in dich verliebt."

Er sah sie eindringlich an, seine Verwundbarkeit war hinter einem kühlen Blick verborgen.

„Hinzu kam, dass du meine Tugenden in den Himmel hobst, bis ich innerlich vor Scham umkam."

„Eine tugendhafte Frau hat mich aber nicht an dieses Bett dort gefesselt, Jane", warf er ein.

„Nein, das war das Werk einer sehr verruchten Frau."

„Ich habe dir gesagt, wie sehr ich diese verruchte Seite an dir bewundere. Was wolltest du damit beweisen, mich dennoch zu verführen?"

„Ich erfuhr von diesem Ehevertrag und davon, dass dieser Unsinn, ich solle deine Geliebte sein, nur ein Täuschungsmanöver war. Du wolltest dich rächen."

Fast hätte er gelächelt. „Aha."

„Mehr hast du dazu nicht zu sagen?"

Wieder stellte er seine gewohnte Arroganz zur Schau. „Wir werden heiraten, Jane. Was gibt es dazu mehr zu sagen?"

„Ich weigere mich, mir schon wieder eine Ehe aufzwingen zu lassen", erklärte sie.

„Und was willst du stattdessen?", fragte er neugierig. Keine Sekunde zweifelte er daran, dass er seinen Willen durchsetzen würde. Er hatte es nicht bis hierher geschafft und dabei ihre Strategie durchkreuzt, um jetzt noch aufzugeben und eine Niederlage einzugestehen.

Sie atmete tief durch. „Ich möchte, dass du um mich wirbst."

Was hatte sie da gerade eben gesagt? Er sollte um sie werben? Lieber Himmel, der weibliche Verstand war und blieb ihm ein Rätsel, vor allem bei dieser Frau.

„Was zum Teufel glaubst du eigentlich, was ich in den letzten zwei Wochen getan habe?"

„Grayson, wenn du nicht den Unterschied siehst zwischen einem Werben und einer Verführung, dann weiß ich auch nicht mehr, was ich noch sagen soll."

Hilflos hob er die Hände und lachte. „Ich habe mich noch bei keiner anderen Frau jemals so angestrengt."

Jane schüttelte den Kopf. „Das hört sich an, als sei es eine Tortur für dich, um mich zu werben."

„Manchmal ja."

„Wird es irgendwann einmal jemanden geben, der mich aussuchen lässt, wen ich wann heirate?"

„Du wirst mich heiraten, Jane", sagte er voller Überzeugung. „Dieser Punkt ist bereits entschieden. Wenn ich mich recht entsinne, hast du mir doch einen Heiratsantrag gemacht. Wenn du möchtest, kannst du mir gern einen Ring kaufen."

„Es ist deine Art und Weise, die mich so ärgert. Hinter verschlossenen Türen verschwörst du dich bei Nacht und Nebel mit meinem Vater, um zu planen, wie mein Leben verlaufen soll."

„Woher weißt du …" Natürlich. Es gab nur eine Person, die das herausgefunden haben konnte. Er würde Chloe dafür im Tower von London einsperren lassen. „Ich verschwöre mich? Wenn du es so sagst, klingt es ein wenig anstößig. Ganz zu schweigen davon, dass du selbst auch nicht immer nur ehrlich warst."

„Ich weiß, aber ich habe mich auch entschuldigt …"

Er nahm ihr das Glas aus der Hand und lächelte sie an. „Du musst dich nicht entschuldigen. Deine durchtriebene Art ist gerade das, was ich an dir so sonderbar anziehend finde."

„Dann verstehst du meinen Wunsch, umworben zu werden?", fragte sie, während sie aufstand und sich so umdrehte, dass sie sein Spiegelbild betrachten konnte.

„Ich habe um dich geworben", antwortete er beiläufig.

„Das hast du nicht." Sie stemmte sich auf den Toilettentisch. „Du hast mich erobert, als wäre ich eine Zitadelle. Ich sehne mich nach Romantik, Grayson, nach Blumen, Liebesbriefen und Ausritten im Park."

„Wir waren im Park reiten, und ich habe dir einen ganzen Blumenstand gekauft", meinte er amüsiert und strich ihr eine Locke von der Schulter. „Benötigst du dein eigenes Blumenfeld?"

„Niemand hat je um mich geworben", sagte sie leise.

Er betrachtete ihr vom Kerzenschein erhelltes Spiegelbild. „Hör auf, dich selbst zu bemitleiden. Es ist ja schließlich nicht so, als hätte es dir an männlicher Aufmerksamkeit gemangelt. Nigel mag ein Dummkopf sein, aber er hat dich mitgenommen zu gesellschaftlichen Anlässen."

„Nigel hat bei diesen Anlässen immer nur von Esther geredet", entgegnete sie. „Esther hier, Esther da. Esthers wundervoller Busen, Esthers reizende Stimme."

Grayson musste lachen. „Esther hat eine Stimme wie ein preußischer General."

„Das fand ich auch, doch Nigel gefiel sie." Nach einer kurzen Pause fügte sie wehmütig an: „Ich habe mir stets von Herzen gewünscht, jemand würde mich so lieben, wie er sie liebt."

„Dann gib mir doch eine Chance", sagte er mit verführerischem Tonfall. „Ich glaube, so gut wie Nigel bin ich allemal. Was meinst du?"

„Es hat aber alles als Schauspiel angefangen", entgegnete sie und wünschte, er würde ihren Ängsten widersprechen. „Woher weiß ich denn, dass ich nicht eine weitere Hélène werde?"

„Euch beide kann man gar nicht vergleichen."

„Du hast immer gesagt, du wolltest nie heiraten."

„Und dann bin ich dir begegnet", gab er leichthin zurück, als würde das alles erklären.

Janes Kehle war wie zugeschnürt, weil sie die Gefühle sah, die sein Blick widerspiegelte. „Ich dachte, ich hätte alles verloren, bis du mich gerettet hast."

„Du bist Risiken eingegangen, die nur wenige Frauen eingehen würden."

„Und du Schuft hast mich glauben lassen, du wolltest mich nur als deine Geliebte haben."

„Und mein grausames Spiel ist entschuldigt, wenn ich um dich werbe?" Grayson hoffte, einen direkten Weg zu finden, damit er ihr die Angst nehmen konnte. Gott behüte, dass Jane auf die Idee kommen sollte, ihn noch listiger auf die Probe zu stellen.

Bevor sie antworten konnte, klopfte jemand leise an die Tür. „Ich bin es, Jane", rief Onkel Giles. „Was macht deine Erkältung?"

„Welche Erkältung?", fragte sie gedankenverloren, da Grayson das Glas abstellte und sie wieder an sich drückte.

„Die Erkältung, die du dir beim Tanz zugezogen hattest, um mir halbnackt eine Lektion zu erteilen, meine Schöne", flüsterte er ihr zu, während er über ihre Schultern strich.

Seine Lippen berührten ihren Nacken, und sofort lief ihr ein Schauer über den Rücken. „Sie scheint schlimmer zu werden, Onkel Giles. Sie bewegt sich an meinem Nacken entlang nach unten, und das in einem recht beunruhigenden Tempo."

„Das klingt so, als hätte es dich richtig erwischt", erwiderte ihr Onkel mitfühlend. „Pass nur auf, dass es dir nicht auf die Brust schlägt."

„Ich will es nicht hoffen", rief Jane ihm zu und errötete, als Grayson seine Hände unter ihren Morgenrock schob und sie um ihre Brüste legte.

„Am besten ist es, wenn du dich ins Bett legst", empfahl Giles.

„Dem kann ich nur zustimmen", meinte Grayson und

spielte mit einer Brustspitze.

„Ich bin mir sicher, morgen früh wird es mir wieder besser gehen", sagte Jane, dann fügte sie atemlos an: „Hör auf damit. Er ist zwar alt, aber nicht geistesschwach."

„Ich habe dich nicht richtig verstanden, Jane", gab ihr Onkel zurück. „Sagtest du, du möchtest einen heißen Umschlag haben? Eine ausgezeichnete Idee. Ich werde ihn dir bringen, zusammen mit einem Glas warmer Milch."

Während seine Schritte sich langsam entfernten, löste sich Jane aus Graysons Umarmung. „Wirst du um mich werben?", fragte sie. Es war weniger eine Bitte als eine Bedingung.

„Jane, ich würde mich ganz allein mit Napoleons Armeen anlegen, nur um dich zu bekommen." Kaum hatte er ihr dieses Geständnis gemacht, fügte er an: „Aber es geht mir gegen den Strich, die eigene Ehefrau umwerben zu müssen."

„Augenblick mal", konterte sie, während er ihren Morgenrock öffnete und beide Enden des Gürtels griff. „Das Ziel deines Werbens ist es, mich dazu zu bewegen, deine Frau zu werden."

„Und welchen Sinn hat das, wenn du so oder so meine Frau werden wirst?" Am Gürtel zog er sie zu sich.

„Grayson", sagte sie. „Diese Bemerkung ist wieder typisch für deine erstaunliche Arroganz. Geh weg."

Lustvoll seufzte er, als ihr Körper mit seinem in Berührung kam. „Darf ich dich daran erinnern, dass dies hier immer noch mein Haus ist?"

„Du kannst später wieder vorbeikommen, wenn ich nicht unpässlich bin."

„Ich kann vorbeikommen, wann mir danach ist." Er zog kräftig an beiden Enden des Gürtels, um ihr zu zeigen, wer die Fäden in der Hand hatte – jedenfalls in diesem Moment. „Zum Kuckuck, Jane. Wir haben den ganzen Weg rückwärts zurückgelegt. Kennengelernt haben wir uns vor dem Altar, dann wurden wir Freunde, und schließlich folgte eine Liebesaffäre. Und nun soll ganz am Ende das Werben stehen?"

„Wenn es gut ausgeht, ist dagegen doch nichts einzuwenden."

„Ich bin dir schuldig, was dein Herz begehrt", sagte er mit sanfter Stimme. „Wenn das erforderlich ist, um dir meine Liebe zu beweisen, dann soll es so sein."

„Ist das dein Ernst, Grayson?", fragte sie und legte ihre Hände auf seine nackte Brust.

„Ich tue es für dich und für unsere Familien. Diesmal machen wir alles so, wie es sich gehört."

Sie biss sich auf die Unterlippe, dann musste sie lachen. „Wir beide machen mal etwas, wie es sich gehört?"

„Na ja, zumindest in der Form, die zu uns beiden passt."

Nachdenklich sah Grayson seinen Bruder Heath an, der bei ihm in der nur von einigen Kerzen erhellten Bibliothek saß. „Mach schon und lach endlich. Sie hat mich abgewiesen."

„Wer hätte das denn gedacht?", erwiderte Heath amüsiert. „Eine Frau, die meinem unwiderstehlichen Bruder einen Korb gibt."

„Das ist eine ernste Angelegenheit, Heath. Sie weigert sich, mich zu heiraten, wenn ich nicht bestimmte Bedingungen erfülle."

„Niemand kann *dich* zwingen, etwas gegen deinen Willen zu tun, also ist die Sache damit erledigt."

Graysons Augen funkelten vor Belustigung. „Von wegen. Die Dame trägt vermutlich bereits den Stammhalter der Familie in sich. Glaubst du, es gibt auch nur die winzigste Chance, wir könnten nicht heiraten?"

Heath legte das Buch zur Seite, in dem er gelesen hatte. Ihm gefiel diese Situation. Niemals hätte er gedacht, dass er Jane so sympathisch finden könnte. Insgeheim bewunderte er sie, weil sie sich gegen Grayson behauptete. „Das stellt allerdings ein faszinierendes Problem dar. Was wirst du machen? Sie entführen?"

„Glaub ja nicht, diese Idee wäre mir nicht schon gekommen!", entgegnete Grayson finster.

„Schottland ist zu dieser Jahreszeit recht angenehm. Ich nehme an, ihre Eltern würden nicht viel Aufhebens machen, wenn du mit ihr durchbrennst, oder?"

Grayson schnaubte. „Belshire ist so wütend auf sie, er würde sie vermutlich aus dem Fenster in eine bereitstehende Kutsche stoßen. Aber meine Jane will die Wahl selbst treffen, und ich bin nicht auf eine Braut aus, die während der Flitterwochen kein Wort mit mir redet."

„Das würde mir auch nicht gefallen."

„Dir?" Er sah Heath aufmerksam an. Sein Bruder war ein Mann, dessen Handlungen und Gefühle über Jahre hinweg in tiefstem Schatten gelegen hatten. Seine Angelegenheiten behielt er stets für sich. „Dir gefällt doch nicht mal der Gedanke an irgendeine Braut, oder etwa doch?"

Heath lächelte nur. „Ich muss anderen Verpflichtungen nachkommen."

„Dann ist deine Arbeit für den Britischen Geheimdienst noch nicht vorüber?"

„Das weiß ich nicht. Erst muss man offiziell mit mir Kontakt aufnehmen."

„Droht irgendeine Gefahr?"

„Für den einen oder anderen bestimmt", antwortete Heath und wählte seine folgenden Worte mit viel Bedacht: „Napoleon kann in seinem Exil nur auf Streit zwischen den Weltmächten hoffen. In Europa regiert das Elend, die Bevölkerung leidet überall."

„Und die Staatskassen sind leer."

„Warum reden wir über Politik, wenn du ein Problem mit

einer Frau hast, Grayson?“ Es war seine Art, andere wissen zu lassen, dass er ein bestimmtes Thema nicht länger diskutieren würde. „Um ehrlich zu sein, weiß ich nicht, was eher zum Erfolg führt: das Werben um eine Frau oder ein Krieg?“

Grayson musste grinsen. Tatsache war, dass er sich auf diese ungewisse Zukunft mit Jane freute. „Da magst du wohl recht haben, doch zumindest weiß ich, dass mein Feldzug mit mehr Vergnügen verbunden ist. Das kann ich dir garantieren.“

„Dann kann ich dir nur wünschen ...“

Bevor Grayson die Kommode erreichen konnte, war Heath bereits aufgesprungen und hatte eine Pistole aus dem Schreibtisch geholt. Unruhe herrschte am Eingang zum Haus, hastige Schritte erklangen, eine Frau schrie auf, Pferde wieherten unruhig auf der angrenzenden Straße.

„Wer in Gottes Namen ist da um diese Zeit noch unterwegs?“, rief Grayson und folgte seinem Bruder zur Tür.

Die Wandleuchter in der Vorhalle waren für die Nacht bereits gelöscht worden. Im ersten Moment hatten die beiden Brüder Schwierigkeiten zu erkennen, wer da vor ihnen stand. Die eine Person war ein unscheinbarer junger Mann in einem braunen Überzieher, die andere eine schwangere Frau in einem pelzbesetzten Mantel.

„Es ist dieser Schuft von Grayson, der hier draußen in der Dunkelheit herumschleicht“, rief die Frau mit durchdringender Stimme. Sie zog ihre Handschuhe aus und warf sie dem verblüfften Butler zu, der klug genug war, den Mund zu halten.

„O mein Gott“, sagte Grayson zu Heath. „Das ist die Stimme aus meinen Albträumen!“

„Und aus meinen ebenfalls“, pflichtete sein Bruder ihm amüsiert und entsetzt zugleich bei. „Was glaubst du denn, was sie will?“

„Ich ...“ Grayson zögerte und sah zur Treppe, wo Jane in ihrem Nachthemd stand und nach unten spähte. „Hm, das dort könnte unsere Antwort sein."

Lady Boscastle, die vormalige Esther Chasteberry, deren geschultes Auge sie in ihrer Zeit als Gouvernante jede gesellschaftliche Verirrung auf Anhieb hatte erkennen lassen, schnappte erschrocken nach Luft. „In ihrem Nachthemd, Nigel! Er macht nicht mal einen Hehl daraus. Die Welt ist ein Tollhaus geworden, ich sage es dir. Lady Jane ist völlig zugrunde gerichtet worden!"

Nigel sah ungläubig hinauf zu Jane. In all den Jahren ihrer Freundschaft hätte er es nie für möglich gehalten, dass seine nette und großzügige Jane einmal so enden würde. Schlimmer aber war noch das Wissen, dass er dafür die Verantwortung trug. Hätte er sie geheiratet, wäre das zwar für sie beide ein Unglück gewesen, aber zumindest wäre es nicht dazu gekommen, dass sie die Geliebte eines Lebemanns wurde, die ihre Gäste im Nachthemd empfing.

„O Jane", sagte er leise und schüttelte verzweifelt den Kopf. „Wie konntest du nur? Und dazu noch mit meinem Cousin."

„*Ihr* Fehler ist es nicht!", erklärte Esther entrüstet und bewegte sich durch die Empfangshalle wie eine königliche Barkasse auf der Themse. „Sie wurde ausgenutzt von diesem", anklagend zeigte sie auf Grayson, „ungezogenen Jungen."

Heath begann zu lachen.

„Ich glaube", erwiderte Grayson, der sich endlich wieder gefasst hatte, „es liegt hier ein Missverständnis vor."

„Lass dich nicht von ihm einschüchtern, Nigel", sagte seine Frau. „Unternimm etwas."

Nigel schluckte und zwang sich, zur Tat zu schreiten. Sein holdes Weib wirkte zwar einschüchternd auf ihn, doch vor Grayson hatte er schon immer ein wenig Angst gehabt, da sich bei ihm das Boscastle-Temperament mit großem körperlichem Geschick paarte. Er hatte miterlebt, wie Grayson einen Widersacher mit nur einem Schlag bewusstlos zu Boden schickte.

Gerade wappnete er sich für die Konfrontation mit seinem Cousin, als Esther seinen Arm packte.

„Wirst du nun etwas unternehmen, oder muss ich das tun?", forderte sie ihn auf.

„Pass lieber auf, Gray", meinte Heath amüsiert. „Vielleicht hat sie ihren Rohrstock mitgebracht."

Schließlich trat Nigel vor. Er war mindestens einen Kopf kleiner als seine Cousins, er hatte volles, welliges braunes Haar, den Ansatz zu einem Doppelkinn und ein recht gefälliges, wenn nicht gar attraktives Gesicht. Insgesamt erschien er indes wie der bescheidene Baronet, der er tatsächlich war, und kaum wie ein tapferer Fürsprecher für eine junge Dame.

Doch Jane war nicht nur eine zugrunde gerichtete Frau, sondern auch seine beste Freundin und eine mutige Streiterin, die viel für ihn geopfert hatte. Wut mischte sich in sein ängstliches Zögern, und als er dann die Stimme erhob, klang sie so schroff und männlich, dass er sich fast selbst darüber erschrocken hätte.

„Du solltest dich schämen, Sedgecroft. Was hat das alles zu bedeuten? Ich verlange sofort eine Antwort!"

Grayson hatte Mühe, ernst zu bleiben. Allein die Erinnerung an seine damalige Angst vor der Gouvernante der Familie hielt ihn davon ab, in Gelächter auszubrechen. „Das sollte ich doch wohl eher *dich* fragen, oder findest du nicht, Nigel?"

„Nun, ich ..."

„Wie egoistisch von dir, deine Verlobte den Wölfen zum Fraß vorzuwerfen, lieber Cousin", fuhr Grayson fort und warf einen besorgten Blick zu Jane, die gerade davoneilte, vermutlich, um sich etwas überzuziehen. „Du hast mir ja einen schönen Skandal eingebrockt, den ich auslöffeln musste. Es hat mir zwar nichts ausgemacht, und es war zudem ein sehr vergnüglicher Skandal – aber das ändert nichts an der Tatsache, dass es sich um einen Skandal handelte."

Nigel ließ prompt den Kopf sinken, da er Graysons Logik nichts entgegenzusetzen hatte.

„Es wäre nicht annähernd so skandalös geworden, hätten Sie sich nicht eingemischt“, warf Esther ihm vor, als ihr klar wurde, dass Nigels Mut verflogen war. „Aber ein Wunder ist das ja nicht. Ihr Zweig der Boscastle-Linie hat schon immer gern die Initiative ergriffen.“

„Oh, vielen Dank, Esther“, erwiderte Heath und grinste seinen Bruder an. „Das ist wohl das erste Mal, dass Sie uns ein Kompliment machen.“

„Ich hätte es wohl nicht gemacht“, sagte sie gekünstelt, „wenn wir jetzt nicht miteinander verwandt wären. Bestimmt werde ich nicht zulassen, dass Außenstehende die meinen kritisieren.“

„Was genau machen Sie eigentlich hier?“, fragte Grayson, der nun längst resigniert die Arme vor der Brust verschränkt hatte.

Entschlossen hob Esther das Kinn und war nicht im Mindesten von dem Mann beeindruckt, dem sie in seiner Kindheit mehr als einmal den Hintern versohlt hatte. „Wir sind hier, um von Janes Namen zu retten, was noch zu retten ist.“

„Dann senken Sie Ihre Stimme“, sagte er leise. „Janes Bruder und ihr Onkel schlafen bereits.“

Nigel sah sich um, da Jane die Treppe heruntergekommen war und sich zu der Gruppe gesellte. Inzwischen trug sie ein Musselinkleid und wirkte für eine gefallene Frau recht passabel. Er wurde von Schuldgefühlen geplagt, da er selbst glücklich verheiratet war, während sie nun in Ungnade gefallen … Lieber Himmel, was war denn das für ein Blick, den sie und Sedgecroft soeben gewechselt hatten?

Dieser Blick sagte alles, er war so weißglühend wie ein Blitz an einem Sommerabend. Die Luft schien förmlich zu kochen, und er, Nigel, stand genau zwischen ihnen wie ein hilfloser Beobachter, der sich mit einem Mal fragte, wie er einen Mann von Sedgecrofts Schlag dazu bewegen sollte, sich von seiner ehrbaren Seite zu zeigen.

Grayson räusperte sich und wirkte auf Nigel plötzlich viel größer und kräftiger, als der ihn in Erinnerung hatte. „Warum ziehen wir Gentlemen uns nicht in den Salon zurück, um das Ganze zu diskutieren?"

Nigel straffte seine Schultern. Eine Diskussion würde er bewältigen können. „Du bleibst hier, Esther", befahl er laut seiner Frau, doch als er sich dann abwandte, um Grayson zu folgen, fügte er noch rasch ein leises „Bitte" an.

25. KAPITEL

Ich hätte mich niemals auf diesen Plan eingelassen, wenn ich geahnt hätte, wie sehr er aus dem Ruder laufen würde", vertraute Esther Jane an, nachdem die beiden von den Männern verlassen in der Vorhalle standen.

„Ich auch nicht", pflichtete Jane ihr bei, doch als sie einen Moment lang darüber nachdachte, musste sie feststellen, dass das nicht stimmte.

Sie hatte jede Minute mit Grayson so genossen, wie es Esther mit Nigel gegangen war. „Niemand hätte diese Entwicklung vorausahnen können." Zumindest das entsprach der Wahrheit.

„Ich hoffe, Nigel setzt sich durch", meinte Esther mit besorgter Miene.

Jane konnte nur halbherzig nicken, während sie sich fragte, was Nigel gegen Grayson und Heath ausrichten sollte.

„In der ganzen Stadt wird bereits über Sie geredet", erklärte Esther auf einmal. Ihr Kopfschütteln entsprach ganz und gar dem einer gestrengen Gouvernante. „Wenigstens waren Nigel und ich verschwiegen."

„Weil ich Sie beide gedeckt habe", stellte Jane klar.

„Ja. Ja, das haben Sie gemacht. Glauben Sie nicht, wir wären Ihnen dafür nicht dankbar. Natürlich wird Nigels Vater ihn ganz ohne Geld dastehen lassen, nachdem jeder weiß, dass wir verheiratet sind. Doch im Augenblick sind Sie unser Sorgenkind. Als Nigel und ich nach London eilten, um Sie zu retten, sprach jeder von Ihrem Niedergang. Was um alles in der Welt hat Sie nur zu so einem Schritt veranlasst, Jane?"

„Das, was Sie und Nigel auch angetrieben hat, würde ich sagen."

„Nigel und ich waren schockiert, als wir hörten, dass Ihre

Eltern sich ohne Sie aufs Land zurückgezogen hatten."

„Nun ..."

„Haben Sie keine Angst. Wir werden Sie in Ihrer Stunde der Schmach nicht im Stich lassen, so wie es Ihre Familie tat", sagte Esther tröstend.

„Das ist sehr nett von Ihnen", entgegnete Jane, die noch nicht bereit war, von irgendwem als gefallene Frau bezeichnet zu werden. „Aber ich komme ganz gut zurecht, und ich habe immer noch Onkel Giles."

„Sie kommen eigentlich überhaupt nicht zurecht", widersprach Esther. „Sie sind von Ihrer Leidenschaft für Sedgecroft geblendet."

„Wie können Sie so etwas sagen?"

„Weil ich in meiner Zeit als Gouvernante ähnlichen Versuchungen habe widerstehen müssen. Einmal gab es da einen Duke, der ... ach, das ist jetzt nicht weiter wichtig. Die Frage lautet vielmehr: Was machen wir mit *Ihnen?*"

„Ich bin durchaus in der Lage, mich allein um meine Angelegenheiten zu kümmern."

„Dass Sie sich in diesem Haus aufhalten, widerlegt bereits Ihre Worte." Esther seufzte leise. „Vielleicht finden wir auf dem Rückweg nach London eine Lösung."

„London?"

„Ja, Jane. Nigel und ich müssen gemeinsam seinen Eltern gegenübertreten. Und Sie nehmen wir zu Ihrem Schutz mit. Es sei denn, Nigel kann Sedgecroft davon überzeugen, diese Angelegenheit in Ordnung zu bringen."

Jane lächelte. „Grayson hat bereits um meine Hand angehalten."

„So? Aha, na, auf jeden Fall müssen Sie bei uns bleiben, Jane, bis wieder Ruhe eingekehrt ist."

„Einmal, Esther, nur ein einziges Mal möchte ich in meinem Leben das Sagen haben. Nur mal hier und da ein Wort, wenn es Ihnen nichts ausmacht. Einfach nur eine Gelegenheit, meine Meinung zu äußern."

Esther sah sie ruhig an. „Sie hätten sich nicht in einen Boscastle verlieben dürfen."

„Mir ist da eigentlich keine Wahl geblieben", erwiderte Jane und dachte zurück an ihre erste Begegnung mit Grayson und an die faszinierenden Wendungen, die ihr Leben seitdem genommen hatte. „Genau genommen weiß ich bis heute noch nicht, wie ich mein Herz an ihn verloren habe."

„Das weiß man nie, Jane. Trotz all meiner Weisheit und Erfahrung im Umgang mit widerspenstigen jungen Männern konnte ich meinem Nigel nicht widerstehen. Jeden Tag danke ich dem Himmel dafür, dass es seinen Cousins nie gelungen ist, ihn zu verderben."

Nigel hatte bereits zwei Gläser Portwein getrunken, ehe er den Mut fand, sein Anliegen vorzutragen. Das Wissen, dass Esther vermutlich an der Tür lauschte, machte ihm zusätzlich Mut, aber es ängstigte ihn auch. Lieber wäre er mit verbundenen Augen zum Duell mit Grayson angetreten, anstatt dem Zorn seiner schwangeren Frau ausgeliefert zu sein.

„So wie ich die Sache sehe, gibt es nur eine Lösung", verkündete er, während er unauffällig den Zigarrenqualm wegfächelte, den Heath ihm ins Gesicht blies.

„Eine Lösung für was?", wollte Grayson wissen, der es sich auf dem Sofa bequem gemacht und die Augen halb geschlossen hatte.

„Für diese … diese Geschichte, dass Jane eine Kurtisane sein soll." So, jetzt hatte er es ausgesprochen, ohne Grayson direkt zu erwähnen und ihm vorzuwerfen, für Janes Niedergang verantwortlich zu sein.

„Ich finde, er sollte sie heiraten", meinte Heath.

Grayson setzte sich auf. „Wirklich?"

„Das würde einige Probleme lösen“, gab Nigel zu bedenken, der seine Erleichterung über die Entwicklung dieses Gesprächs überspielte.

„Dann wäre das für dich akzeptabel?“, fragte Grayson, als sei ihm dieser Gedanke nie zuvor durch den Kopf gegangen. „Könnte ich auf dich zählen, dass du Jane davon überzeugst, einen Heiratsantrag anzunehmen? Als ihr bester Freund sollte dir das wohl gelingen.“

„Aber natürlich.“ Nigel fühlte sich so geschmeichelt, in eine Verschwörung seiner beiden Cousins einbezogen zu werden, dass er seine ursprüngliche Absicht ganz aus den Augen verlor. „Ich werde mein Bestes geben, sie zu überreden … vorausgesetzt …“

„Vorausgesetzt was?“, wollte Heath sofort wissen.

„Ich werde natürlich erst Esther um Rat fragen müssen. Selbstverständlich nur aus Rücksicht auf ihre momentane Verfassung.“

„Greift sie eigentlich ab und zu noch mal zum Rohrstock?“, fragte Grayson.

Nigel errötete. Auch nach all den Jahren versetzte es ihm einen Stich, dass er früher so oft von den Aktivitäten des wüsten Boscastle-Clans ausgeschlossen worden war. „Ich weiß nicht so recht, wie ich auf eine derartige Frage anworten soll“, meinte er verlegen.

„Ich glaube, die Antwort ist Ja“, sagte Grayson amüsiert.

Heath grinste genüsslich. „Und ich würde sagen, du hast recht.“

26. KAPITEL

Nun ist es also so weit, dachte Grayson, während er vom Schlafzimmerfenster aus zusah, wie die Kutsche beladen wurde, die ihn und die Frau, die er liebte, nach London zurückbringen sollte. Dort würden er und Jane ihre skandalöse Affäre auf eine gesellschaftlich akzeptable Weise noch einmal durchleben.

Am Ende würden sie dort ankommen, wo es begonnen hatte: vor einem Altar. Diesmal könnte keiner von ihnen die Flucht antreten – selbst wenn er Jane für die Zeremonie in Ketten legen musste. Grayson würde schon dafür sorgen, dass sie nicht noch einmal die Oberhand gewann.

Er ließ seinen Blick durch den Raum schweifen, in dem sie sich so nahegekommen waren, dass die bloße Erinnerung seine Haut vor Verlangen brennen ließ. Der Himmel allein wusste, wie viele alberne Tänze und Picknicks er überstehen musste, ehe er wieder das Bett mit ihr teilen konnte. Ein wenig kam er sich vor wie der Teufel, der dem eigenen Schwanz nachjagte, doch es gab keinen Zweifel daran, dass er Jane zu fassen bekommen würde.

Ob diese Ausgeglichenheit zwischen ihnen wohl von Dauer sein würde? Oder würde es im Lauf ihrer Ehe Schwankungen geben? Einer verstand jetzt den anderen, und sein Gefühl sagte ihm, dass die Zeit der gegenseitigen Täuschungsmanöver der Vergangenheit angehörte. Er wusste aber auch, dass es keine andere Frau gab, die ihn so aus der Fassung bringen konnte wie Jane. In den Jahren, die vor ihnen lagen, würde sie immer wieder einmal eine immense Herausforderung für ihn darstellen.

Doch das war auch genau das, was er wollte.

Von der Kutsche aus betrachtete Jane die elegante Villa am Meer. Sie bedauerte es, das Haus verlassen zu müssen, in dem sie und Grayson ihre Maskerade beendet hatten. Dennoch war es befriedigend zu wissen, dass er nie mit einer anderen Frau hergekommen war, sondern nur mit ihr. Ansonsten hätte sie vielleicht darauf bestehen müssen, dass er das Anwesen verkaufte. So aber konnten sie immer wieder herkommen und in nostalgischen Erinnerungen schwelgen, wenn sie hier Urlaub machten.

Seufzend ließ sie sich gegen das Polster sinken. Grayson fehlte ihr schon jetzt, auch wenn sie wusste, dass er ihr in seiner eigenen Kutsche folgte. Sie wünschte, sie wäre bei ihm und nicht in der erdrückenden Obhut von Nigel und Esther. Die beiden behandelten sie wie ein Kind, das sie soeben aus dem Waisenhaus gerettet hatten.

„Gemeinsam werden wir alle auf den Pfad der Achtbarkeit zurückkehren“, erklärte Esther überzeugt.

Jane musste lächeln. Trotz allem war es gut, bei Freunden Trost zu finden, nachdem sie beinahe ihr eigenes Leben zugrunde gerichtet hatte.

Sie war erleichtert, dass ihre Familie zurück am Grosvenor Square war, als sie mit ihren Beschützern in London eintraf. Ihr Vater nahm sie so herzlich in den Arm, dass ihr die Luft aus den Lungen gepresst wurde, sein Gesicht verriet den Aufruhr seiner Gefühle. So etwas hatte sie nicht erwartet, zudem ihr nicht bewusst gewesen war, dass ihre Eltern ihr so sehr gefehlt hatten. Deren ehrliche Sorge um Janes Wohl war so eindringlich, dass sie nicht anders konnte, als ihnen zu verzeihen, was sie ihr angetan hatten.

Überhaupt schien Verzeihen gerade auf allen Seiten in Mode zu sein: Ihre Eltern zeigten sich sogar gegenüber Nigel und Esther überaus höflich, als hätte es die geplatzte Hochzeit nie gegeben.

„Also dann“, sagte Lord Belshire, als er seinen Gästen Brandy und Kekse anbot. „Jetzt fehlt uns für unsere kleine

Wiedersehensfeier nur noch Sedgecroft. Wo ist dein Verlobter, Jane?"

Jane hielt in der Bewegung inne, obwohl sie eben in eins der appetitlichen Petits Fours hatte beißen wollen. „Offiziell sind wir noch nicht verlobt, Papa."

Ihr Vater machte eine Miene, als wolle er ohnmächtig werden, und sah hilflos zu seiner Frau. Die konnte das Rätsel entschlüsseln, denn sie hatte bereits mit ihrem Sohn gesprochen. „Er wird erst noch um sie werben, Howard."

Lord Belshires Gesicht nahm einen erschreckend fahlen Farbton an. „Wieso das? Ich meine, der Vertrag ist unterzeichnet. Er hat um sie geworben, o ja, das hat er. Hier in dieser Stadt, in diesem Haus. Ich sah es mit eigenen Augen. Ich ..." Das gelassene Lächeln seiner Frau sagte ihm, dass er von ihr keine Hilfe erwarten konnte. „Ich dachte, er hätte um sie geworben?", führte er schließlich seinen Satz zu Ende. „Habe ich mich geirrt?"

Athena kniff warnend den Mund zusammen. Sie fühlte sich so schuldig, und sie war so voller Sorge gewesen, als ihre wagemutige älteste Tochter in Brighton gewesen war, dass sie sich entschlossen hatte, unbedingt den Riss zu kitten, der zwischen ihnen entstanden war. Und wenn sie dafür zum ersten Mal in ihrer ziemlich glücklichen Ehe Howard zurechtweisen musste, dann ging es eben nicht anders. „Es war kein richtiges Werben, Howard."

„Nicht?" Er zwinkerte ein paar Mal ungläubig. „Als ob in diesem Haushalt in letzter Zeit überhaupt noch irgendetwas richtig gelaufen ist! Schwangere Gouvernanten, verhinderte Hochzeiten, Verschwörungen an jeder Ecke!"

Nigel sah betroffen auf seinen Teller, Jane biss nachdenklich ein winziges Stück von ihrem Petit Four ab. Unterdessen saßen Caroline und Miranda so starr wie Statuen auf dem Sofa und hatten die Köpfe in ein Sammelbuch gesteckt. Esther nahm sich ein drittes Stück Gebäck.

„Sein Werben“, erklärte Athena und atmete tief durch, „wird dem Klatsch ein für alle Mal ein Ende setzen.“

„Nur, wenn es zu einer Ehe führt“, gab Howard zurück und sah seine Frau entsetzt an, weil ihm ein schrecklicher Gedanke kam. „Das wird doch mit einer Ehe der beiden enden, nicht wahr? Jane wird es sich doch nicht *schon wieder* anders überlegen wollen.“

„Also wirklich, mein Lieber“, meinte sie und schüttelte ungeduldig den Kopf. „Eine solche Frage kann man einfach nicht beantworten, ohne die Romantik zu verderben.“

Allerdings war eben diese Frage schon zur Zufriedenheit von Janes jüngeren Schwestern beantwortet worden. Bei Kerzenschein studierten die beiden in Carolines Schlafzimmer Modezeichnungen und diverse Speisenfolgen, um das große Ereignis vorzubereiten.

„Wir müssen ganz von vorn anfangen“, sagte Caroline und streckte sich auf ihrem Bett aus. „Jane kann das Kleid nicht noch einmal tragen.“

„Werden wir Nigel einladen?“, wollte Miranda wissen.

„Ja, aber für die Chasteberry müssen wir dann eine ganze Sitzreihe frei halten. Die Frau muss mit Drillingen schwanger sein.“

„Glaubst du, Grayson wird diesmal wieder seine früheren Geliebten einladen?“

Carolines Augen funkelten schelmisch. „Ich finde, er sollte wenigstens erst Jane fragen, selbst wenn diese Frauen für eine gewisse Atmosphäre sorgen.“

„Das finde ich auch.“

Als sich Caroline auf den Rücken drehte, flatterten Listen und Skizzen zu Boden. „Können wir von Gunter’s wieder diesen französischen Koch bekommen?“

„Wir werden auch neue Kleider haben wollen", überlegte Miranda.

„Ich frage mich, ob Drake und Devon diesmal anwesend sein werden", sagte Caroline in Gedanken.

„Das nehme ich doch an. Diese Familie scheint zusammenzuhalten."

„Und sie sorgt für Skandale."

„Und für Leidenschaft."

„Wir auch."

Miranda stutzte. „Was? Sorgen wir auch für Skandale, oder sind wir für Leidenschaft zuständig?"

„Ich würde sagen, beides ist möglich."

Caroline sah zur Stuckdecke. „Wir hätten wissen sollen, dass Jane etwas Verwegenes im Sinn hatte, als sie sich bei der Anprobe für ihre Brautausstattung so widerspenstig zeigte. Sie wollte für Nigel niemals attraktiv sein."

„Aber wie hätten wir das wissen sollen?" Miranda zeichnete eine Braut, die ein Bukett aus Unkräutern und Rosen mit hängenden Köpfen in der Hand hielt. „Würdest du je auf die Idee kommen, dir einen solchen Plan auszudenken, um deine eigene Hochzeit zu vereiteln?"

„Ich werde durchbrennen", erklärte Caroline überzeugt. „Wenn mir je der Mann meiner Träume begegnet, werde ich ihn höchstpersönlich zum Altar tragen."

27. KAPITEL

Geduld war eine der wenigen Tugenden, die Grayson trotz all seiner Laster gepflegt hatte. Wenn Jane von ihm umworben werden wollte, würde er diesem Wunsch nachkommen. Immerhin war er überzeugt zu wissen, wer in diesem Spiel am Ende als Sieger dastehen würde. Sie konnte machen, was sie wollte, der Mann würde letztlich immer die Oberhand behalten. Nur zu gern wollte er ihr und aller Welt beweisen, wie sehr er sie anbetete.

Doch auch wenn er sich sicher war, siegen zu können, gab es sonst nur wenig in seinem Leben, das er für selbstverständlich hielt. Jane hatte ihn vom ersten Moment an emotional und intellektuell herausgefordert. Bis zu dem Moment, da sie vor den Altar traten, würde er ihr weiter nachsetzen, wenn er ihr nur so seine Hingabe beweisen konnte. Diesen Beweis zu erbringen, während er sie verführte, bereitete ihm ausgesprochenes Vergnügen, aber Vergnügen war längst nicht sein einziges Ziel.

Es war sein Ernst, als er ihr sagte, er brauche sie, um seine Familie in den Griff zu bekommen, die sich zu einem wilden Haufen entwickelt hatte. Chloe stand kurz vor der Revolte, das spürte er, und wenn es ihm nicht gelang, sie aus ihrem tiefen Elend herauszuholen, drohte eine Katastrophe. Auch Heath schien auf einen rätselhaften, aber entschieden gefährlichen Kurs zu geraten.

Damit waren seine Sorgen allerdings noch nicht vorüber. Seine äußerst sittsame Schwester Emma hatte ihren Gatten verloren, und als verwitwete Viscountess nahm sie in der Gesellschaft eine verwundbare Position ein, auch wenn sie selbst das gar nicht wahrhaben wollte. Drake und Devon waren stets rastlose Seelen gewesen, die den Ärger geradezu magisch anzogen. Nur der tapfere junge Brandon würde niemals wieder heimkehren, um sie zu quälen.

Die Boscastles benötigten Janes Kraft und Verstand, wenn die Familie die Gefahren eines weiteren Jahrhunderts überstehen sollte. Und Grayson selbst brauchte Jane für sein eigenes Überleben.

Noch am gleichen Abend stattete er ihrem Haus einen formellen Besuch ab, um ihre Familie in die Oper zu begleiten. Einige Minuten lang waren sie beide allein im Salon. Grayson trug elegante Abendkleidung und glänzende Stiefel, Jane ein Satinkleid in gebrochenem Weiß, das wie die Blütenblätter einer exotischen Lilie über ihre zarten Schultern drapiert war.

Sie beide passten so hervorragend zusammen. Und abgesehen davon – welche andere Frau schaffte es schon, seine Dämonen zu erregen und gleichzeitig zu zähmen?

Langsam ging er um sie herum und erinnerte dabei an einen Löwen, der um seine Beute schlich. „Dieses Kleid", sagte er leise, „steht dir etwas zu gut."

„Gefällt es dir? Das sollte es auch, denn du hattest es für mich ausgesucht. Es sei das einzige Kleid aus der Garderobe für deine Geliebte, das ich in der Öffentlichkeit tragen könne, sagtest du."

Er blieb stehen und beugte sich vor, um mit dem Kinn den verlockenden Schwung ihrer Schulter zu berühren. „Als ich es auswählte, hatte ich wohl eher einen privaten Anlass im Sinn. Hat die Rückfahrt von Brighton deinen listigen Verstand wenigstens etwas zur Ruhe kommen lassen?"

„Ja, und was ist mit deinem listigen Verstand?"

Nachdem er ihren Hals geküsst hatte, murmelte er: „Der plant unentwegt, bis ich dich wieder ganz für mich habe. Du fehlst mir, Jane." Ein leichter Schauer lief ihr über den Rücken, als Grayson die Hände auf ihre Schultern legte. „Wie lange müssen wir denn noch warten?"

„Wir können erst nach Cecily heiraten, außerdem kann man eine Hochzeit nicht innerhalb einer Woche auf die Beine stellen."

„Und wenn wir durchbrennen und anderswo heiraten?"

„Grayson, ich möchte eine richtige Zeremonie haben, eine unvergessliche Hochzeit ..."

„Die hattest du doch schon, wenn ich mich nicht irre."

„Ja, aber ich spiele mit dem Gedanken, diesmal auch den Bräutigam einzuladen."

Er seufzte. „Und wann heiratet Cecily?"

„Heute in zwei Wochen. In Kent, auf dem Gut ihres Vaters. Kommst du mit?"

„Warum eigentlich nicht? Die letzte Hochzeit, bei der wir beide zugegen waren, hatte schließlich auch etwas Unterhaltsames."

„Meine Familie wird dort sein", fügte sie an und freute sich insgeheim bereits, vor ihren übrigen Verwandten mit diesem Schurken anzugeben. „Mit deiner grässlichen Männlichkeit kannst du dann meine Schwestern erschrecken."

„Ich vermute, ich werde mich wohl an solche Familienfeiern gewöhnen müssen", erwiderte er ruhig, dann drehte er sie zu sich um und sah ihr ins Gesicht. Sein Blick wanderte über ihre Kurven, die von Satin bedeckt waren. Trug sie bereits sein Kind in sich? In Brighton hatten sie sich zumindest oft genug geliebt, sodass diese Möglichkeit nicht ausgeschlossen werden konnte. Er strich mit einem Finger an ihrer Kehle entlang. Mit einem Mal wollte er Jane vor allem beschützen. „Ich möchte einen Termin bestimmen."

„Was denn für einen Termin?", gab sie lächelnd zurück.

Seine Fingerspitze berührte leicht ihre Brüste, und zufrieden beobachtete er, wie sie schneller zu atmen begann. „Einen Termin, wann wir die Zutaten für das Weihnachtsgebäck einkaufen gehen. Was dachtest du denn?"

Jane machte eine amüsierte Miene. „Ist denn der Termin nicht in diesem heimlichen Vertrag festgelegt?"

„So despotisch ich auch bin, ist mir dieses wichtige Detail doch entgangen."

„Mich wundert, dass der andere Despot, der nebenbei mein Vater ist, ein solches Versäumnis zugelassen hat."

„Ich glaube, er war zu aufgewühlt", sagte er und küsste sie rasch, ehe der eben erwähnte Vater zusammen mit seiner Frau zur Tür hereinkam.

„Wollt ihr zwei den ganzen Abend einfach nur dastehen oder uns zur Oper begleiten?", fragte Lord Belshire, der mit seinem schroffen Ton überspielte, wie froh er war, dass Jane einen Mann wie Sedgecroft gefunden hatte, der sich um sie kümmern würde. „Es gibt nichts Schlimmeres, als erst mitten in einer verdammten Arie dort einzutreffen."

„Wir werden so oder so eine Szene verursachen, egal wann wir eintreffen", sagte Athena, die hinter ihm stand und in ihrem eisblauen Taftkleid mit dem weißen Satinschal schlank und elegant aussah. „Die Leute wollen doch um jeden Preis erfahren, welche Abmachung Grayson mit Jane getroffen hat. Ich werde ihnen den ganzen Abend eine Abfuhr nach der anderen erteilen müssen."

Der von Lady Belshire vorhergesagte gesellschaftliche Aufruhr setzte in dem Moment ein, als sie ihre Loge im Opernhaus erreicht hatten.

Selbst diejenigen im Publikum, die eingeweiht waren, wussten nicht so recht, was sie von dem Ganzen halten sollten – Lord Belshire, seine Familie, dazu seine vor Leben sprühende älteste Tochter untergehakt bei einem gut aussehenden Halunken. Für jemanden, der sein Leben ruiniert haben sollte, sah die Dame erstaunlich strahlend aus. War in den Gazetten nicht noch vor zwei Wochen berichtet worden, ein gewisser Marquess habe die Garderobe für seine *Geliebte* gekauft? Die

Indiskretionen einer Verkäuferin hatten dabei eine höchst ungehörige Unterhaltung in einem bestens bekannten Geschäft in der Bond Street ans Tageslicht gebracht …

Ehefrauen und Töchter borgten sich Monokel aus, um Janes elfenbeinfarbenes Satinkleid genauer zu betrachten, das eindeutig die Arbeit der berüchtigten Modistin Madame Devine war. Niemand konnte sich erinnern, Jane jemals zuvor in diesem Kleid gesehen zu haben. Und dann … dann küsste dieser Sedgecroft Jane aufs Ohr! Der Mann wusste, wie er eine Menschenmenge begeistern konnte. Ja, er hatte sie in aller Öffentlichkeit geküsst! Im selben Augenblick bückten sich die beiden, um das Programmheft aufzuheben, das Jane aus der Hand geglitten war.

„Das hat aber jeder gesehen“, flüsterte sie ihm zu. Ihre Wangen waren gerötet, während Grayson sie einfach nur anlächelte.

„Aber nicht dein Vater“, erwiderte er. „Und er ist der Einzige, auf den ich achten muss.“

„Die Lästermäuler werden behaupten, es von Anfang an gewusst zu haben, und die Gazetten werden weiter schreckliche Dinge über uns verbreiten.“

„Klatsch kann uns nicht umbringen, Jane, sonst würde ich schon lange nicht mehr unter den Lebenden weilen.“

Sie tat so, als lese sie in ihrem Programm, obwohl sie sich eigentlich viel mehr versucht fühlte, die Arme um seinen Hals zu schlingen und den Kuss zu erwidern. „Vermutlich hast du recht.“

„Die Wahrheit ist, mein Liebling“, entgegnete er und lehnte sich nach hinten, „dass jeder, der sich für wichtig hält, darauf hoffen wird, zu allen gesellschaftlichen Anlässen eingeladen zu werden, die von der neuen Lady Sedgecroft – also von dir – veranstaltet werden.“

„Meinst du?“ Ihr gefiel die Vorstellung, dass sie beide im

Ballsaal seines Hauses an der Park Lane vornehme Gäste empfingen.

„Ich bin das Oberhaupt der Familie“, fügte er an. „In dieser Funktion ist es mein Privileg, mit Genuss zuzusehen, wie die anderen heiratsfähigen Boscastles bei den Abendessen meiner Gattin in die Ecke getrieben werden.“ Er beugte sich vor und flüsterte: „Damit meine ich ebenfalls dich.“

Sie sah in sein Gesicht und fühlte sich fast schon erschreckend glücklich. Ja, dieser Boscastle gehörte ihr, und nur ihr allein. Ihre Kinder würden seine wundervolle, verruchte Art erben. Diese Aussicht hätte sie eigentlich auf ein Sofa sinken und nach dem Riechfläschchen greifen lassen sollen, doch Jane hatte dem Schicksal schon immer gern die Stirn geboten.

„Wer aus deiner Familie wird wohl als Nächstes heiraten? Drake?“

„Im Augenblick bin ich ganz darauf konzentriert, selbst erst einmal in den Stand der Ehe zu treten. Vielleicht sollte ich dafür sorgen, dass du mich mehr begehrst.“

„Und wie?“, flüsterte sie, da sie sich nicht vorstellen konnte, wie das überhaupt möglich sein sollte.

„Nach heute Abend werde ich dich nicht mehr anrühren, Jane. Nicht einmal ein Kuss bis zum Tag unserer Hochzeit.“

„Du, Sedgecroft, willst dich in Selbstbeherrschung üben?“

„Wir werden sehen, wer als Erster schwach wird“, meinte er überheblich.

„Soll ich deine Worte etwa als Herausforderung auffassen?“, wisperte Jane.

„Meinetwegen gern.“

„Um was wollen wir wetten?“

„Was hast du zu bieten?“

„Nur eine Frage“, meldete sich auf einmal Janes Vater zu Wort und tippte ihnen auf die Schulter. „Fühlt ihr euch von der Oper in eurer Unterhaltung gestört? Soll ich Signora Nicola bitten, ihr Solo draußen auf der Straße zu singen?"

„Verzeihen Sie, Sir", erwiderte Grayson mit ernster Miene. „Konzentriere dich bitte auf die Aufführung, meine Liebe", fügte er dann laut genug an, um nicht nur von ihr gehört zu werden.

„Oh, das tue ich doch", gab sie zurück und warf ihm einen wütenden Blick zu, der sicher wirkungsvoller gewesen wäre, hätten Caroline und Miranda nicht zu kichern begonnen.

Grayson drehte sich um und grinste die beiden an. „Also gut, Sie landen auch auf der Liste jener Familienangehörigen, die zum Wohl der Gesellschaft verheiratet werden müssen."

„Schön und gut", warf Lord Belshire mürrisch ein. „Aber erst einmal wollen wir sehen, wie *Sie* verheiratet werden, nicht wahr?"

28. KAPITEL

In der Woche darauf präsentierte sich Grayson als der perfekte Gentleman und Verehrer. Er begleitete Jane und ihre Schwestern ins Museum und ins Amphitheater sowie zu Lesungen und Soireen. Er kaufte ihr Blumen, und er rührte sie nicht mit einem Finger an. Dabei war ihm durchaus klar, dass er Jane neckte und sie beide mit seinem Versprechen quälte, sich zu beherrschen.

Ein richtiges Werben war ihr Wunsch, und dem würde er nachkommen. Für alles andere war im Verlauf ihrer Ehe immer noch genügend Zeit.

Zwei Wochen später vermählte sich Cecily mit dem Duke of Hedleigh in einer Kirche, die nur wenige Minuten vom Sitz ihrer Familie in Kent entfernt lag. Jane war Brautjungfer, und Grayson sorgte für einen weiteren kleinen Skandal, als er sich in eine der vordersten Reihen zu ihrem Vater setzte, der immer wieder darauf zu sprechen kam, welch glücklichen Eindruck Braut und Bräutigam machten und wie sehr er hoffe, seine älteste Tochter auch bald vor dem Altar stehen zu sehen.

Kurz nachdem das Brautpaar und seine Gäste durch die schmiedeeisernen Tore auf das Anwesen gefahren war, ließ man vom Turm des Ostflügels zahlreiche weiße Tauben frei, die sich zu den Glockenschlägen der Dorfkirche in die Lüfte erhoben.

„Wie reizend“, rief Jane aus und schirmte ihre Augen ab, um in den strahlend blauen Himmel zu schauen.

„Nicht, wenn sie sich dazu entschließen, über dem Hochzeitsbüfett ihre Kreise zu ziehen“, murrte ihr Vater, als sie sich an einen der Tische setzten, auf denen Schinken, Huhn, Sülze und Roastbeef angerichtet standen, um den Hunger der Gäste zu stillen. „Warum muss so etwas bloß immer unter freiem Himmel stattfinden?“

Jane nippte an ihrem Champagner und sah sich suchend nach Grayson um. Sie entdeckte ihn, wie er mit zwei jungen Damen im Schlepp einen Weg entlangschlenderte, der zu beiden Seiten mit hohem Immergrün bestanden war. Mit einem Stirnrunzeln beobachtete sie, dass das Trio um eine Ecke bog und aus ihrem Blickfeld verschwand.

Er hatte Wort gehalten und sie seit jenem Abend in der Oper nicht mehr berührt, und inzwischen brannte sie darauf, von ihm in die Arme genommen zu werden. Sie wusste, er spielte wieder einmal mit ihr, um ihr zu beweisen, wie sehr sie ihn doch brauchte.

Grayson und die Damen waren nicht mehr zu sehen, doch als Jane plötzlich aus deren Richtung das ausgelassene Lachen einer Frau hörte, vergaß sie ihre gute Erziehung.

„Was treiben die da?“, fragte sie und legte wütend ihre Gabel hin.

Ihr Vater war eben mit einer Scheibe Schinken beschäftigt. „Wer treibt was?“

„Grayson und diese Mädchen.“

„Ich sehe weder Grayson noch irgendwelche Mädchen“, gab Lord Belshire zurück.

„Genau. Sie sind nicht zu sehen, was ihr Verhalten umso verdächtiger macht.“

„Ich vermute, Grayson würde sich eine Spur diskreter verhalten, wenn du endlich deine Verlobung bekannt geben würdest.“

Jane stand auf. „Glaubst du, er versucht, mich eifersüchtig zu machen?“

„Mein liebes Kind, es geht über meinen Verstand hinaus, was ihr *beide* da eigentlich macht. Mich interessiert an allem nur, dass du dich auf einen Termin festlegst.“ Er lehnte ein zweites Glas Champagner ab, das ihm ein Diener reichen wollte. „Sobald ihr verheiratet seid, könnt ihr tun und lassen, was ihr wollt.“

Sie warf ihre Serviette auf den Tisch und eilte zu der Baumgruppe, an der sie ihren Lebemann zuletzt gesehen hatte. Es war ausgesprochen gedankenlos von ihm, sich vor allen Gästen so unmöglich zu benehmen. Mitten beim Hochzeitsbüfett!

Außerdem gehörte es sich nicht, sie so deutlich daran zu erinnern, dass er sie seit zwei Wochen nicht mehr angerührt hatte.

Als sie um die Ecke bog, hinter der er verschwunden war, bemerkte sie eine Amor-Steinstatue, die mitten auf dem Weg aufgestellt worden war und mit ihrem Pfeil auf Janes Herz zeigte.

„Von mir aus kannst du den Pfeil abschießen", murmelte sie, „aber du kommst etwas zu spät."

„Für was zu spät?", hörte sie eine tiefe, amüsierte Stimme hinter sich.

Sie wirbelte so hastig herum, dass sie mit Grayson zusammenstieß. Es war die erste körperliche Berührung mit ihm seit zwei Wochen, aber selbst jetzt vermied er es, sie anzufassen. Nein, er stand einfach nur da und ließ seine Ausstrahlung auf sie wirken. „Ich sprach mit Amor. Wo sind deine kichernden Mädchen?"

„Ah, die Darlington-Schwestern. Nun, nachdem wir die Taube gerettet hatten, sind sie losgezogen, um ihre Mutter zu suchen."

„Welche Taube?"

„Eine der weißen Tauben hatte sich in einem Baum verheddert, darauf haben der Gärtner und ich eine heldenhafte Rettungsaktion gestartet." Er sah ihr tief in die Augen. „Warst du etwa eifersüchtig, Jane?"

Sie legte eine Hand auf seine Brust. „Ja, ganz schrecklich sogar. Grayson, du verschwindest nie wieder mit einer anderen Frau hinter irgendwelchen Büschen – nur mit mir! Hast du etwa *versucht,* mich eifersüchtig zu machen?"

„Ich?", gab er grinsend zurück. „Hältst du mich für fähig, etwas so Kindisches zu tun? Liebste, du hast natürlich völlig recht, und ganz offensichtlich hat mein Plan funktioniert." Er nahm ihre Hand, womit sein Eid gebrochen war, sie nicht berühren zu wollen. „Wir werden auf dem Ball heute Abend unsere Verlobung bekannt geben."

„Glaubst du …"

„Auf jeden Fall."

„Ich auch", flüsterte sie, legte die Arme um seinen Hals und küsste ihn. „Ich ertrage es nicht, von dir getrennt zu sein. Ich bin am Boden zerstört, Grayson, und ich kann immer nur an dich denken."

Ein verhaltenes Räuspern störte den leidenschaftlichen Moment, auf den Jane so lange gewartet hatte.

Grayson sah sich um, verärgert darüber, dass jemand es wagte, sich ihnen zu nähern. „Was zum …"

„Verzeih mir, ich bin auf der Suche nach Chloe." Heath hielt die Hände hoch und versuchte, sich ein Lachen zu verkneifen.

„Da du es bist, sei dir verziehen. Allerdings weiß ich nicht, warum du nicht noch eine Minute warten konntest. Wir haben soeben unsere Verlobung gefeiert."

Heath sah sich erst um, dann sagte er: „Meinen Glückwunsch."

„Stimmt etwas nicht?", fragte Jane leise.

„Ich weiß nicht", erwiderte er und blickte sie an. „Chloe ist während des Frühstücks verschwunden."

Grayson zuckte mit den Schultern. „Ich bin mir sicher, dass sie sich irgendwo auf dem Anwesen aufhält."

„Aber mit wem?", überlegte Heath. „Lord Brentford verschwand ungefähr zur gleichen Zeit."

„Er hat sie während der Hochzeitszeremonie fortwährend angesehen“, sagte Jane besorgt. „Er ist ein so empfindsamer junger Mann.“

„Ich dachte, er sieht dich an“, meinte Grayson irritiert zu Jane.

„Ja, aber nur, bis ihm Chloe auffiel. Sie ist sehr unglücklich darüber, dass sie ihren Offizier verloren hat. Ich glaube, ich sah sie heute Morgen auch mit Brentford reden.“

Eine flüchtige Bewegung am Ende des Wegs lenkte ihre Aufmerksamkeit auf sich. Jane zeigte auf das Paar, das zurück zum Park ritt – ein Gentleman, der von Kopf bis Fuß in Schwarz gekleidet war, und eine junge Frau mit schwarzem Lockenkopf, die Königsblau trug. Seufzend fragte sich Jane, wer sie war, dass sie über andere urteilen wollte. Der Charme der Boscastles glich einer gefährlichen Waffe, vor der sich niemand schützen konnte.

Grayson fluchte: „Wir kommen zu spät. Welchen Unsinn die beiden auch ausgeheckt haben mögen, es ist bereits geschehen.“

„Was allerdings nicht heißt, dass wir es auch ein zweites Mal geschehen lassen“, erklärte Heath mit finsterer Miene. „Und ich hatte mich noch gefragt, warum Brentford eine Flasche Wein mitnahm.“

„Jetzt wissen wir es“, zischte Grayson.

Heath machte auf dem Absatz kehrt. „Es dürfte an der Zeit sein, dass ich mich Brentford vorstelle. Ich nehme an, Gray, du möchtest auch ein paar Worte beisteuern. Sollen wir Drake ebenfalls dazuholen?“

Grayson sah kurz zu Jane, dann machte er sich mit seinem Bruder auf den Weg. „Nein, einer von uns muss hierbleiben, um meine Königin zu bewachen. Jane, entschuldige uns bitte bei unseren Gastgebern.“

„Jetzt bin ich schon eure Königin? Schön, dann hört mir jetzt gut zu. Ich gebe euch den Befehl, eure Schwester nicht noch einmal in Verlegenheit zu bringen …“

„Ich bin die Zurückhaltung in Person", meinte Heath lachend.

„Aber für Ihren Bruder ist ‚Zurückhaltung' ein Fremdwort", rief sie ihm nach, dann musste sie tatenlos zusehen, wie die beiden davoneilten, um ihrer Schwester einmal mehr das Leben schwer zu machen. Das war also Janes Schicksal. Alles, was sie tun wollte, hing von Graysons Zustimmung ab, und die Sorgen seiner Familie waren auch ihre Sorgen. Sie wandte sich zu der Amor-Statue um und versuchte sich vorzustellen, was die Zukunft ihr wohl bringen würde. Wenn Amors Pfeil erst einmal getroffen hatte, konnte niemand mehr helfen. Ihre einzige Hoffnung war, dass Chloe eines Tages die Liebe fand, die sie so verzweifelt suchte, und dass ihr Auserwählter diese Liebe erwiderte.

Nach dem Ende des Hochzeitsballs gaben Grayson und Jane ihre Verlobung bekannt. Lord Belshire war so erleichtert, dass er einen Toast ausbrachte und das Ereignis feierte, indem er eine ganze Flasche Champagner trank. Entsprechend den ganz eigenen Maßstäben der Gesellschaft waren durch die Verlobung sofort alle Skandale der letzten Wochen vergessen. Graysons Verhalten, über das man sich zuvor noch ereifert hatte, wurde mit einem Mal als ein romantisches Werben angesehen, und genauso plötzlich gehörte es zum guten Ton, so zu tun, als heiße man die Eskapaden des Paars gut.

„Der Schurke muss es von Anfang an so geplant haben", flüsterte eine Witwe ihrer Nichte zu. „Geh und unterhalte dich mit Heath, meine Kleine. Er wird der Nächste sein, der nach einer Braut Ausschau hält."

„Sind die beiden nicht das perfekte Paar?", schwärmten derweil die Leute, die noch vor wenigen Tagen prophezeit hatten, mit den beiden werde es noch ein schlimmes Ende nehmen.

„Also kommt es letzten Endes doch zu einer Verbindung

zwischen den Boscastles und den Welshams."

„Allerdings hat Jane einen gewöhnlichen Baronet gegen einen Marquess eingetauscht."

„Er konnte den ganzen Abend lang nicht den Blick von ihr wenden", seufzte eine glücklich verheiratete Dame. „Aus seiner Liebe zu ihr macht er keinen Hehl."

Jane fand sich von einer Schar Frauen umringt, die ihr alles Gute wünschten, allen voran Cecily.

„Wie es scheint, habe ich mich doch in ihm getäuscht", flüsterte sie Jane verlegen zu. „Er ist gar nicht der Halunke, für den ihn jeder gehalten hat."

Jane nahm ihre Freundin in die Arme, nun da sie beide ihr Glück gefunden hatten. Cecilys Brautkranz saß vom Tanzen ein wenig schief, und an ihrem hübschen weißen Satinkleid fehlte die eine oder andere Seidenschleife. „Ein Heiliger ist er allerdings auch nicht – doch das kann ich von mir wohl auch nicht behaupten."

Cecily versuchte gar nicht erst so zu tun, als wolle sie ihr widersprechen. „Wenigstens scheint dein Papa sehr glücklich über eure Verlobung zu sein. Er benahm sich, als hätte er die Verbindung selbst arrangiert."

„Apropos arrangieren", gab Jane leise zurück. „Ich kann wohl nicht annehmen, dass du weißt, was sich heute zwischen Chloe, ihren Brüdern und Brentford abgespielt hat, oder?"

„Mein Dienstmädchen sagte, Brentford habe das Haus kurz nach deren Zusammenkunft verlassen. Er soll ziemlich mitgenommen ausgesehen haben. Chloe spielt derzeit Karten mit Drake."

„Vermutlich hat Grayson ihn zu Tode erschreckt." Jane sah sich um. „Wo sind er und mein Vater eigentlich?"

Die beiden Männer hatten sich in den Billardsaal davongestohlen, wo Lord Belshire eine Zigarre rauchte und seinem zukünftigen Schwiegersohn zur Verlobung gratulierte.

„Endlich haben Sie es geschafft, Sedgecroft." Er musste sich zusammenreißen, damit er nicht um den Tisch herumtanzte.

Grayson richtete das Queue aus. „Ich muss sie erst noch zum Altar bringen."

„Sie wird da sein, ganz sicher. Sonst werde ich Sie heiraten. Ähm … *Sie* werden doch auch da sein, oder? Die Geschichte sollte sich nicht wiederholen."

Nach einem kurzen Blick zu Lord Belshire stieß Grayson grinsend die weiße Kugel an. „*Ich* war schon beim ersten Mal da, wie Sie sicher noch in Erinnerung haben."

29. KAPITEL

In den Tagen vor der Hochzeit herrschte ein solcher Trubel, dass Grayson und Jane kaum Zeit fanden, um ein paar Worte zu wechseln. Daran, sich der Versuchung hinzugeben, war gar nicht erst zu denken. Graysons verwitwete Schwester Emma, die Viscountess Lyons, war aus Schottland angereist, eine energiegeladene Elfe von einer Frau, die im Handumdrehen die Kontrolle über alle Vorbereitungen übernahm.

Sie war nicht nur für ihr makelloses Betragen und ihre Qualitäten als Gastgeberin bekannt, sondern sie diente auch als unerschöpfliche Quelle für Ratschläge an diejenigen, die sich der gesellschaftlichen Regeln nicht bewusst waren – zu denen ihrer Meinung nach leider ihre ganze undisziplinierte Familie zählte.

„Tja, damit sind die Tage unseres unbeschwerten Lebens gezählt“, sagte Drake am Tag ihrer Ankunft. „Die zierliche Diktatorin ist eingetroffen. Alle Mann angetreten. Sie bringt es fertig und sieht nach, ob wir uns auch hinter den Ohren gewaschen haben.“

Da die Boscastles für ihre Skandale bekannt waren, wartete die Creme de la Creme des Adels gespannt auf die Zeremonie. Ging man nach dem letzten Hochzeitsversuch der Braut, dann versprach das ein unvergessliches Ereignis zu werden.

Schließlich war der Tag gekommen, an dem Jane mit klopfendem Herzen aufwachte und sich fragte, ob es Grayson ebenso ging wie ihr. Lieber Himmel, hoffentlich hatte er nicht beschlossen, sie ein wenig zu ärgern und gar nicht erst zur Hochzeit zu erscheinen!

Allerdings war ja Emma da, die schon darauf achten würde, dass sich Grayson betrug. Emma schien die einzige Boscastle zu sein, bei der die Neigung zur Zügellosigkeit in eine Vorliebe für Schicklichkeit umgeschlagen war.

In seiner Residenz an der Park Lane schärfte der Diener des Marquess gut gelaunt die Rasierklinge an einem Lederabzieher und seifte Wangen und Kinn seines Herrn ein. „Dann ist heute also der große Tag, Mylord. Wenn ich so frei sein darf, es zu sagen – ich hätte nicht gedacht, dass ich diesen Tag noch erleben würde."

Grayson nickte. „Ich auch nicht. Wenn ich ehrlich sein soll, kann ich es noch immer nicht so recht glauben, dass es heute geschieht."

Drei Stunden später geschah es dann wirklich. Es kam Grayson Boscastle, dem fünften Marquess von Sedgecroft, wie ein Echo der vorangegangenen Zeremonie vor, als er sich umwandte und voller Bewunderung seine Braut ansah, die durch seine private Kapelle zum Altar schritt. Er wusste, sie hatte einen wunderschönen Po – vom Rest ganz zu schweigen.

Nicht, dass er eine Vorliebe für junge Damen in Hochzeitskleidern gehabt hätte, doch in diesem Fall was das etwas anderes, da diese Frau zu ihm gehörte.

Genauer gesagt würde das in wenigen Minuten der Fall sein. Immerhin waren sie beide zur Zeremonie erschienen. Er straffte die Schultern, während Janes Vater sie zum Altar führte und ihren Arm fest umklammert hielt, damit sie nicht entkommen konnte, selbst wenn sie es sich anders überlegt hätte.

„Geschafft", sagte Belshire knapp.

Grayson sah ihr ins Gesicht, so weit der Schleier das zuließ, nahm ihre Hand und erklärte: „Ich danke Ihnen aus tiefstem Herzen. Ich werde Jane für alle Zeit ehren."

Begeistert tuschelten die Gäste in der Kapelle, da sie sich alle einig waren, dass die Braut eine Schönheit war, die sich nicht hätte überbieten lassen. Sie trug eine Kappe aus mit Perlen bestickter Seide auf ihrem honigblonden Haar. Das cremefarbene Satinkleid mit passendem Mieder in blassem Rosa und einer Schärpe mit rosefarbenen Rosetten, die bis zum Volantsaum reichte, legte sich elegant um ihre Kurven. Hinter sich her zog sie eine lange Schleppe aus Valenciennesspitze.

Graysons Kehle war mit einem Mal wie zugeschnürt. Jetzt war also der Augenblick gekommen, der kein Ende, sondern einen Anfang darstellte. Für den Rest des Lebens würde er an ihrer Seite stehen – bei Geburten und Taufen, auf Bällen, bis er seinen letzten Atemzug tat. Voller Bewunderung sah er Jane an. Er bereute seine Vergangenheit nicht, ausgenommen die Zeiten, in denen er seine Familie vernachlässigt und sie als selbstverständlich angesehen hatte. Diesen Fehler würde er nicht noch einmal machen. Vielleicht war er kein so guter Mensch, wie er hätte sein sollen, doch er hatte gelernt, dass er auch nicht durch und durch schlecht war.

Er blickte zu seinen Brüdern und Schwestern, die er alle liebte, selbst wenn sie ihn immer wieder zur Verzweiflung trieben …

O Gott, nein! Nicht schon wieder die Geliebten! Sein Blick wanderte zu einer Bank, die von zwei seiner früheren Geliebten und deren Anhang besetzt wurde.

Mrs. Parks hauchte ihm einen freundschaftlichen Kuss zu, ihre beiden Söhne, die aus einer frühren Affäre stammten, grinsten und deuteten begeistert auf Jane. Morgen würde sich Grayson darum kümmern, Offizierspatente für die beiden Lümmel sicherzustellen.

Seine Aufmerksamkeit wandte er wieder seiner Braut zu, die Schultern hilflos hochgezogen. „Ich schwöre dir, ich habe sie nicht eingeladen …“

„Aber ich“, flüsterte sie und musste sich auf die Unterlippe beißen, damit sie nicht zu lachen begann.

„Wie?“

„Freust du dich nicht?“

„Sollte ich das denn?“

„Ich wollte, dass alles so ist wie an dem Tag, an dem wir uns kennenlernten."

„Alles?"

„Na ja", gab sie zurück. „Diesmal dachte ich, ich sollte auch den Bräutigam einladen."

Er lachte verhalten, während er sich vorstellte, wie oft er wohl amüsiert an diesen Moment zurückdenken würde.

Der Geistliche räusperte sich, woraufhin in der Kapelle Ruhe einkehrte. Der volle Duft der Rosen mischte sich mit dem Geruch von Honig, der von den Bienenwachskerzen ausging. Jane war so glücklich, dass ihr Tränen in die Augen stiegen, während Grayson ihre Hand drückte. Derselbe Ort, dieselben Gäste, aber ein ganz anderer Bräutigam und erst recht ein ganz anderes Gefühl. Diesmal war sie mit ihrem Herzen dabei. Sie verpflichtete sich für ein Leben mit seiner löwengleichen Arroganz, seiner Hingabe, während sie mit fester, klarer Stimme ihren Hochzeitsschwur sprach.

Die Gäste warteten und machten sich lang, um zu sehen, wie der Bräutigam die Braut küsste. „Alle haben sie auf einen Skandal gewartet", flüsterte Jane.

Er zog amüsiert die Augenbrauen hoch, als er sie an sich drückte, um ihr den ersten Kuss in ihrer Ehe zu geben. „Dann geben wir dem Volk, wonach das Volk verlangt."

„Das soll heißen …", begann sie, doch dann verschlug es ihr die Sprache, da Grayson sie überraschend packte und über seine Schulter legte.

„Das wollte ich schon einmal machen", rief er ihr zu, während die Gäste begeistert johlten und applaudierten. „An dem Tag, an dem du Nigel hättest heiraten sollen."

Sie schob ihre Kappe aus der Stirn und schlug ihn mit dem Bukett auf die Schulter. „Ich wollte dich auch", erwiderte sie atemlos, „aber ich hätte mir niemals träumen lassen …"

„Grayson Boscastle", wurde sie von einer Frauenstimme

unterbrochen. „Denke bitte an den Ort, an dem du dich befindest. Lass sofort die Marchioness los.“

Obwohl Jane kopfüber hing, spürte sie, wie Grayson sich versteifte und sie behutsam absetzte. „War das Esther?“, flüsterte sie ihm zu. Was musste das für ein Gefühl sein, als Frau so viel Macht über die ungezogenen Jungs dieser Familie zu besitzen!

„Nein“, erwiderte er, rieb sich die Nase und lächelte unheilvoll. „Das war deine Schwägerin Emma, die gründlichste aller Spielverderberinnen.“

Emma, eine bezaubernde Frau mit rötlich-goldenem Haar und sanften blauen Augen, sah Jane mitfühlend an. „Erinnere den Allmächtigen bitte daran, dass es erst noch das Frühstücksbüfett für die Gäste zu absolvieren gilt, ehe … ehe andere Dinge anstehen.“

Andere Dinge wie das Bett, das er fortan mit Jane teilen würde. Grayson strich besitzergreifend über ihren Rücken bis zu ihrem Po. Als wahrer Aristokrat würde er natürlich beim Frühstücksbüfett seine Aufwartung machen, jeden Toast annehmen, der auf sie beide ausgebracht wurde, und jeden Segen akzeptieren, den man dem jungen Paar mit auf den Weg gab. Und danach würde der Himmel jedem beistehen müssen, der es dann noch wagte, ihn und Jane zu stören.

Zum zweiten Mal in diesem Jahr gab es im Bankettsaal des Hauses an der Park Lane ein Hochzeitsfrühstück, und diesmal saßen die Frischvermählten auch gemeinsam mit den Eltern der Braut am Haupttisch.

Kristallene Kronleuchter funkelten wie Sterne hoch über den Gästen, die sich unterhielten und dabei Hummersalat und Champagner genossen. Emma machte jeden höflich darauf aufmerksam, ein wenig Platz im Magen zu lassen, damit man die Ananas aus dem Treibhaus und ein Stück des mehrstöckigen Hochzeitskuchens von Gunter’s kosten konnte.

Mitten im Toast sah auf einmal Nigels Mutter zu Jane und

brach in Tränen aus. „Fast ein Jahrzehnt habe ich gedacht, sie würde meine Schwiegertochter werden."

„Beruhige dich, Mutter", sagte Nigel tröstend. „Du hast bald dein erstes Enkelkind, an dem du dich erfreuen kannst."

„Ja", erwiderte sie und betrachtete über den Rand ihres Taschentuchs hinweg Esthers beträchtlichen Bauch. „Ein Enkelkind, das so groß sein wird wie ein Gorilla ..."

Am Nebentisch legte Emma beunruhigt ihre Silbergabel zur Seite. „O nein, Nigels Mutter ist in Tränen aufgelöst. Ich wusste, es war taktlos, nach dem letzten Debakel wieder eine große Hochzeit zu veranstalten."

Caroline lächelte sie an. „Ich glaube, wir müssen uns keine Gedanken darüber machen, taktlos zu erscheinen. Grayson und Jane haben alle ihre Skandale hinter sich gebracht."

„Ja, vermutlich haben Sie recht", meinte Emma resignierend. „Sie sind als Nächste an der Reihe, richtig?"

Miranda beugte sich vor und erwiderte im Flüsterton: „Eigentlich haben wir ja bereits ein Gerücht über *Sie* gehört, Emma, Sie und einen bestimmten Mann ..."

„Genau das", verkündete Drake Boscastle den Gästen an seinem Tisch, die insgesamt nicht so wohlerzogen waren wie die Brautjungfern, die gleich nebenan saßen, „ist der Grund, warum ich Hochzeiten hasse."

Mrs. Parks rückte ihre Perlenkette zurecht und warf ihren Söhnen einen strengen Blick zu, weil die sich zu viel Kuchen in den Mund stopften. „Wieso?"

„Wegen der Gefühle, die dann hochkommen. Sehen Sie sich nur Nigels Mutter an, die über ihrem Champagnerglas in Tränen ausbricht. Überall lauert eine potenzielle Katastrophe."

„Außer dass Ihr Bruder seine Braut wirklich liebt", erklärte Mrs. Parks wehmütig.

Tatsächlich war es so, dass Graysons Verhalten bei seinen Bekannten die einhellige Meinung auslöste, ein Boscastle lasse sich wider Erwarten doch bändigen. Einige seiner scharfsinnigeren Freunde dagegen deuteten den feurigen Ausdruck etwas anders, der sich immer dann in seinen Augen zeigte, wenn er seine Frau ansah. Für sie stand fest, dass seine ungestüme Art durch den heiligen Bund der Ehe nicht völlig erstickt worden war.

Zwei Stunden später lieferte er dafür den Beweis.

„Champagner im Bett, und das am hellichten Tag", flüsterte Jane und bewunderte den kräftigen Körper ihres Mannes, als der seinen blauen Gehrock ablegte. „Das ist dekadent."

„Ist es nicht genau das, was du wolltest? Dekadenz unter dem Deckmantel des Anstands?", fragte er und nahm ihr das halb volle Glas aus der Hand.

Sie streckte sich, um ihn zu küssen, während die Luft allmählich zu kochen schien, so erregt waren sie beide. „Ich glaube, du kennst mich etwas zu gut."

„Ich glaube, damit hast du recht", gab er mit belegter Stimme zurück. Er ließ seine Hände über ihren Oberkörper gleiten, bis sie ihre vollen Brüste berührten. Jane zog sich zurück und neckte ihn, indem sie langsam die Unterröcke abstreifte, die er aufgeschnürt hatte.

Sein Blick wanderte voller Vorfreude über ihren Körper, und er genoss jede ihrer gemächlichen Bewegungen, als sie sich weiter auszog. Er spürte, wie ihm immer heißer wurde, und schob sich über das Bett zu ihr, um ihr auch noch das letzte Stück Stoff vom Leib zu streifen. Dann endlich konnte er sie an sich drücken.

„Wir haben es geschafft", flüsterte sie. „Eine richtige Hochzeit, und nicht ein einziger Skandal."

Er beugte sich zu ihr, um ihre vollen Lippen zu küssen. „Das muss man sich mal vorstellen", erwiderte er. „Braut und Bräutigam waren tatsächlich zur gleichen Zeit am gleichen Ort!"

„Zu schade, dass sie nicht für die Dauer des Hochzeitsfrühstücks bleiben konnten", meinte Jane, weil die Gäste immer noch feierten, während sie beide sich ins Schlafzimmer zurückgezogen hatten, um diesen Tag auf ihre Weise zu begehen. Ihr Blick ging zur Tür. „Diese Stimmen irritieren mich ein wenig", gestand sie. „Ich weiß nie, ob sie von unten kommen, oder ob jemand direkt vor der Tür steht. Glaubst du …"

„Schhht", machte Grayson. „Emma und Heath können sich um unsere Gäste kümmern, wenn es irgendein Problem gibt. Jetzt feiern wir, nur wir beide."

Jane schloss die Augen und ließ den Kopf an seine Schulter sinken. Ein Gefühl von Dankbarkeit erfüllte ihr Herz. Dies hier war genau das, wonach sie sich gesehnt hatte. Dafür hatte sie ihren Ruf geopfert, weil sie nicht bereit gewesen war, das zu akzeptieren, was von anderen als das Beste für sie angesehen wurde. Das Ergebnis rechtfertigte das Risiko, das sie eingegangen war.

Aber wer hätte schon sagen können, dass ihr Plan eine solch unerwartete Wendung zum Guten nehmen würde? Und wer hätte gedacht, dass ausgerechnet ein Lebemann ihr zeigen würde, was wahre Liebe bedeutete?

„Ich wünschte", murmelte sie, „jeder könnte ein solches Glück finden, wie wir es jetzt in unseren Händen halten. Ich muss immer wieder daran denken, dass Emma und Chloe heute ein wenig traurig dreinblickten. Und Drake mit diesen Frauen … was soll ich dazu sagen?"

Grayson begann kehlig zu lachen, als er sie hörte. „Kaum ist der eine Plan erfolgreich abgeschlossen, heckt sie schon den nächsten aus. Meine Marchioness betätigt sich bereits als Kupplerin. Meinst du nicht, wir könnten wenigstens für ein paar Stunden dem Schicksal seinen Lauf lassen, ohne dass wir eingreifen?"

„Wüsstest du etwas Besseres, was wir in der Zeit machen könnten?"

„Wenn du mich schon so fragst …"

Mit den Fingerspitzen strich sie über sein Gesicht. „Das war wirklich die perfekte Hochzeit."

Er hielt sie fest und merkte, wie ihm vor Glück die Worte fehlten. Sie war seine Frau, seine Geliebte, seine geschickte Strategin – und sie war die Frau, die ihn auf den rechten Weg gebracht hatte. „Ich liebe dich, Jane."

„Und ich liebe dich seit unserer ersten Begegnung, du Halunke."

Aus dem Erdgeschoss war Gelächter zu hören, Türen wurden ins Schloss geworfen, jemand rief etwas, das man als Jubel ebenso auslegen konnte wie als Aufforderung zum Duell. Es war der Klang von Familie und Freunden, die gemeinsam feierten, dass zwei Herzen zueinander gefunden hatten.

– ENDE –

MIRA IST ONLINE FÜR SIE!

www.mira-taschenbuch.de

Immer aktuell:
News und **Neuerscheinungen**
direkt auf der Startseite!

Das gesamte
Taschenbuchprogramm
übersichtlich nach Kategorien!

MIRA
TASCHENBUCH

Loretta Chase
Ein unverschämt charmanter Gentleman
Band-Nr. 25424
6,95 € (D)
ISBN: 978-3-89941-692-3
464 Seiten

Loretta Chase
Ein skandalös perfekter Lord
Band-Nr. 25533
7,95 € (D)
ISBN: 978-3-89941-870-5
400 Seiten

Jessica Trapp
In den Armen meines Feindes
Band-Nr. 25530
6,95 € (D)
ISBN: 978-3-89941-864-4
336 Seiten

Brenda Joyce
Im Rausch der Ballnacht
Band-Nr. 25523
7,95 € (D)
ISBN: 978-3-89941-853-8
464 Seiten

Elizabeth Hoyt
Mylady spielt gefährlich
Band-Nr. 25456
6,95 € (D)
ISBN: 978-3-89941-744-9
400 Seiten

Elizabeth Hoyt
Mein sündiger Engel
Band-Nr. 25519
7,95 € (D)
ISBN: 978-3-89941-842-2
384 Seiten

Candice Hern
Verwegene Leidenschaft
Band-Nr. 25444
6,95 € (D)
ISBN: 978-3-89941-727-2
320 Seiten

Candice Hern
Spiel und Verführung
Band-Nr. 25497
6,95 € (D)
ISBN: 978-3-89941-810-1
304 Seiten

CORA

HISTORICAL Platin. Ganz große Gefühle, ganz viele Seiten.

Rebellion der Herzen

HISTORICAL Platin – Rebellen der Liebe

Pauline Bentley **Geliebte Rebellin**

Im Auftrag des Königs soll der Dragonercaptain Lucas Ryder eine Rebellenverschwörung aufdecken. Doch dann verliebt er sich in die bildschöne Katherine – ausgerechnet die Verlobte des Rebellenführers St. Clere, der ihm nach dem Leben trachtet …

Außerdem in diesem Band: Suzanne Barclay **Stunde der Vergeltung**
Erin Yorke **Devlin – der Rebell**

Di 2.8. **Ab 02.08.11 für nur € 7,50 im Zeitschriftenhandel.**

Alle Preise inklusive der gesetzlichen Mehrwertsteuer.

HISTORICAL – mehr starke Helden und historische Liebesabenteuer im Zeitschriftenhandel oder unter **www.historical.de**